山田社日檢權威題庫小組

超高命中率 絕對合格

日檢 單字、聽力

考試分數大躍進
累積實力
百萬考生見證
應考秘訣

考試相關概要
根據日本國際交流基金

吉松由美, 田中陽子, 西村惠子, 千田晴夫, 大山和佳子, 山田社日檢題庫小組　合著

前言

為因應學習方式的改變，研發「數位耳朵」學習，
只要掃描書本上的 QR Code，
就能完全掌握「捷進」的「分類單字＆聽力」，
只要有收機訊號，可隨時隨地在任何地方學習了。

以**情境分類**，單字速記 **NO.1**！

新制日檢考試重視「活用在交流上」
在什麼場合，如何用詞造句？
本書配合 N4,N5 要求，場景包羅廣泛，
這個場合，都是這麼說，
從「單字→單字成句→情境串連」式學習，
打好「聽說讀寫」總和能力基礎，
結果令人驚嘆，
史上最聰明的學習法！讓你快速取證、搶百萬年薪！

日語初學者除了文法，最重要的就是增加自己的單字量。如果文法是骨架，單字就是肌肉，本書精心將 N4,N5 考試會用到的單字，分類到您一看就懂的日常生活中常見的場景，幫助您快速提升單字肌肉量，提升您的日語力！

史上最強的新日檢 N4,N5 單字集《絕對合格！新制日檢 必勝 N4,N5 情境分類單字》，首先以情境分類，串連相關單字。而單字是根據日本國際交流基金（JAPAN FOUNDATION）舊制考試基準及新發表的「新日本語能力試驗相關概要」，加以編寫彙整而成的。除此之外，本書精心分析從 2010 年開始的新日檢考試內容，增加了過去未收錄的 N4,N5 程度常用單字，加以調整了單字的程度，可說是內容最紮實的 N4,N5 單字書。

無論是累積應考實力，或是考前迅速總複習，都能讓您考場上如虎添翼，金腦發威。精心編制過的內容，讓單字不再會是您的死穴，而是您得高分的最佳利器！

「背單字總是背了後面忘了前面！」「背得好好的單字，一上考場大腦就當機！」「背了單字，但一碰到日本人腦筋只剩一片空白鬧詞窮。」「單字只能硬背好無聊，每次一開始衝勁十足，後面卻完全無力。」「我很貪心，我想要有主題分類，又有五十音順好查的單字書。」這些都是讀者的真實心聲！

您的心聲我們聽到了。本書的單字採用情境式主題分類，還有搭配金牌教師編著的實用例句，相信能讓您甩開對單字的陰霾，輕鬆啟動記憶單字的按鈕，提升學習興趣及成效！

▼ 內容包括：

1. **分類王**—本書採用**情境式學習法**，由淺入深將單字分類成：時間、住房、衣服…動植物、氣象、機關單位…通訊、體育運動、藝術…經濟、政治、法律…心理、感情、思考等，不僅能一次把相關單字整串背起來，還方便運用在日常生活中，再搭配金牌教師編寫的實用短例句，讓您在腦內產生對單字的印象，應考時就能在瞬間理解單字，包您一目十行，絕對合格！

2. **單字王**—高出題率單字全面強化記憶：根據新制規格，由日籍金牌教師群所精選高出題率單字。**每個單字所包含的詞性、意義、用法等等**，讓您精確瞭解單字各層面的字義，活用的領域更加廣泛，幫您全面強化學習記憶，分數更上一層樓。

3. **速攻王**—掌握單字最準確：依照情境主題將單字分類串連，**從「單字→單字成句→情境串連」式學習**，幫助您快速將單字一串記下來，頭腦清晰再也不混淆。每一類別並以五十音順排列，方便您輕鬆找到您要的單字！中譯解釋的部份，去除冷門字義，並依照常用的解釋依序編寫而成。讓您在最短時間內，迅速掌握日語單字。

4. **例句王**—活用單字的勝者學習法：要活用就需要「聽說讀寫」四種總和能力，怎麼活用呢？書中每個單字下面帶出一個例句，例句不僅配合情境，更精選該**單字常接續的詞彙、常使用的場合、常見的表現**，配合 N4,N5 所需時事、職場、生活、旅遊等內容，貼近 N4,N5 程度。從例句來記單字，加深了對單字的理解，對根據上下文選擇適切語彙的題型，更是大有幫助，同時也紮實了聽說讀寫的超強實力。

5. **聽力王**—合格最短距離：新制日檢考試，把聽力的分數提高了，合格最短距離就是加強聽力學習。為此，書中還**附贈光碟，幫助您熟悉日籍教師的標準發音及語調，讓您累積聽力實力**。為打下堅實的基礎，建議您搭配《精修版 新制對應 絕對合格！日檢必背聽力》來進一步加強練習。

《絕對合格！新制日檢 必勝 N4,N5 情境分類單字》本著利用「喝咖啡時間」，也能「倍增單字量」「提升日語實力」的意旨，附贈日語朗讀光碟，讓您不論是站在公車站牌前發呆，一個人喝咖啡，或等親朋好友，都能隨時隨地聽 MP3，無時無刻增進日語單字能力，讓您無論走到哪，都能學到哪！怎麼考，怎麼過！

目錄

N5 分類單字

N4 分類單字

第 11 章
教育

第 12 章
職業、工作

第 13 章
經濟、政治、法律

第 14 章

第 15 章
心理、思考、語言

第 16 章
副詞與其他品詞

詞性說明

詞性	定義	例（日文／中譯）
名詞	表示人事物、地點等名稱的詞。有活用。	門（もん）／大門
形容詞	詞尾是い。説明客觀事物的性質、狀態或主觀感情、感覺的詞。有活用。	細い（ほそ）／細小的
形容動詞	詞尾是だ。具有形容詞和動詞的雙重性質。有活用。	静かだ（しず）／安靜的
動詞	表示人或事物的存在、動作、行為和作用的詞。	言う（い）／說
自動詞	表示的動作不直接涉及其他事物。只說明主語本身的動作、作用或狀態。	花（はな）が咲く（さ）／花開。
他動詞	表示的動作直接涉及其他事物。從動作的主體出發。	母（はは）が窓（まど）を開（あ）ける／母親打開窗戶。
五段活用	詞尾在ウ段或詞尾由「ア段＋る」組成的動詞。活用詞尾在「ア、イ、ウ、エ、オ」這五段上變化。	持つ（も）／拿
上一段活用	「イ段＋る」或詞尾由「イ段＋る」組成的動詞。活用詞尾在イ段上變化。	見る（み）／看 起きる（お）／起床
下一段活用	「エ段＋る」或詞尾由「エ段＋る」組成的動詞。活用詞尾在エ段上變化。	寝る（ね）／睡覺 見せる（み）／讓…看
變格活用	動詞的不規則變化。一般指カ行「来る」、サ行「する」兩種。	来る（く）／到來 する／做
カ行變格活用	只有「来る」。活用時只在カ行上變化。	来る（く）／到來
サ行變格活用	只有「する」。活用時只在サ行上變化。	する／做
連體詞	限定或修飾體言的詞。沒活用，無法當主詞。	どの／哪個
副詞	修飾用言的狀態和程度的詞。沒活用，無法當主詞。	余り（あま）／不太…
副助詞	接在體言或部分副詞、用言等之後，增添各種意義的助詞。	～も／也…

終助詞	接在句尾，表示說話者的感嘆、疑問、希望、主張等語氣。	か／嗎
接續助詞	連接兩項陳述內容，表示前後兩項存在某種句法關係的詞。	ながら／邊…邊…
接續詞	在段落、句子或詞彙之間，起承先啟後的作用。沒活用，無法當主詞。	しかし／然而
接頭詞	詞的構成要素，不能單獨使用，只能接在其他詞的前面。	御（お）～／貴（表尊敬及美化）
接尾詞	詞的構成要素，不能單獨使用，只能接在其他詞的後面。	～枚（まい）／…張（平面物品數量）
造語成份（新創詞語）	構成復合詞的詞彙。	一昨年（いっさくねん）／前年
漢語造語成份（和製漢語）	日本自創的詞彙，或跟中文意義有別的漢語詞彙。	風呂（ふろ）／澡盆
連語	由兩個以上的詞彙連在一起所構成，意思可以直接從字面上看出來。	赤（あか）い傘（かさ）／紅色雨傘 足（あし）を洗（あら）う／洗腳
慣用語	由兩個以上的詞彙因習慣用法而構成，意思無法直接從字面上看出來。常用來比喻。	足（あし）を洗（あら）う／脫離黑社會
感嘆詞	用於表達各種感情的詞。沒活用，無法當主詞。	ああ／啊（表驚訝等）
寒暄語	一般生活上常用的應對短句、問候語。	お願（ねが）いします／麻煩…

其他略語

呈現	詞性	呈現	詞性
對	對義詞	近	文法部分的相近文法補充
類	類義詞	補	補充說明

新日本語能力試驗的考試內容

N5 題型分析

測驗科目（測驗時間）		試題內容				
		題型			小題題數＊	分析
語言知識（25分）	文字、語彙	1	漢字讀音	◇	12	測驗漢字語彙的讀音。
		2	假名漢字寫法	◇	8	測驗平假名語彙的漢字及片假名的寫法。
		3	選擇文脈語彙	◇	10	測驗根據文脈選擇適切語彙。
		4	替換類義詞	○	5	測驗根據試題的語彙或說法，選擇類義詞或類義說法。
語言知識、讀解（50分）	文法	1	文句的文法1（文法形式判斷）	○	16	測驗辨別哪種文法形式符合文句內容。
		2	文句的文法2（文句組構）	◆	5	測驗是否能夠組織文法正確且文義通順的句子。
		3	文章段落的文法	◆	5	測驗辨別該文句有無符合文脈。
	讀解＊	4	理解內容（短文）	○	3	於讀完包含學習、生活、工作相關話題或情境等，約80字左右的撰寫平易的文章段落之後，測驗是否能夠理解其內容。
		5	理解內容（中文）	○	2	於讀完包含以日常話題或情境為題材等，約250字左右的撰寫平易的文章段落之後，測驗是否能夠理解其內容。
		6	釐整資訊	◆	1	測驗是否能夠從介紹或通知等，約250字左右的撰寫資訊題材中，找出所需的訊息。

聽解（30分）	1	理解問題	◇	7	於聽取完整的會話段落之後，測驗是否能夠理解其內容（於聽完解決問題所需的具體訊息之後，測驗是否能夠理解應當採取的下一個適切步驟）。
	2	理解重點	◇	6	於聽取完整的會話段落之後，測驗是否能夠理解其內容（依據剛才已聽過的提示，測驗是否能夠抓住應當聽取的重點）。
	3	適切話語	◆	5	測驗一面看圖示，一面聽取情境說明時，是否能夠選擇適切的話語。
	4	即時應答	◆	6	測驗於聽完簡短的詢問之後，是否能夠選擇適切的應答。

*「小題題數」為每次測驗的約略題數，與實際測驗時的題數可能未盡相同。此外，亦有可能會變更小題題數。
*有時在「讀解」科目中，同一段文章可能會有數道小題。

資料來源：《日本語能力試驗JLPT官方網站：分項成績．合格判定．合否結果通知》。2016年1月11日，取自：http://www.jlpt.jp/tw/guideline/results.html

N4 題型分析

測驗科目（測驗時間）		試題內容				
		題型			小題題數＊	分析
語言知識（30分）	文字、語彙	1	漢字讀音	◇	9	測驗漢字語彙的讀音。
		2	假名漢字寫法	◇	6	測驗平假名語彙的漢字寫法。
		3	選擇文脈語彙	○	10	測驗根據文脈選擇適切語彙。
		4	替換類義詞	○	5	測驗根據試題的語彙或說法，選擇類義詞或類義說法。
		5	語彙用法	○	5	測驗試題的語彙在文句裡的用法。
語言知識、讀解（60分）	文法	1	文句的文法1（文法形式判斷）	○	15	測驗辨別哪種文法形式符合文句內容。
		2	文句的文法2（文句組構）	◆	5	測驗是否能夠組織文法正確且文義通順的句子。
		3	文章段落的文法	◆	5	測驗辨別該文句有無符合文脈。
	讀解＊	4	理解內容（短文）	○	4	於讀完包含學習、生活、工作相關話題或情境等，約100~200字左右的撰寫平易的文章段落之後，測驗是否能夠理解其內容。
		5	理解內容（中文）	○	4	於讀完包含以日常話題或情境為題材等，約450字左右的簡易撰寫文章段落之後，測驗是否能夠理解其內容。
		6	釐整資訊	◆	2	測驗是否能夠從介紹或通知等，約400字左右的撰寫資訊題材中，找出所需的訊息。

聽解（35分）	1	理解問題	◇	8	於聽取完整的會話段落之後，測驗是否能夠理解其內容（於聽完解決問題所需的具體訊息之後，測驗是否能夠理解應當採取的下一個適切步驟）。
	2	理解重點	◇	7	於聽取完整的會話段落之後，測驗是否能夠理解其內容（依據剛才已聽過的提示，測驗是否能夠抓住應當聽取的重點）。
	3	適切話語	◆	5	於一面看圖示，一面聽取情境說明時，測驗是否能夠選擇適切的話語。
	4	即時應答	◆	8	於聽完簡短的詢問之後，測驗是否能夠選擇適切的應答。

＊「小題題數」為每次測驗的約略題數，與實際測驗時的題數可能未盡相同。此外，亦有可能會變更小題題數。

＊有時在「讀解」科目中，同一段文章可能會有數道小題。

資料來源：《日本語能力試驗JLPT官方網站：分項成績・合格判定・合否結果通知》。2016年1月11日，取自：http://www.jlpt.jp/tw/guideline/results.html

必　勝

N5

情境分類單字

パート 1 第一章

基本単語

- 基本單字 -

N5 ⊙ 1-1

1-1 挨拶ことば / 寒暄語

01 | どうもありがとうございました

寒暄 謝謝，太感謝了

例 寂(さび)しいけど、今(いま)までどうもありがとうございました。

譯 太令人捨不得了，到目前為止真的很謝謝。

02 | いただきます【頂きます】

寒暄（吃飯前的客套話）我就不客氣了

例「いただきます」と言(い)ってご飯(はん)を食(た)べる。

譯 說聲「我開動了」就吃起飯了。

03 | いらっしゃい（ませ）

寒暄 歡迎光臨

例 いらっしゃいませ。どうぞ、こちらへ。

譯 歡迎光臨。請往這邊走。

04 | ではおげんきで【ではお元気で】

寒暄 請多保重身體

例 では、お元気(げんき)で。さようなら。

譯 那麼，請多保重身體。再見了。

05 | おねがいします【お願いします】

寒暄 麻煩，請；請多多指教

例 またお願(ねが)いします。

譯 再麻煩你了。

06 | おはようございます

寒暄（早晨見面時）早安，您早

例 先生(せんせい)、おはようございます。

譯 老師，早安！

07 | おやすみなさい【お休みなさい】

寒暄 晚安

例「おやすみなさい」と両親(りょうしん)に言(い)った。

譯 跟父母說了聲「晚安」。

08 | ごちそうさまでした【御馳走様でした】

寒暄 多謝您的款待，我已經吃飽了

例 ごちそうさまでした。美味(おい)しかったです。

譯 感謝招待，美味極了。

09 | こちらこそ

寒暄 哪兒的話，不敢當

例 こちらこそ、ありがとうございました。

譯 我才應該感謝你的。

10 | ごめんください【御免ください】

寒暄 有人在嗎

例 ごめんください、誰(だれ)かいますか。

譯 請問有人在家嗎？

11 | ごめんなさい【御免なさい】

連語 對不起

例 本当(ほんとう)にごめんなさい。

譯 真的很對不起。

12 | こんにちは【今日は】

寒暄 你好，日安

例 こんにちは、今日(きょう)は暑(あつ)いですね。

譯 你好，今天真熱啊！

13 | こんばんは【今晩は】

寒暄 晚安你好，晚上好

例 こんばんは、今(いま)お帰(かえ)りですか。

譯 晚上好，剛回來嗎？

14 | さよなら・さようなら

感 再見，再會；告別

例 お元気(げんき)で、さようなら。

譯 珍重，再見啦！

15 | しつれいしました【失礼しました】

寒暄 請原諒，失禮了

例 返事(へんじ)が遅(おく)れて失礼(しつれい)しました。

譯 回信遲了，真是抱歉！

16 | しつれいします【失礼します】

寒暄 告辭，再見，對不起；不好意思，打擾了

例 では、お先(さき)に失礼(しつれい)します。

譯 那麼，我就先告辭了！

17 | すみません

寒暄 (道歉用語)對不起，抱歉；謝謝

例 すみません、わかりません。

譯 很抱歉，我不明白。

18 | では、また

寒暄 那麼，再見

例 では、また明日(あした)。

譯 那麼，明天見了。

19 | どういたしまして

寒暄 沒關係，不用客氣，算不了什麼

例「ありがとうございました」。「いいえ、どういたしまして」。

譯「謝謝你」。「那裡那裡，你太客氣了」。

20 | はじめまして【初めまして】

寒暄 初次見面，你好

例 初(はじ)めまして、山田(やまだ)です。

譯 你好，我叫山田。

21 | (どうぞ) よろしく

寒暄 指教，關照

例 こちらこそ、どうぞよろしくお願(ねが)いします。

譯 彼此彼此，請多多關照。

1-2 數字(1) /
數字(1)

01 | ゼロ【zero】
㊔(數)零；沒有
例 ゼロから始める。
譯 從零開始。

02 | れい【零】
㊔(數)零；沒有
例 気温は零度だ。
譯 氣溫零度。

03 | いち【一】
㊔(數)一；第一，最初；最好
例 月に一度だけ会う。
譯 一個月只見一次面。

04 | に【二】
㊔(數)二，兩個
例 二年前に留学した。
譯 兩年前留過學。

05 | さん【三】
㊔(數)三；三個；第三；三次
例 茶碗に三杯ごはんを食べる。
譯 吃三碗飯。

06 | し・よん【四】
㊔(數)四；四個；四次(後接「時(じ)、時間(じかん)」時，則唸「四」(よ))
例 四を押す。
譯 按四。

07 | ご【五】
㊔(數)五
例 指が五本ある。
譯 手指有五根。

08 | ろく【六】
㊔(數)六；六個
例 六時間をかける。
譯 花六個小時。

09 | しち・なな【七】
㊔(數)七；七個
例 七五三に着る。
譯 在“七五三”(日本習俗，祈求兒童能健康成長。)穿上。

10 | はち【八】
㊔(數)八；八個
例 八キロもある。
譯 有八公斤。

11 | きゅう・く【九】
㊔(數)九；九個
例 九から三を引く。
譯 用九減去三。

12 | じゅう【十】
㊔(數)十；第十
例 十まで言う。
譯 說到十。

13 | ひゃく【百】
㊔(數)一百；一百歲

例 百点（ひゃくてん）を取（と）る。
譯 考一百分。

14 | せん【千】
名 (數)千，一千；形容數量之多
例 高（たか）さは千（せん）メートルある。
譯 高度有一千公尺。

15 | まん【万】
名 (數)萬
例 1千万（せんまん）で買（か）った。
譯 以一千萬日圓買下。

N5 ◉ 1-2 (2)

1-2 数字 (2) / 數字 (2)

16 | ひとつ【一つ】
名 (數)一；一個；一歲
例 一（ひと）つを選（えら）ぶ。
譯 選一個。

17 | ふたつ【二つ】
名 (數)二；兩個；兩歲
例 二（ふた）つに割（わ）る。
譯 破裂成兩個。

18 | みっつ【三つ】
名 (數)三；三個；三歲
例 三（みっ）つに分（わ）かれる。
譯 分成三個。

19 | よっつ【四つ】
名 (數)四個；四歲
例 りんごを四（よっ）つ買（か）う。
譯 買四個蘋果。

20 | いつつ【五つ】
名 (數)五個；五歲；第五(個)
例 五（いつ）つになる。
譯 長到五歲。

21 | むっつ【六つ】
名 (數)六；六個；六歲
例 六（むっ）つ上（うえ）の兄（あに）がいる。
譯 我有一個比我大六歲的哥哥。

22 | ななつ【七つ】
名 (數)七個；七歲
例 七（なな）つにわける。
譯 分成七個。

23 | やっつ【八つ】
名 (數)八；八個；八歲
例 八（やっ）つの子（こ）がいる。
譯 有八歲的小孩。

24 | ここのつ【九つ】
名 (數)九個；九歲
例 九（ここの）つになる。
譯 長到九歲。

25 | とお【十】
名 (數)十；十個；十歲
例 お皿（さら）が十（とお）ある。
譯 有十個盤子。

26｜いくつ【幾つ】

㊔（不確定的個數，年齡）幾個，多少；幾歲

例 いくつもない。

譯 沒有幾個。

27｜はたち【二十歳】

㊔ 二十歲

例 二十歳を迎える。

譯 迎接二十歲的到來。

28｜ばんごう【番号】

㊔ 號碼，號數

例 番号を調べる。

譯 查號碼。

N5 ⊙ 1-3

1-3 曜日 / 星期

01｜にちようび【日曜日】

㊔ 星期日

例 日曜日も休めない。

譯 星期天也沒辦法休息。

02｜げつようび【月曜日】

㊔ 星期一

例 月曜日の朝は大変だ。

譯 星期一的早晨忙壞了。

03｜かようび【火曜日】

㊔ 星期二

例 火曜日に帰る。

譯 星期二回去。

04｜すいようび【水曜日】

㊔ 星期三

例 水曜日が休みだ。

譯 星期三休息。

05｜もくようび【木曜日】

㊔ 星期四

例 木曜日までに返す。

譯 星期四前歸還。

06｜きんようび【金曜日】

㊔ 星期五

例 金曜日から始まる。

譯 星期五開始。

07｜どようび【土曜日】

㊔ 星期六

例 土曜日は暇だ。

譯 星期六有空。

08｜せんしゅう【先週】

㊔ 上個星期，上週

例 先週習った。

譯 上週學習過了。

09｜こんしゅう【今週】

㊔ 這個星期，本週

例 今週も忙しい。

譯 這禮拜也忙。

10｜らいしゅう【来週】

㊔ 下星期

例 来週はテストをする。
譯 下週考試。

11 | まいしゅう【毎週】
名 每個星期，每週，每個禮拜
例 毎週映画館へ行く。
譯 每週去電影院看電影。

12 | しゅうかん【週間】
名·接尾 …週，…星期
例 一週間は七日だ。
譯 一週有七天。

13 | たんじょうび【誕生日】
名 生日
例 誕生日に何がほしい。
譯 想要什麼生日禮物？

N5 ● 1-4

1-4 日にち／日期

01 | ついたち【一日】
名 (每月)一號，初一
例 毎月一日に、お祖父さんと会う。
譯 每個月一號都會跟爺爺見面。

02 | ふつか【二日】
名 (每月)二號，二日；兩天；第二天
例 五日働いて、二日休む。
譯 五天工作，兩天休息。

03 | みっか【三日】
名 (每月)三號；三天
例 三日に一度会う。
譯 三天見一次面。

04 | よっか【四日】
名 (每月)四號，四日；四天
例 もう四日も雨が降っている。
譯 已經足足下了四天的雨了。

05 | いつか【五日】
名 (每月)五號，五日；五
例 五日間旅行する。
譯 旅行五天。

06 | むいか【六日】
名 (每月)六號，六日；六天
例 六日にまた会いましょう。
譯 我們六日再會吧！

07 | なのか【七日】
名 (每月)七號；七日，七天
例 休みは七日間ある。
譯 有七天的休假

08 | ようか【八日】
名 (每月)八號，八日；八天
例 八日かかる。
譯 需花八天時間。

09 | ここのか【九日】
名 (每月)九號，九日；九天
例 五月九日にまた会いましょう。
譯 五月九號再碰面吧！

10 | とおか【十日】

㊔（每月）十號，十日；十天

例 十日(とおか)間(かん)かかる。

譯 花十天時間。

11 | はつか【二十日】

㊔（每月）二十日；二十天

例 二十日(はつか)に出(で)る。

譯 二十號出發。

12 | いちにち【一日】

㊔ 一天，終日；一整天 ；一號(ついたち)

例 一日(いちにち)寝(ね)る。

譯 睡了一整天。

13 | カレンダー【calendar】

㊔ 日曆；全年記事表

例 今年(ことし)のカレンダーをもらった。

譯 拿到今年的日曆。

N5 ● 1-5

1-5 色 /
顏色

01 | あおい【青い】

㊎ 藍的，綠的，青的 ；不成熟

例 海(うみ)は青(あお)い。

譯 湛藍的海。

02 | あかい【赤い】

㊎ 紅的

例 赤(あか)い花(はな)を買(か)う。

譯 買紅色的花。

03 | きいろい【黄色い】

㊎ 黃色，黃色的

例 黄色(きいろ)い花(はな)が咲(さ)く。

譯 綻放黃色的花朵。

04 | くろい【黒い】

㊎ 黑色的；褐色；骯髒；黑暗

例 黒(くろ)い船(ふね)を見(み)ました。

譯 看到黑色的船隻。

05 | しろい【白い】

㊎ 白色的；空白；乾淨，潔白

例 白(しろ)い雲(くも)が黒(くろ)くなった。

譯 白雲轉變為烏雲。

06 | ちゃいろ【茶色】

㊔ 茶色

例 茶色(ちゃいろ)が好(す)きだ。

譯 喜歡茶色。

07 | みどり【緑】

㊔ 綠色

例 みどりが多(おお)い。

譯 綠油油的。

08 | いろ【色】

㊔ 顏色，彩色

例 黄色(きいろ)くなる。

譯 轉黃。

1-6 数詞 / 量詞

01 | かい【階】
接尾 (樓房的)…樓，層
例 二階(にかい)まで歩(ある)く。
譯 走到二樓。

02 | かい【回】
名・接尾 …回，次數
例 何回(なんかい)も言(い)う。
譯 說了好幾次。

03 | こ【個】
名・接尾 …個
例 六個(ろっこ)ください。
譯 給我六個。

04 | さい【歳】
名・接尾 …歲
例 25 歳(さい)で結婚(けっこん)する。
譯 25歲結婚。

05 | さつ【冊】
接尾 …本，…冊
例 本(ほん)を五冊(ごさつ)買(か)う。
譯 買五本書。

06 | だい【台】
接尾 …台，…輛，…架
例 エアコンが 2 台(だい)ある。
譯 有兩台冷氣。

07 | にん【人】
接尾 …人
例 子供(こども)が 6 人(にん)もいる。
譯 小孩多達六人。

08 | はい・ばい・ぱい【杯】
接尾 …杯
例 一杯(いっぱい)どう。
譯 喝杯如何？

09 | ばん【番】
名・接尾 (表示順序)第…，…號；輪班；看守
例 一番(いちばん)になった。
譯 得到第一名。

10 | ひき【匹】
接尾 (鳥，蟲，魚，獸)…匹，…頭，…條，…隻
例 2 匹(ひき)の犬(いぬ)と散歩(さんぽ)する。
譯 跟 2 隻狗散步。

11 | ページ【page】
名・接尾 …頁
例 ページを開(ひら)く。
譯 翻開內頁。

12 | ほん・ぼん・ぽん【本】
接尾 (計算細長的物品)…支，…棵，…瓶，…條
例 ビールを二本(にほん)買(か)う。
譯 購買兩瓶啤酒。

13 | まい【枚】

(接尾) (計算平薄的東西)…張，…片，…幅，…扇

例 ハンカチを二枚持っている。

譯 有兩條手帕。

パート 2 第二章

動植物、大自然

- 動植物、大自然 -

N5 ◉ 2-1

2-1 体 / 身體

01 | あたま【頭】
㊔ 頭；頭髮；(物體的上部)頂端
例 頭(あたま)がいい。
譯 聰明。

02 | かお【顔】
㊔ 臉，面孔；面子，顏面
例 水(みず)で顔(かお)を洗(あら)う。
譯 用自來水洗臉。

03 | みみ【耳】
㊔ 耳朵
例 耳(みみ)が冷(つめ)たくなった。
譯 耳朵感到冰冷。

04 | め【目】
㊔ 眼睛；眼珠，眼球
例 目(め)がいい。
譯 視力好。

05 | はな【鼻】
㊔ 鼻子
例 鼻(はな)が高(たか)い。
譯 得意洋洋。

06 | くち【口】
㊔ 口，嘴巴
例 口(くち)を開(ひら)く。
譯 把嘴張開。

07 | は【歯】
㊔ 牙齒
例 歯(は)を磨(みが)く。
譯 刷牙。

08 | て【手】
㊔ 手，手掌；胳膊
例 手(て)をあげる。
譯 舉手。

09 | おなか【お腹】
㊔ 肚子；腸胃
例 お腹(なか)が痛(いた)い。
譯 肚子痛。

10 | あし【足】
㊔ 腳；(器物的)腿
例 足(あし)が綺麗(きれい)だ。
譯 腳很美。

11 | からだ【体】

㊔ 身體；體格，身材

例 タバコは体(からだ)に悪(わる)い。

譯 香菸對身體不好。

12 | せ・せい【背】

㊔ 身高，身材

例 背(せ)が高(たか)い。

譯 身材高大。

13 | こえ【声】

㊔ (人或動物的)聲音，語音

例 やさしい声(こえ)で話(はな)す。

譯 用溫柔的聲音說話。

N5 ⊙ 2-2(1)

2-2 家族(1) / 家族(1)

01 | おじいさん【お祖父さん・お爺さん】

㊔ 祖父；外公；(對一般老年男子的稱呼)爺爺

例 お祖父(じい)さんから聞(き)く。

譯 從祖父那裡聽來的。

02 | おばあさん【お祖母さん・お婆さん】

㊔ 祖母；外祖母；(對一般老年婦女的稱呼)老婆婆

例 お祖母(ばあ)さんは元気(げんき)だ。

譯 祖母身體很好。

03 | おとうさん【お父さん】

㊔ (「父」的鄭重說法)爸爸，父親

例 お父(とう)さんはお元気(げんき)ですか。

譯 您父親一切可好。

04 | ちち【父】

㊔ 家父，爸爸，父親

例 父(ちち)は今(いま)出(で)かけている。

譯 爸爸目前外出。

05 | おかあさん【お母さん】

㊔ (「母」的鄭重說法)媽媽，母親

例 お母(かあ)さんが大好(だいす)きだ。

譯 我最喜歡母親。

06 | はは【母】

㊔ 家母，媽媽，母親

例 母(はは)に電話(でんわ)する。

譯 打電話給母親。

07 | おにいさん【お兄さん】

㊔ 哥哥(「兄さん」的鄭重說法)

例 お兄(にい)さんはギターが上手(じょうず)だ。

譯 哥哥很會彈吉他。

08 | あに【兄】

㊔ 哥哥，家兄；姐夫

例 兄(あに)と喧嘩(けんか)する。

譯 跟哥哥吵架。

09 | おねえさん【お姉さん】

㊔ 姊姊(「姉さん」的鄭重說法)

例 お姉(ねえ)さんはやさしい。

譯 姊姊很溫柔。

10 | あね【姉】

㊔ 姉姉，家姉；嫂子

例 姉(あね)は忙(いそが)しい。

譯 姉姉很忙。

11 | おとうと【弟】

㊔ 弟弟(鄭重説法是「弟さん」)

例 男(おとこ)の子(こ)が私(わたし)の弟(おとうと)だ。

譯 男孩是我弟弟。

12 | いもうと【妹】

㊔ 妹妹(鄭重説法是「妹(いもうと)さん」)

例 かわいい妹(いもうと)がほしい。

譯 我想要有個可愛的妹妹。

13 | おじさん【伯父さん・叔父さん】

㊔ 伯伯，叔叔，舅舅，姨丈，姑丈

例 伯父(おじ)さんは厳(きび)しい人(ひと)だ。

譯 伯伯人很嚴格。

14 | おばさん【伯母さん・叔母さん】

㊔ 姨媽，嬸嬸，姑媽，伯母，舅媽

例 伯母(おば)さんが嫌(きら)いだ。

譯 我討厭姨媽。

N5 ⊙ 2-2(2)

2-2 家族 (2) /
家族 (2)

15 | りょうしん【両親】

㊔ 父母，雙親

例 両親(りょうしん)に会(あ)う。

譯 見父母。

16 | きょうだい【兄弟】

㊔ 兄弟；兄弟姊妹；親如兄弟的人

例 兄弟(きょうだい)はいますか。

譯 你有兄弟姊妹嗎？

17 | かぞく【家族】

㊔ 家人，家庭，親屬

例 家族(かぞく)が多(おお)い。

譯 家人眾多。

18 | ごしゅじん【ご主人】

㊔ (稱呼對方的)您的先生，您的丈夫

例 ご主人(しゅじん)のお仕事(しごと)は。

譯 您先生從事什麼行業？

19 | おくさん【奥さん】

㊔ 太太；尊夫人

例 奥(おく)さんによろしく。

譯 代我向您夫人問好。

20 | じぶん【自分】

㊔ 自己，本人，自身；我

例 自分(じぶん)でやる。

譯 自己做。

21 | ひとり【一人】

㊔ 一人；一個人；單獨一個人

例 一人(ひとり)で来(き)た。

譯 單獨一人前來。

22 | ふたり【二人】

㊔ 兩個人，兩人

例 二人(ふたり)でお酒(さけ)を飲(の)む。

譯 兩人一起喝酒。

23 | みなさん【皆さん】

㊔ 大家，各位

例 皆(みな)さん、お静(しず)かに。

譯 請大家肅靜。

24 | いっしょ【一緒】

名・自サ 一塊，一起；一樣；(時間)一齊，同時

例 一緒(いっしょ)に行(い)く。

譯 一起去。

25 | おおぜい【大勢】

㊔ 很多人，眾多人；人數很多

例 大勢(おおぜい)の人(ひと)が並(なら)んでいる。

譯 有許多人排列著。

N5 ◉ 2-3

2-3 人の呼び方 / 人物的稱呼

01 | あなた【貴方・貴女】

㊹ (對長輩或平輩尊稱)你，您；(妻子稱呼先生)老公

例 貴方(あなた)に会(あ)う。

譯 跟你見面。

02 | わたし【私】

㊔ 我(謙遜的説法“わたくし”)

例 私(わたし)が行(い)く。

譯 我去。

03 | おとこ【男】

㊔ 男性，男子，男人

例 男(おとこ)は傘(かさ)を持(も)っている。

譯 男性拿著傘。

04 | おんな【女】

㊔ 女人，女性，婦女

例 女(おんな)はやさしい。

譯 女性很溫柔。

05 | おとこのこ【男の子】

㊔ 男孩子；年輕小伙子

例 男(おとこ)の子(こ)が生(う)まれた。

譯 生了男孩。

06 | おんなのこ【女の子】

㊔ 女孩子；少女

例 女(おんな)の子(こ)がほしい。

譯 想生女孩子。

07 | おとな【大人】

㊔ 大人，成人

例 大人(おとな)になる。

譯 變成大人。

08 | こども【子供】

㊔ 自己的兒女；小孩，孩子，兒童

例 子(こ)どもがほしい。

譯 想要有孩子。

09 | がいこくじん【外国人】

㊔ 外國人

例 外国人(がいこくじん)がたくさんいる。

譯 有許多外國人。

10 | ともだち【友達】

名 朋友，友人

例 友達(ともだち)になる。

譯 交朋友。

11 | ひと【人】

名 人，人類

例 あの人(ひと)は学生(がくせい)です。

譯 那個人是學生。

12 | かた【方】

名 位，人(「人」的敬稱)

例 あの方(かた)が山田(やまだ)さんです。

譯 那位是山田小姐。

13 | がた【方】

接尾 (前接人稱代名詞，表對複數的敬稱)們，各位

例 先生方(せんせいがた)はアメリカ人(じん)ですか。

譯 老師們都是美國人嗎？

14 | さん

接尾 (接在人名，職稱後表敬意或親切)…先生，…小姐

例 田中(たなか)さん、お元気(げんき)ですか。

譯 田中小姐，你好嗎？

2-4 大自然 /
大自然

01 | そら【空】

名 天空，空中；天氣

例 空(そら)を飛(と)ぶ。

譯 在天空飛翔。

02 | やま【山】

名 山；一大堆，成堆如山

例 山(やま)に登(のぼ)る。

譯 爬山。

03 | かわ【川・河】

名 河川，河流

例 川(かわ)で魚(さかな)をとる。

譯 在河邊釣魚。

04 | うみ【海】

名 海，海洋

例 海(うみ)を渡(わた)る。

譯 渡海。

05 | いわ【岩】

名 岩石

例 岩(いわ)の上(うえ)に座(すわ)る。

譯 坐在岩石上。

06 | き【木】

名 樹，樹木；木材

例 木(き)の下(した)に犬(いぬ)がいる。

譯 樹下有小狗。

07 | とり【鳥】

㊔ 鳥，禽類的總稱；雞

例 鳥（とり）が飛（と）ぶ。

譯 鳥飛翔。

08 | いぬ【犬】

㊔ 狗

例 犬（いぬ）も猫（ねこ）も大好（だいす）きだ。

譯 喜歡狗跟貓。

09 | ねこ【猫】

㊔ 貓

例 猫（ねこ）は窓（まど）から入（はい）ってきた。

譯 貓從窗戶進來。

10 | はな【花】

㊔ 花

例 花（はな）が咲（さ）く。

譯 花開。

11 | さかな【魚】

㊔ 魚

例 魚（さかな）を買（か）う。

譯 買魚。

12 | どうぶつ【動物】

㊔（生物兩大類之一的）動物；（人類以外，特別指哺乳類）動物

例 動物（どうぶつ）が好（す）きだ。

譯 喜歡動物。

2-5 季節、気象 / 季節、氣象

01 | はる【春】

㊔ 春天，春季

例 春（はる）になる。

譯 到了春天。

02 | なつ【夏】

㊔ 夏天，夏季

例 夏（なつ）が来（く）る。

譯 夏天來臨。

03 | あき【秋】

㊔ 秋天，秋季

例 もう秋（あき）だ。

譯 已經是秋天了。

04 | ふゆ【冬】

㊔ 冬天，冬季

例 冬（ふゆ）を過（す）ごす。

譯 過冬。

05 | かぜ【風】

㊔ 風

例 風（かぜ）が吹（ふ）く。

譯 風吹。

06 | あめ【雨】

㊔ 雨，下雨，雨天

例 雨（あめ）が降（ふ）る。

譯 下雨。

07 | ゆき【雪】

㊔ 雪

例 雪(ゆき)が降(ふ)る。

譯 下雪。

08 | てんき【天気】

㊔ 天氣；晴天，好天氣

例 天気(てんき)がいい。

譯 天氣好。

09 | あつい【暑い】

㊏ (天氣)熱，炎熱

例 部屋(へや)が暑(あつ)い。

譯 房間很熱。

10 | さむい【寒い】

㊏ (天氣)寒冷

例 冬(ふゆ)は寒(さむ)い。

譯 冬天寒冷。

11 | すずしい【涼しい】

㊏ 涼爽，涼爽

例 風(かぜ)が涼(すず)しい。

譯 風很涼爽。

12 | はれる【晴れる】

(自下一) (天氣)晴，(雨，雪)停止，放晴

例 空(そら)が晴(は)れる。

譯 天氣放晴。

パート
3
第三章

日常生活

- 日常生活 -

N5 3-1

3-1 身の回り品 / 身邊的物品

01 | かばん【鞄】

㊔ 皮包，提包，公事包，書包

例 かばんを開（あ）ける。

譯 打開皮包。

02 | にもつ【荷物】

㊔ 行李，貨物

例 荷物（にもつ）を運（はこ）ぶ。

譯 搬行李。

03 | ぼうし【帽子】

㊔ 帽子

例 帽子（ぼうし）をかぶる。

譯 戴帽子。

04 | ネクタイ【necktie】

㊔ 領帶

例 ネクタイを締（し）める。

譯 繫領帶。

05 | ハンカチ【handkerchief】

㊔ 手帕

例 ハンカチを洗（あら）う。

譯 洗手帕。

06 | めがね【眼鏡】

㊔ 眼鏡

例 眼鏡（めがね）をかける。

譯 戴眼鏡。

07 | さいふ【財布】

㊔ 錢包

例 財布（さいふ）に入（い）れる。

譯 放入錢包。

08 | おかね【お金】

㊔ 錢，貨幣

例 お金（かね）はほしくありません。

譯 我不想要錢。

09 | たばこ【煙草】

㊔ 香煙；煙草

例 煙草（たばこ）を吸（す）う。

譯 抽煙。

10 | はいざら【灰皿】

㊔ 菸灰缸

例 灰皿（はいざら）を取（と）る。

譯 拿煙灰缸。

11 | マッチ【match】

㊔ 火柴；火材盒

例 マッチをつける。

譯 點火柴。

12 | スリッパ【slipper】

名 室內拖鞋

例 スリッパを履(は)く。

譯 穿拖鞋。

13 | くつ【靴】

名 鞋子

例 靴(くつ)を脱(ぬ)ぐ。

譯 脱鞋子。

14 | くつした【靴下】

名 襪子

例 靴下(くつした)を洗(あら)う。

譯 洗襪子。

15 | はこ【箱】

名 盒子，箱子，匣子

例 箱(はこ)に入(い)れる。

譯 放入箱子。

N5 ● 3-2

3-2 衣服 /
衣服

01 | せびろ【背広】

名 (男子穿的)西裝 (的上衣)

例 背広(せびろ)を作(つく)る。

譯 訂做西裝。

02 | ワイシャツ【white shirt】

名 襯衫

例 ワイシャツを着(き)る。

譯 穿白襯衫。

03 | ポケット【pocket】

名 口袋，衣袋

例 ポケットに入(い)れる。

譯 放入口袋。

04 | ふく【服】

名 衣服

例 服(ふく)を買(か)う。

譯 買衣服。

05 | うわぎ【上着】

名 上衣；外衣

例 上着(うわぎ)を脱(ぬ)ぐ。

譯 脱外套。

06 | シャツ【shirt】

名 襯衫

例 シャツにネクタイをする。

譯 在襯衫上繫上領帶。

07 | コート【coat】

名 外套，大衣；(西裝的)上衣

例 コートがほしい。

譯 想要有件大衣。

08 | ようふく【洋服】

名 西服，西裝

例 洋服(ようふく)を作(つく)る。

譯 做西裝。

09｜ズボン【(法) jupon】
㊔ 西裝褲；褲子

例 ズボンを脱(ぬ)ぐ。
譯 脱褲子。

10｜ボタン【(葡)botão button】
㊔ 釦子，鈕釦；按鍵

例 ボタンをかける。
譯 扣上扣子。

11｜セーター【sweater】
㊔ 毛衣

例 セーターを着(き)る。
譯 穿毛衣。

12｜スカート【skirt】
㊔ 裙子

例 スカートを穿(は)く。
譯 穿裙子。

13｜もの【物】
㊔（有形）物品，東西；（無形的）事物

例 物(もの)を売(う)る。
譯 賣東西。

N5 ● 3-3(1)

3-3 食べ物 (1) /
食物 (1)

01｜ごはん【ご飯】
㊔ 米飯；飯食，餐

例 ご飯(はん)を食(た)べる。
譯 吃飯。

02｜あさごはん【朝ご飯】
㊔ 早餐，早飯

例 朝(あさ)ご飯(はん)を食(た)べる。
譯 吃早餐。

03｜ひるごはん【昼ご飯】
㊔ 午餐

例 昼(ひる)ご飯(はん)を買(か)う。
譯 買午餐。

04｜ばんごはん【晩ご飯】
㊔ 晚餐

例 晩(ばん)ご飯(はん)を作(つく)る。
譯 做晚餐。

05｜ゆうはん【夕飯】
㊔ 晚飯

例 夕飯(ゆうはん)を作(つく)る。
譯 做晚飯。

06｜たべもの【食べ物】
㊔ 食物，吃的東西

例 食(た)べ物(もの)を売(う)る。
譯 販賣食物。

07｜のみもの【飲み物】
㊔ 飲料

例 飲(の)み物(もの)をください。
譯 請給我飲料。

08｜おかし【お菓子】
㊔ 點心，糕點

例 お菓子（かし）を作（つく）る。
譯 做點心。

09｜りょうり【料理】
名·自他サ 菜餚，飯菜；做菜，烹調
例 料理（りょうり）をする。
譯 做菜。

10｜しょくどう【食堂】
名 食堂，餐廳，飯館
例 食堂（しょくどう）に行（い）く。
譯 去食堂。

11｜かいもの【買い物】
名 購物，買東西；要買的東西
例 買（か）い物（もの）をする。
譯 買東西。

12｜パーティー【party】
名 （社交性的）集會，晚會，宴會，舞會
例 パーティーを開（ひら）く。
譯 舉辦派對。

N5 ⊙ 3-3(2)

3-3 食べ物 (2) / 食物 (2)

13｜コーヒー【(荷) koffie】
名 咖啡
例 コーヒーをいれる。
譯 沖泡咖啡。

14｜ぎゅうにゅう【牛乳】
名 牛奶
例 牛乳（ぎゅうにゅう）を飲（の）む。
譯 喝牛奶。

15｜おさけ【お酒】
名 酒（「酒」的鄭重説法）；清酒
例 お酒（さけ）が嫌（きら）いです。
譯 我不喜歡喝酒。

16｜にく【肉】
名 肉
例 肉料理（にくりょうり）はおいしい。
譯 肉類菜餚非常可口。

17｜とりにく【鶏肉·鳥肉】
名 雞肉；鳥肉
例 鳥肉（とりにく）のスープがある。
譯 有雞湯。

18｜みず【水】
名 水；冷水
例 水（みず）を飲（の）む。
譯 喝水。

19｜ぎゅうにく【牛肉】
名 牛肉
例 牛肉（ぎゅうにく）でスープを作（つく）る。
譯 用牛肉煮湯。

20｜ぶたにく【豚肉】
名 豬肉
例 豚肉（ぶたにく）を食（た）べる。
譯 吃豬肉。

21 | おちゃ【お茶】

㊔ 茶，茶葉（「茶」的鄭重説法）；茶道

例 お茶(ちゃ)を飲(の)む。

譯 喝茶。

22 | パン【（葡）pão】

㊔ 麵包

例 パンを食(た)べる。

譯 吃麵包。

23 | やさい【野菜】

㊔ 蔬菜，青菜

例 野菜(やさい)を食(た)べましょう。

譯 吃蔬菜吧！

24 | たまご【卵】

㊔ 蛋，卵；鴨蛋，雞蛋

例 卵(たまご)を買(か)う。

譯 買雞蛋。

25 | くだもの【果物】

㊔ 水果，鮮果

例 果物(くだもの)を取(と)る。

譯 採摘水果。

N5 ⊙ 3-4

3-4 食器、調味料 / 器皿、調味料

01 | バター【butter】

㊔ 奶油

例 バターをつける。

譯 塗奶油。

02 | しょうゆ【醤油】

㊔ 醬油

例 醤油(しょうゆ)を入(い)れる。

譯 加醬油。

03 | しお【塩】

㊔ 鹽，食鹽

例 塩(しお)をかける。

譯 灑鹽。

04 | さとう【砂糖】

㊔ 砂糖

例 砂糖(さとう)をつける。

譯 沾砂糖。

05 | スプーン【spoon】

㊔ 湯匙

例 スプーンで食(た)べる。

譯 用湯匙吃。

06 | フォーク【fork】

㊔ 叉子，餐叉

例 フォークを使(つか)う。

譯 使用叉子。

07 | ナイフ【knife】

㊔ 刀子，小刀，餐刀

例 ナイフで切(き)る。

譯 用刀切開。

08 | おさら【お皿】

㊔ 盤子（「皿」的鄭重説法）

例 お皿を洗う。
譯 洗盤子。

09 | ちゃわん【茶碗】
名 碗，茶杯，飯碗
例 茶碗に入れる。
譯 盛到碗裡。

10 | グラス【glass】
名 玻璃杯；玻璃
例 グラスに入れる。
譯 倒進玻璃杯裡。

11 | はし【箸】
名 筷子，箸
例 箸で食べる。
譯 用筷子吃。

12 | コップ【(荷) kop】
名 杯子，玻璃杯
例 コップで飲む。
譯 用杯子喝。

13 | カップ【cup】
名 杯子；(有把)茶杯
例 コーヒーカップをあげた。
譯 贈送咖啡杯。

3-5 家 / 住家

01 | いえ【家】
名 房子，房屋；(自己的)家；家庭
例 家は海の側にある。
譯 家在海邊。

02 | うち【家】
名 自己的家裡(庭)；房屋
例 家へ帰る。
譯 回家。

03 | にわ【庭】
名 庭院，院子，院落
例 庭で遊ぶ。
譯 在院子裡玩。

04 | かぎ【鍵】
名 鑰匙；鎖頭；關鍵
例 鍵をかける。
譯 上鎖。

05 | プール【pool】
名 游泳池
例 プールで泳ぐ。
譯 在泳池內游泳。

06 | アパート【apartment house之略】
名 公寓
例 アパートに住む。
譯 住公寓。

07 | いけ【池】

㊔ 池塘；(庭院中的)水池

例 池（いけ）の周（まわ）りを散歩（さんぽ）する。

譯 在池塘附近散步。

08 | ドア【door】

㊔ (大多指西式前後推開的)門；(任何出入口的)門

例 ドアを開（あ）ける。

譯 開門。

09 | もん【門】

㊔ 門，大門

例 南側（みなみがわ）の門（もん）から入（はい）る。

譯 從南側的門進入。

10 | と【戸】

㊔ (大多指左右拉開的)門；大門

例 戸（と）を閉（し）める。

譯 關門。

11 | いりぐち【入り口】

㊔ 入口，門口

例 入（い）り口（ぐち）から入（はい）る。

譯 從入口進入。

12 | でぐち【出口】

㊔ 出口

例 出口（でぐち）を出（で）る。

譯 走出出口。

13 | ところ【所】

㊔ (所在的)地方，地點

例 便利（べんり）な所（ところ）がいい。

譯 我要比較方便的地方。

N5 ◉ 3-6

3-6 部屋、設備 / 房間、設備

01 | つくえ【机】

㊔ 桌子，書桌

例 机（つくえ）の上（うえ）にカメラがある。

譯 桌上有照相機。

02 | いす【椅子】

㊔ 椅子

例 椅子（いす）にかける。

譯 坐在椅子上。

03 | へや【部屋】

㊔ 房間；屋子

例 部屋（へや）を掃除（そうじ）する。

譯 打掃房間。

04 | まど【窓】

㊔ 窗戶

例 窓（まど）を開（あ）ける。

譯 開窗戶。

05 | ベッド【bed】

㊔ 床，床鋪

例 ベッドに寝（ね）る。

譯 睡在床上。

06 | シャワー【shower】

㊔ 淋浴

例 シャワーを浴(あ)びる。

譯 淋浴。

07 | トイレ【toilet】

名 廁所，洗手間，盥洗室

例 トイレに行(い)く。

譯 上洗手間。

08 | だいどころ【台所】

名 廚房

例 台所(だいどころ)で料理(りょうり)する。

譯 在廚房煮菜。

09 | げんかん【玄関】

名 （建築物的）正門，前門，玄關

例 玄関(げんかん)につく。

譯 到了玄關。

10 | かいだん【階段】

名 樓梯，階梯，台階

例 階段(かいだん)で上(あ)がる。

譯 走樓梯上去。

11 | おてあらい【お手洗い】

名 廁所，洗手間，盥洗室

例 お手洗(てあら)いに行(い)く。

譯 去洗手間。

12 | ふろ【風呂】

名 浴缸，澡盆；洗澡；洗澡熱水

例 風呂(ふろ)に入(はい)る。

譯 洗澡。

3-7 家具、家電 / 家具、家電

01 | でんき【電気】

名 電力；電燈；電器

例 電気(でんき)をつける。

譯 開燈。

02 | とけい【時計】

名 鐘錶，手錶

例 時計(とけい)が止(と)まる。

譯 手錶停止不動。

03 | でんわ【電話】

名・自サ 電話；打電話

例 電話(でんわ)がかかってきた。

譯 電話鈴響。

04 | ほんだな【本棚】

名 書架，書櫃，書櫥

例 本棚(ほんだな)に並(なら)べる。

譯 擺在書架上。

05 | ラジカセ【（和）radio ＋ cassette 之略】

名 收錄兩用收音機，錄放音機

例 ラジカセを聴(き)く。

譯 聽收音機。

06 | れいぞうこ【冷蔵庫】

名 冰箱，冷藏室，冷藏庫

例 冷蔵庫(れいぞうこ)に入(い)れる。

譯 放入冰箱。

07 | かびん【花瓶】

㊔ 花瓶

例 花瓶(かびん)に花(はな)を入れる。

譯 把花插入花瓶。

08 | テーブル【table】

㊔ 桌子；餐桌，飯桌

例 テーブルにつく。

譯 入座。

09 | テープレコーダー【tape recorder】

㊔ 磁帶錄音機

例 テープレコーダーで聞(き)く。

譯 用錄音機收聽。

10 | テレビ【television 之略】

㊔ 電視

例 テレビを見(み)る。

譯 看電視。

11 | ラジオ【radio】

㊔ 收音機；無線電

例 ラジオで勉強(べんきょう)をする。

譯 聽收音機學習。

12 | せっけん【石鹸】

㊔ 香皂，肥皂

例 石鹸(せっけん)を塗(ぬ)る。

譯 抹香皂。

13 | ストーブ【stove】

㊔ 火爐，暖爐

例 ストーブをつける。

譯 開暖爐。

N5 ⊙ 3-8

3-8 交通 /
交通

01 | はし【橋】

㊔ 橋，橋樑

例 橋(はし)を渡(わた)る。

譯 過橋。

02 | ちかてつ【地下鉄】

㊔ 地下鐵

例 地下鉄(ちかてつ)に乗(の)る。

譯 搭地鐵。

03 | ひこうき【飛行機】

㊔ 飛機

例 飛行機(ひこうき)に乗(の)る。

譯 搭飛機。

04 | こうさてん【交差点】

㊔ 交差路口

例 交差点(こうさてん)を渡(わた)る。

譯 過十字路口。

05 | タクシー【taxi】

㊔ 計程車

例 タクシーに乗(の)る。

譯 搭乘計程車。

06 | でんしゃ【電車】

㊔ 電車

例 電車（でんしゃ）で行（い）く。
譯 搭電車去。

07 | えき【駅】
名 (鐵路的)車站
例 駅（えき）でお弁当（べんとう）を買（か）う。
譯 在車站買便當。

08 | くるま【車】
名 車子的總稱，汽車
例 車（くるま）を運転（うんてん）する。
譯 開車。

09 | じどうしゃ【自動車】
名 車，汽車
例 自動車（じどうしゃ）の工場（こうじょう）で働（はたら）く。
譯 在汽車廠工作。

10 | じてんしゃ【自転車】
名 腳踏車，自行車
例 自転車（じてんしゃ）に乗（の）る。
譯 騎腳踏車。

11 | バス【bus】
名 巴士，公車
例 バスを待（ま）つ。
譯 等公車。

12 | エレベーター【elevator】
名 電梯，升降機
例 エレベーターに乗（の）る。
譯 搭電梯。

13 | まち【町】
名 城鎮；町
例 町（まち）を歩（ある）く。
譯 走在街上。

14 | みち【道】
名 路，道路
例 道（みち）に迷（まよ）う。
譯 迷路。

N5 ● 3-9

3-9 建物 / 建築物

01 | みせ【店】
名 店，商店，店鋪，攤子
例 店（みせ）を開（あ）ける。
譯 商店開門。

02 | えいがかん【映画館】
名 電影院
例 映画館（えいがかん）で見（み）る。
譯 在電影院看。

03 | びょういん【病院】
名 醫院
例 病院（びょういん）に行（い）く。
譯 去醫院看病。

04 | たいしかん【大使館】
名 大使館
例 大使館（たいしかん）のパーティーに行（い）く。
譯 去參加大使館的宴會。

05 | きっさてん【喫茶店】

㊔ 咖啡店

例 喫茶店(きっさてん)を開(ひら)く。

譯 開咖啡店。

06 | レストラン【(法)restaurant】

㊔ 西餐廳

例 レストランで食事(しょくじ)する。

譯 在餐廳用餐。

07 | たてもの【建物】

㊔ 建築物，房屋

例 建物(たてもの)の４階(かい)にある。

譯 在建築物的四樓。

08 | デパート【department store】

㊔ 百貨公司

例 デパートに行(い)く。

譯 去百貨公司。

09 | やおや【八百屋】

㊔ 蔬果店，菜舖

例 八百屋(やおや)に行(い)く。

譯 去蔬果店。

10 | こうえん【公園】

㊔ 公園

例 公園(こうえん)で遊(あそ)ぶ。

譯 在公園玩。

11 | ぎんこう【銀行】

㊔ 銀行

例 銀行(ぎんこう)は駅(えき)の横(よこ)にある。

譯 銀行在車站的旁邊。

12 | ゆうびんきょく【郵便局】

㊔ 郵局

例 郵便局(ゆうびんきょく)で働(はたら)く。

譯 在郵局工作。

13 | ホテル【hotel】

㊔ (西式)飯店，旅館

例 ホテルに泊(と)まる。

譯 住飯店。

N5 ◉ 3-10

3-10 娯楽、嗜好 /
娛樂、嗜好

01 | えいが【映画】

㊔ 電影

例 映画(えいが)が始(はじ)まる。

譯 電影開始播放。

02 | おんがく【音楽】

㊔ 音樂

例 音楽(おんがく)を習(なら)う。

譯 學音樂。

03 | レコード【record】

㊔ 唱片，黑膠唱片(圓盤形)

例 レコードを聴(き)く。

譯 聽唱片。

04 | テープ【tape】

㊔ 膠布；錄音帶，卡帶

例 テープを貼(は)る。
譯 黏膠帶。

05 | ギター【guitar】
㊔ 吉他
例 ギターを弾(ひ)く。
譯 彈吉他。

06 | うた【歌】
㊔ 歌，歌曲
例 歌(うた)が上手(じょうず)だ。
譯 擅長唱歌。

07 | え【絵】
㊔ 畫，圖畫，繪畫
例 絵(え)を描(か)く。
譯 畫圖。

08 | カメラ【camera】
㊔ 照相機；攝影機
例 カメラを買(か)う。
譯 買相機。

09 | しゃしん【写真】
㊔ 照片，相片，攝影
例 写真(しゃしん)を撮(と)る。
譯 照相。

10 | フィルム【film】
㊔ 底片，膠片；影片；電影
例 フィルムを入(い)れる。
譯 放入軟片。

11 | がいこく【外国】
㊔ 外國，外洋
例 外国(がいこく)に住(す)む。
譯 住在國外。

12 | くに【国】
㊔ 國家；國土；故鄉
例 国(くに)へ帰(かえ)る。
譯 回國。

N5 ⊙ 3-11

3-11 学校 / 學校

01 | がっこう【学校】
㊔ 學校；(有時指)上課
例 学校(がっこう)に行(い)く。
譯 去學校。

02 | だいがく【大学】
㊔ 大學
例 大学(だいがく)に入(はい)る。
譯 進大學。

03 | きょうしつ【教室】
㊔ 教室；研究室
例 教室(きょうしつ)で授業(じゅぎょう)する。
譯 在教室上課。

04 | クラス【class】
㊔ (學校的)班級；階級，等級
例 クラスで一番(いちばん)足(あし)が速(はや)い。
譯 班上跑最快的。

05 | せいと【生徒】

㊔ (中學，高中)學生

例 生徒か先生か知らない。

譯 我不知道是學生還是老師？

06 | がくせい【学生】

㊔ 學生(主要指大專院校的學生)

例 学生を教える。

譯 教學生。

07 | りゅうがくせい【留学生】

㊔ 留學生

例 留学生と交流する。

譯 和留學生交流。

08 | じゅぎょう【授業】

名・自サ 上課，教課，授課

例 授業に出る。

譯 上課。

09 | やすみ【休み】

㊔ 休息；假日，休假；停止營業；缺勤；睡覺

例 休みは明日までだ。

譯 休假到明天為止。

10 | なつやすみ【夏休み】

㊔ 暑假

例 夏休みが始まる。

譯 放暑假。

11 | としょかん【図書館】

㊔ 圖書館

例 図書館で勉強する。

譯 在圖書館唸書。

12 | ニュース【news】

㊔ 新聞，消息

例 ニュースを見る。

譯 看新聞。

13 | びょうき【病気】

㊔ 生病，疾病

例 病気で学校を休む。

譯 因為生病跟學校請假。

14 | かぜ【風邪】

㊔ 感冒，傷風

例 テストの前に風邪を引いた。

譯 考試前得了感冒。

15 | くすり【薬】

㊔ 藥，藥品

例 薬を飲んだので、授業中眠くなる。

譯 吃了藥，上課昏昏欲睡。

N5 ● 3-12

3-12 学習 / 學習

01 | ことば【言葉】

㊔ 語言，詞語

例 言葉を覚える。

譯 記住言詞。

02 | はなし【話】

㊔ 話，説話，講話

例 話(はなし)を始(はじ)める。

譯 開始說話。

03 | えいご【英語】

名 英語，英文

例 英語(えいご)の歌(うた)を習(なら)う。

譯 學英文歌。

04 | もんだい【問題】

名 問題；(需要研究，處理，討論的）事項

例 問題(もんだい)に答(こた)える。

譯 回答問題。

05 | しゅくだい【宿題】

名 作業，家庭作業

例 宿題(しゅくだい)をする。

譯 寫作業。

06 | テスト【test】

名 考試，試驗，檢查

例 テストを受(う)ける。

譯 應考。

07 | いみ【意味】

名 (詞句等)意思，含意 ，意義

例 意味(いみ)が違(ちが)う。

譯 意思不相同。

08 | なまえ【名前】

名 (事物與人的)名字，名稱

例 名前(なまえ)を書(か)く。

譯 寫名字。

09 | かたかな【片仮名】

名 片假名

例 片仮名(かたかな)で書(か)く。

譯 用片假名寫。

10 | ひらがな【平仮名】

名 平假名

例 平仮名(ひらがな)で書(か)く。

譯 用平假名寫。

11 | かんじ【漢字】

名 漢字

例 漢字(かんじ)を学(まな)ぶ。

譯 學漢字。

12 | さくぶん【作文】

名 作文

例 作文(さくぶん)を書(か)く。

譯 寫作文。

N5 ◉ 3-13

3-13 文房具、出版品 /

文具用品、出版物

01 | ボールペン【ball-point pen】

名 原子筆，鋼珠筆

例 ボールペンで書(か)く。

譯 用原子筆寫。

02 | まんねんひつ【万年筆】

名 鋼筆

例 万年筆(まんねんひつ)を使(つか)う。

譯 使用鋼筆。

03 | コピー【copy】

名・他サ 拷貝，複製，副本

例 コピーをする。

譯 影印。

04 | じびき【字引】

名 字典，辭典

例 字引(じびき)を引(ひ)く。

譯 查字典。

05 | ペン【pen】

名 筆，原子筆，鋼筆

例 ペンで書(か)く。

譯 用鋼筆寫。

06 | しんぶん【新聞】

名 報紙

例 新聞(しんぶん)を読(よ)む。

譯 看報紙。

07 | ほん【本】

名 書，書籍

例 本(ほん)を読(よ)む。

譯 看書。

08 | ノート【notebook 之略】

名 筆記本；備忘錄

例 ノートを取(と)る。

譯 寫筆記。

09 | えんぴつ【鉛筆】

名 鉛筆

例 鉛筆(えんぴつ)で書(か)く。

譯 用鉛筆寫。

10 | じしょ【辞書】

名 字典，辭典

例 辞書(じしょ)で調(しら)べる。

譯 查字典。

11 | ざっし【雑誌】

名 雜誌，期刊

例 雑誌(ざっし)を読(よ)む。

譯 閱讀雜誌。

12 | かみ【紙】

名 紙

例 紙(かみ)に書(か)く。

譯 寫在紙上。

N5 3-14

3-14 仕事、郵便 / 工作、郵局

01 | せんせい【先生】

名 老師，師傅；醫生，大夫

例 先生(せんせい)になる。

譯 當老師。

02 | いしゃ【医者】

名 醫生，大夫

例 父(ちち)は医者(いしゃ)だ。

譯 家父是醫生。

03 | おまわりさん【お巡りさん】

名 （俗稱）警察，巡警

例 お巡(まわ)りさんに聞(き)く。

譯 問警察先生。

---

04 | **かいしゃ【会社】**

名 公司；商社

例 会社(かいしゃ)に行(い)く。

譯 去公司。

---

05 | **しごと【仕事】**

名 工作；職業

例 仕事(しごと)を休(やす)む。

譯 工作請假。

---

06 | **けいかん【警官】**

名 警官，警察

例 警官(けいかん)を呼(よ)ぶ。

譯 叫警察。

---

07 | **はがき【葉書】**

名 明信片

例 葉書(はがき)を出(だ)す。

譯 寄明信片。

---

08 | **きって【切手】**

名 郵票

例 切手(きって)を貼(は)る。

譯 貼郵票。

---

09 | **てがみ【手紙】**

名 信，書信，函

例 手紙(てがみ)を書(か)く。

譯 寫信。

---

10 | **ふうとう【封筒】**

名 信封，封套

例 封筒(ふうとう)を開(あ)ける。

譯 拆信。

---

11 | **きっぷ【切符】**

名 票，車票

例 切符(きっぷ)を買(か)う。

譯 買票。

---

12 | **ポスト【post】**

名 郵筒，信箱

例 ポストに入(い)れる。

譯 投入郵筒。

N5 ● 3-15

3-15 方向、位置 /
方向、位置

01 | **ひがし【東】**

名 東，東方，東邊

例 東(ひがし)から西(にし)へ歩(ある)く。

譯 從東向西走。

---

02 | **にし【西】**

名 西，西邊，西方

例 西(にし)に曲(ま)がる。

譯 轉向西方。

---

03 | **みなみ【南】**

名 南，南方，南邊

例 南(みなみ)へ行(い)く。

譯 往南走。

04 | きた【北】

㊔ 北，北方，北邊

例 北の門から入る。

譯 從北門進入。

05 | うえ【上】

㊔（位置）上面，上部

例 机の上に封筒がある。

譯 桌上有信封。

06 | した【下】

㊔（位置的）下，下面，底下；年紀小

例 いすの下にある。

譯 在椅子下面。

07 | ひだり【左】

㊔ 左，左邊；左手

例 左へ曲がる。

譯 向左轉。

08 | みぎ【右】

㊔ 右，右側，右邊，右方

例 右へ行く。

譯 往右走。

09 | そと【外】

㊔ 外面，外邊；戶外

例 外で遊ぶ。

譯 在外面玩。

10 | なか【中】

㊔ 裡面，內部；其中

例 中に入る。

譯 進去裡面。

11 | まえ【前】

㊔（空間的）前，前面

例 ドアの前に立つ。

譯 站在門前。

12 | うしろ【後ろ】

㊔ 後面；背面，背地裡

例 後ろを見る。

譯 看後面。

13 | むこう【向こう】

㊔ 前面，正對面；另一側；那邊

例 向こうに着く。

譯 到那邊。

N5 ⊙ 3-16

3-16 位置、距離、重量等 /
位置、距離、重量等

01 | となり【隣】

㊔ 鄰居，鄰家；隔壁，旁邊；鄰近，附近

例 隣に住む。

譯 住在隔壁。

02 | そば【側・傍】

㊔ 旁邊，側邊；附近

例 学校のそばを走る。

譯 在學校附近跑步。

03 | よこ【横】

㊔ 橫；寬；側面；旁邊

例 花屋(はなや)の横(よこ)にある。

譯 在花店的旁邊。

04 | かど【角】

名 角；(道路的)拐角，角落

例 角(かど)を曲(ま)がる。

譯 轉彎。

05 | ちかく【近く】

名·副 附近，近旁；(時間上)近期，即將

例 近(ちか)くにある。

譯 在附近。

06 | へん【辺】

名 附近，一帶；程度，大致

例 この辺(へん)に交番(こうばん)はありますか。

譯 這一帶有派出所嗎？

07 | さき【先】

名 先，早；頂端，尖端；前頭，最前端

例 先(さき)に着(つ)く。

譯 先到。

08 | キロ【(法)kilogramme 之略】

名 千克，公斤

例 10 キロもある。

譯 足足有 10公斤。

09 | グラム【(法)gramme】

名 公克

例 牛肉(ぎゅうにく)を 500 グラム買(か)う。

譯 買 500公克的牛肉。

10 | キロ【(法) kilo mêtre 之略】

名 一千公尺，一公里

例 10 キロを歩(ある)く。

譯 走 10 公里。

11 | メートル【mètre】

名 公尺，米

例 長(なが)さ 100 メートルです。

譯 長 100 公尺。

12 | はんぶん【半分】

名 半，一半，二分之一

例 半分(はんぶん)に切(き)る。

譯 切成兩半。

13 | つぎ【次】

名 下次，下回，接下來；第二，其次

例 次(つぎ)の駅(えき)で降(お)りる。

譯 下一站下車。

14 | いくら【幾ら】

名 多少(錢，價格，數量等)

例 いくらですか。

譯 多少錢？

パート 4 第四章

状態を表す形容詞

- 表示狀態的形容詞 -

N5 4-1

4-1 相対的なことば / 意思相對的詞

01 | あつい【熱い】

形 （溫度）熱的，燙的

例 熱(あつ)いお茶(ちゃ)を飲(の)む。

譯 喝熱茶。

02 | つめたい【冷たい】

形 冷，涼；冷淡，不熱情

例 風(かぜ)が冷(つめ)たい。

譯 寒風冷冽。

03 | あたらしい【新しい】

形 新的；新鮮的；時髦的

例 新(あたら)しい家(いえ)に住(す)む。

譯 入住新家。

04 | ふるい【古い】

形 以往；老舊，年久，老式

例 古(ふる)い服(ふく)で作(つく)った。

譯 用舊衣服做的。

05 | あつい【厚い】

形 厚；（感情，友情）深厚，優厚

例 厚(あつ)いコートを着(き)る。

譯 穿厚的外套。

06 | うすい【薄い】

形 薄；淡，淺；待人冷淡；稀少

例 薄(うす)い紙(かみ)がいい。

譯 我要薄的紙。

07 | あまい【甘い】

形 甜的；甜蜜的

例 甘(あま)い菓子(かし)が食(た)べたい。

譯 想吃甜點。

08 | からい【辛い・鹹い】

形 辣，辛辣；鹹的；嚴格

例 辛(から)い料理(りょうり)が食(た)べたい。

譯 我想吃辣的菜。

09 | いい・よい【良い】

形 好，佳，良好；可以

例 良(い)い人(ひと)が多(おお)い。

譯 好人很多。

10 | わるい【悪い】

形 不好，壞的；不對，錯誤

例 頭(あたま)が悪(わる)い。

譯 頭腦差。

11 | いそがしい【忙しい】

形 忙，忙碌

例 仕事が忙しい。
譯 工作繁忙。

12 | ひま【暇】
(名·形動) 時間，功夫；空閒時間，暇餘
例 暇がある。
譯 有空。

13 | きらい【嫌い】
(形動) 嫌惡，厭惡，不喜歡
例 勉強が嫌い。
譯 討厭唸書。

14 | すき【好き】
(名·形動) 喜好，愛好；愛，產生感情
例 運動が好きだ。
譯 喜歡運動。

15 | おいしい【美味しい】
(形) 美味的，可口的，好吃的
例 美味しい料理を食べた。
譯 吃了美味的佳餚。

16 | まずい【不味い】
(形) 不好吃，難吃
例 食事がまずい。
譯 菜很難吃。

17 | おおい【多い】
(形) 多，多的
例 宿題が多い。
譯 功課很多。

18 | すくない【少ない】
(形) 少，不多
例 友達が少ない。
譯 朋友很少。

19 | おおきい【大きい】
(形) (數量，體積，身高等)大，巨大；(程度，範圍等)大，廣大
例 大きい家がほしい。
譯 我想要有間大房子。

20 | ちいさい【小さい】
(形) 小的；微少，輕微；幼小的
例 小さい子供がいる。
譯 有年幼的小孩。

21 | おもい【重い】
(形) (份量)重，沉重
例 荷物はとても重い。
譯 行李很重。

22 | かるい【軽い】
(形) 輕的，輕快的；(程度)輕微的；輕鬆的
例 軽いほうがいい。
譯 我要輕的。

23 | おもしろい【面白い】
(形) 好玩；有趣，新奇 ；可笑的
例 漫画が面白い。
譯 漫畫很有趣。

24 | つまらない

㊒ 無趣，沒意思；無意義

例 テレビがつまらない。

譯 電視很無趣。

25 | きたない【汚い】

㊒ 骯髒；(看上去)雜亂無章，亂七八糟

例 手(て)が汚(きたな)い。

譯 手很髒。

26 | きれい【綺麗】

(形動) 漂亮，好看；整潔，乾淨

例 花(はな)がきれいだね。

譯 這花真美啊！

27 | しずか【静か】

(形動) 靜止；平靜，沈穩；慢慢，輕輕

例 静(しず)かになる。

譯 變安靜。

28 | にぎやか【賑やか】

(形動) 熱鬧，繁華；有說有笑，鬧哄哄

例 にぎやかな町(まち)がある。

譯 有熱鬧的大街。

29 | じょうず【上手】

(名·形動) (某種技術等)擅長，高明，厲害

例 料理(りょうり)が上手(じょうず)だ。

譯 很會作菜。

30 | へた【下手】

(名·形動) (技術等)不高明，不擅長，笨拙

例 字(じ)が下手(へた)だ。

譯 寫字不好看。

31 | せまい【狭い】

㊒ 狹窄，狹小，狹隘

例 部屋(へや)が狭(せま)い。

譯 房間很窄小。

32 | ひろい【広い】

㊒ (面積，空間)廣大，寬廣；(幅度)寬闊；(範圍)廣泛

例 庭(にわ)が広(ひろ)い。

譯 庭院很大。

33 | たかい【高い】

㊒ (價錢)貴；(程度，數量，身材等)高，高的

例 山(やま)が高(たか)い。

譯 山很高。

34 | ひくい【低い】

㊒ 低，矮；卑微，低賤

例 背(せ)が低(ひく)い。

譯 個子矮小。

35 | ちかい【近い】

㊒ (距離，時間)近，接近，靠近

例 駅(えき)に近(ちか)い。

譯 離車站近。

36 | とおい【遠い】

㊒ (距離)遠；(關係)遠，疏遠；(時間間隔)久遠

例 学校(がっこう)に遠(とお)い。

譯 離學校遠。

37 | つよい【強い】

㊎ 強悍，有力；強壯，結實；擅長的

例 強(つよ)く押(お)してください。

譯 請用力往下按壓。

38 | よわい【弱い】

㊎ 弱的；不擅長

例 体(からだ)が弱(よわ)い。

譯 身體虛弱。

39 | ながい【長い】

㊎ (時間、距離)長，長久，長遠

例 スカートを長(なが)くする。

譯 把裙子放長。

40 | みじかい【短い】

㊎ (時間)短少；(距離，長度等)短，近

例 髪(かみ)が短(みじか)い。

譯 頭髮短。

41 | ふとい【太い】

㊎ 粗，肥胖

例 線(せん)が太(ふと)い。

譯 線條粗。

42 | ほそい【細い】

㊎ 細，細小；狹窄

例 体(からだ)が細(ほそ)い。

譯 身材纖細。

43 | むずかしい【難しい】

㊎ 難，困難，難辦；麻煩，複雜

例 問題(もんだい)が難(むずか)しい。

譯 問題很難。

44 | やさしい【易しい】

㊎ 簡單，容易，易懂

例 やさしい本(ほん)が出(で)ている。

譯 簡單易懂的書出版了。

45 | あかるい【明るい】

㊎ 明亮；光明，明朗 ；鮮豔

例 部屋(へや)が明(あか)るい。

譯 明亮的房間。

46 | くらい【暗い】

㊎ (光線)暗，黑暗；(顏色)發暗，發黑

例 部屋(へや)が暗(くら)い。

譯 房間陰暗。

47 | はやい【速い】

㊎ (速度等)快速

例 速(はや)く走(はし)る。

譯 快跑。

48 | おそい【遲い】

㊎ (速度上)慢，緩慢；(時間上)遲的，晚到的；趕不上

例 足(あし)が遅(おそ)い。

譯 走路慢。

N5 ● 4-2

4-2 その他の形容詞 / 其他形容詞

01 | あたたかい【暖かい】

形 溫暖的；溫和的

例 暖(あたた)かい天気(てんき)が好(す)きだ。

譯 我喜歡暖和的天氣。

02 | あぶない【危ない】

形 危險，不安全；令人擔心；(形勢，病情等)危急

例 子供(こども)が危(あぶ)ない。

譯 孩子有危險。

03 | いたい【痛い】

形 疼痛；(因為遭受打擊而)痛苦，難過

例 お腹(なか)が痛(いた)い。

譯 肚子痛。

04 | かわいい【可愛い】

形 可愛，討人喜愛；小巧玲瓏

例 人形(にんぎょう)がかわいい。

譯 娃娃很可愛。

05 | たのしい【楽しい】

形 快樂，愉快，高興

例 楽(たの)しい時間(じかん)をありがとう。

譯 謝謝和你度過歡樂的時光。

06 | ない【無い】

形 沒，沒有；無，不在

例 お金(かね)がない。

譯 沒錢。

07 | はやい【早い】

形 (時間等)快，早；(動作等)迅速

例 電車(でんしゃ)のほうが早(はや)い。

譯 電車比較快。

08 | まるい【丸い・円い】

形 圓形，球形

例 月(つき)が丸(まる)い。

譯 月圓。

09 | やすい【安い】

形 便宜，(價錢)低廉

例 値段(ねだん)が安(やす)い。

譯 價錢便宜。

10 | わかい【若い】

形 年輕；年紀小；有朝氣

例 若(わか)くて綺麗(きれい)だ。

譯 年輕又漂亮。

N5 ● 4-3

4-3 その他の形容動詞 / 其他形容動詞

01 | いや【嫌】

形動 討厭，不喜歡，不願意；厭煩

例 いやな奴(やつ)が来(き)た。

譯 討人厭的傢伙來了。

02 | いろいろ【色々】

名・形動・副 各種各樣，各式各樣，形形色色

例 いろいろな物(もの)があるね。

譯 有各式各樣的物品呢！

03 | **おなじ【同じ】**

(名·連體·副) 相同的，一樣的，同等的；同一個

例 同じ服を着ている。

譯 穿著同樣的衣服。

04 | **けっこう【結構】**

(形動·副) 很好，出色；可以，足夠；(表示否定)不要；相當

例 結構な物をありがとう。

譯 謝謝你送我這麼好的禮物。

05 | **げんき【元気】**

(名·形動) 精神，朝氣；健康

例 元気を出しなさい。

譯 拿出精神來。

06 | **じょうぶ【丈夫】**

(形動) (身體)健壯，健康；堅固，結實

例 体が丈夫になる。

譯 身體變強壯。

07 | **だいじょうぶ【大丈夫】**

(形動) 牢固，可靠；放心，沒問題，沒關係

例 食べても大丈夫だ。

譯 可以放心食用。

08 | **だいすき【大好き】**

(形動) 非常喜歡，最喜好

例 甘いものが大好きだ。

譯 最喜歡甜食。

09 | **たいせつ【大切】**

(形動) 重要，要緊；心愛，珍惜

例 大切にする。

譯 珍惜。

10 | **たいへん【大変】**

(副·形動) 很，非常，太；不得了

例 大変な雨だった。

譯 一場好大的雨。

11 | **べんり【便利】**

(形動) 方便，便利

例 車は電車より便利だ。

譯 汽車比電車方便。

12 | **ほんとう【本当】**

(名·形動) 真正

例 その話は本当だ。

譯 這話是真的。

13 | **ゆうめい【有名】**

(形動) 有名，聞名，著名

例 ここは有名なレストランです。

譯 這是一家著名的餐廳。

14 | **りっぱ【立派】**

(形動) 了不起，出色，優秀；漂亮，美觀

例 立派な建物に住む。

譯 我住在一棟氣派的建築物裡。

パート
5
第五章

動作を表す動詞

- 表示動作的動詞 -

N5 ◉ 5-1

5-1 相対的なことば / 意思相對的詞

01 | とぶ【飛ぶ】

自五 飛，飛行，飛翔

例 飛行機（ひこうき）が飛（と）ぶ。

譯 飛機飛行。

02 | あるく【歩く】

自五 走路，步行

例 駅（えき）まで歩（ある）く。

譯 走到車站。

03 | いれる【入れる】

他下一 放入，裝進；送進，收容；計算進去

例 箱（はこ）に入（い）れる。

譯 放入箱內。

04 | だす【出す】

他五 拿出，取出；提出；寄出

例 お金（かね）を出（だ）す。

譯 出錢。

05 | いく・ゆく【行く】

自五 去，往；離去；經過，走過

例 会社（かいしゃ）へ行（い）く。

譯 去公司。

06 | くる【来る】

自カ （空間，時間上的）來；到來

例 電車（でんしゃ）が来（く）る。

譯 電車抵達。

07 | うる【売る】

他五 賣，販賣；出賣

例 車（くるま）を売（う）る。

譯 銷售汽車。

08 | かう【買う】

他五 購買

例 本（ほん）を買（か）う。

譯 買書。

09 | おす【押す】

他五 推，擠；壓，按 ；蓋章

例 ボタンを押（お）す。

譯 按按鈕。

10 | ひく【引く】

他五 拉，拖；翻查；感染（傷風感冒）

例 線（せん）を引（ひ）く。

譯 拉線。

11 | おりる【下りる・降りる】

自上一【下りる】（從高處）下來，降落；（霜雪等）落下；【降りる】（從車，船等）下來

例 バスから降(お)りる。

譯 從公車上下來。

12 | のる【乗る】

自五 騎乘，坐；登上

例 車(くるま)に乗(の)る。

譯 坐車。

13 | かす【貸す】

他五 借出，借給；出租；提供幫助(智慧與力量)

例 お金(かね)を貸(か)す。

譯 借錢給別人。

14 | かりる【借りる】

他上一 借進(錢、東西等)；借助

例 本(ほん)を借(か)りる。

譯 借書。

15 | すわる【座る】

自五 坐，跪座

例 床(ゆか)に座(すわ)る。

譯 坐在地板上。

16 | たつ【立つ】

自五 站立；冒，升；出發

例 席(せき)を立(た)つ。

譯 離開座位。

17 | たべる【食べる】

他下一 吃

例 ご飯(はん)を食(た)べる。

譯 吃飯。

18 | のむ【飲む】

他五 喝，吞，嚥，吃(藥)

例 薬(くすり)を飲(の)む。

譯 吃藥。

19 | でかける【出掛ける】

自下一 出去，出門，到…去；要出去

例 姉(あね)と出(で)かける。

譯 跟姊姊出門。

20 | かえる【帰る】

自五 回來，回家；歸去；歸還

例 家(いえ)に帰(かえ)る。

譯 回家。

21 | でる【出る】

自下一 出來，出去；離開

例 電話(でんわ)に出(で)る。

譯 接電話。

22 | はいる【入る】

自五 進，進入；裝入，放入

例 耳(みみ)に入(はい)る。

譯 聽到。

23 | おきる【起きる】

自上一 (倒著的東西)起來，立起來，坐起來；起床

例 六時(ろくじ)に起(お)きる。

譯 六點起床。

24 | ねる【寝る】

(自下一) 睡覺，就寢；躺下，臥

例 よく寝(ね)る。

譯 睡得好。

25 | ぬぐ【脱ぐ】

(他五) 脱去，脱掉，摘掉

例 靴(くつ)を脱(ぬ)ぐ。

譯 脱鞋子。

26 | きる【着る】

(他上一) (穿)衣服

例 上着(うわぎ)を着(き)る。

譯 穿外套。

27 | やすむ【休む】

(他五·自五) 休息，歇息；停歇；睡，就寢；請假，缺勤

例 部屋(へや)で休(やす)もうか。

譯 進房休息一下吧。

28 | はたらく【働く】

(自五) 工作，勞動，做工

例 会社(かいしゃ)で働(はたら)く。

譯 在公司上班。

29 | うまれる【生まれる】

(自下一) 出生；出現

例 子供(こども)が生(う)まれる。

譯 孩子出生。

30 | しぬ【死ぬ】

(自五) 死亡

例 病院(びょういん)で死(し)ぬ。

譯 在醫院過世。

31 | おぼえる【覚える】

(他下一) 記住，記得；學會，掌握

例 単語(たんご)を覚(おぼ)える。

譯 背單字。

32 | わすれる【忘れる】

(他下一) 忘記，忘掉；忘懷，忘卻；遺忘

例 宿題(しゅくだい)を忘(わす)れる。

譯 忘記寫功課。

33 | おしえる【教える】

(他下一) 教授；指導；教訓；告訴

例 日本語(にほんご)を教(おし)える。

譯 教日語。

34 | ならう【習う】

(他五) 學習；練習

例 先生(せんせい)に習(なら)う。

譯 向老師學習。

35 | よむ【読む】

(他五) 閱讀，看；唸，朗讀

例 小説(しょうせつ)を読(よ)む。

譯 看小說。

36 | かく【書く】

(他五) 寫，書寫；作(畫)；寫作(文章等)

例 手紙(てがみ)を書(か)く。

譯 寫信。

37 | わかる【分かる】

自五 知道，明白；懂得，理解

例 意味(いみ)がわかる。

譯 明白意思。

38 | こまる【困る】

自五 感到傷腦筋，困擾；難受，苦惱；沒有辦法

例 お金(かね)がなくて困(こま)る。

譯 沒有錢，傷透腦筋。

39 | きく【聞く】

他五 聽，聽到；聽從，答應；詢問

例 話(はなし)を聞(き)く。

譯 聽對方講話。

40 | はなす【話す】

他五 說，講；談話；告訴(別人)

例 英語(えいご)で話(はな)す。

譯 用英語說。

41 | かく【描く】

他五 畫，繪製；描寫，描繪

例 絵(え)を描(か)く。

譯 畫圖。

N5 ● 5-2

5-2 自動詞、他動詞 /
自動詞、他動詞

01 | あく【開く】

自五 開，打開；開始，開業

例 窓(まど)が開(あ)く。

譯 窗戶打開了。

02 | あける【開ける】

他下一 打開，開(著)；開業

例 箱(はこ)を開(あ)ける。

譯 打開箱子。

03 | かかる【掛かる】

自五 懸掛，掛上；覆蓋；花費

例 壁(かべ)に掛(か)かる。

譯 掛在牆上。

04 | かける【掛ける】

他下一 掛在(牆壁)；戴上(眼鏡)；捆上，打(電話)

例 壁(かべ)に絵(え)を掛(か)ける。

譯 把畫掛在牆上。

05 | きえる【消える】

自下一 (燈，火等)熄滅；(雪等)融化；消失，看不見

例 火(ひ)が消(き)える。

譯 火熄滅。

06 | けす【消す】

他五 熄掉，撲滅；關掉，弄滅；消失，抹去

例 電気(でんき)を消(け)す。

譯 關電燈。

07 | しまる【閉まる】

自五 關閉；關門，停止營業

例 ドアが閉(し)まる。

譯 門關了起來。

08 | しめる【閉める】

(他下一) 關閉，合上；繫緊，束緊

例 窓(まど)を閉(し)める。

譯 關窗戶。

09 | ならぶ【並ぶ】

(自五) 並排，並列，列隊

例 1時間(じかん)も並(なら)ぶ。

譯 足足排了一個小時。

10 | ならべる【並べる】

(他下一) 排列；並排；陳列；擺，擺放

例 靴(くつ)を並(なら)べる。

譯 擺放靴子。

11 | はじまる【始まる】

(自五) 開始，開頭；發生

例 授業(じゅぎょう)が始(はじ)まる。

譯 開始上課。

12 | はじめる【始める】

(他下一) 開始，創始

例 仕事(しごと)を始(はじ)める。

譯 開始工作。

N5 ● 5-3

5-3 する動詞 /

する動詞

01 | する

(自・他サ) 做，進行

例 料理(りょうり)をする。

譯 做料理。

02 | せんたく【洗濯】

(名・他サ) 洗衣服，清洗，洗滌

例 洗濯(せんたく)をする。

譯 洗衣服。

03 | そうじ【掃除】

(名・他サ) 打掃，清掃，掃除

例 庭(にわ)を掃除(そうじ)する。

譯 清掃庭院。

04 | りょこう【旅行】

(名・自サ) 旅行，旅遊，遊歷

例 世界(せかい)を旅行(りょこう)する。

譯 環遊世界。

05 | さんぽ【散步】

(名・自サ) 散步，隨便走走

例 公園(こうえん)を散歩(さんぽ)する。

譯 在公園散步。

06 | べんきょう【勉強】

(名・自他サ) 努力學習，唸書

例 勉強(べんきょう)ができる。

譯 會讀書。

07 | れんしゅう【練習】

(名・他サ) 練習，反覆學習

例 カラオケの練習(れんしゅう)をする。

譯 練習卡拉 OK。

08 | けっこん【結婚】

(名・自サ) 結婚

例 私(わたし)と結婚(けっこん)してください。

譯 請跟我結婚。

09 | しつもん【質問】

名·自サ 提問，詢問

例 質問(しつもん)に答(こた)える。

譯 回答問題。

N5 ● 5-4

5-4 その他の動詞 / 其他動詞

01 | あう【会う】

自五 見面，會面；偶遇，碰見

例 両親(りょうしん)に会(あ)う。

譯 跟父母親見面。

02 | あげる【上げる】

他下一 舉起；抬起

例 手(て)を上(あ)げる。

譯 舉手。

03 | あそぶ【遊ぶ】

自五 遊玩；閒著；旅行；沒工作

例 京都(きょうと)で遊(あそ)ぶ。

譯 遊京都。

04 | あびる【浴びる】

他上一 淋，浴，澆；照，曬

例 シャワーを浴(あ)びる。

譯 淋浴。

05 | あらう【洗う】

他五 沖洗，清洗；洗滌

例 顔(かお)を洗(あら)う。

譯 洗臉。

06 | ある【在る】

自五 在，存在

例 台所(だいどころ)にある。

譯 在廚房。

07 | ある【有る】

自五 有，持有，具有

例 お金(かね)がある。

譯 有錢。

08 | いう【言う】

自·他五 説，講；説話，講話

例 お礼(れい)を言(い)う。

譯 道謝。

09 | いる【居る】

自上一 (人或動物的存在)有，在；居住在

例 子供(こども)がいる。

譯 有小孩。

10 | いる【要る】

自五 要，需要，必要

例 時間(じかん)がいる。

譯 需要花時間。

11 | うたう【歌う】

他五 唱歌；歌頌

例 歌(うた)を歌(うた)う。

譯 唱歌。

12｜おく【置く】

(他五) 放，放置；放下，留下，丟下

例 テーブルにおく。

譯 放在桌上。

13｜およぐ【泳ぐ】

(自五) (人，魚等在水中)游泳；穿過，擠過

例 海(うみ)で泳(およ)ぐ。

譯 在海中游泳。

14｜おわる【終わる】

(自五) 完畢，結束，終了

例 一日(いちにち)が終(お)わる。

譯 一天結束了。

15｜かえす【返す】

(他五) 還，歸還，退還；送回(原處)

例 本(ほん)を返(かえ)す。

譯 歸還書籍。

16｜かぶる【被る】

(他五) 戴(帽子等)；(從頭上)蒙，蓋(被子)；(從頭上)套，穿

例 帽子(ぼうし)をかぶる。

譯 戴帽子。

17｜きる【切る】

(他五) 切，剪，裁剪；切傷

例 髪(かみ)を切(き)る。

譯 剪頭髮。

18｜ください【下さい】

(補助) (表請求對方作)請給(我)；請…

例 手紙(てがみ)をください。

譯 請寫信給我。

19｜こたえる【答える】

(自下一) 回答，答覆；解答

例 問題(もんだい)に答(こた)える。

譯 回答問題。

20｜さく【咲く】

(自五) 開(花)

例 花(はな)が咲(さ)く。

譯 開花。

21｜さす【差す】

(他五) 撐(傘等)；插

例 傘(かさ)をさす。

譯 撐傘。

22｜しめる【締める】

(他下一) 勒緊；繫著；關閉

例 ネクタイを締(し)める。

譯 打領帶。

23｜しる【知る】

(他五) 知道，得知；理解；認識；學會

例 何(なに)も知(し)りません。

譯 什麼都不知道。

24｜すう【吸う】

(他五) 吸，抽；啜；吸收

例 煙草(たばこ)を吸(す)う。

譯 抽煙。

25 | すむ【住む】

自五 住，居住；(動物)棲息，生存

例 アパートに住(す)む。

譯 住公寓。

26 | たのむ【頼む】

他五 請求，要求；委託，託付；依靠

例 仕事(しごと)を頼(たの)む。

譯 委託工作。

27 | ちがう【違う】

自五 不同，差異；錯誤；違反，不符

例 意味(いみ)が違(ちが)う。

譯 意思不同。

28 | つかう【使う】

他五 使用；雇傭；花費

例 頭(あたま)を使(つか)う。

譯 動腦。

29 | つかれる【疲れる】

自下一 疲倦，疲勞

例 体(からだ)が疲(つか)れる。

譯 身體疲累。

30 | つく【着く】

自五 到，到達，抵達；寄到

例 空港(くうこう)に着(つ)く。

譯 抵達機場。

31 | つくる【作る】

他五 做，造；創造；寫，創作

例 紙(かみ)で箱(はこ)を作(つく)る。

譯 用紙張做箱子。

32 | つける【点ける】

他下一 點(火)，點燃；扭開(開關)，打開

例 火(ひ)をつける。

譯 點火。

33 | つとめる【勤める】

他下一 工作，任職；擔任(某職務)

例 会社(かいしゃ)に勤(つと)める。

譯 在公司上班。

34 | できる【出来る】

自上一 能，可以，辦得到；做好，做完

例 英語(えいご)ができる。

譯 我會英語。

35 | とまる【止まる】

自五 停，停止，停靠；停頓；中斷

例 時計(とけい)が止(と)まる。

譯 時鐘停了。

36 | とる【取る】

他五 拿取，執，握；採取，摘；(用手)操控

例 辞書(じしょ)を取(と)ってください。

譯 請拿辭典。

37 | とる【撮る】

他五 拍照，拍攝

例 写真(しゃしん)を撮(と)る。

譯 照相。

38 | なく【鳴く】

自五 (鳥，獸，虫等)叫，鳴

例 鳥(とり)が鳴(な)く。

譯 鳥叫。

39 | なくす【無くす】

他五 丟失；消除

例 財布(さいふ)をなくす。

譯 弄丟錢包。

40 | なる【為る】

自五 成為，變成；當(上)

例 金持(かねも)ちになる。

譯 變成有錢人。

41 | のぼる【登る】

自五 登，上；攀登(山)

例 山(やま)に登(のぼ)る。

譯 爬山。

42 | はく【履く・穿く】

他五 穿(鞋，襪；褲子等)

例 靴(くつ)を履(は)く。

譯 穿鞋子。

43 | はしる【走る】

自五 (人，動物)跑步，奔跑；(車，船等)行駛

例 一生懸命(いっしょうけんめい)に走(はし)る。

譯 拼命地跑。

44 | はる【貼る・張る】

他五 貼上，糊上，黏上

例 切手(きって)を貼(は)る。

譯 貼郵票。

45 | ひく【弾く】

他五 彈，彈奏，彈撥

例 ピアノを弾(ひ)く。

譯 彈鋼琴。

46 | ふく【吹く】

自五 (風)刮，吹；(緊縮嘴唇)吹氣

例 風(かぜ)が吹(ふ)く。

譯 颳風。

47 | ふる【降る】

自五 落，下，降(雨，雪，霜等)

例 雨(あめ)が降(ふ)る。

譯 下雨。

48 | まがる【曲がる】

自五 彎曲；拐彎

例 左(ひだり)に曲(ま)がる。

譯 左轉。

49 | まつ【待つ】

他五 等候，等待；期待，指望

例 バスを待(ま)つ。

譯 等公車。

50 | みがく【磨く】

他五 刷洗，擦亮；研磨，琢磨

例 歯(は)を磨(みが)く。

譯 刷牙。

51 | みせる【見せる】

(他下一) 讓…看，給…看

例 定期券(ていきけん)を見(み)せる。

譯 出示月票。

52 | みる【見る】

(他上一) 看，觀看，察看；照料；參觀

例 テレビを見(み)る。

譯 看電視。

53 | もうす【申す】

(他五) 叫做，稱；説，告訴

例 山田(やまだ)と申(もう)します。

譯 (我)叫做山田。

54 | もつ【持つ】

(他五) 拿，帶，持，攜帶

例 荷物(にもつ)を持(も)つ。

譯 拿行李。

55 | やる

(他五) 做，進行；派遣；給予

例 宿題(しゅくだい)をやる。

譯 做作業。

56 | よぶ【呼ぶ】

(他五) 呼叫，招呼；邀請；叫來；叫做，稱為

例 タクシーを呼(よ)ぶ。

譯 叫計程車。

57 | わたる【渡る】

(自五) 渡，過(河)；(從海外)渡來

例 道(みち)を渡(わた)る。

譯 過馬路。

58 | わたす【渡す】

(他五) 交給，交付

例 本(ほん)を渡(わた)す。

譯 交付書籍。

パート 6 第六章

付録

- 附錄 -

N5 ● 6-1

6-1 時間、時 /

時間、時候

01 | おととい【一昨日】

㊔ 前天

例 一昨日(おととい)の朝(あさ)に卵(たまご)を食(た)べた。

譯 前天早上吃了雞蛋。

02 | きのう【昨日】

㊔ 昨天；近來，最近；過去

例 昨日(きのう)は雨(あめ)だ。

譯 昨天下雨。

03 | きょう【今日】

㊔ 今天

例 今日(きょう)は晴(は)れだ。

譯 今天天晴。

04 | いま【今】

㊔ 現在，此刻

副 (表最近的將來)馬上；剛才

例 今(いま)は使(つか)わない。

譯 現在不使用。

05 | あした【明日】

㊔ 明天

例 明日(あした)は朝(あさ)が早(はや)い。

譯 明天早上要早起。

06 | あさって【明後日】

㊔ 後天

例 明後日(あさって)帰(かえ)る。

譯 後天回去。

07 | まいにち【毎日】

㊔ 每天，每日，天天

例 毎日(まいにち)プールで泳(およ)ぐ。

譯 每天都在游泳池游泳。

08 | あさ【朝】

㊔ 早上，早晨；早上，午前

例 朝(あさ)になる。

譯 天亮。

09 | けさ【今朝】

㊔ 今天早上

例 今朝(けさ)届(とど)く。

譯 今天早上送達。

10 | まいあさ【毎朝】

㊔ 每天早上

例 毎朝(まいあさ)散歩(さんぽ)する。

譯 每天早上散步。

11 | ひる【昼】

㊔ 中午；白天，白晝；午飯

例 昼休(ひるやす)みに銀行(ぎんこう)へ行(い)く。

譯 午休去銀行。

12 | ごぜん【午前】

(名) 上午，午前

例 午前中(ごぜんちゅう)だけ働(はたら)く。

譯 只有上午上班。

13 | ごご【午後】

(名) 下午，午後，後半天

例 午後(ごご)につく。

譯 下午到達。

14 | ゆうがた【夕方】

(名) 傍晚

例 夕方(ゆうがた)になる。

譯 到了傍晚。

15 | ばん【晩】

(名) 晚，晚上

例 朝(あさ)から晩(ばん)まで働(はたら)く。

譯 從早工作到晚。

16 | よる【夜】

(名) 晚上，夜裡

例 夜(よる)になる。

譯 晚上了。

17 | ゆうべ【夕べ】

(名) 昨天晚上，昨夜；傍晚

例 夕(ゆう)べから熱(ねつ)がある。

譯 從昨晚就開始發燒。

18 | こんばん【今晩】

(名) 今天晚上，今夜

例 今晩(こんばん)は泊(と)まる。

譯 今天晚上住下。

19 | まいばん【毎晩】

(名) 每天晚上

例 毎晩(まいばん)帰(かえ)りが遅(おそ)い。

譯 每晚都晚歸。

20 | あと【後】

(名) (地點)後面；(時間)以後；(順序)之後；(將來的事)以後

例 後(あと)から行(い)く。

譯 隨後就去。

21 | はじめ【初め】

(名) 開始，起頭；起因

例 初(はじ)めて食(た)べた。

譯 第一次嘗到。

22 | じかん【時間】

(名) 時間，功夫；時刻，鐘點

例 時間(じかん)に遅(おく)れる。

譯 遲到。

23 | じかん【時間】

(接尾) …小時，…點鐘

例 二十四時間(にじゅうよじかん)かかる。

譯 需花費二十四小時。

24 | いつ【何時】

(代) 何時，幾時，什麼時候；平時

例 いつ来(く)る。

譯 什麼時候來？

6-2 年、月 /
年、月份

01 | せんげつ【先月】
㊔ 上個月
例 先月(せんげつ) 10 日(とおか)に会(あ)った。
譯 上個月 10號碰過面。

02 | こんげつ【今月】
㊔ 這個月
例 今月(こんげつ)は休(やす)みが少(すく)ない。
譯 這個月休假較少。

03 | らいげつ【来月】
㊔ 下個月
例 来月(らいげつ)から始(はじ)まる。
譯 下個月開始。

04 | まいげつ・まいつき【毎月】
㊔ 每個月
例 毎月(まいつき)服(ふく)の雑誌(ざっし)を買(か)う。
譯 每月都購買服飾雜誌。

05 | ひとつき【一月】
㊔ 一個月
例 一月(ひとつき)休(やす)む。
譯 休息一個月。

06 | おととし【一昨年】
㊔ 前年
例 一昨年(おととし)日本(にほん)に旅行(りょこう)に行(い)った。
譯 前年去日本旅行。

07 | きょねん【去年】
㊔ 去年
例 去年(きょねん)来(き)た。
譯 去年來的。

08 | ことし【今年】
㊔ 今年
例 今年(ことし)は結婚(けっこん)する。
譯 今年要結婚。

09 | らいねん【来年】
㊔ 明年
例 来年(らいねん)のカレンダーをもらう。
譯 拿到明年月曆。

10 | さらいねん【再来年】
㊔ 後年
例 再来年(さらいねん)まで勉強(べんきょう)します。
譯 讀到後年。

11 | まいとし・まいねん【毎年】
㊔ 每年
例 毎年(まいとし)咲(さ)く。
譯 每年都綻放。

12 | とし【年】
㊔ 年；年紀
例 年(とし)をとる。
譯 上年紀。

13 | とき【時】
㊔ (某個)時候
例 本(ほん)を読(よ)むとき、音楽(おんがく)を聴(き)く。

譯 看書的時候，聽音樂。

N5 ⊙ 6-3

6-3 代名詞 / 代名詞

01 | これ

㊹ 這個，此；這人；現在，此時

例 これは自転車(じてんしゃ)だ。

譯 這是自行車。

02 | それ

㊹ 那，那個；那時，那裡；那樣

例 それを見(み)せてください。

譯 給我看那個。

03 | あれ

㊹ 那，那個；那時；那裡

例 あれがほしい。

譯 想要那個。

04 | どれ

㊹ 哪個

例 どれがいい。

譯 哪一個比較好？

05 | ここ

㊹ 這裡；（表時間）最近，目前

例 ここに置(お)く。

譯 放這裡。

06 | そこ

㊹ 那兒，那邊

例 そこで待(ま)つ。

譯 在那邊等。

07 | あそこ

㊹ 那邊，那裡

例 あそこにある。

譯 在那裡。

08 | どこ

㊹ 何處，哪兒，哪裡

例 どこへ行(い)く。

譯 要去哪裡？

09 | こちら

㊹ 這邊，這裡，這方面；這位；我，我們（口語為「こっち」）

例 こちらが山田(やまだ)さんです。

譯 這位是山田小姐。

10 | そちら

㊹ 那兒，那裡；那位，那個；府上，貴處（口語為「そっち」）

例 そちらはどんな天気(てんき)ですか。

譯 你那邊天氣如何呢？

11 | あちら

㊹ 那兒，那裡；那個；那位

例 あちらへ行(い)く。

譯 去那裡。

12 | どちら

㊹ （方向，地點，事物，人等）哪裡，哪個，哪位（口語為「どっち」）

例 どちらでも良(よ)い。

譯 哪一個都好。

13 | この

連體 這…，這個…

例 このボタンを押(お)す。

譯 按下這個按鈕。

14 | その

連體 那…，那個…

例 その時(とき)出(で)かけた。

譯 那個時候外出了。

15 | あの

連體 （表第三人稱，離説話雙方都距離遠的）那，那裡，那個

例 あの店(みせ)で働(はたら)く。

譯 在那家店工作。

16 | どの

連體 哪個，哪…

例 どの席(せき)がいい。

譯 哪個位子好呢？

17 | こんな

連體 這樣的，這種的

例 こんな時(とき)にすみません。

譯 在這種情況之下真是抱歉。

18 | どんな

連體 什麼樣的

例 どんな時(とき)も楽(たの)しくやる。

譯 無論何時都要玩得開心。

19 | だれ【誰】

代 誰，哪位

例 誰(だれ)もいない。

譯 沒有人。

20 | だれか【誰か】

代 某人；有人

例 誰(だれ)か来(き)た。

譯 有誰來了。

21 | どなた

代 哪位，誰

例 どなた様(さま)ですか。

譯 請問是哪位？

22 | なに・なん【何】

代 什麼；任何

例 これは何(なん)ですか。

譯 這是什麼？

N5 ● 6-4

6-4 感嘆詞、接続詞 / 感嘆詞、接續詞

01 | ああ

感 （表驚訝等）啊，唉呀；（表肯定）哦；嗯

例 ああ、そうですか。

譯 啊！是嗎！

02 | あのう

感 那個，請問，喂；啊，嗯（招呼人時，説話躊躇或不能馬上説出下文時）

例 あのう、すみません。

譯 不好意思，請問一下。

03 | いいえ

㊀感 (用於否定)不是，不對，沒有

例 いいえ、まだです。
譯 不，還沒有。

04 | ええ

感 (用降調表示肯定)是的，嗯；(用升調表示驚訝)哎呀，啊

例 ええ、そうです。
譯 嗯，是的。

05 | さあ

感 (表示勸誘，催促)來；表躊躇，遲疑的聲音

例 さあ、行(い)こう。
譯 來，走吧。

06 | じゃ・じゃあ

感 那麼(就)

例 じゃ、さようなら。
譯 那麼，再見。

07 | そう

感 (回答)是，沒錯

例 そうです。私(わたし)が佐藤(さとう)です。
譯 是的，我是佐藤。

08 | では

接續 那麼，那麼說，要是那樣

例 では、失礼(しつれい)します。
譯 那麼，先告辭了。

09 | はい

感 (回答)有，到；(表示同意)是的

例 はい、そうです。
譯 是，沒錯。

10 | もしもし

感 (打電話)喂；喂〈叫住對方〉

例 もしもし、田中(たなか)です。
譯 喂，我是田中。

11 | しかし

接續 然而，但是，可是

例 このラーメンはおいしい。しかし、あのラーメンはまずい。
譯 這碗拉麵很好吃，但是那碗很難吃。

12 | そうして・そして

接續 然後；而且；於是；又

例 このパンはおいしい。そして、あのパンもおいしい。
譯 這麵包好吃，還有，那麵包也好吃。

13 | それから

接續 還有；其次，然後；(催促對方談話時)後來怎樣

例 風呂(ふろ)に入(はい)って、それから寝(ね)ました。
譯 先洗了澡，然後就睡了。

14 | それでは

接續 那麼，那就；如果那樣的話

例 それでは、さようなら。
譯 那麼，再見。

15 | でも

(接續) 可是，但是，不過；話雖如此

例 昨日(きのう)はとても楽(たの)しかった。でも、疲(つか)れた。

譯 昨天實在玩得很開心，不過，也累壞了。

N5 ● 6-5

6-5 副詞、副助詞 /
副詞、副助詞

01 | あまり【余り】

(副) (後接否定)不太…，不怎麼…；過分，非常

例 あまり高(たか)くない。

譯 不太貴。

02 | いちいち【一々】

(副) 一一，一個一個；全部；詳細

例 いちいち聞(き)く。

譯 一一詢問。

03 | いちばん【一番】

(名·副) 最初，第一；最好，最優秀

例 一番(いちばん)安(やす)いものを買(か)う。

譯 買最便宜的。

04 | いつも【何時も】

(副) 經常，隨時，無論何時

例 いつも家(いえ)にいない。

譯 經常不在家。

05 | すぐ

(副) 馬上，立刻；(距離)很近

例 すぐ行(い)く。

譯 馬上去。

06 | すこし【少し】

(副) 一下子；少量，稍微，一點

例 もう少(すこ)しやさしい本(ほん)がいい。

譯 再容易一點的書籍比較好。

07 | ぜんぶ【全部】

(名) 全部，總共

例 全部(ぜんぶ)答(こた)える。

譯 全部回答。

08 | たいてい【大抵】

(副) 大部分，差不多；(下接推量)多半；(接否定)一般

例 大抵(たいてい)分(わ)かる。

譯 大概都知道。

09 | たいへん【大変】

(副·形動) 很，非常，太；不得了

例 大変(たいへん)な雨(あめ)だった。

譯 一場好大的雨。

10 | たくさん【沢山】

(名·形動·副) 很多，大量；足夠，不再需要

例 たくさんある。

譯 有很多。

11 | たぶん【多分】

(副) 大概，或許；恐怕

例 たぶん大丈夫(だいじょうぶ)だろう。

譯 應該沒問題吧。

12 | だんだん【段々】
(副) 漸漸地

例 だんだん暖かくなる。

譯 漸漸地變暖和。

13 | ちょうど【丁度】
(副) 剛好，正好；正，整

例 今日でちょうど一月になる。

譯 到今天剛好滿一個月。

14 | ちょっと【一寸】
(副·感) 一下子；(下接否定)不太…，不太容易…；一點點

例 ちょっと待って。

譯 等一下。

15 | どう
(副) 怎麼，如何

例 温かいお茶はどう。

譯 喝杯溫茶如何？

16 | どうして
(副) 為什麼，何故

例 どうして休んだの。

譯 為什麼沒來呢？

17 | どうぞ
(副) (表勸誘，請求，委託)請；(表承認，同意)可以，請

例 どうぞこちらへ。

譯 請往這邊走。

18 | どうも
(副) 怎麼也；總覺得；實在是，真是；謝謝

例 どうもすみません。

譯 實在對不起。

19 | ときどき【時々】
(副) 有時，偶爾

例 曇りで時々雨が降る。

譯 多雲偶陣雨。

20 | とても
(副) 很，非常；(下接否定)無論如何也…

例 とても面白い。

譯 非常有趣。

21 | なぜ【何故】
(副) 為何，為什麼

例 なぜ来ないのか。

譯 為什麼沒來？

22 | はじめて【初めて】
(副) 最初，初次，第一次

例 初めて飛行機に乗る。

譯 初次搭乘飛機。

23 | ほんとうに【本当に】
(副) 真正，真實

例 本当にありがとう。

譯 真的很謝謝您。

24 | また【又】

㊔ 還，又，再；也，亦；同時

例 また会(あ)おう。

譯 再見。

25 | まだ【未だ】

㊔ 還，尚；仍然；才，不過

例 まだ来(こ)ない。

譯 還沒來。

26 | まっすぐ【真っ直ぐ】

(副・形動) 筆直，不彎曲；一直，直接

例 まっすぐな道(みち)を走(はし)る。

譯 走筆直的道路。

27 | もう

㊔ 另外，再

例 もう少(すこ)し食(た)べる。

譯 再吃一點。

28 | もう

㊔ 已經；馬上就要

例 もう着(つ)きました。

譯 已經到了。

29 | もっと

㊔ 更，再，進一步

例 もっとください。

譯 請再給我多一些。

30 | ゆっくり

㊔ 慢，不著急

例 ゆっくり食(た)べる。

譯 慢慢吃。

31 | よく

㊔ 經常，常常

例 よく考(かんが)える。

譯 充分考慮。

32 | いかが【如何】

(副・形動) 如何，怎麼樣

例 お一(ひと)ついかがですか。

譯 來一個如何？

33 | くらい・ぐらい【位】

(副助) (數量或程度上的推測)大概，左右，上下

例 一時間(いちじかん)ぐらい遅(おそ)くなる。

譯 遲到約一個小時左右。

34 | ずつ

(副助) (表示均攤)每…，各…；表示反覆多次

例 一日(いちにち)に三回(さんかい)ずつ。

譯 每天各三次。

35 | だけ

(副助) 只有…

例 生徒(せいと)が一人(ひとり)だけだ。

譯 只有一學生。

36 | ながら

(接助) 邊…邊…，一面…一面…

例 歩(ある)きながら考(かんが)える。

譯 邊走邊想。

6-6 接頭詞、接尾詞、その他 / 接頭詞、接尾詞、其他

01 | お・おん【御】

(接頭) 您(的)…，貴…；放在字首，表示尊敬語及美化語

例 お友達(ともだち)の家(いえ)へ行(い)く。

譯 去朋友家。

02 | じ【時】

(名) …時

例 六時(ろくじ)に閉(し)まる。

譯 六點關門。

03 | はん【半】

(名・接尾) …半；一半

例 三時半(さんじはん)から始(はじ)まる。

譯 從三點半開始。

04 | ふん・ぷん【分】

(接尾) (時間)…分；(角度)分

例 1時(じ) 15分(ふん)に着(つ)く。

譯 1點 15分抵達。

05 | にち【日】

(名) 號，日，天(計算日數)

例 今月(こんげつ)の 19日(にち)が誕生日(たんじょうび)です。

譯 這個月的十九號是我的生日。

06 | じゅう【中】

(名・接尾) 整個，全;(表示整個期間或區域)期間

例 世界中(せかいじゅう)の人(ひと)が知(し)っている。

譯 全世界的人都知道。

07 | ちゅう【中】

(名・接尾) 中央，中間；…期間，正在…當中；在…之中

例 午前中(ごぜんちゅう)に届(とど)く。

譯 上午送達。

08 | がつ【月】

(接尾) …月

例 九月(くがつ)に生(う)まれる。

譯 九月出生。

09 | かげつ【ヶ月】

(接尾) …個月

例 あと三(さん)ヶ月(げつ)でお母(かあ)さんになる。

譯 再過三個月我就要為人母了。

10 | ねん【年】

(名) 年(也用於計算年數)

例 来年日本(らいねんにほん)へ行(い)く。

譯 明年要去日本。

11 | ころ・ごろ【頃】

(名・接尾) (表示時間)左右，時候，時期；正好的時候

例 昼頃駅(ひるごろえき)で会(あ)う。

譯 中午時在車站碰面。

12 | すぎ【過ぎ】

(接尾) 超過…，過了…，過度

例 一時過(いちじす)ぎに会(あ)う。

譯 我們一點多碰面。

13｜そば【側·傍】

㊔ 旁邊，側邊；附近

例 そばに置く。

譯 放在身邊。

14｜たち【達】

(接尾) (表示人的複數)…們，…等

例 私たちも行く。

譯 我們也前往。

15｜や【屋】

(名·接尾) 房屋；…店，商店或工作人員

例 八百屋でトマトを買う。

譯 在蔬果店買番茄。

16｜ご【語】

(名·接尾) 語言；…語

例 日本語の手紙を書く。

譯 用日語寫信。

17｜がる

(接尾) 想，覺得；故做

例 妹が私の服を欲しがる。

譯 妹妹想要我的衣服。

18｜じん【人】

(接尾) …人

例 外国人の先生がいる。

譯 有外國老師。

19｜など【等】

(副助) (表示概括，列舉)…等

例 赤や黄色などがある。

譯 有紅色跟黃色等等。

20｜ど【度】

(名·接尾) …次；…度(溫度，角度等單位)

例 38度ある。

譯 有38度。

21｜まえ【前】

㊔ (空間的)前，前面

例 ドアの前に立つ。

譯 站在門前。

22｜えん【円】

(名·接尾) 日圓(日本的貨幣單位)；圓(形)

例 2時間で一万円だ。

譯 兩小時一萬元日圓。

23｜みんな【皆】

㈹ 大家，全部，全體

例 みんな足が長い。

譯 大家腳都很長。

24｜ほう【方】

㊔ 方向；方面；(用於並列或比較屬於哪一)部類，類型

例 大きい方がいい。

譯 大的比較好。

25｜ほか【外】

(名·副助) 其他，另外；旁邊，外部；(下接否定)只好，只有

例 ほかの物を買う。

譯 買別的東西。

必　勝

N4

情境分類單字

パート
1
第一章

地理、場所

- 地理、場所 -

N4 ◉ 1-1

1-1 場所、空間、範囲 /
場所、空間、範圍

01 | うら【裏】

㊔ 裡面，背後；內部；內幕，幕後；內情

例 裏(うら)を見(み)る。

譯 看背面。

02 | おもて【表】

㊔ 表面；正面；外觀；外面

例 表(おもて)を飾(かざ)る。

譯 裝飾外表。

03 | いがい【以外】

㊔ 除外，以外

例 日本(にほん)以外(いがい)行(い)きたくない。

譯 除了日本以外我哪裡都不去。

04 | うち【内】

㊔ …之內；…之中

例 内(うち)からかぎをかける。

譯 從裡面上鎖。

05 | まんなか【真ん中】

㊔ 正中間

例 テーブルの真(ま)ん中(なか)に置(お)く。

譯 擺在餐桌的正中央。

06 | まわり【周り】

㊔ 周圍，周邊

例 学校(がっこう)の周(まわ)りを走(はし)る。

譯 在學校附近跑步。

07 | あいだ【間】

㊔ 期間；間隔，距離；中間；關係；空隙

例 家(いえ)と家(いえ)の間(あいだ)に細(ほそ)い道(みち)がある。

譯 房子之間有小路。

08 | すみ【隅】

㊔ 角落

例 隅(すみ)から隅(すみ)まで探(さが)す。

譯 找遍了各個角落。

09 | てまえ【手前】

(名·代) 眼前；靠近自己這一邊；（當著…的）面前；我（自謙）；你（同輩或以下）

例 手前(てまえ)にある箸(はし)を取(と)る。

譯 拿起自己面前的筷子。

10 | てもと【手元】

㊔ 身邊，手頭；膝下；生活，生計

例 手元(てもと)にない。

譯 手邊沒有。

11 | こっち【此方】

名 這裡，這邊

例 こっちの方(ほう)がいい。

譯 這邊比較好。

12 | どっち【何方】

代 哪一個

例 どっちへ行(い)こうかな。

譯 去哪一邊好呢？

13 | とおく【遠く】

名 遠處；很遠

例 遠(とお)くから人(ひと)が来(く)る。

譯 有人從遠處來。

14 | ほう【方】

名 …方，邊；方面；方向

例 庭(にわ)が広(ひろ)いほうを買(か)う。

譯 買院子比較大的。

15 | あく【空く】

自五 空著；（職位）空缺；空隙；閒著；有空

例 席(せき)が空(あ)く。

譯 空出位子。

N4 ● 1-2

1-2 地域 /
地域

01 | ちり【地理】

名 地理

例 地理(ちり)を研究(けんきゅう)する。

譯 研究地理。

02 | しゃかい【社会】

名 社會，世間

例 社会(しゃかい)に出(で)る。

譯 出社會。

03 | せいよう【西洋】

名 西洋

例 西洋文明(せいようぶんめい)を学(まな)ぶ。

譯 學習西方文明。

04 | せかい【世界】

名 世界；天地

例 世界(せかい)に知(し)られている。

譯 聞名世界。

05 | こくない【国内】

名 該國內部，國內

例 国内旅行(こくないりょこう)をする。

譯 國內旅遊。

06 | むら【村】

名 村莊，村落；鄉

例 小(ちい)さな村(むら)に住(す)む。

譯 住小村莊。

07 | いなか【田舎】

名 鄉下，農村；故鄉，老家

例 田舎(いなか)に帰(かえ)る。

譯 回家鄉。

08 | こうがい【郊外】

(名) 郊外

例 郊外(こうがい)に住(す)む。

譯 住在城外。

---

09 | しま【島】

(名) 島嶼

例 島(しま)へ渡(わた)る。

譯 遠渡島上。

---

10 | かいがん【海岸】

(名) 海岸

例 海岸(かいがん)で釣(つ)りをする。

譯 海邊釣魚。

---

11 | みずうみ【湖】

(名) 湖，湖泊

例 大(おお)きい湖(みずうみ)がたくさんある。

譯 有許多廣大的湖。

---

12 | あさい【浅い】

(形) 淺的；(事物程度) 微少；淡的；薄的

例 浅(あさ)い川(かわ)で泳(およ)ぐ。

譯 在淺水河流游泳。

---

13 | アジア【Asia】

(名) 亞洲

例 アジアに住(す)む。

譯 住在亞洲。

---

14 | アフリカ【Africa】

(名) 非洲

例 アフリカに遊(あそ)びに行(い)く。

譯 去非洲玩。

---

15 | アメリカ【America】

(名) 美國

例 アメリカへ行(い)く。

譯 去美國。

---

16 | けん【県】

(名) 縣

例 神奈川県(かながわけん)へ行(い)く。

譯 去神奈川縣。

---

17 | し【市】

(名) …市

例 台北市(タイペイし)を訪(たず)ねる。

譯 拜訪台北市。

---

18 | ちょう【町】

(名・漢造) 鎮

例 石川町(いしかわちょう)に住(す)んでいた。

譯 住過石川町。

---

19 | さか【坂】

(名) 斜坡

例 坂(さか)を下(お)りる。

譯 下坡。

パート 2 第二章

時間

- 時間 -

N4 2-1

2-1 過去、現在、未来 / 過去、現在、未來

01 | さっき
名·副 剛剛，剛才
例 さっきから待(ま)っている。
譯 從剛才就在等著你。

02 | ゆうべ【夕べ】
名 昨晚；傍晚
例 夕(ゆう)べはありがとうございました。
譯 昨晚謝謝您。

03 | このあいだ【この間】
副 最近；前幾天
例 この間(あいだ)借(か)りたお金(かね)を返(かえ)す。
譯 歸還上次借的錢。

04 | さいきん【最近】
名·副 最近
例 彼(かれ)は最近結婚(さいきんけっこん)した。
譯 他最近結婚了。

05 | さいご【最後】
名 最後
例 最後(さいご)に帰(かえ)る。
譯 最後離開。

06 | さいしょ【最初】
名 最初，首先
例 最初(さいしょ)に校長(こうちょう)の挨拶(あいさつ)がある。
譯 首先校長將致詞。

07 | むかし【昔】
名 以前
例 昔(むかし)の友達(ともだち)と会(あ)う。
譯 跟以前的朋友碰面。

08 | ただいま【唯今·只今】
副 現在；馬上，剛才；我回來了
例 ただいまお調(しら)べします。
譯 現在立刻為您查詢。

09 | こんや【今夜】
名 今晚
例 今夜(こんや)はホテルに泊(と)まる。
譯 今晚住飯店。

10 | あす【明日】
名 明天
例 明日(あす)の朝出発(あさしゅっぱつ)する。
譯 明天早上出發。

11 | こんど【今度】

㊔ 這次；下次；以後

例 今度お宅に遊びに行ってもいいですか。

譯 下次可以到府上玩嗎？

12 | さらいしゅう【再来週】

㊔ 下下星期

例 再来週まで待つ。

譯 等到下下週為止。

13 | さらいげつ【再来月】

㊔ 下下個月

例 再来月また会う。

譯 下下個月再見。

14 | しょうらい【将来】

㊔ 將來

例 将来は外国で働くつもりです。

譯 我將來打算到國外工作。

N4 ⦿ 2-2

2-2 時間、時、時刻 / 時間、時候、時刻

01 | とき【時】

㊔ …時，時候

例 あの時はごめんなさい。

譯 當時真的很抱歉。

02 | ひ【日】

㊔ 天，日子

例 日が経つのが早い。

譯 時間過得真快。

03 | とし【年】

㊔ 年齡；一年

例 私も年をとりました。

譯 我也老了。

04 | はじめる【始める】

他下一 開始；開創；發(老毛病)

例 昨日から日本語の勉強を始めました。

譯 從昨天開始學日文。

05 | おわり【終わり】

㊔ 結束，最後

例 番組は今月で終わる。

譯 節目將在這個月結束。

06 | いそぐ【急ぐ】

自五 快，急忙，趕緊

例 急いで逃げる。

譯 趕緊逃跑。

07 | すぐに【直ぐに】

副 馬上

例 すぐに帰る。

譯 馬上回來。

08 | まにあう【間に合う】

自五 來得及，趕得上；夠用

例 飛行機に間に合う。

譯 趕上飛機。

09 | あさねぼう【朝寝坊】

名・自サ 賴床；愛賴床的人

例 朝寝坊(あさねぼう)して遅刻(ちこく)してしまった。
譯 早上睡過頭，遲到了。

10 | **おこす【起こす】**

他五 扶起；叫醒；發生；引起；翻起

例 明日(あした)7時(じ)に起(お)こしてください。
譯 請明天七點叫我起來。

11 | **ひるま【昼間】**

名 白天

例 昼間(ひるま)働(はたら)いている。
譯 白天都在工作。

12 | **くれる【暮れる】**

自下一 日暮，天黑；到了尾聲，年終

例 秋(あき)が暮(く)れる。
譯 秋暮。

13 | **このごろ【此の頃】**

副 最近

例 このごろ元気(げんき)がないね。
譯 最近看起來怎麼沒什麼精神呢。

14 | **じだい【時代】**

名 時代；潮流；歷史

例 時代(じだい)が違(ちが)う。
譯 時代不同。

パート
3
第三章

日常の挨拶、人物

- 日常招呼、人物 -

N4 3-1

3-1 挨拶言葉 /
寒暄用語

01 | いってまいります【行って参ります】

寒暄 我走了

例 では、行(い)って参(まい)ります。

譯 那我走了。

02 | いってらっしゃい

寒暄 路上小心，慢走，好走

例 気(き)をつけていってらっしゃい。

譯 小心慢走。

03 | おかえりなさい【お帰りなさい】

寒暄 (你)回來了

例 お帰(かえ)りなさいと大(おお)きな声(こえ)で言(い)った。

譯 大聲說回來啦！

04 | よくいらっしゃいました

寒暄 歡迎光臨

例 暑(あつ)いのに、よくいらっしゃいましたね。

譯 這麼熱，感謝您能蒞臨。

05 | おかげ【お陰】

寒暄 託福；承蒙關照

例 あなたのおかげです。

譯 託你的福。

06 | おかげさまで【お陰様で】

寒暄 託福，多虧

例 おかげさまで元気(げんき)です。

譯 托你的福，我很好。

07 | おだいじに【お大事に】

寒暄 珍重，請多保重

例 風邪(かぜ)が早(はや)く治(なお)るといいですね。お大事(だいじ)に。

譯 希望你感冒能快好起來。多保重啊！

08 | かしこまりました【畏まりました】

寒暄 知道，了解(「わかる」謙讓語)

例 はい、かしこまりました。

譯 好，知道了。

09 | おまたせしました【お待たせしました】

寒暄 讓您久等了

例 お待(ま)たせしました。お入(はい)りください。

譯 讓您久等了。請進。

10 | おめでとうございます【お目出度うございます】

寒暄 恭喜

例 ご結婚おめでとうございます。
譯 結婚恭喜恭喜！

11 | それはいけませんね

寒暄 那可不行

例 それはいけませんね。お大事にしてね。
譯 (生病啦)那可不得了了。多保重啊！

12 | ようこそ

寒暄 歡迎

例 ようこそ、おいで下さいました。
譯 衷心歡迎您的到來。

N4 3-2

3-2 いろいろな人を表す言葉 / 各種人物的稱呼

01 | おこさん【お子さん】

名 您孩子，令郎，令嬡

例 お子さんはおいくつですか。
譯 您的孩子幾歲了呢？

02 | むすこさん【息子さん】

名 (尊稱他人的)令郎

例 ご立派な息子さんですね。
譯 您兒子真是出色啊！

03 | むすめさん【娘さん】

名 您女兒，令嬡

例 娘さんはあなたに似ている。
譯 令千金長得像您。

04 | おじょうさん【お嬢さん】

名 您女兒，令嬡；小姐；千金小姐

例 お嬢さんはとても美しい。
譯 令千金長得真美。

05 | こうこうせい【高校生】

名 高中生

例 高校生を対象にする。
譯 以高中生為對象。

06 | だいがくせい【大学生】

名 大學生

例 大学生になる。
譯 成為大學生。

07 | せんぱい【先輩】

名 學姐，學長；老前輩

例 先輩におごってもらった。
譯 讓學長破費了。

08 | きゃく【客】

名 客人；顧客

例 客を迎える。
譯 迎接客人。

09 | てんいん【店員】

名 店員

例 店員を呼ぶ。
譯 叫喚店員。

10｜しゃちょう【社長】
㊔ 社長
例 社長(しゃちょう)になる。
譯 當上社長。

11｜おかねもち【お金持ち】
㊔ 有錢人
例 お金持(かねも)ちになる。
譯 變成有錢人。

12｜しみん【市民】
㊔ 市民，公民
例 市民(しみん)の生活(せいかつ)を守(まも)る。
譯 捍衛市民的生活。

13｜きみ【君】
㊔ 你(男性對同輩以下的親密稱呼)
例 君(きみ)にあげる。
譯 給你。

14｜いん【員】
㊔ 人員；人數；成員；…員
例 公務員(こうむいん)になりたい。
譯 想當公務員。

15｜かた【方】
㊔ (敬)人
例 あちらの方(かた)はどなたですか。
譯 那是那位呢？

3-3 男女 /
男女

01｜だんせい【男性】
㊔ 男性
例 男性(だんせい)の服(ふく)は本館(ほんかん)の４階(かい)だ。
譯 紳士服專櫃位於本館四樓。

02｜じょせい【女性】
㊔ 女性
例 美(うつく)しい女性(じょせい)を連(つ)れている。
譯 帶著漂亮的女生。

03｜かのじょ【彼女】
㊔ 她；女朋友
例 彼女(かのじょ)ができる。
譯 交到女友。

04｜かれ【彼】
名·代 他；男朋友
例 それは彼(かれ)の物(もの)だ。
譯 那是他的東西。

05｜かれし【彼氏】
名·代 男朋友；他
例 彼氏(かれし)がいる。
譯 我有男朋友。

06｜かれら【彼等】
名·代 他們
例 彼(かれ)らは兄弟(きょうだい)だ。
譯 他們是兄弟。

07 | じんこう【人口】

㊔ 人口

例 人口が多い。

譯 人口很多。

08 | みな【皆】

㊔ 大家；所有的

例 皆が集まる。

譯 大家齊聚一堂。

09 | あつまる【集まる】

(自五) 聚集，集合

例 女性が集まってくる。

譯 女性聚集過來。

10 | あつめる【集める】

(他下一) 集合；收集；集中

例 男性の視線を集める。

譯 聚集男性的視線。

11 | つれる【連れる】

(他下一) 帶領，帶著

例 友達を連れて来る。

譯 帶朋友來。

12 | かける【欠ける】

(自下一) 缺損；缺少

例 女が一名欠ける。

譯 缺一位女性。

3-4 老人、子供、家族 /
老人、小孩、家人

01 | そふ【祖父】

㊔ 祖父，外祖父

例 祖父に会う。

譯 和祖父見面。

02 | そぼ【祖母】

㊔ 祖母，外祖母，奶奶，外婆

例 祖母が亡くなる。

譯 祖母過世。

03 | おや【親】

㊔ 父母；祖先；主根；始祖

例 親の仕送りを受ける。

譯 讓父母寄送生活費。

04 | おっと【夫】

㊔ 丈夫

例 夫の帰りを待つ。

譯 等待丈夫回家。

05 | しゅじん【主人】

㊔ 老公，(我)丈夫，先生；主人

例 主人を支える。

譯 支持丈夫。

06 | つま【妻】

㊔ (對外稱自己的)妻子，太太

例 妻と喧嘩する。

譯 跟妻子吵架。

07 | かない【家内】

㊔ 妻子

例 家内(かない)に相談(そうだん)する。

譯 和妻子討論。

08 | こ【子】

㊔ 孩子

例 子(こ)を生(う)む。

譯 生小孩。

09 | あかちゃん【赤ちゃん】

㊔ 嬰兒

例 赤(あか)ちゃんはよく泣(な)く。

譯 小寶寶很愛哭。

10 | あかんぼう【赤ん坊】

㊔ 嬰兒；不暗世故的人

例 赤(あか)ん坊(ぼう)みたいだ。

譯 像嬰兒似的。

11 | そだてる【育てる】

(他下一) 撫育，培植；培養

例 子供(こども)を育(そだ)てる。

譯 培育子女。

12 | こそだて【子育て】

(名・自サ) 養育小孩，育兒

例 子育(こそだ)てが終(お)わる。

譯 完成了養育小孩的任務。

13 | にる【似る】

(自上一) 相像，類似

例 性格(せいかく)が似(に)ている。

譯 個性相似。

14 | ぼく【僕】

㊔ 我（男性用）

例 僕(ぼく)には僕(ぼく)の夢(ゆめ)がある。

譯 我有我的理想。

N4 ● 3-5

3-5 態度、性格 /
態度、性格

01 | しんせつ【親切】

(名・形動) 親切，客氣

例 親切(しんせつ)になる。

譯 變得親切。

02 | ていねい【丁寧】

(名・形動) 客氣；仔細；尊敬

例 丁寧(ていねい)に読(よ)む。

譯 仔細閱讀。

03 | ねっしん【熱心】

(名・形動) 專注，熱衷；熱心；熱衷；熱情

例 仕事(しごと)に熱心(ねっしん)だ。

譯 熱衷於工作。

04 | まじめ【真面目】

(名・形動) 認真；誠實

例 真面目(まじめ)な人(ひと)が多い。

譯 有很多認真的人。

05 | いっしょうけんめい【一生懸命】

(副・形動) 拼命地，努力地；一心

例 一生懸命(いっしょうけんめい)に働(はたら)く。

譯 拼命地工作。

06 | やさしい【優しい】

形 溫柔的，體貼的；柔和的；親切的

例 人(ひと)にやさしくする。

譯 殷切待人。

07 | てきとう【適当】

名・自サ・形動 適當；適度；隨便

例 適当(てきとう)な機会(きかい)に行(おこな)う。

譯 在適當的機會舉辦。

08 | おかしい【可笑しい】

形 奇怪的，可笑的；可疑的，不正常的

例 頭(あたま)がおかしい。

譯 腦子不正常。

09 | こまかい【細かい】

形 細小；仔細；無微不至

例 考(かんが)えが細(こま)かい。

譯 想得仔細。

10 | さわぐ【騒ぐ】

自五 吵鬧，喧囂 ；慌亂，慌張；激動

例 胸(むね)が騒(さわ)ぐ。

譯 心慌意亂。

11 | ひどい【酷い】

形 殘酷；過分；非常；嚴重，猛烈

例 彼(かれ)は酷(ひど)い人(ひと)だ。

譯 他是個殘酷的人。

3-6 人間関係 / 人際關係

01 | かんけい【関係】

名 關係；影響

例 関係(かんけい)がある。

譯 有關係；有影響；發生關係。

02 | しょうかい【紹介】

名・他サ 介紹

例 両親(りょうしん)に紹介(しょうかい)する。

譯 介紹給父母。

03 | せわ【世話】

名・他サ 幫忙；照顧，照料

例 世話(せわ)になる。

譯 受到照顧。

04 | わかれる【別れる】

自下一 分別，分開

例 恋人(こいびと)と別(わか)れた。

譯 和情人分手了。

05 | あいさつ【挨拶】

名・自サ 寒暄，打招呼，拜訪；致詞

例 帽子(ぼうし)をとって挨拶(あいさつ)する。

譯 脱帽致意。

06 | けんか【喧嘩】

名・自サ 吵架；打架

例 喧嘩(けんか)が始(はじ)まる。

譯 開始吵架。

07｜えんりょ【遠慮】

名·自他サ 客氣；謝絕

例 遠慮(えんりょ)がない。

譯 不客氣，不拘束。

08｜しつれい【失礼】

名·形動·自サ 失禮，沒禮貌；失陪

例 失礼(しつれい)なことを言(い)う。

譯 說失禮的話。

09｜ほめる【褒める】

他下一 誇獎

例 先生(せんせい)に褒(ほ)められた。

譯 被老師稱讚。

10｜じゆう【自由】

名·形動 自由，隨便

例 自由(じゆう)がない。

譯 沒有自由。

11｜しゅうかん【習慣】

名 習慣

例 習慣(しゅうかん)が変(か)わる。

譯 習慣改變；習俗特別。

12｜ちから【力】

名 力氣；能力

例 力(ちから)になる。

譯 幫助；有依靠。

パート
4
第四章

体、病気、スポーツ

- 人體、疾病、運動 -

N4 ● 4-1

4-1 身体 / 人體

01 | かっこう【格好・恰好】

㊔ 外表，裝扮

例 綺麗(きれい)な格好(かっこう)で出(で)かける。

譯 打扮得美美的出門了。

02 | かみ【髪】

㊔ 頭髮

例 髪型(かみがた)が変(か)わる。

譯 髮型變了。

03 | け【毛】

㊔ 頭髮，汗毛

例 髪(かみ)の毛(け)は細(ほそ)くてやわらかい。

譯 頭髮又細又軟。

04 | ひげ

㊔ 鬍鬚

例 私(わたし)の父(ちち)はひげが濃(こ)い。

譯 我爸爸的鬍鬚很濃密

05 | くび【首】

㊔ 頸部，脖子；頭部，腦袋

例 首(くび)にマフラーを巻(ま)く。

譯 在脖子裹上圍巾。

06 | のど【喉】

㊔ 喉嚨

例 のどが渇(かわ)く。

譯 口渴。

07 | せなか【背中】

㊔ 背部

例 背中(せなか)を丸(まる)くする。

譯 弓起背來。

08 | うで【腕】

㊔ 胳臂；本領；托架，扶手

例 腕(うで)を組(く)む。

譯 挽著胳臂。

09 | ゆび【指】

㊔ 手指

例 ゆびで指(さ)す。

譯 用手指。

10 | つめ【爪】

㊔ 指甲

例 爪(つめ)を切(き)る。

譯 剪指甲。

11｜ち【血】

㊔ 血；血緣

例 血(ち)が出(で)ている。

譯 流血了。

12｜おなら

㊔ 屁

例 おならをする。

譯 放屁。

N4 ◉ 4-2

4-2 生死、体質 /
生死、體質

01｜いきる【生きる】

(自上一) 活，生存；生活；致力於…；生動

例 生(い)きて帰(かえ)る。

譯 生還。

02｜なくなる【亡くなる】

(他五) 去世，死亡

例 先生(せんせい)が亡(な)くなる。

譯 老師過世。

03｜うごく【動く】

(自五) 變動，移動；擺動；改變；行動，運動；感動，動搖

例 動(うご)くのが好(す)きだ。

譯 我喜歡動。

04｜さわる【触る】

(自五) 碰觸，觸摸；接觸；觸怒，觸犯

例 触(さわ)ると痒(かゆ)くなる。

譯 一觸摸就發癢。

05｜ねむい【眠い】

㊫ 睏

例 いつも眠(ねむ)い。

譯 我總是想睡覺。

06｜ねむる【眠る】

(自五) 睡覺

例 暑(あつ)いと眠(ねむ)れない。

譯 一熱就睡不著。

07｜かわく【乾く】

(自五) 乾；口渴

例 肌(はだ)が乾(かわ)く。

譯 皮膚乾燥。

08｜ふとる【太る】

(自五) 胖，肥胖；增加

例 運動(うんどう)してないので太(ふと)った。

譯 因為沒有運動而肥胖。

09｜やせる【痩せる】

(自下一) 瘦；貧瘠

例 病気(びょうき)で痩(や)せる。

譯 因生病而消瘦。

10｜ダイエット【diet】

(名・自サ) (為治療或調節體重)規定飲食；減重療法；減重，減肥

例 ダイエットを始(はじ)めた。

譯 開始減肥。

11｜よわい【弱い】

㊫ 虛弱；不擅長，不高明

例 体が弱い。

譯 身體虛弱。

N4 4-3

4-3 病気、治療 / 疾病、治療

01 | おる【折る】

他五 摺疊；折斷

例 骨を折る。

譯 骨折。

02 | ねつ【熱】

名 高溫；熱；發燒

例 熱がある。

譯 發燒。

03 | インフルエンザ【influenza】

名 流行性感冒

例 インフルエンザにかかる。

譯 得了流感。

04 | けが【怪我】

名・自サ 受傷；損失，過失

例 怪我がない。

譯 沒有受傷。

05 | かふんしょう【花粉症】

名 花粉症，因花粉而引起的過敏鼻炎，結膜炎

例 花粉症になる。

譯 得花粉症。

06 | たおれる【倒れる】

自下一 倒下；垮台；死亡

例 叔父が病気で倒れた。

譯 叔叔病倒了。

07 | にゅういん【入院】

名・自サ 住院

例 入院費を払う。

譯 支付住院費。

08 | ちゅうしゃ【注射】

名・他サ 打針

例 注射を受ける。

譯 打預防針。

09 | ぬる【塗る】

他五 塗抹，塗上

例 薬を塗る。

譯 上藥。

10 | おみまい【お見舞い】

名 探望，探病

例 明日お見舞いに行く。

譯 明天去探病。

11 | ぐあい【具合】

名 (健康等)狀況；方便，合適；方法

例 具合がよくなる。

譯 情況好轉。

12 | なおる【治る】

自五 治癒，痊愈

例 病気が治る。

譯 病痊癒了。

13 | たいいん【退院】
名・自サ 出院

例 退院(たいいん)をさせてもらう。

譯 讓我出院。

14 | やめる【止める】
他下一 停止

例 たばこをやめる。

譯 戒煙。

15 | ヘルパー【helper】
名 幫傭；看護

例 ホームヘルパーを頼(たの)む。

譯 請家庭看護。

16 | おいしゃさん【お医者さん】
名 醫生

例 彼(かれ)はお医者(いしゃ)さんです。

譯 他是醫生。

17 | てしまう
補動 強調某一狀態或動作完了；懊悔

例 怪我(けが)で動(うご)かなくなってしまった。

譯 因受傷而無法動彈。

N4 ⊙ 4-4

4-4 体育、試合 / 體育、競賽

01 | うんどう【運動】
名・自サ 運動；活動

例 毎日運動(まいにちうんどう)する。

譯 每天運動。

02 | テニス【tennis】
名 網球

例 テニスをやる。

譯 打網球。

03 | テニスコート【tennis court】
名 網球場

例 テニスコートでテニスをやる。

譯 在網球場打網球。

04 | じゅうどう【柔道】
名 柔道

例 柔道(じゅうどう)を習(なら)う。

譯 學柔道。

05 | すいえい【水泳】
名・自サ 游泳

例 水泳(すいえい)が上手(じょうず)だ。

譯 擅長游泳。

06 | かける【駆ける・駈ける】
自下一 奔跑，快跑

例 学校(がっこう)まで駆(か)ける。

譯 快跑到學校。

07 | うつ【打つ】
他五 打擊，打；標記

例 ホームランを打(う)つ。

譯 打全壘打。

08 | すべる【滑る】
自下一 滑(倒)；滑動；(手)滑；不及格，落榜；下跌

例 道（みち）が滑（すべ）る。

譯 路滑。

09 | なげる【投げる】

自下一 丟，拋；摔；提供；投射；放棄

例 ボールを投（な）げる。

譯 丟球。

10 | しあい【試合】

名・自サ 比賽

例 試合（しあい）が終（お）わる。

譯 比賽結束。

11 | きょうそう【競争】

名・自他サ 競爭，競賽

例 競争（きょうそう）に負（ま）ける。

譯 競爭失敗。

12 | かつ【勝つ】

自五 贏，勝利；克服

例 試合（しあい）に勝（か）つ。

譯 比賽獲勝。

13 | しっぱい【失敗】

名・自サ 失敗

例 失敗（しっぱい）ばかりで気分（きぶん）が悪（わる）い。

譯 一直出錯心情很糟。

14 | まける【負ける】

自下一 輸；屈服

例 試合（しあい）に負（ま）ける。

譯 比賽輸了。

パート 5 第五章

大自然

- 大自然 -

N4 ◉ 5-1

5-1 自然、気象 / 自然、氣象

01 | えだ【枝】

㊔ 樹枝；分枝

例 木の枝を折る。

譯 折下樹枝。

02 | くさ【草】

㊔ 草

例 草を取る。

譯 清除雜草。

03 | は【葉】

㊔ 葉子，樹葉

例 葉が美しい。

譯 葉子很美。

04 | ひらく【開く】

(自·他五) 綻放；打開；拉開；開拓；開設；開導

例 夏の頃花を開く。

譯 夏天開花。

05 | みどり【緑】

㊔ 綠色，翠綠；樹的嫩芽

例 山の緑がきれいだ。

譯 翠綠的山巒景色優美。

06 | ふかい【深い】

㊮ 深的；濃的；晚的 ；(情感)深的；(關係)密切的

例 日本一深い湖を訪れる。

譯 探訪日本最深的湖泊。

07 | うえる【植える】

(他下一) 種植；培養

例 木を植える。

譯 種樹。

08 | おれる【折れる】

(自下一) 折彎；折斷；拐彎；屈服

例 風で枝が折れる。

譯 樹枝被風吹斷。

09 | くも【雲】

㊔ 雲

例 雲の間から月が出てきた。

譯 月亮從雲隙間出現了。

10 | つき【月】

㊔ 月亮

例 月がのぼった。

譯 月亮升起來了。

11 | ほし【星】

㊔ 星星

例 星(ほし)がある。

譯 有星星。

12 | じしん【地震】

名 地震

例 地震(じしん)が起きる。

譯 發生地震。

13 | たいふう【台風】

名 颱風

例 台風(たいふう)に遭(あ)う。

譯 遭遇颱風。

14 | きせつ【季節】

名 季節

例 季節(きせつ)を楽(たの)しむ。

譯 享受季節變化的樂趣。

15 | ひえる【冷える】

自下一 變冷；變冷淡

例 体(からだ)が冷(ひ)える。

譯 身體感到寒冷。

16 | やむ【止む】

自五 停止

例 風(かぜ)が止(や)む。

譯 風停了。

17 | さがる【下がる】

自五 下降；下垂；降低(價格、程度、溫度等)；衰退

例 気温(きおん)が下(さ)がる。

譯 氣溫下降。

18 | はやし【林】

名 樹林；林立；(轉)事物集中貌

例 林(はやし)の中(なか)で虫(むし)を取(と)る。

譯 在林間抓蟲子。

19 | もり【森】

名 樹林

例 森(もり)に入(はい)る。

譯 走進森林。

20 | ひかり【光】

名 光亮，光線；(喻)光明，希望；威力，光榮

例 月(つき)の光(ひかり)が美(うつく)しい。

譯 月光美極了。

21 | ひかる【光る】

自五 發光，發亮；出眾

例 星(ほし)が光(ひか)る。

譯 星光閃耀。

22 | うつる【映る】

自五 反射，映照；相襯

例 水(みず)に映(うつ)る。

譯 倒映水面。

23 | どんどん

副 連續不斷，接二連三；(炮鼓等連續不斷的聲音)咚咚；(進展)順利；(氣勢)旺盛

例 水(みず)がどんどん上(あ)がってくる。

譯 水嘩啦嘩啦不斷地往上流。

5-2 いろいろな物質／各種物質

01 | くうき【空気】

名 空氣；氣氛

例 空気（くうき）が悪（わる）い。

譯 空氣不好。

02 | ひ【火】

名 火

例 火（ひ）が消（き）える。

譯 火熄滅。

03 | いし【石】

名 石頭，岩石；（猜拳）石頭，結石；鑽石；堅硬

例 石（いし）で作（つく）る。

譯 用石頭做的。

04 | すな【砂】

名 沙

例 砂（すな）が目（め）に入（はい）る。

譯 沙子掉進眼睛裡。

05 | ガソリン【gasoline】

名 汽油

例 ガソリンを入（い）れる。

譯 加入汽油。

06 | ガラス【（荷）glas】

名 玻璃

例 ガラスを割（わ）る。

譯 打破玻璃。

07 | きぬ【絹】

名 絲

例 絹（きぬ）のハンカチを送（おく）る。

譯 送絲綢手帕。

08 | ナイロン【nylon】

名 尼龍

例 ナイロンのストッキングはすぐ破（やぶ）れる。

譯 尼龍絲襪很快就抽絲了。

09 | もめん【木綿】

名 棉

例 木綿（もめん）のシャツを探（さが）している。

譯 正在找棉質襯衫。

10 | ごみ

名 垃圾

例 あとでごみを捨（す）てる。

譯 等一下丟垃圾。

11 | すてる【捨てる】

他下一 丟掉，拋棄；放棄

例 古（ふる）いラジオを捨（す）てる。

譯 扔了舊的收音機。

12 | かたい【固い・硬い・堅い】

形 堅硬；結實；堅定；可靠；嚴厲；固執

例 石（いし）のように硬（かた）い。

譯 如石頭般堅硬。

パート 6 第六章

飲食

- 飲食 -

N4 ◉ 6-1

6-1 料理、味 / 烹調、味道

01 | つける【漬ける】

他下一 浸泡；醃

例 梅(うめ)を漬(つ)ける。

譯 醃梅子。

02 | つつむ【包む】

他五 包住，包起來；隱藏，隱瞞

例 肉(にく)を餃子(ぎょうざ)の皮(かわ)で包(つつ)む。

譯 用餃子皮包肉。

03 | やく【焼く】

他五 焚燒；烤；曬；嫉妒

例 魚(さかな)を焼(や)く。

譯 烤魚。

04 | やける【焼ける】

自下一 烤熟；（被）烤熟；曬黑；燥熱；發紅；添麻煩；感到嫉妒

例 肉(にく)が焼(や)ける。

譯 肉烤熟。

05 | わかす【沸かす】

他五 煮沸；使沸騰

例 お湯(ゆ)を沸(わ)かす。

譯 把水煮沸。

06 | わく【沸く】

自五 煮沸，煮開；興奮

例 お湯(ゆ)が沸(わ)く。

譯 熱水沸騰。

07 | あじ【味】

名 味道；趣味；滋味

例 味(あじ)がいい。

譯 好吃，美味；富有情趣。

08 | あじみ【味見】

名・自サ 試吃，嚐味道

例 スープの味見(あじみ)をする。

譯 嚐嚐湯的味道。

09 | におい【匂い】

名 味道；風貌

例 匂(にお)いがする。

譯 發出味道。

10 | にがい【苦い】

形 苦；痛苦

例 苦(にが)くて食(た)べられない。

譯 苦得難以下嚥。

11 | やわらかい【柔らかい】

㊋ 柔軟的

例 柔(やわ)らかい肉(にく)を選(えら)ぶ。

譯 選擇柔軟的肉。

---

12 | おおさじ【大匙】

㊔ 大匙，湯匙

例 大匙(おおさじ)二杯(にはい)の塩(しお)を入(い)れる。

譯 放入兩大匙的鹽。

---

13 | こさじ【小匙】

㊔ 小匙，茶匙

例 小匙一杯(こさじいっぱい)の砂糖(さとう)を入(い)れる。

譯 放入一茶匙的砂糖。

---

14 | コーヒーカップ【coffee cup】

㊔ 咖啡杯

例 可愛(かわい)いコーヒーカップを買(か)った。

譯 買了可愛的咖啡杯。

---

15 | ラップ【wrap】

(名・他サ) 保鮮膜；包裝，包裹

例 野菜(やさい)をラップする。

譯 用保鮮膜將蔬菜包起來。

N4 6-2

6-2 食事、食べ物 / 用餐、食物

01 | ゆうはん【夕飯】

㊔ 晚飯

例 友達(ともだち)と夕飯(ゆうはん)を食(た)べる。

譯 跟朋友吃晚飯。

02 | したく【支度】

(名・自他サ) 準備；打扮；準備用餐

例 支度(したく)ができる。

譯 準備好。

---

03 | じゅんび【準備】

(名・他サ) 準備

例 準備(じゅんび)が足(た)りない。

譯 準備不夠。

---

04 | ようい【用意】

(名・他サ) 準備；注意

例 夕食(ゆうしょく)の用意(ようい)をしていた。

譯 在準備晚餐。

---

05 | しょくじ【食事】

(名・自サ) 用餐，吃飯；餐點

例 食事(しょくじ)が終(お)わる。

譯 吃完飯。

---

06 | かむ【噛む】

(他五) 咬

例 ご飯(はん)をよく噛(か)んで食(た)べなさい。

譯 吃飯要細嚼慢嚥。

---

07 | のこる【残る】

(自五) 剩餘，剩下；遺留

例 食(た)べ物(もの)が残(のこ)る。

譯 食物剩下來。

---

08 | しょくりょうひん【食料品】

㊔ 食品

例 母(はは)から食料品(しょくりょうひん)が送(おく)られてきた。

譯 媽媽寄來了食物。

09 | こめ【米】

名 米

例 米（こめ）の輸出（ゆしゅつ）が増（ふ）える。

譯 稻米的外銷量增加了。

10 | みそ【味噌】

名 味噌

例 みそ汁（しる）を作（つく）る。

譯 做味噌湯。

11 | ジャム【jam】

名 果醬

例 パンにジャムをつける。

譯 在麵包上塗果醬。

12 | ゆ【湯】

名 開水，熱水；浴池；溫泉；洗澡水

例 お湯（ゆ）を沸（わ）かす。

譯 燒開水。

13 | ぶどう【葡萄】

名 葡萄

例 葡萄酒（ぶどうしゅ）を楽（たの）しむ。

譯 享受喝葡萄酒的樂趣。

N4 ◉ 6-3

6-3 外食 / 餐廳用餐

01 | がいしょく【外食】

名・自サ 外食，在外用餐

例 外食（がいしょく）をする。

譯 吃外食。

02 | ごちそう【御馳走】

名・他サ 請客；豐盛佳餚

例 ご馳走（ちそう）になる。

譯 被請吃飯。

03 | きつえんせき【喫煙席】

名 吸煙席，吸煙區

例 喫煙席（きつえんせき）を頼（たの）む。

譯 要求吸菸區。

04 | きんえんせき【禁煙席】

名 禁煙席，禁煙區

例 禁煙席（きんえんせき）に座（すわ）る。

譯 坐在禁煙區。

05 | あく【空く】

自五 空著；（職位）空缺；空隙；閒著；有空

例 席（せき）が空（あ）く。

譯 空出位子。

06 | えんかい【宴会】

名 宴會，酒宴

例 宴会（えんかい）を開（ひら）く。

譯 擺桌請客。

07 | ごうコン【合コン】

名 聯誼

例 合（ごう）コンで恋人（こいびと）ができた。

譯 在聯誼活動中交到了男（女）朋友。

08 | かんげいかい【歓迎会】

㊔ 歡迎會，迎新會

例 歓迎会を開く。

譯 開歡迎會。

09 | そうべつかい【送別会】

㊔ 送別會

例 送別会を開く。

譯 舉辦送別會。

10 | たべほうだい【食べ放題】

㊔ 吃到飽，盡量吃，隨意吃

例 食べ放題に行こう。

譯 我們去吃吃到飽吧。

11 | のみほうだい【飲み放題】

㊔ 喝到飽，無限暢飲

例 ビールが飲み放題だ。

譯 啤酒無限暢飲。

12 | おつまみ

㊔ 下酒菜，小菜

例 おつまみを食べない。

譯 不吃下酒菜。

13 | サンドイッチ【sandwich】

㊔ 三明治

例 ハムサンドイッチを頼む。

譯 點火腿三明治。

14 | ケーキ【cake】

㊔ 蛋糕

例 食後にケーキを頂く。

譯 飯後吃蛋糕。

15 | サラダ【salad】

㊔ 沙拉

例 サラダを先に食べる。

譯 先吃沙拉。

16 | ステーキ【steak】

㊔ 牛排

例 ステーキを切る。

譯 切牛排。

17 | てんぷら【天ぷら】

㊔ 天婦羅

例 天ぷらを揚げる

譯 油炸天婦羅。

18 | だいきらい【大嫌い】

(形動) 極不喜歡，最討厭

例 外食は大嫌いだ。

譯 最討厭外食。

19 | かわりに【代わりに】

(接續) 代替，替代；交換

例 酒の代わりに水を飲む。

譯 不是喝酒，而是喝水。

20 | レジ【register 之略】

㊔ 收銀台

例 レジの仕事をする。

譯 做結帳收銀的工作。

パート 7 第七章

服裝、裝身具、素材

- 服裝、配件、素材 -

01 | きもの【着物】 N4 ⊙ 7

㊔ 衣服；和服

例 着物(きもの)を脱(ぬ)ぐ。

譯 脫衣服。

02 | したぎ【下着】

㊔ 內衣，貼身衣物

例 下着(したぎ)を取(と)り替(か)える。

譯 換貼身衣物。

03 | てぶくろ【手袋】

㊔ 手套

例 手袋(てぶくろ)を取(と)る。

譯 拿下手套。

04 | イヤリング【earring】

㊔ 耳環

例 イヤリングをつける。

譯 戴耳環。

05 | さいふ【財布】

㊔ 錢包

例 古(ふる)い財布(さいふ)を捨(す)てる。

譯 丟掉舊錢包。

06 | ぬれる【濡れる】

(自下一) 淋濕

例 雨(あめ)に服(ふく)が濡(ぬ)れる。

譯 衣服被雨淋濕。

07 | よごれる【汚れる】

(自下一) 髒污；齷齪

例 シャツが汚(よご)れた。

譯 襯衫髒了。

08 | サンダル【sandal】

㊔ 涼鞋

例 サンダルを履(は)く。

譯 穿涼鞋。

09 | はく【履く】

(他五) 穿(鞋、襪)

例 厚(あつ)い靴下(くつした)を履(は)く。

譯 穿厚襪子。

10 | ゆびわ【指輪】

㊔ 戒指

例 指輪(ゆびわ)をつける。

譯 戴戒指。

11 | いと【糸】

㊔ 線；(三弦琴的)弦；魚線；線狀

例 針(はり)に糸(いと)を通(とお)す。

譯 把針穿上線。

12 | け【毛】

㊔ 羊毛，毛線，毛織物

例 毛（け）100％（パーセント）の服（ふく）を洗（あら）う。

譯 洗滌百分之百羊毛的衣物。

13 | アクセサリー【accessary】

㊔ 飾品，裝飾品；零件

例 アクセサリーをつける。

譯 戴上飾品。

14 | スーツ【suit】

㊔ 套裝

例 スーツを着（き）る。

譯 穿套裝。

15 | ソフト【soft】

（名・形動） 柔軟；溫柔；軟體

例 ソフトな感（かん）じがする。

譯 柔和的感覺。

16 | ハンドバッグ【handbag】

㊔ 手提包

例 ハンドバッグを買（か）う。

譯 買手提包。

17 | つける【付ける】

（他下一） 裝上，附上；塗上

例 耳（みみ）にイヤリングをつける。

譯 把耳環穿入耳朵。

パート
8
第八章

住居

- 住家 -

N4 ◉ 8-1

8-1 部屋、設備 / 房間、設備

01 | おくじょう【屋上】

㊔ 屋頂(上)

例 屋上(おくじょう)に上(あ)がる。

譯 爬上屋頂。

02 | かべ【壁】

㊔ 牆壁；障礙

例 壁(かべ)に時計(とけい)をかける。

譯 將時鐘掛到牆上。

03 | すいどう【水道】

㊔ 自來水管

例 水道(すいどう)を引(ひ)く。

譯 安裝自來水。

04 | おうせつま【応接間】

㊔ 客廳；會客室

例 応接間(おうせつま)に案内(あんない)する。

譯 領到客廳。

05 | たたみ【畳】

㊔ 榻榻米

例 畳(たたみ)の上(うえ)で寝(ね)る。

譯 睡在榻榻米上。

06 | おしいれ【押し入れ・押入れ】

㊔ (日式的)壁櫥

例 押入(おしい)れにしまう。

譯 收入壁櫥。

07 | ひきだし【引き出し】

㊔ 抽屜

例 引(ひ)き出(だ)しを開(あ)ける。

譯 拉開抽屜。

08 | ふとん【布団】

㊔ 被子，床墊

例 布団(ふとん)を掛(か)ける。

譯 蓋被子。

09 | カーテン【curtain】

㊔ 窗簾；布幕

例 カーテンを開(あ)ける。

譯 打開窗簾。

10 | かける【掛ける】

(他下一) 懸掛；坐；蓋上；放在…之上；提交；澆；開動；花費；寄託；鎖上；(數學)乘；使…負擔(如給人添麻煩)

例 家具(かぐ)にお金(かね)をかける。

譯 花大筆錢在家具上。

11 | かざる【飾る】

(他五) 擺飾，裝飾；粉飾，潤色

例 部屋(へや)を飾(かざ)る。

譯 裝飾房間。

12 | むかう【向かう】

(自五) 面向

例 鏡(かがみ)に向(む)かう。

譯 對著鏡子。

N4 8-2

8-2 住む / 居住

01 | たてる【建てる】

(他下一) 建造

例 家(いえ)を建(た)てる。

譯 蓋房子。

02 | ビル【building 之略】

(名) 高樓，大廈

例 駅前(えきまえ)の高(たか)いビルに住(す)む。

譯 住在車站前的大樓。

03 | エスカレーター【escalator】

(名) 自動手扶梯

例 エスカレーターに乗(の)る。

譯 搭乘手扶梯。

04 | おたく【お宅】

(名) 您府上，貴府；宅男（女），對於某事物過度熱忠者

例 お宅(たく)はどちらですか。

譯 請問您家在哪？

05 | じゅうしょ【住所】

(名) 地址

例 住所(じゅうしょ)はカタカナで書(か)く。

譯 以片假名填寫住址。

06 | きんじょ【近所】

(名) 附近；鄰居

例 近所(きんじょ)に住(す)んでいる。

譯 住在這附近。

07 | るす【留守】

(名) 不在家；看家

例 家(いえ)を留守(るす)にする。

譯 看家。

08 | うつる【移る】

(自五) 移動；變心；傳染；時光流逝；轉移

例 新(あたら)しい町(まち)へ移(うつ)る。

譯 搬到新的市鎮去。

09 | ひっこす【引っ越す】

(自五) 搬家

例 京都(きょうと)へ引(ひ)っ越(こ)す。

譯 搬去京都。

10 | げしゅく【下宿】

(名・自サ) 寄宿，借宿

例 下宿(げしゅく)を探(さが)す。

譯 尋找公寓。

11 | せいかつ【生活】

(名・自サ) 生活

例 生活に困る。
譯 無法維持生活。

12 | なまごみ【生ごみ】
㊔ 廚餘，有機垃圾
例 生ゴミを片付ける。
譯 收拾廚餘。

13 | もえるごみ【燃えるごみ】
㊔ 可燃垃圾
例 明日は燃えるごみの日だ。
譯 明天是丟棄可燃垃圾的日子。

14 | いっぱん【一般】
(名・形動) 一般，普通
例 電池を一般ゴミに混ぜないで。
譯 電池不要丟進一般垃圾裡。

15 | ふべん【不便】
(形動) 不方便
例 この辺は交通が不便だ。
譯 這附近交通不方便。

16 | にかいだて【二階建て】
㊔ 二層建築
例 二階建ての家に住みたい。
譯 想住兩層樓的房子。

N4 ● 8-3

8-3 家具、電気機器 / 家具、電器

01 | かがみ【鏡】
㊔ 鏡子
例 鏡を見る。
譯 照鏡子。

02 | たな【棚】
㊔ 架子，棚架
例 棚に上げる。
譯 擺到架上；佯裝不知。

03 | スーツケース【suitcase】
㊔ 手提旅行箱
例 スーツケースを買う。
譯 買行李箱。

04 | れいぼう【冷房】
(名・他サ) 冷氣
例 冷房を点ける。
譯 開冷氣。

05 | だんぼう【暖房】
㊔ 暖氣
例 暖房を点ける。
譯 開暖氣。

06 | でんとう【電灯】
㊔ 電燈
例 電灯をつけた。
譯 把燈打開。

07 | ガスコンロ【(荷) gas+焜炉】
㊔ 瓦斯爐，煤氣爐
例 ガスコンロで料理をする。
譯 用瓦斯爐做菜

08｜かんそうき【乾燥機】

㊔ 乾燥機，烘乾機

例 服(ふく)を乾燥機(かんそうき)に入(い)れる。

譯 把衣服放進烘乾機。

09｜コインランドリー【coin-operated laundry】

㊔ 自助洗衣店

例 コインランドリーで洗濯(せんたく)する。

譯 在自助洗衣店洗衣服。

10｜ステレオ【stereo】

㊔ 音響

例 ステレオで音楽(おんがく)を聴(き)く。

譯 開音響聽音樂。

11｜けいたいでんわ【携帯電話】

㊔ 手機，行動電話

例 携帯電話(けいたいでんわ)を使(つか)う。

譯 使用手機。

12｜ベル【bell】

㊔ 鈴聲

例 ベルを押(お)す。

譯 按鈴。

13｜なる【鳴る】

自五 響，叫

例 時計(とけい)が鳴(な)る。

譯 鬧鐘響了。

14｜タイプ【type】

㊔ 款式；類型；打字

例 薄(うす)いタイプのパソコンがほしい。

譯 想要一台薄型電腦。

N4 8-4

8-4 道具 /
道具

01｜どうぐ【道具】

㊔ 工具；手段

例 道具(どうぐ)を使(つか)う。

譯 使用道具。

02｜きかい【機械】

㊔ 機械

例 機械(きかい)を使(つか)う。

譯 操作機器。

03｜つける【点ける】

他下一 打開（家電類）；點燃

例 電気(でんき)をつける。

譯 開燈。

04｜つく【点く】

自五 點上，（火）點著

例 電灯(でんとう)が点(つ)いた。

譯 電燈亮了。

05｜まわる【回る】

自五 轉動；走動；旋轉；繞道；轉移

例 時計(とけい)が回(まわ)る。

譯 時鐘轉動。

06｜はこぶ【運ぶ】

自·他五 運送，搬運；進行

例 大きなものを運ぶ。

譯 載運大宗物品。

07 | こしょう【故障】

(名・自サ) 故障

例 機械が故障した。

譯 機器故障。

08 | こわれる【壊れる】

(自下一) 壞掉，損壞；故障

例 電話が壊れている。

譯 電話壞了。

09 | われる【割れる】

(自下一) 破掉，破裂；分裂；暴露；整除

例 窓は割れやすい。

譯 窗戶容易碎裂。

10 | なくなる【無くなる】

(自五) 不見，遺失；用光了

例 ガスが無くなった。

譯 瓦斯沒有了。

11 | とりかえる【取り替える】

(他下一) 交換；更換

例 電球を取り替える。

譯 更換電燈泡。

12 | なおす【直す】

(他五) 修理；改正；整理；更改

例 自転車を直す。

譯 修理腳踏車。

13 | なおる【直る】

(自五) 改正；修理；回復；變更

例 壊れていた PC が直る。

譯 把壞了的電腦修好了。

パート
9
第九章

施設、機関、交通

- 設施、機構、交通 -

N4 ◉ 9-1

9-1 いろいろな機関、施設 / 各種機構、設施

01 | とこや【床屋】

㊔ 理髮店；理髮室

例 床屋(とこや)へ行(い)く。

譯 去理髮廳。

02 | こうどう【講堂】

㊔ 禮堂

例 講堂(こうどう)に集(あつ)まる。

譯 齊聚在講堂裡。

03 | かいじょう【会場】

㊔ 會場

例 会場(かいじょう)に入(はい)る。

譯 進入會場。

04 | じむしょ【事務所】

㊔ 辦公室

例 事務所(じむしょ)を開(ひら)く。

譯 設有辦事處。

05 | きょうかい【教会】

㊔ 教會

例 教会(きょうかい)で祈(いの)る。

譯 在教堂祈禱。

06 | じんじゃ【神社】

㊔ 神社

例 神社(じんじゃ)に参(まい)る。

譯 參拜神社。

07 | てら【寺】

㊔ 寺廟

例 寺(てら)に参(まい)る。

譯 拜佛。

08 | どうぶつえん【動物園】

㊔ 動物園

例 動物園(どうぶつえん)に行(い)く。

譯 去動物園。

09 | びじゅつかん【美術館】

㊔ 美術館

例 美術館(びじゅつかん)に行(い)く。

譯 去美術館。

10 | ちゅうしゃじょう【駐車場】

㊔ 停車場

例 駐車場(ちゅうしゃじょう)を探(さが)す。

譯 找停車場。

11 | くうこう【空港】

㊔ 機場

例 空港(くうこう)に到着(とうちゃく)する。

譯 抵達機場。

12 | ひこうじょう【飛行場】

名 機場

例 飛行場へ迎えに行く。

譯 去接機。

13 | こくさい【国際】

名 國際

例 国際空港に着く。

譯 抵達國際機場。

14 | みなと【港】

名 港口，碼頭

例 港に寄る。

譯 停靠碼頭。

15 | こうじょう【工場】

名 工廠

例 新しい工場を建てる。

譯 建造新工廠。

16 | スーパー【supermarket 之略】

名 超級市場

例 スーパーで肉を買う。

譯 在超市買肉。

N4 9-2

9-2 いろいろな乗り物、交通 / 各種交通工具、交通

01 | のりもの【乗り物】

名 交通工具

例 乗り物に乗る。

譯 乘車。

02 | オートバイ【auto bicycle】

名 摩托車

例 オートバイに乗れる。

譯 會騎機車。

03 | きしゃ【汽車】

名 火車

例 汽車が駅に着く。

譯 火車到達車站。

04 | ふつう【普通】

名・形動 普通，平凡；普通車

例 私は普通電車で通勤している。

譯 我搭普通車通勤。

05 | きゅうこう【急行】

名・自サ 急行；快車

例 急行電車に間に合う。

譯 趕上快速電車。

06 | とっきゅう【特急】

名 特急列車；火速

例 特急で東京へたつ。

譯 坐特快車到東京。

07 | ふね【船・舟】

名 船；舟，小型船

例 船が揺れる。

譯 船隻搖晃。

08｜ガソリンスタンド【(和製英語) gasoline+stand】

㊔ 加油站

例 ガソリンスタンドでバイトする。

譯 在加油站打工。

09｜こうつう【交通】

㊔ 交通

例 交通(こうつう)が便利(べんり)になった。

譯 交通變得很方便。

10｜とおり【通り】

㊔ 道路，街道

例 広(ひろ)い通(とお)りに出(で)る。

譯 走到大馬路。

11｜じこ【事故】

㊔ 意外，事故

例 事故(じこ)が起(お)こる。

譯 發生事故。

12｜こうじちゅう【工事中】

㊔ 施工中；(網頁)建製中

例 工事中(こうじちゅう)となる。

譯 施工中。

13｜わすれもの【忘れ物】

㊔ 遺忘物品，遺失物

例 忘(わす)れ物(もの)をする。

譯 遺失東西。

14｜かえり【帰り】

㊔ 回來；回家途中

例 帰(かえ)りを急(いそ)ぐ。

譯 急著回去。

15｜ばんせん【番線】

㊔ 軌道線編號，月台編號

例 5番線(ばんせん)の列車(れっしゃ)が来(き)た。

譯 五號月台的列車進站了。

N4 ⦿ 9-3

9-3 交通関係 / 交通相關

01｜いっぽうつうこう【一方通行】

㊔ 單行道；單向傳達

例 一方通行(いっぽうつうこう)で通(とお)れない。

譯 單行道不能進入。

02｜うちがわ【内側】

㊔ 內部，內側，裡面

例 内側(うちがわ)へ開(ひら)く。

譯 往裡開。

03｜そとがわ【外側】

㊔ 外部，外面，外側

例 道(みち)の外側(そとがわ)を走(はし)る。

譯 沿著道路外側跑。

04｜ちかみち【近道】

㊔ 捷徑，近路

例 近道(ちかみち)をする。

譯 抄近路。

05｜おうだんほどう【横断歩道】

㊔ 斑馬線

例 横断歩道（おうだんほどう）を渡（わた）る。
譯 跨越斑馬線。

06 | せき【席】
名 座位；職位
例 席（せき）がない。
譯 沒有空位。

07 | うんてんせき【運転席】
名 駕駛座
例 運転席（うんてんせき）で運転（うんてん）する。
譯 在駕駛座開車。

08 | していせき【指定席】
名 劃位座，對號入座
例 指定席（していせき）を予約（よやく）する。
譯 預約對號座位。

09 | じゆうせき【自由席】
名 自由座
例 自由席（じゆうせき）に乗（の）る。
譯 坐自由座。

10 | つうこうどめ【通行止め】
名 禁止通行，無路可走
例 通行止（つうこうど）めになる。
譯 規定禁止通行。

11 | きゅうブレーキ【急 brake】
名 緊急煞車
例 急（きゅう）ブレーキで止（と）まる。
譯 因緊急煞車而停下。

12 | しゅうでん【終電】
名 最後一班電車，末班車
例 終電（しゅうでん）に乗（の）り遅（おく）れる。
譯 沒趕上末班車。

13 | しんごうむし【信号無視】
名 違反交通號誌，闖紅（黃）燈
例 信号無視（しんごうむし）をする。
譯 違反交通號誌。

14 | ちゅうしゃいはん【駐車違反】
名 違規停車
例 駐車違反（ちゅうしゃいはん）で罰金（ばっきん）を取（と）られた。
譯 違規停車被罰款。

N4 ◎ 9-4

9-4 乗り物に関する言葉 / 交通相關的詞

01 | うんてん【運転】
名・自他サ 開車，駕駛；運轉；周轉
例 運転（うんてん）を習（なら）う。
譯 學開車。

02 | とおる【通る】
自五 經過；通過；穿透；合格；知名；了解；進來
例 バスが通（とお）る。
譯 巴士經過。

03 | のりかえる【乗り換える】
他下一・自下一 轉乘，換車 ；改變
例 別（べつ）のバスに乗（の）り換（か）える。
譯 改搭別的公車。

N4 9 設施、機構、交通

04 | しゃないアナウンス【車内announce】

㊔ 車廂內廣播

例 車内(しゃない)アナウンスが聞(き)こえる。

譯 聽到車廂內廣播。

05 | ふむ【踏む】

他五 踩住，踩到；踏上；實踐

例 ブレーキを踏(ふ)む。

譯 踩煞車。

06 | とまる【止まる】

自五 停止；止住；堵塞

例 赤信号(あかしんごう)で止(と)まる。

譯 停紅燈。

07 | ひろう【拾う】

他五 撿拾；挑出；接；叫車

例 タクシーを拾(ひろ)う。

譯 叫計程車。

08 | おりる【下りる・降りる】

自上一 下來；下車；退位

例 車(くるま)を下(お)りる。

譯 下車。

09 | ちゅうい【注意】

名・自サ 注意，小心

例 足元(あしもと)に注意(ちゅうい)しましょう。

譯 小心腳滑。

10 | かよう【通う】

自五 來往，往來(兩地間)；通連，相通

例 学校(がっこう)に通(かよ)う。

譯 上學。

11 | もどる【戻る】

自五 回到；折回

例 家(いえ)に戻(もど)る。

譯 回到家。

12 | よる【寄る】

自五 順道去…；接近；增多

例 近(ちか)くに寄(よ)って見(み)る。

譯 靠近看。

13 | ゆれる【揺れる】

自下一 搖動；動搖

例 車(くるま)が揺(ゆ)れる。

譯 車子晃動。

パート
10
第十章

趣味、芸術、年中行事

- 興趣、藝術、節日 -

N4 ⊙ 10-1

10-1 レジャー、旅行 / 休閒、旅遊

01 | あそび【遊び】

㊔ 遊玩，玩耍；不做事；間隙；閒遊；餘裕

例 家（うち）に遊（あそ）びに来（き）てください。

譯 來我家玩。

02 | おもちゃ【玩具】

㊔ 玩具

例 玩具（おもちゃ）を買（か）う。

譯 買玩具。

03 | ことり【小鳥】

㊔ 小鳥

例 小鳥（ことり）を飼（か）う。

譯 養小鳥。

04 | めずらしい【珍しい】

㊒ 少見，稀奇

例 珍（めずら）しい絵（え）がある。

譯 有珍貴的畫作。

05 | つる【釣る】

他五 釣魚；引誘

例 魚（さかな）を釣（つ）る。

譯 釣魚。

06 | よやく【予約】

名・他サ 預約

例 予約（よやく）を取（と）る。

譯 預約。

07 | しゅっぱつ【出発】

名・自サ 出發；起步，開始

例 出発（しゅっぱつ）が遅（おく）れる。

譯 出發延遲。

08 | あんない【案内】

名・他サ 引導； 陪同遊覽，帶路；傳達

例 案内（あんない）を頼（たの）む。

譯 請人帶路。

09 | けんぶつ【見物】

名・他サ 觀光，參觀

例 見物（けんぶつ）に出（で）かける。

譯 外出遊覽。

10 | たのしむ【楽しむ】

他五 享受，欣賞，快樂；以…為消遣；期待，盼望

例 音楽（おんがく）を楽（たの）しむ。

譯 欣賞音樂。

11 | けしき【景色】

名 景色，風景

例 景色がよい。

譯 景色宜人。

12 | みえる【見える】

自下一 看見；看得見；看起來

例 星が見える。

譯 看得見星星。

13 | りょかん【旅館】

名 旅館

例 旅館の予約をとる。

譯 訂旅館。

14 | とまる【泊まる】

自五 住宿，過夜；(船)停泊

例 ホテルに泊まる。

譯 住飯店。

15 | おみやげ【お土産】

名 當地名產；禮物

例 お土産を買う。

譯 買當地名產。

N4 ◉ 10-2

10-2 文芸 / 藝文活動

01 | しゅみ【趣味】

名 嗜好；趣味

例 趣味が多い。

譯 興趣廣泛。

02 | ばんぐみ【番組】

名 節目

例 番組が始まる。

譯 節目開始播放(開始的時間)。

03 | てんらんかい【展覧会】

名 展覽會

例 美術展覧会を開く。

譯 舉辦美術展覽。

04 | はなみ【花見】

名 賞花(常指賞櫻)

例 花見に出かける。

譯 外出賞花。

05 | にんぎょう【人形】

名 娃娃，人偶

例 ひな祭りの人形を飾る。

譯 擺放女兒節的人偶。

06 | ピアノ【piano】

名 鋼琴

例 ピアノを弾く。

譯 彈鋼琴。

07 | コンサート【concert】

名 音樂會

例 コンサートを開く。

譯 開演唱會。

08 | ラップ【rap】

名 饒舌樂，饒舌歌

例 ラップを聞く。

譯 聽饒舌音樂。

09 | おと【音】

名 (物體發出的)聲音 ；音訊

例 音(おと)がいい。

譯 音質好。

10 | きこえる【聞こえる】

自下一 聽得見，能聽到；聽起來像是…；聞名

例 音楽(おんがく)が聞(き)こえてくる。

譯 聽得見音樂。

11 | おどり【踊り】

名 舞蹈

例 踊(おど)りがうまい。

譯 舞跳得好。

12 | おどる【踊る】

自五 跳舞，舞蹈

例 お酒(さけ)を飲(の)んで踊(おど)る。

譯 喝酒邊跳舞。

13 | うまい

形 高明，拿手；好吃；巧妙；有好處

例 ピアノがうまい。

譯 鋼琴彈奏的好。

N4 10-3

10-3 年中行事 / 節日

01 | しょうがつ【正月】

名 正月，新年

例 正月(しょうがつ)を迎(むか)える。

譯 迎新年。

02 | おまつり【お祭り】

名 慶典，祭典，廟會

例 お祭(まつ)り気分(きぶん)になる。

譯 充滿節日氣氛。

03 | おこなう【行う・行なう】

他五 舉行，舉辦；修行

例 お祭(まつ)りを行(おこな)う。

譯 舉辦慶典。

04 | おいわい【お祝い】

名 慶祝，祝福；祝賀禮品

例 お祝(いわ)いに花(はな)をもらった。

譯 收到花作為賀禮。

05 | いのる【祈る】

他五 祈禱；祝福

例 安全(あんぜん)を祈(いの)る。

譯 祈求安全。

06 | プレゼント【present】

名 禮物

例 プレゼントをもらう。

譯 收到禮物。

07 | おくりもの【贈り物】

名 贈品，禮物

例 贈(おく)り物(もの)を贈(おく)る。

譯 贈送禮物。

08｜うつくしい【美しい】

㊎ 美好的；美麗的，好看的

例 月(つき)が美(うつく)しい。

譯 美麗的月亮。

09｜あげる【上げる】

(他下一) 給；送；交出；獻出

例 子供(こども)にお菓子(かし)をあげる。

譯 給小孩零食。

10｜しょうたい【招待】

(名・他サ) 邀請

例 招待(しょうたい)を受(う)ける。

譯 接受邀請。

11｜おれい【お礼】

㊔ 謝辭，謝禮

例 お礼(れい)を言(い)う。

譯 道謝。

パート 11 第十一章 教育

- 教育 -

N4 ◉ 11-1

11-1 学校、科目 / 學校、科目

01 | きょういく【教育】

名・他サ 教育

例 教育を受ける。

譯 接受教育。

02 | しょうがっこう【小学校】

名 小學

例 小学校に上がる。

譯 上小學。

03 | ちゅうがっこう【中学校】

名 中學

例 中学校に入る。

譯 上中學。

04 | こうこう・こうとうがっこう【高校・高等学校】

名 高中

例 高校一年生になる。

譯 成為高中一年級生。

05 | がくぶ【学部】

名 …科系；…院系

例 理学部に入る。

譯 進入理學院。

06 | せんもん【専門】

名 專門，專業

例 歴史学を専門にする。

譯 專攻歷史學。

07 | げんごがく【言語学】

名 語言學

例 言語学の研究を続ける。

譯 持續研究語言學。

08 | けいざいがく【経済学】

名 經濟學

例 経済学の勉強を始める。

譯 開始研讀經濟學。

09 | いがく【医学】

名 醫學

例 医学部に入る。

譯 考上醫學系。

10 | けんきゅうしつ【研究室】

名 研究室

例 研究室で仕事をする。

譯 在研究室工作。

11｜かがく【科学】
㊔ 科學
例 科学者(かがくしゃ)になりたい。
譯 想當科學家。

12｜すうがく【数学】
㊔ 數學
例 英語(えいご)は一番(いちばん)だが、数学(すうがく)はだめだ。
譯 我英文是第一，但是數學不行。

13｜れきし【歴史】
㊔ 歷史
例 ワインの歴史(れきし)に詳(くわ)しい。
譯 精通紅葡萄酒歷史。

14｜けんきゅう【研究】
名・他サ 研究
例 文学(ぶんがく)を研究(けんきゅう)する。
譯 研究文學。

N4 ◎ 11-2(1)

11-2 学生生活（1）／
學生生活（1）

01｜にゅうがく【入学】
名・自サ 入學
例 大学(だいがく)に入学(にゅうがく)する。
譯 上大學。

02｜よしゅう【予習】
名・他サ 預習
例 明日(あした)の数学(すうがく)を予習(よしゅう)する。
譯 預習明天的數學。

03｜ふくしゅう【復習】
名・他サ 複習
例 復習(ふくしゅう)が足(た)りない。
譯 複習做得不夠。

04｜けしゴム【消し＋(荷)gom】
㊔ 橡皮擦
例 消(け)しゴムで消(け)す。
譯 用橡皮擦擦掉。

05｜こうぎ【講義】
名・他サ 講義，上課，大學課程
例 講義(こうぎ)に出(で)る。
譯 上課。

06｜じてん【辞典】
㊔ 字典
例 辞典(じてん)を引(ひ)く。
譯 查字典。

07｜ひるやすみ【昼休み】
㊔ 午休
例 昼休(ひるやす)みを取(と)る。
譯 午休。

08｜しけん【試験】
名・他サ 試驗；考試
例 試験(しけん)がうまくいく。
譯 考試順利，考得好。

09｜レポート【report】
名・他サ 報告
例 レポートを書(か)く。

譯 寫報告。

10 | ぜんき【前期】
名 初期，前期，上半期

例 前期（ぜんき）の授業（じゅぎょう）が終（お）わった。

譯 上學期的課程結束了。

11 | こうき【後期】
名 後期，下半期，後半期

例 後期（こうき）に入（はい）る。

譯 進入後期。

12 | そつぎょう【卒業】
名・自サ 畢業

例 大学（だいがく）を卒業（そつぎょう）する。

譯 大學畢業。

13 | そつぎょうしき【卒業式】
名 畢業典禮

例 卒業式（そつぎょうしき）に出（で）る。

譯 參加畢業典禮。

N4 ● 11-2(2)

11-2 学生生活 (2) / 學生生活 (2)

14 | えいかいわ【英会話】
名 英語會話

例 英会話（えいかいわ）を身（み）につける。

譯 學會英語會話。

15 | しょしんしゃ【初心者】
名 初學者

例 テニスの初心者（しょしんしゃ）に向（む）ける。

譯 以網球初學者為對象。

16 | にゅうもんこうざ【入門講座】
名 入門課程，初級課程

例 入門講座（にゅうもんこうざ）を終（お）える。

譯 結束入門課程。

17 | かんたん【簡単】
形動 簡單；輕易；簡便

例 簡単（かんたん）になる。

譯 變得簡單。

18 | こたえ【答え】
名 回答；答覆；答案

例 答（こた）えが合（あ）う。

譯 答案正確。

19 | まちがえる【間違える】
他下一 錯；弄錯

例 同（おな）じところを間違（まちが）える。

譯 錯同樣的地方。

20 | うつす【写す】
他五 抄；照相；描寫，描繪

例 ノートを写（うつ）す。

譯 抄筆記。

21 | せん【線】
名 線；線路；界限

例 線（せん）を引（ひ）く。

譯 畫條線。

22 | **てん【点】**

㊔ 點；方面；(得)分

例 点(てん)を取(と)る。

譯 得分。

23 | **おちる【落ちる】**

(自上一) 落下；掉落；降低，下降；落選

例 二階(にかい)の教室(きょうしつ)から落(お)ちる。

譯 從二樓的教室摔下來。

24 | **りよう【利用】**

(名・他サ) 利用

例 機会(きかい)を利用(りよう)する。

譯 利用機會。

25 | **いじめる【苛める】**

(他下一) 欺負，虐待；捉弄；折磨

例 新入生(しんにゅうせい)を苛(いじ)める。

譯 欺負新生。

26 | **ねむたい【眠たい】**

㊫ 昏昏欲睡，睏倦

例 眠(ねむ)たくてお布団(ふとん)に入(はい)りたい。

譯 覺得睏好想鑽到被子裡。

パート
12
第十二章

職業、仕事

- 職業、工作 -

N4 ◉ 12-1

12-1 職業、事業 / 職業、事業

01 | うけつけ【受付】

㊔ 詢問處；受理；接待員

例 受付(うけつけ)で名前(なまえ)などを書(か)く。

譯 在櫃臺填寫姓名等資料。

02 | うんてんしゅ【運転手】

㊔ 司機

例 電車(でんしゃ)の運転手(うんてんしゅ)になる。

譯 成為電車的駕駛員。

03 | かんごし【看護師】

㊔ 護理師，護士

例 看護師(かんごし)になる。

譯 成為護士。

04 | けいかん【警官】

㊔ 警察；巡警

例 兄(あに)は警官(けいかん)になった。

譯 哥哥當上警察了。

05 | けいさつ【警察】

㊔ 警察；警察局

例 警察(けいさつ)を呼(よ)ぶ。

譯 叫警察。

06 | こうちょう【校長】

㊔ 校長

例 校長先生(こうちょうせんせい)が話(はな)されます。

譯 校長要致詞了。

07 | こうむいん【公務員】

㊔ 公務員

例 公務員試験(こうむいんしけん)を受(う)ける。

譯 報考公務員考試。

08 | はいしゃ【歯医者】

㊔ 牙醫

例 歯医者(はいしゃ)に行(い)く。

譯 看牙醫。

09 | アルバイト【(德) arbeit 之略】

㊔ 打工，副業

例 書店(しょてん)でアルバイトをする。

譯 在書店打工。

10 | しんぶんしゃ【新聞社】

㊔ 報社

例 新聞社(しんぶんしゃ)に勤(つと)める。

譯 在報社上班。

11｜こうぎょう【工業】

㊔ 工業

例 工業を盛んにする。

譯 振興工業。

12｜じきゅう【時給】

㊔ 時薪

例 時給 900 円の仕事を選ぶ。

譯 選擇時薪 900 圓的工作。

13｜みつける【見付ける】

(他下一) 找到，發現；目睹

例 仕事を見つける。

譯 找工作。

14｜さがす【探す・捜す】

(他五) 尋找，找尋

例 アルバイトを探す。

譯 尋找課餘打工的工作。

N4 ◉ 12-2

12-2 仕事 / 職場工作

01｜けいかく【計画】

(名・他サ) 計劃

例 計画を立てる。

譯 制定計畫。

02｜よてい【予定】

(名・他サ) 預定

例 予定が変わる。

譯 改變預定計劃。

03｜とちゅう【途中】

㊔ 半路上，中途；半途

例 途中で止める。

譯 中途停下來。

04｜かたづける【片付ける】

(他下一) 收拾，打掃；解決

例 ファイルを片付ける。

譯 整理檔案。

05｜たずねる【訪ねる】

(他下一) 拜訪，訪問

例 お客さんを訪ねる。

譯 拜訪顧客。

06｜よう【用】

㊔ 事情；用途

例 用がすむ。

譯 工作結束。

07｜ようじ【用事】

㊔ 事情；工作

例 用事がある。

譯 有事。

08｜りょうほう【両方】

㊔ 兩方，兩種

例 両方の意見を聞く。

譯 聽取雙方意見。

09｜つごう【都合】

㊔ 情況，方便度

例 都合が悪い。

譯 不方便。

10 | てつだう【手伝う】

自他五 幫忙

例 イベントを手伝(てつだ)う。

譯 幫忙做活動。

11 | かいぎ【会議】

名 會議

例 会議(かいぎ)が始(はじ)まる。

譯 會議開始。

12 | ぎじゅつ【技術】

名 技術

例 技術(ぎじゅつ)が進(すす)む。

譯 技術更進一步。

13 | うりば【売り場】

名 賣場，出售處；出售好時機

例 売(う)り場(ば)へ行(い)く。

譯 去賣場。

14 | オフ【off】

名 (開關)關；休假；休賽；折扣

例 25 パーセントオフにする。

譯 打七五折。

N4 ⊙ 12-3

12-3 職場での生活 / 職場生活

01 | おくれる【遅れる】

自下一 遲到；緩慢

例 会社(かいしゃ)に遅(おく)れる。

譯 上班遲到。

02 | がんばる【頑張る】

自五 努力，加油；堅持

例 最後(さいご)まで頑張(がんば)るぞ。

譯 要堅持到底啊。

03 | きびしい【厳しい】

形 嚴格；嚴重；嚴酷

例 仕事(しごと)が厳(きび)しい。

譯 工作艱苦。

04 | なれる【慣れる】

自下一 習慣 ；熟悉

例 新(あたら)しい仕事(しごと)に慣(な)れる。

譯 習慣新的工作。

05 | できる【出来る】

自上一 完成；能夠；做出；發生；出色

例 計画(けいかく)ができた。

譯 計畫完成了。

06 | しかる【叱る】

他五 責備，責罵

例 部長(ぶちょう)に叱(しか)られた。

譯 被部長罵了。

07 | あやまる【謝る】

自五 道歉，謝罪；認錯；謝絕

例 君(きみ)に謝(あやま)る。

譯 向你道歉。

08 | さげる【下げる】

(他下一) 降低，向下；掛；躲開；整理，收拾

例 頭(あたま)を下(さ)げる。

譯 低下頭。

09 | やめる【辞める】

(他下一) 停止；取消；離職

例 仕事(しごと)を辞(や)める。

譯 辭去工作。

10 | きかい【機会】

(名) 機會

例 機会(きかい)を得(え)る。

譯 得到機會。

11 | いちど【一度】

(名·副) 一次，一回；一旦

例 もう一度(いちど)説明(せつめい)してください。

譯 請再説明一次。

12 | つづく【続く】

(自五) 繼續；接連；跟著

例 彼(かれ)は続(つづ)いてそれを説明(せつめい)した。

譯 他接下來就那件事進行説明。

13 | つづける【続ける】

(他下一) 持續，繼續；接著

例 話(はなし)を続(つづ)ける。

譯 繼續講。

14 | ゆめ【夢】

(名) 夢

例 夢(ゆめ)を見(み)る。

譯 做夢。

15 | パート【part】

(名) 打工；部分，篇，章；職責，(扮演的)角色；分得的一份

例 パートで働(はたら)く。

譯 打零工。

16 | てつだい【手伝い】

(名) 幫助；幫手；幫傭

例 手伝(てつだ)いを頼(たの)む。

譯 請求幫忙。

17 | かいぎしつ【会議室】

(名) 會議室

例 会議室(かいぎしつ)に入(はい)る。

譯 進入會議室。

18 | ぶちょう【部長】

(名) 部長

例 部長(ぶちょう)は厳(きび)しい人(ひと)だ。

譯 部長是個很嚴格的人。

19 | かちょう【課長】

(名) 課長，科長

例 課長(かちょう)になる。

譯 成為課長。

20 | すすむ【進む】

(自五) 進展，前進；上升(級別等)；進步；(鐘)快；引起食慾；(程度)提高

例 仕事(しごと)が進(すす)む。

譯 工作進展下去。

21 | チェック【check】

(名・他サ) 檢查

例 チェックが厳(きび)しい。

譯 檢驗嚴格。

22 | べつ【別】

(名・形動) 別外，別的；區別

例 別(べつ)の機会(きかい)に会(あ)おう。

譯 找別的機會碰面吧。

23 | むかえる【迎える】

(他下一) 迎接；邀請；娶，招；迎合

例 客(きゃく)を迎(むか)える。

譯 迎接客人。

24 | すむ【済む】

(自五) (事情)完結，結束；過得去，沒問題；(問題)解決，(事情)了結

例 用事(ようじ)が済(す)んだ。

譯 辦完事了。

25 | ねぼう【寝坊】

(名・形動・自サ) 睡懶覺，貪睡晚起的人

例 寝坊(ねぼう)して会社(かいしゃ)に遅(おく)れた。

譯 睡過頭，上班遲到。

N4 ◉ 12-4(1)

12-4 パソコン関係(1) / 電腦相關(1)

01 | ノートパソコン【notebook personal computer 之略】

(名) 筆記型電腦

例 ノートパソコンを買(か)う。

譯 買筆電。

02 | デスクトップパソコン【desktop personal computer】

(名) 桌上型電腦

例 デスクトップパソコンを買(か)う。

譯 購買桌上型電腦。

03 | キーボード【keyboard】

(名) 鍵盤；電腦鍵盤；電子琴

例 キーボードが壊(こわ)れる。

譯 鍵盤壞掉了。

04 | マウス【mouse】

(名) 滑鼠；老鼠

例 マウスを動(うご)かす。

譯 移動滑鼠。

05 | スタートボタン【start button】

(名) (微軟作業系統的)開機鈕

例 スタートボタンを押(お)す。

譯 按開機鈕。

06 | クリック【click】

(名・他サ) 喀嚓聲；按下(按鍵)

例 ボタンをクリックする。

譯 按按鍵。

07 | にゅうりょく【入力】

(名・他サ) 輸入；輸入數據

例 名字(みょうじ)を平仮名(ひらがな)で入力(にゅうりょく)する。

譯 姓名以平假名鍵入。

08 | (インター)ネット【internet】

㊔ 網際網路

例 インターネットの普及(ふきゅう)。

譯 網際網路的普及。

09 | ホームページ【homepage】

㊔ 網站首頁；網頁(總稱)

例 ホームページを作(つく)る。

譯 製作網頁。

10 | ブログ【blog】

㊔ 部落格

例 ブログに写真(しゃしん)を載(の)せる。

譯 在部落格裡貼照片。

11 | インストール【install】

他サ 安裝(電腦軟體)

例 ソフトをインストールする。

譯 安裝軟體。

12 | じゅしん【受信】

名・他サ (郵件、電報等)接收；收聽

例 ここでは受信(じゅしん)できない。

譯 這裡接收不到。

13 | しんきさくせい【新規作成】

名・他サ 新作，從頭做起；(電腦檔案)開新檔案

例 ファイルを新規作成(しんきさくせい)する。

譯 開新檔案。

14 | とうろく【登録】

名・他サ 登記；(法)登記，註冊；記錄

例 パソコンで登録(とうろく)する。

譯 用電腦註冊。

N4 ⊙ 12-4(2)

12-4 パソコン関係 (2) / 電腦相關 (2)

15 | メール【mail】

㊔ 電子郵件；信息；郵件

例 メールを送(おく)る。

譯 送信。

16 | メールアドレス【mail address】

㊔ 電子信箱地址，電子郵件地址

例 メールアドレスを教(おし)える。

譯 把電子郵件地址留給你。

17 | アドレス【address】

㊔ 住址，地址；(電子信箱)地址；(高爾夫)擊球前姿勢

例 アドレス帳(ちょう)を開(ひら)く。

譯 打開通訊簿。

18 | あてさき【宛先】

㊔ 收件人姓名地址，送件地址

例 あて先(さき)を間違(まちが)えた。

譯 寫錯收信人的地址。

19 | けんめい【件名】

㊔ (電腦)郵件主旨；項目名稱；類別

例 件名(けんめい)をつける。

譯 寫上主旨。

20 | そうにゅう【挿入】

名・他サ 插入，裝入

例 図(ず)を挿入(そうにゅう)する。

譯 插入圖片。

21 | さしだしにん【差出人】

名 發信人，寄件人

例 差出人(さしだしにん)の住所(じゅうしょ)を書(か)く。

譯 填上寄件人地址。

22 | てんぷ【添付】

名・他サ 添上，附上；(電子郵件)附加檔案

例 ファイルを添付(てんぷ)する。

譯 附上文件。

23 | そうしん【送信】

名・自サ 發送(電子郵件)；(電)發報，播送，發射

例 メールを送信(そうしん)する。

譯 寄電子郵件。

24 | てんそう【転送】

名・他サ 轉送，轉寄，轉遞

例 お客様(きゃくさま)に転送(てんそう)する。

譯 轉寄給客戶。

25 | キャンセル【cancel】

名・他サ 取消，作廢；廢除

例 予約(よやく)をキャンセルする。

譯 取消預約

26 | ファイル【file】

名 文件夾；合訂本，卷宗；(電腦)檔案

例 ファイルをコピーする。

譯 影印文件；備份檔案。

27 | ほぞん【保存】

名・他サ 保存；儲存(電腦檔案)

例 PC に資料(しりょう)を保存(ほぞん)する。

譯 把資料存在 PC裡。

28 | へんしん【返信】

名・自サ 回信，回電

例 返信(へんしん)を待(ま)つ。

譯 等待回信。

29 | コンピューター【computer】

名 電腦

例 コンピューターを使(つか)う。

譯 使用電腦。

30 | スクリーン【screen】

名 螢幕

例 スクリーンの前(まえ)に立(た)つ。

譯 出現在螢幕上。

31 | パソコン【personal computer 之略】

名 個人電腦

例 パソコンが動(うご)かなくなってしまった。

譯 電腦當機了。

32 | **ワープロ【word processor之略】**

㊔ 文字處理機

例 ワープロを打（う）つ。

譯 打文字處理機。

パート 13 第十三章

經済、政治、法律

- 經濟、政治、法律 -

N4 ⊙ 13-1

13-1 経済、取引 / 經濟、交易

01 | けいざい【経済】

㊔ 經濟

例 経済(けいざい)をよくする。

譯 讓經濟好起來。

02 | ぼうえき【貿易】

㊔ 國際貿易

例 貿易(ぼうえき)を行(おこな)う。

譯 進行貿易。

03 | さかん【盛ん】

(形動) 繁盛，興盛

例 有機農業(ゆうきのうぎょう)が盛(さか)んに行(おこな)われている。

譯 有機農業非常盛行。

04 | ゆしゅつ【輸出】

(名・他サ) 出口

例 米(こめ)の輸出(ゆしゅつ)が増(ふ)えた。

譯 稻米的外銷量增加了。

05 | しなもの【品物】

㊔ 物品，東西；貨品

例 品物(しなもの)を紹介(しょうかい)する。

譯 介紹商品。

06 | とくばいひん【特売品】

㊔ 特賣商品，特價商品

例 特売品(とくばいひん)を買(か)う。

譯 買特價商品。

07 | バーゲン【bargain sale 之略】

㊔ 特價，出清；特賣

例 バーゲンセールで買(か)った。

譯 在特賣會購買的。

08 | ねだん【値段】

㊔ 價錢

例 値段(ねだん)を上(あ)げる。

譯 提高價格。

09 | あがる【上がる】

(自五) 登上；升高，上升；發出(聲音)；(從水中)出來；(事情)完成

例 値段(ねだん)が上(あ)がる。

譯 漲價。

10 | くれる【呉れる】

(他下一) 給我

例 考(かんが)える機会(きかい)をくれる。

譯 給我思考的機會。

11｜もらう【貰う】

他五 收到，拿到

例 いいアイディアを貰う。

譯 得到好點子。

12｜やる【遣る】

他五 派；給，給予；做

例 会議をやる。

譯 開會。

13｜ちゅうし【中止】

名・他サ 中止

例 交渉が中止された。

譯 交涉被停止了

N4 ● 13-2

13-2 金融 /
金融

01｜つうちょうきにゅう【通帳記入】

名 補登錄存摺

例 通帳記入をする。

譯 補登錄存摺。

02｜あんしょうばんごう【暗証番号】

名 密碼

例 暗証番号を忘れた。

譯 忘記密碼。

03｜キャッシュカード【cash card】

名 金融卡，提款卡

例 キャッシュカードを拾う。

譯 撿到金融卡。

04｜クレジットカード【credit card】

名 信用卡

例 クレジットカードで支払う。

譯 用信用卡支付。

05｜こうきょうりょうきん【公共料金】

名 公共費用

例 公共料金を支払う。

譯 支付公共費用。

06｜しおくり【仕送り】

名・自他サ 匯寄生活費或學費

例 家に仕送りする。

譯 給家裡寄生活費。

07｜せいきゅうしょ【請求書】

名 帳單，繳費單

例 請求書が届く。

譯 收到繳費通知單。

08｜おく【億】

名 億；數量眾多

例 1億を超えた。

譯 已經超過一億了。

09｜はらう【払う】

他五 付錢；除去；處裡；驅趕；揮去

例 お金を払う。

譯 付錢。

10｜おつり【お釣り】

㊔ 找零

例 お釣りを下さい。

譯 請找我錢。

11 | せいさん【生産】

名・他サ 生產

例 生産が間に合わない。

譯 來不及生產。

12 | さんぎょう【産業】

㊔ 產業

例 外食産業が盛んだ。

譯 外食產業蓬勃發展。

13 | わりあい【割合】

㊔ 比，比例

例 割合を調べる。

譯 調查比例。

N4 13-3

13-3 政治、法律 /

政治、法律

01 | せいじ【政治】

㊔ 政治

例 政治に関係する。

譯 參與政治。

02 | えらぶ【選ぶ】

他五 選擇

例 正しいものを選びなさい。

譯 請挑選正確的事物。

03 | しゅっせき【出席】

名・自サ 出席

例 出席を求める。

譯 請求出席。

04 | せんそう【戦争】

名・自サ 戰爭；打仗

例 戦争になる。

譯 開戰。

05 | きそく【規則】

㊔ 規則，規定

例 規則を作る。

譯 訂立規則。

06 | ほうりつ【法律】

㊔ 法律

例 法律を守る。

譯 守法。

07 | やくそく【約束】

名・他サ 約定，規定

例 約束を守る。

譯 守約。

08 | きめる【決める】

他下一 決定；規定；認定

例 値段を決めた。

譯 決定價錢。

09 | たてる【立てる】

他下一 立起，訂立；揚起；維持

例 一年の計画を立てる。

譯 規劃一年的計畫。

10 | もうひとつ【もう一つ】

(連語) 再一個；還差一點

例 もう一つ考えられる。

譯 還有一點可以思考。

N4 ● 13-4

13-4 犯罪、トラブル /
犯罪、遇難

01 | ちかん【痴漢】

(名) 色狼

例 電車で痴漢にあった。

譯 在電車上遇到色狼了。

02 | ストーカー【stalker】

(名) 跟蹤狂

例 ストーカーにあう。

譯 遇到跟蹤事件。

03 | すり

(名) 扒手

例 すりに財布をやられた。

譯 錢包被扒手扒走了。

04 | どろぼう【泥棒】

(名) 偷竊；小偷，竊賊

例 泥棒を捕まえた。

譯 捉住了小偷。

05 | ぬすむ【盗む】

(他五) 偷盜，盜竊

例 お金を盗む。

譯 偷錢。

06 | こわす【壊す】

(他五) 弄碎；破壞

例 鍵を壊す。

譯 破壞鑰匙。

07 | にげる【逃げる】

(自下一) 逃走，逃跑；逃避；領先（運動競賽）

例 警察から逃げる。

譯 從警局逃出。

08 | つかまえる【捕まえる】

(他下一) 逮捕，抓；握住

例 犯人を捕まえる。

譯 抓犯人。

09 | みつかる【見付かる】

(自五) 發現了；找到

例 落とし物が見つかる。

譯 找到遺失物品。

10 | なくす【無くす】

(他五) 弄丟，搞丟

例 鍵をなくす。

譯 弄丟鑰匙。

11 | おとす【落とす】

(他五) 掉下；弄掉

例 財布を落とす。

譯 錢包掉了。

12 | かじ【火事】

(名) 火災

例 火事(かじ)にあう。

譯 遇到火災。

13 きけん【危険】

名・形動 危險

例 この先(さき)危険(きけん)。入(はい)るな。

譯 前方危險，禁止進入！

14 あんぜん【安全】

名・形動 安全；平安

例 安全(あんぜん)な場所(ばしょ)に逃(に)げよう。

譯 逃往安全的場所吧。

パート
14
第十四章

数量、図形、大小

- 數量、圖形、大小 -

01 | いか【以下】 N4 14

(名) 以下，不到…；在…以下；以後

例 重(おも)さは 10 キロ以下(いか)にする。

譯 重量調整在 10公斤以下。

02 | いない【以内】

(名) 不超過…；以內

例 一時間以内(いちじかんいない)で行(い)ける。

譯 一小時內可以到。

03 | いじょう【以上】

(名) 以上，不止，超過，以外；上述

例 20 分以上遅(ぶんいじょうおく)れた。

譯 遲到超過 20分鐘。

04 | たす【足す】

(他五) 補足，增加

例 すこし塩(しお)を足(た)してください。

譯 請再加一點鹽巴。

05 | たりる【足りる】

(自上一) 足夠；可湊合

例 お金(かね)は十分(じゅうぶん)足(た)りる。

譯 錢很充裕。

06 | おおい【多い】

(形) 多的

例 宿題(しゅくだい)が多(おお)い。

譯 功課很多。

07 | すくない【少ない】

(形) 少

例 休(やす)みが少(すく)ない。

譯 休假不多。

08 | ふえる【増える】

(自下一) 增加

例 お金(かね)が増(ふ)える。

譯 錢增加了。

09 | かたち【形】

(名) 形狀；形，樣子；形式上的；形式

例 形(かたち)が変(か)わる。

譯 變形。

10 | おおきな【大きな】

(連體) 大，大的

例 学校(がっこう)に大(おお)きな木(き)がある。

譯 學校有一棵大樹。

11 | ちいさな【小さな】

(連體) 小，小的；年齡幼小

例 小(ちい)さな子供(こども)がいる。

譯 有小孩。

パート 15 第十五章

心理、思考、言語

- 心理、思考、語言 -

N4 15-1

15-1 心理、感情 / 心理、感情

01 | こころ【心】

㊔ 內心；心情

例 心(こころ)が痛(いた)む。

譯 感到痛心難過。

02 | き【気】

㊔ 氣，氣息；心思；意識；性質

例 気(き)に入(い)る。

譯 喜歡、中意。

03 | きぶん【気分】

㊔ 情緒；氣氛；身體狀況

例 気分(きぶん)がいい。

譯 好心情。

04 | きもち【気持ち】

㊔ 心情；感覺；身體狀況

例 気持(きも)ちが悪(わる)い。

譯 感到噁心。

05 | きょうみ【興味】

㊔ 興趣

例 興味(きょうみ)がない。

譯 沒興趣。

06 | あんしん【安心】

名・自サ 放心，安心

例 彼(かれ)と一緒(いっしょ)だと安心(あんしん)する。

譯 和他一起，便感到安心。

07 | すごい【凄い】

形 厲害，很棒；非常

例 すごい人気(にんき)だった。

譯 超人氣。

08 | すばらしい【素晴らしい】

形 出色，很好

例 素晴(すば)らしい景色(けしき)。

譯 景色優美。

09 | こわい【怖い】

形 可怕，害怕

例 怖(こわ)い夢(ゆめ)を見(み)た。

譯 做了一個非常可怕的夢。

10 | じゃま【邪魔】

名・形動・他サ 妨礙，阻擾；拜訪

例 ビルが邪魔(じゃま)で花火(はなび)が見(み)えない。

譯 大樓擋到了，看不道煙火。

11 | しんぱい【心配】

(名·自他サ) 擔心，操心

例 ご心配をお掛けしました。

譯 讓各位擔心了。

12 | はずかしい【恥ずかしい】

(形) 丟臉，害羞；難為情

例 恥ずかしくなる。

譯 感到害羞。

13 | ふくざつ【複雑】

(名·形動) 複雜

例 複雑になる。

譯 變得複雜。

14 | もてる【持てる】

(自下一) 能拿，能保持；受歡迎，吃香

例 学生にもてる。

譯 受學生歡迎。

15 | ラブラブ【lovelove】

(形動) (情侶，愛人等)甜蜜，如膠似漆

例 彼氏とラブラブです。

譯 與男朋友甜甜密密。

N4 15-2

15-2 喜怒哀楽 / 喜怒哀樂

01 | うれしい【嬉しい】

(形) 高興，喜悅

例 孫たちが訪ねてきて嬉しい。

譯 孫兒來探望很開心！

02 | たのしみ【楽しみ】

(名·形動) 期待，快樂

例 釣りを楽しみとする。

譯 以釣魚為樂。

03 | よろこぶ【喜ぶ】

(自五) 高興

例 卒業を喜ぶ。

譯 為畢業而喜悅。

04 | わらう【笑う】

(自五) 笑；譏笑

例 テレビを見て笑っている。

譯 一邊看電視一邊笑。

05 | ユーモア【humor】

(名) 幽默，滑稽，詼諧

例 ユーモアのある人が好きだ。

譯 我喜歡具有幽默感的人。

06 | うるさい【煩い】

(形) 吵鬧；煩人的；囉唆；厭惡

例 電車の音がうるさい。

譯 電車聲很吵。

07 | おこる【怒る】

(自五) 生氣；斥責

例 母に怒られる。

譯 挨了媽媽的責罵。

08 | おどろく【驚く】

(自五) 驚嚇，吃驚，驚奇

例 肩をたたかれて驚いた。

譯 有人拍我肩膀，嚇了我一跳。

09 | かなしい【悲しい】

形 悲傷，悲哀

例 悲(かな)しい思(おも)いをする。

譯 感到悲傷。

10 | さびしい【寂しい】

形 孤單；寂寞；荒涼，冷清；空虛

例 一人(ひとり)で寂(さび)しい。

譯 一個人很寂寞。

11 | ざんねん【残念】

名・形動 遺憾，可惜，懊悔

例 残念(ざんねん)に思(おも)う。

譯 感到遺憾。

12 | なく【泣く】

自五 哭泣

例 大(おお)きな声(こえ)で泣(な)く。

譯 大聲哭泣。

13 | びっくり

副・自サ 驚嚇，吃驚

例 びっくりして起(お)きた。

譯 嚇醒過來。

N4 15-3

15-3 伝達、通知、報道 / 傳達、通知、報導

01 | でんぽう【電報】

名 電報

例 電報(でんぽう)が来(く)る。

譯 打來電報。

02 | とどける【届ける】

他下一 送達；送交；申報，報告

例 荷物(にもつ)を届(とど)ける。

譯 把行李送到。

03 | おくる【送る】

他五 寄送；派；送行；度過；標上（假名）

例 お礼(れい)の手紙(てがみ)を送(おく)る。

譯 寄了信道謝。

04 | しらせる【知らせる】

他下一 通知，讓對方知道

例 警察(けいさつ)に知(し)らせる。

譯 報警。

05 | つたえる【伝える】

他下一 傳達，轉告；傳導

例 孫(まご)の代(だい)まで伝(つた)える。

譯 傳承到子孫這一代。

06 | れんらく【連絡】

名・自他サ 聯繫，聯絡；通知

例 連絡(れんらく)を取(と)る。

譯 取得連繫。

07 | たずねる【尋ねる】

他下一 問，打聽；詢問

例 道(みち)を尋(たず)ねる。

譯 問路。

08 | へんじ【返事】

名・自サ 回答，回覆

例 返事(へんじ)をしなさい。

譯 回答我啊。

09 | てんきよほう【天気予報】

名 天氣預報

例 ラジオの天気予報(てんきよほう)を聞(き)く。

譯 聽收音機的氣象預報。

10 | ほうそう【放送】

名・他サ 播映，播放

例 有料放送(ゆうりょうほうそう)を見(み)る。

譯 收看收費節目。

N4 ● 15-4

15-4 思考、判断 / 思考、判斷

01 | おもいだす【思い出す】

他五 想起來，回想

例 幼(おさな)い頃(ころ)を思(おも)い出(だ)す。

譯 回想起小時候。

02 | おもう【思う】

他五 想，思考；覺得，認為；相信；猜想；感覺；希望； 掛念，懷念

例 仕事(しごと)を探(さが)そうと思(おも)う。

譯 我想去找工作。

03 | かんがえる【考える】

他下一 想，思考；考慮；認為

例 深(ふか)く考(かんが)える。

譯 深思，思索。

04 | はず

形式名詞 應該；會；確實

例 明日(あした)きっと来(く)るはずだ。

譯 明天一定會來。

05 | いけん【意見】

名・自他サ 意見；勸告；提意見

例 意見(いけん)が合(あ)う。

譯 意見一致。

06 | しかた【仕方】

名 方法，做法

例 料理(りょうり)の仕方(しかた)がわからない。

譯 不知道如何做菜。

07 | しらべる【調べる】

他下一 查閱，調查；檢查；搜查

例 辞書(じしょ)で調(しら)べる。

譯 查字典。

08 | まま

名 如實，照舊，…就…；隨意

例 思(おも)ったままを書(か)く。

譯 照心中所想寫出。

09 | くらべる【比べる】

他下一 比較

例 値段(ねだん)を比(くら)べる。

譯 比較價格。

10 | ばあい【場合】

名 時候；狀況，情形

例 遅(おく)れた場合(ばあい)はどうなりますか。

譯 遲到的時候怎麼辦呢？

11 | **へん【変】**

名・形動 奇怪，怪異；變化；事變

例 変(へん)な味(あじ)がする。

譯 味道怪怪的。

12 | **とくべつ【特別】**

名・形動 特別，特殊

例 今日(きょう)だけ特別(とくべつ)に寝坊(ねぼう)を許(ゆる)す。

譯 今天破例允許睡晚一點。

13 | **だいじ【大事】**

名・形動 大事；保重，重要（「大事さ」為形容動詞的名詞形）

例 大事(だいじ)なことはメモしておく。

譯 重要的事會寫下來。

14 | **そうだん【相談】**

名・自他サ 商量

例 相談(そうだん)して決(き)める。

譯 通過商討決定。

15 | **によると【に拠ると】**

連語 根據，依據

例 天気予報(てんきよほう)によると、雨(あめ)らしい。

譯 根據氣象預報，可能會下雨。

16 | **あんな**

連體 那樣地

例 あんな家(いえ)に住(す)みたい。

譯 想住那種房子。

17 | **そんな**

連體 那樣的

例 そんなことはない。

譯 不會，哪裡。

N4 ● 15-5

15-5 理由、決定 /

理由、決定

01 | **ため**

名 （表目的）為了；（表原因）因為

例 病気(びょうき)のために休(やす)む。

譯 因為有病而休息。

02 | **なぜ【何故】**

副 為什麼

例 何故(なぜ)わからないのですか。

譯 為什麼不懂？

03 | **げんいん【原因】**

名 原因

例 原因(げんいん)はまだわからない。

譯 原因目前尚未查明。

04 | **りゆう【理由】**

名 理由，原因

例 理由(りゆう)がある。

譯 有理由。

05 | **わけ【訳】**

名 原因，理由；意思

例 訳(わけ)が分(わ)かる。

譯 知道意思；知道原因；明白事理。

06 | ただしい【正しい】

㊎ 正確；端正

例 正しい答えを選ぶ。

譯 選擇正確的答案。

07 | あう【合う】

(自五) 合；一致，合適；相配；符合；正確

例 話しが合う。

譯 談話很投機。

08 | ひつよう【必要】

(名・形動) 需要

例 必要がある。

譯 有必要。

09 | よろしい【宜しい】

㊎ 好，可以

例 どちらでもよろしい。

譯 哪一個都好，怎樣都行。

10 | むり【無理】

(形動) 勉強；不講理；逞強；強求；無法辦到

例 無理を言うな。

譯 別無理取鬧。

11 | だめ【駄目】

㊔ 不行；沒用；無用

例 英語はだめだ。

譯 英語很差。

12 | つもり

㊔ 打算；當作

例 彼に会うつもりはありません。

譯 不打算跟他見面。

13 | きまる【決まる】

(自五) 決定；規定；決定勝負

例 会議は 10 日に決まった。

譯 會議訂在 10 號。

14 | はんたい【反対】

(名・自サ) 相反；反對

例 彼の意見に反対する。

譯 反對他的看法。

N4 ⊙ 15-6

15-6 理解 /

理解

01 | けいけん【経験】

(名・他サ) 經驗，經歷

例 経験から学ぶ。

譯 從經驗中學習。

02 | やくにたつ【役に立つ】

㊕ 有幫助，有用

例 日本語が役に立つ。

譯 會日語很有幫助。

03 | こと【事】

㊔ 事情

例 一番大事な事は何ですか。

譯 最重要的是什麼事呢？

04 | せつめい【説明】

(名・他サ) 說明

例 説明(せつめい)がたりない。

譯 解釋不夠充分。

05 | しょうち【承知】

(名・他サ) 知道，了解，同意；接受

例 キャンセルを承知(しょうち)しました。

譯 您要取消，我知道了。

06 | うける【受ける】

(自他下一) 接受，承接；受到；得到；遭受；接受；應考

例 検査(けんさ)を受(う)ける。

譯 接受檢查。

07 | かまう【構う】

(自他五) 在意，理會；逗弄

例 どうぞおかまいなく。

譯 請別那麼張羅。

08 | うそ【嘘】

(名) 謊話；不正確

例 嘘(うそ)をつく。

譯 説謊。

09 | なるほど

(感・副) 的確，果然；原來如此

例 なるほど、面白(おもしろ)い本(ほん)だ。

譯 果然是本有趣的書。

10 | かえる【変える】

(他下一) 改變；變更

例 主張(しゅちょう)を変(か)える。

譯 改變主張。

11 | かわる【変わる】

(自五) 變化，改變；奇怪；與眾不同

例 いつも変(か)わらない。

譯 永不改變。

12 | あっ

(感) 啊（突然想起、吃驚的樣子）哎呀

例 あっ、わかった。

譯 啊！我懂了。

13 | おや

(感) 哎呀

例 おや、こういうことか。

譯 哎呀！原來是這個意思！

14 | うん

(感) 嗯；對，是；喔

例 うんと返事(へんじ)する。

譯 嗯了一聲作為回答。

15 | そう

(感・副) 那樣，這樣；是

例 本当(ほんとう)にそうでしょうか。

譯 真的是那樣嗎？

16 | について

(連語) 關於

例 日本(にほん)の風俗(ふうぞく)についての本(ほん)を書(か)く。

譯 撰寫有關日本的風俗。

15-7 言語、出版物 / 語言、出版品

01 | かいわ【会話】
名・自サ 會話，對話
かいわ　へた
例 会話が下手だ。
譯 不擅長與人對話。

02 | はつおん【発音】
名 發音
はつおん
例 発音がはっきりしている。
譯 發音清楚。

03 | じ【字】
名 字，文字
じ　み
例 字が見にくい。
譯 字看不清楚；字寫得難看

04 | ぶんぽう【文法】
名 文法
ぶんぽう　あ
例 文法に合う。
譯 合乎語法。

05 | にっき【日記】
名 日記
にっき　か
例 日記に書く。
譯 寫入日記。

06 | ぶんか【文化】
名 文化；文明
にほん　ぶんか　しょうかい
例 日本の文化を紹介する。
譯 介紹日本文化。

07 | ぶんがく【文学】
名 文學
ぶんがく　あじ
例 文学を味わう。
譯 鑑賞文學。

08 | しょうせつ【小説】
名 小説
しょうせつ　か
例 小説を書く。
譯 寫小說。

09 | テキスト【text】
名 教科書
えいご　さが
例 英語のテキストを探す。
譯 找英文教科書。

10 | まんが【漫画】
名 漫畫
ぜん　かん　まんが　よ
例 全 28 巻の漫画を読む。
譯 看全套共 28 集的漫畫。

11 | ほんやく【翻訳】
名・他サ 翻譯
さくひん　ほんやく
例 作品を翻訳する。
譯 翻譯作品。

パート 16 第十六章

副詞、その他の品詞

- 副詞與其他品詞 -

N4 16-1

16-1 時間副詞 / 時間副詞

01 | きゅうに【急に】

副 突然

例 温度が急に下がった。

譯 溫度突然下降。

02 | これから

連語 接下來，現在起

例 これからどうしようか。

譯 接下來該怎麼辦呢？

03 | しばらく【暫く】

副 暫時，一會兒；好久

例 暫くお待ちください。

譯 請稍候。

04 | ずっと

副 更；一直

例 ずっと家にいる。

譯 一直待在家。

05 | そろそろ

副 快要；逐漸；緩慢

例 そろそろ帰ろう。

譯 差不多回家了吧。

06 | たまに【偶に】

副 偶爾

例 偶にゴルフをする。

譯 偶爾打高爾夫球。

07 | とうとう【到頭】

副 終於

例 とうとう読み終わった。

譯 終於讀完了。

08 | ひさしぶり【久しぶり】

名・形動 許久，隔了好久

例 久しぶりに食べた。

譯 過了許久才吃到了。

09 | まず【先ず】

副 首先，總之；大約；姑且

例 痛くなったら、まず薬を飲んでください。

譯 感覺疼痛的話，請先服藥。

10 | もうすぐ【もう直ぐ】

副 不久，馬上

例 もうすぐ春が来る。

譯 春天馬上就要到來。

11｜やっと

副 終於，好不容易

例 やっと問題(もんだい)が分(わ)かる。

譯 終於知道問題所在了。

12｜きゅう【急】

名・形動 急迫；突然；陡

例 急(きゅう)な用事(ようじ)で休(やす)む。

譯 因急事請假。

N4 ⊙ 16-2

16-2 程度副詞 /
程度副詞

01｜いくら…ても【幾ら…ても】

名・副 無論…也不…

例 いくら説明(せつめい)してもわからない。

譯 無論怎麼説也不明白。

02｜いっぱい【一杯】

名・副 一碗，一杯；充滿，很多

例 お腹(なか)いっぱい食(た)べた。

譯 吃得肚子飽飽的。

03｜ずいぶん【随分】

副・形動 相當地，超越一般程度；不像話

例 随分(ずいぶん)よくなった。

譯 好很多。

04｜すっかり

副 完全，全部

例 すっかり変(か)わる。

譯 徹底改變。

05｜ぜんぜん【全然】

副 （接否定）完全不…，一點也不…；非常

例 全然(ぜんぜん)気(き)にしていない。

譯 一點也不在乎。

06｜そんなに

副 那麼，那樣

例 そんなに騒(さわ)ぐな。

譯 別鬧成那樣。

07｜それほど【それ程】

副 那麼地

例 それ程(ほど)寒(さむ)くない。

譯 沒有那麼冷。

08｜だいたい【大体】

副 大部分；大致，大概

例 大体(だいたい)分(わ)かる。

譯 大致理解。

09｜だいぶ【大分】

副 相當地

例 大分(だいぶ)暖(あたた)かくなった。

譯 相當暖和了。

10｜ちっとも

副 一點也不…

例 ちっとも疲(つか)れていない。

譯 一點也不累。

11｜できるだけ【出来るだけ】

副 盡可能地

例 できるだけ自分(じぶん)のことは自分(じぶん)でする。

譯 盡量自己的事情自己做。

12 | なかなか【中々】

副·形動 超出想像；頗，非常；(不)容易；(後接否定)總是無法

例 なかなか面白(おもしろ)い。

譯 很有趣。

13 | なるべく

副 盡量，盡可能

例 なるべく邪魔(じゃま)をしない。

譯 盡量不打擾別人。

14 | ばかり

副助 大約；光，淨；僅只；幾乎要

例 テレビばかり見(み)ている。

譯 老愛看電視。

15 | ひじょうに【非常に】

副 非常，很

例 非常(ひじょう)に疲(つか)れている。

譯 累極了。

16 | べつに【別に】

副 分開；額外；除外；(後接否定)(不)特別，(不)特殊

例 別(べつ)に予定(よてい)はない。

譯 沒甚麼特別的行程。

17 | ほど【程】

名·副助 …的程度；限度；越…越…

例 三日(みっか)ほど高(たか)い熱(ねつ)が続(つづ)く。

譯 連續高燒約三天。

18 | ほとんど【殆ど】

名·副 大部份；幾乎

例 殆(ほとん)ど意味(いみ)がない。

譯 幾乎沒有意義。

19 | わりあいに【割合に】

副 比較地

例 値段(ねだん)の割合(わりあい)にものが良(よ)い。

譯 照價錢來看東西相對是不錯的。

20 | じゅうぶん【十分】

副·形動 充分，足夠

例 十分(じゅうぶん)に休(やす)む。

譯 充分休息。

21 | もちろん

副 當然

例 もちろんあなたは正(ただ)しい。

譯 當然你是對的。

22 | やはり

副 依然，仍然

例 子供(こども)はやはり子供(こども)だ。

譯 小孩終究是小孩。

N4 16-3

16-3 思考、狀態副詞 / 思考、狀態副詞

01 | ああ

副 那樣

例 ああ言(い)えばこう言(い)う。

譯 強詞奪理。

02 | たしか【確か】

(形動・副) 確實，可靠；大概

例 確かな数を言う。

譯 説出確切的數字。

03 | かならず【必ず】

(副) 一定，務必，必須

例 かならず来る。

譯 一定會來。

04 | かわり【代わり】

(名) 代替，替代；補償，報答；續(碗、杯等)

例 代わりの物を使う。

譯 使用替代物品。

05 | きっと

(副) 一定，務必

例 きっと来てください。

譯 請務必前來。

06 | けっして【決して】

(副) (後接否定)絕對(不)

例 彼は決して悪い人ではない。

譯 他絕不是個壞人。

07 | こう

(副) 如此；這樣，這麼

例 こうなるとは思わなかった。

譯 沒想到會變成這樣。

08 | しっかり【確り】

(副・自サ) 紮實；堅固；可靠；穩固

例 しっかり覚える。

譯 牢牢地記住。

09 | ぜひ【是非】

(副) 務必；好與壞

例 ぜひおいでください。

譯 請一定要來。

10 | たとえば【例えば】

(副) 例如

例 これは例えばの話だ。

譯 這只是個比喻而已。

11 | とくに【特に】

(副) 特地，特別

例 特に用事はない。

譯 沒有特別的事。

12 | はっきり

(副) 清楚；明確；爽快；直接

例 はっきり(と)見える。

譯 清晰可見。

13 | もし【若し】

(副) 如果，假如

例 もし雨が降ったら中止する。

譯 如果下雨的話就中止。

16-4 接続詞、接続助詞、接尾詞、接頭詞 / 接續詞、接助詞、接尾詞、接頭詞

01 | すると

(接續) 於是；這樣一來

例 すると急(きゅう)にまっ暗(くら)になった。

譯 突然整個變暗。

02 | それで

(接續) 後來，那麼

例 それでどうした。

譯 然後呢？

03 | それに

(接續) 而且，再者

例 晴(は)れだし、それに風(かぜ)もない。

譯 晴朗而且無風。

04 | だから

(接續) 所以，因此

例 だから友達(ともたち)がたくさんいる。

譯 正因為那樣才有許多朋友。

05 | または【又は】

(接續) 或者

例 鉛筆(えんぴつ)またはボールペンを使(つか)う。

譯 使用鉛筆或原子筆。

06 | けれど・けれども

(接助) 但是

例 読(よ)めるけれども書(か)けません。

譯 可以讀但是不會寫。

07 | おき【置き】

(接尾) 每隔…

例 一(いっ)ヵ月(げつ)おきに来(く)る。

譯 每隔一個月會來。

08 | がつ【月】

(接尾) …月

例 七月(しちがつ)に日本(にほん)へ行(い)く。

譯 七月要去日本。

09 | かい【会】

(名) …會，會議

例 音楽会(おんがくかい)へ行(い)く。

譯 去聽音樂會。

10 | ばい【倍】

(名・接尾) 倍，加倍

例 三倍(さんばい)になる。

譯 成為三倍。

11 | けん・げん【軒】

(接尾) …間，…家

例 右(みぎ)から三軒(さんげん)目(め)がホテルです。

譯 從右數來第三間是飯店。

12 | ちゃん

(接尾) (表親暱稱謂)小…

例 健(けん)ちゃん、ここに来(き)て。

譯 小健，過來這邊。

13 | くん【君】

(接尾) 君

例 山田君(やまだくん)が来(く)る。

譯 山田君來了。

14 | さま【様】

(接尾) 先生，小姐

例 こちらが木村様(きむらさま)です。

譯 這位是木村先生。

15 | め【…目】

(接尾) 第…

例 二行目(にぎょうめ)を見(み)てください。

譯 請看第二行。

16 | か【家】

(名・接尾) …家；家族，家庭；從事…的人

例 立派(りっぱ)な音楽家(おんがくか)になった。

譯 成了一位出色的音樂家。

17 | しき【式】

(名・接尾) 儀式，典禮；…典禮 ；方式；樣式；算式，公式

例 卒業式(そつぎょうしき)へ行(い)く。

譯 去參加畢業典禮。

18 | せい【製】

(名・接尾) …製

例 台湾製(タイワンせい)の靴(くつ)を買(か)う。

譯 買台灣製的鞋子。

19 | だい【代】

(名・接尾) 世代；(年齡範圍)…多歲；費用

例 十代(じゅうだい)の若者(わかもの)が多(おお)い。

譯 有許多十幾歲的年輕人。

20 | だす【出す】

(接尾) 開始…

例 彼女(かのじょ)が泣(な)き出(だ)す。

譯 她哭了起來。

21 | にくい【難い】

(接尾) 難以，不容易

例 薬(くすり)は苦(にが)くて飲(の)みにくい。

譯 藥很苦很難吞嚥。

22 | やすい

(接尾) 容易…

例 わかりやすく話(はな)す。

譯 說得簡單易懂。

23 | すぎる【過ぎる】

(自上一) 超過；過於；經過 (接尾) 過於…

例 50歳(さい)を過(す)ぎる。

譯 過了50歲。

24 | ご【御】

(接頭) 貴(接在跟對方有關的事物、動作的漢字詞前)表示尊敬語、謙讓語

例 ご主人(しゅじん)によろしく。

譯 請代我向您先生問好。

25 | ながら

(接助) 一邊…，同時…

例 ご飯(はん)を食(た)べながらテレビを見(み)る。

譯 邊吃飯邊看電視。

26 | かた【方】

(接尾) …方法

例 作(つく)り方(かた)を学(まな)ぶ。

譯 學習做法。

N4 ⦿ 16-5

16-5 尊敬語、謙讓語 /

尊敬語、謙讓語

01 | いらっしゃる

(自五) 來，去，在（尊敬語）

例 先生(せんせい)がいらっしゃった。

譯 老師來了。

02 | おいでになる

(他五) 來，去，在，光臨，駕臨（尊敬語）

例 よくおいでになりました。

譯 難得您來，歡迎歡迎。

03 | ごぞんじ【ご存知】

(名) 您知道（尊敬語）

例 いくらかかるかご存知(ぞんじ)ですか。

譯 您知道要花費多少錢嗎？

04 | ごらんになる【ご覧になる】

(他五) 看，閱讀（尊敬語）

例 展覧会(てんらんかい)をごらんになりましたか。

譯 您看過展覽會了嗎？

05 | なさる

(他五) 做（「する」的尊敬語）

例 高橋様(たかはしさま)ご結婚(けっこん)なさるのですか。

譯 高橋小姐要結婚了嗎？

06 | めしあがる【召し上がる】

(他五) 吃，喝（「食べる」、「飲む」的尊敬語）

例 コーヒーを召(め)し上(あ)がってください。

譯 請喝咖啡。

07 | いたす【致す】

(自他五・補動) （「する」的謙恭説法）做，辦；致；有…，感覺…

例 私(わたくし)がいたします。

譯 由我來做。

08 | いただく【頂く・戴く】

(他五) 領受；領取；吃，喝；頂

例 遠慮(えんりょ)なくいただきます。

譯 那我就不客氣拜領了。

09 | うかがう【伺う】

(他五) 拜訪；請教，打聽（謙讓語）

例 明日(あした)お宅(たく)に伺(うかが)います。

譯 明天到府上拜訪您。

10 | おっしゃる

(他五) 説，講，叫

例 先生(せんせい)がおっしゃいました。

譯 老師説了。

11 | くださる【下さる】

(他五) 給，給予（「くれる」的尊敬語）

例 先生(せんせい)が来(き)てくださった。

譯 老師特地前來。

12 | さしあげる【差し上げる】

(他下一) 給(「あげる」的謙讓語)

例 これをあなたに差(さ)し上(あ)げます。

譯 這個奉送給您。

13 | はいけん【拝見】

(名・他サ) 看，拜讀

例 お手紙(てがみ)拝見(はいけん)しました。

譯 已拜讀貴函。

14 | まいる【参る】

(自五) 來，去(「行く」、「来る」的謙讓語)；認輸；參拜

例 ただいま参(まい)ります。

譯 我馬上就去。

15 | もうしあげる【申し上げる】

(他下一) 說(「言う」的謙讓語)

例 お礼(れい)を申(もう)し上(あ)げます。

譯 向您致謝。

16 | もうす【申す】

(他五) 說，叫(「言う」的謙讓語)

例 私(わたし)は山田(やまだ)と申(もう)します。

譯 我叫山田。

17 | ございます

(特殊形) 是，在(「ある」、「あります」的鄭重說法表示尊敬)

例 おめでとうございます。

譯 恭喜恭喜。

18 | でございます

(自・特殊形) 是(「だ」、「です」、「である」的鄭重說法)

例 山田産業(やまださんぎょう)の加藤(かとう)でございます。

譯 我是山田產業的加藤。

19 | おる【居る】

(自五) 在，存在；有(「いる」的謙讓語)

例 社長(しゃちょう)は今(いま)おりません。

譯 社長現在不在。

20 | ぞんじあげる【存じ上げる】

(他下一) 知道(自謙語)

例 お名前(なまえ)は存(ぞん)じ上(あ)げております。

譯 久仰大名。

MEMO

捷進日檢
GOAL
START

山田社日檢權威題庫小組

超高命中率
絕對合格
日檢聽力

N4

新制對應！

朗讀 QR 免費下載 QR Code線上音檔

朗讀 MP3 隨書附贈 學習不漏接

考試分數大躍進
累積實力
百萬考生見證
應考秘訣

考試相關概要
根據日本國際交流基金

山田社
日檢書

前言

preface

聽力是日檢大門的合格金鑰！
只要找對方法，就能改變結果！
即使聽力成績老是差強人意，也能一舉過關斬將，得高分！

★ 日籍金牌教師編著，百萬考生推薦，應考秘訣一本達陣！！
★ 被國內多所學校列為指定教材！
★ N4 聽力考題 144 × 日檢制勝關鍵句 × 精準突破解題攻略！
★ 魔法般的三合一學習法，讓您制霸考場！
★ 百萬年薪跳板必備書！
★ 目標！升格達人級日文！成為魔人級考證大師！

為什麼每次考試總是因為聽力而失敗告終？
為什麼做了那麼多練習，考試還是鴨子聽雷？
為什麼總是找不到一本適合自己的聽力書？

您有以上的疑問嗎？

其實，考生最容易陷入著重單字、文法之迷失，而忘記分數比重最高的可是「聽力」！日檢志得高分，聽力是勝出利器！一本「完美的」日檢聽力教材，教您用鷹眼般的技巧找對方向，馬上聽到最關鍵的那一句！一本適合自己的聽力書可以少走很多冤枉路，從崩潰到高分。

本書特色

本書五大特色，內容精修，全新編排，讓您讀得方便，學得更有效率！聽力成績拿高標，就能縮短日檢合格距離，成為日檢聽力高手！

1. 掌握考試題型，日檢實力秒速發揮！

本書設計完全符合 N4 日檢的聽力題型，有：「理解問題」、「重點理解」、「適切話語」及「即時應答」四大題型，為的是讓您熟悉答題時間及字數，幫您找出最佳的解題方法。只要反覆練習就能像親臨考場，實戰演練，日檢聽力實力就可以在幾分幾秒間完全發揮！

2. 日籍老師標準發音光碟，反覆聆聽，打造強而有力的「日語耳」！

同一個句子，語調不同，意思就不同了。本書附上符合 N4 考試朗讀速度的高音質光碟，發音標準純正，幫助您習慣日本人的發音、語調及語氣。希望您不斷地聆聽、跟讀和朗讀，拉近「聽覺」與「記憶」間的距離，加快「聽覺・圖像」與「思考」間的反應。此外，更貼心設計以「一題一個音軌」的方式，讓您不再一下快轉、一下倒轉，面臨找不到音檔的窘境，任您隨心所欲要聽哪段，就聽哪段！

3. 關鍵破題，逐項解析，百分百完勝日檢！

每題一句攻略要點，都是重點中的重點，時間緊迫看這裡就對了！抓住關鍵句，才是破解考題的捷徑！本書將每一題的關鍵句都整理出來了！解題之前先訓練您的搜索力，只要聽到最關鍵的那一句，就能不費吹灰之力破解題目！

解題攻略言簡意賅，句句精華！包含同級單字、同級文法、日本文化、生活小常識，內容豐富多元，聽力敏感度大幅提升！

4. 聽覺、視覺、大腦連線！加深記憶軌跡！

本書採用左右頁對照的學習方式，藉由閱讀左頁翻譯，對照右頁解題、[單字・文法] 註解，「聽」、「讀」、「思」同步連線，加深記憶軌跡，加快思考力、反應力，全面提高答題率！

5. 常用句不死背，掌握換句話提升實戰力！

同一個問題，換一個說法就不會了嗎？可怕的「換句話說」是聽力百考，如何即使突然 3-5 秒恍神，還能抓出對話中的精隨呢？本書幫您整理出意思相同的幾種說法，讓您的學習不再說一是一，輕輕鬆鬆就能舉一反三，旗開得勝！

P.S. 本書為《絕對合格！新制日檢 必勝 N4,N5 情境分類單字》及《精修版 新制對應 絕對合格！日檢必背聽力 N4》二書合一編輯而成的！

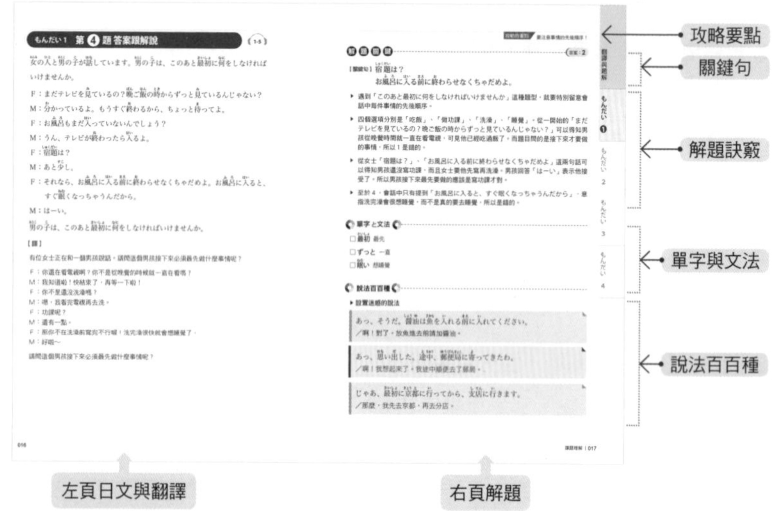

目錄

contents

Memo

問題一

課題理解

課題理解 問題1

もんだい１でははじめに、しつもんを聞いてください。それから話を聞いて、もんだいようしの１から４の中から、ただしいこたえを一つえらんでください。

1-2 1ばん

答え：①②③④

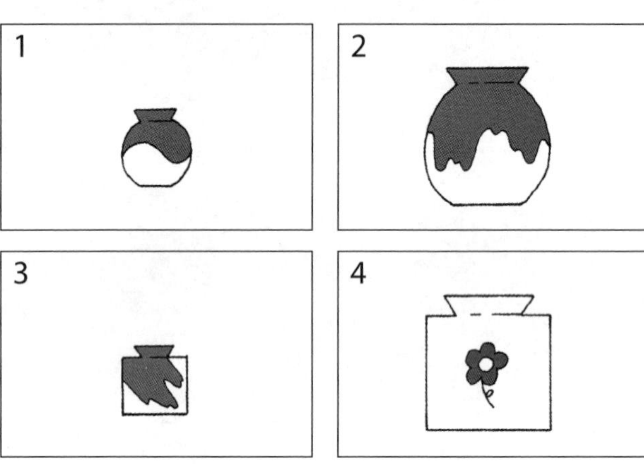

1-3 2ばん

答え：①②③④

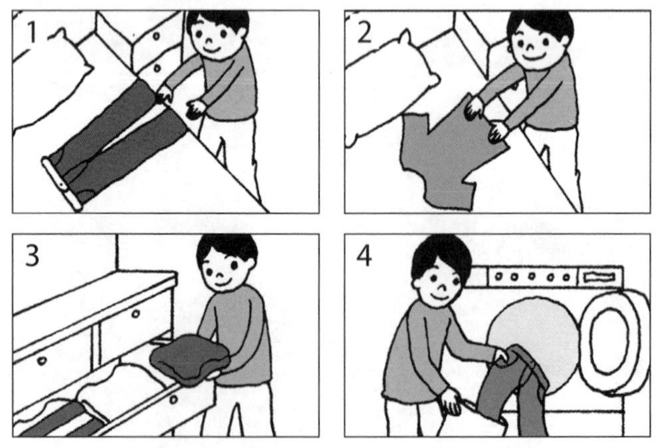

1-4 3ばん

答え：①②③④

1　1時(じ)10分(ぷん)

2　1時(じ)30分(ぷん)

3　1時(じ)40分(ぷん)

4　2時(じ)

1-5 4ばん

答え：①②③④

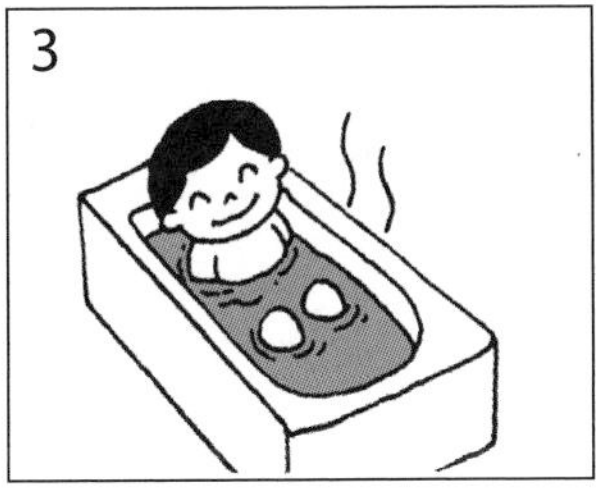

もんだい 1　第 1 題 答案跟解說

1-2

デパートで、男の人と女の人が話しています。女の人は、どの花瓶を買いますか。

M：この丸い花瓶、どう？

F：うーん、形はいいけど、ちょっと小さすぎるわ。

M：そう？これぐらいの方が、使いやすくていいんじゃない？

F：でも、玄関に飾るから、大きい方がいいよ。

M：じゃあ、こっちはどう？四角くてもっと大きいの。

F：うん、これはいいわね。高さもちょうどいいし。じゃあ、これにしましょう。

女の人は、どの花瓶を買いますか。

【譯】

有位男士正和一位女士在百貨公司裡說話。請問這位女士要買哪個花瓶呢？

M：這個圓形的花瓶，如何呢？
F：嗯…形狀是不錯啦，但有點太小。
M：會嗎？這樣的大小才方便使用，不是很好嗎？
F：可是要用來裝飾玄關，所以大一點的比較好吧？
M：那這個怎麼樣呢？四方形更大一點的這個。
F：嗯，這個很不錯耶！高度也剛剛好。那就決定是這個吧！

請問這位女士要買哪個花瓶呢？

解題關鍵

答案：4

【關鍵句】大(おお)きい方(ほう)がいいよ。

四角(しかく)くてもっと大(おお)きいの。

じゃあ、これにしましょう。

- 這一題關鍵在「どの」，表示要在眾多事物當中選出一個。要仔細聽有關花瓶的特色描述，特別是形容詞。
- 一開始男士詢問「この丸い花瓶、どう？」，但女士回答「ちょっと小さすぎるわ」，表示女士不要又圓又小的花瓶，所以選項 1 是錯的。
- 接著女士又表示「大きい方がいいよ」，表示她要大的花瓶，所以選項 3 也是錯的。
- 最後男士詢問「こっちはどう？四角くてもっと大きいの」，這個「の」用來取代重複出現的「花瓶」。而女士也回答「これはいいわね。高さもちょうどいいし。じゃあ、これにしましょう」，「Aにする」意思是「決定要A」，「これにしましょう」運用提議句型「ましょう」，表示她要選「これ」，也就是男士說的方形大花瓶。

單字と文法

□ **形(かたち)** 形狀
□ **飾(かざ)る** 裝飾
□ **四角(しかく)い** 四方形的
□ **高(たか)さ** 高度
□ **ちょうどいい** 剛剛好
□ **～にする** 決定要…

もんだい１　第❷題答案跟解說

1-3

女の人と男の人が話しています。男の人は、このあと何をしますか。

Ｆ：ベランダの洗濯物、乾いたかどうか見てきてくれる？

Ｍ：いいよ。ちょっと待って。

Ｆ：どう？もう全部乾いていた？

Ｍ：ズボンはまだ乾いていないけど、Ｔシャツはもう乾いているよ。

Ｆ：じゃあ、乾いていないのはそのままでいいから、乾いているのだけ中に入れて、ベッドの上に置いてくれる？

Ｍ：たんすにしまわなくてもいいの？

Ｆ：あ、それは、あとで私がやるから。

Ｍ：うん。分かった。

男の人は、このあと何をしますか。

【譯】

有位女士正在和一位男士說話。請問這位男士接下來要做什麼呢？

Ｆ：陽台的衣服，能去幫我看看乾了沒嗎？
Ｍ：好啊，妳等一下喔。
Ｆ：怎麼樣？全部都乾了嗎？
Ｍ：長褲還沒乾，不過Ｔ恤已經乾了喔！
Ｆ：那還沒乾的放在那邊就好，可以幫我把乾的收進來放在床上嗎？
Ｍ：不用放進衣櫥嗎？
Ｆ：啊，那個我等等再收就好。
Ｍ：嗯，我知道了。

解題關鍵　答案：2

【關鍵句】Ｔ(ティー)シャツはもう乾(かわ)いているよ。
乾(かわ)いているのだけ中(なか)に入(い)れて、ベッドの上(うえ)に置(お)いてくれる？

▶「このあと何をしますか」問的是接下來要做什麼，這類題型通常會出現好幾件事情來混淆考生，所以當題目出現這句話，就要留意事情的先後順序，以及動作的有無。

▶ 這一題的重點在女士的發言。從「乾いていないのはそのままでいいから、乾いているのだけ中に入れて、ベッドの上に置いてくれる？」可以得知，女士用請對方幫忙的句型「てくれる？」，請男士把乾的衣物拿進家裡並放在床上。

▶ 乾的衣物是指什麼呢？答案就在上一句：「Ｔシャツはもう乾いているよ」，也就是Ｔ恤。所以選項１、４都是錯的。

▶ 接著男士又問「たんすにしまわなくてもいいの？」，女士回答「あ、それは、あとで私がやるから」，表示男士不用把乾的衣服收進衣櫥，也就是說他只要把Ｔ恤放在床上就可以了。這句的「から」後面省略了「たんすにしまわなくてもいいです」（不用收進衣櫃裡也沒關係）。

▶ ～にする：決定、叫。【名詞；副助詞】＋にする：１.常用於購物或點餐時，決定買某樣商品。２.表示抉擇，決定、選定某事物。

單字と文法

- □ ベランダ【veranda】陽台
- □ 洗濯物(せんたくもの)〔該洗或洗好的〕衣服
- □ 乾(かわ)く〔曬〕乾
- □ Ｔ(ティー)シャツ【T-shirt】Ｔ恤
- □ たんす 衣櫥
- □ しまう 收好，放回

もんだい1　第 3 題答案跟解說

1-4

男の人と女の人が話しています。男の人は、何時に出発しますか。

M：佐藤さん、ちょっとお聞きしたいんですが。

F：はい、なんでしょう。

M：今日、午後2時から山川工業さんで会議があるんですが、ここからどれぐらいかかるかご存じですか。

F：そうですね。地下鉄で行けば20分ぐらいですね。

M：そうですか。それなら、1時半に出発すれば大丈夫ですね。

F：でも、地下鉄を降りてから少し歩きますよ。もう少し早く出た方がいいと思いますが。

M：それじゃ、あと20分早く出ることにします。

男の人は、何時に出発しますか。

【譯】

有位男士正在和一位女士說話。請問這位男士幾點要出發呢？

M：佐藤小姐，我有件事想要請教您。
F：好的，什麼事呢？
M：今天下午2點開始要在山川工業開會，您知道從這邊出發大概要花多久的時間嗎？
F：讓我想想。搭地下鐵去的話大概要20分鐘吧？
M：這樣啊。那我1點半出發沒問題吧？
F：不過搭地下鐵下車後還要再走一小段路。我想還是再早一點出發會比較好。
M：那我就再提早20分鐘離開公司。

請問這位男士幾點要出發呢？

1　1點10分
2　1點30分
3　1點40分
4　2點

答案：1

【關鍵句】1時半に出発すれば大丈夫ですね。
それじゃ、あと20分早く出ることにします。

- 「何時」問的是「幾點」，所以要注意會話當中所有和時、分、秒有關的訊息，通常這種題目都需要計算或推算時間。
- 問題中的「出発しますか」對應了內容「1時半に出発すれば大丈夫ですね」，表示男士要1點半出發。不過最後男士聽了女士的建議，又說「あと20分早く出ることにします」，這個「あと」不是「之後」的意思，而是「還…」，表示還要再提早20分鐘出門，1點半提前20分鐘就是1點10分。
- 「ことにする」表示說話者做出某個決定。至於選項4是對應「午後2時から山川工業さんで会議があるんですが」這句，指的是開會時間，不是出發時間。
- 值得注意的是，有時為了表示對客戶或合作對象的敬意，會在公司或店名後面加個「さん」，不過一般而言是不需要的。

單字と文法

- □ **出発** 出發
- □ **会議** 會議
- □ **工業** 工業
- □ **ご存じ**〔對方〕知道的尊敬語

もんだい１　第④題答案跟解說

1-5

女の人と男の子が話しています。男の子は、このあと最初に何をしなければいけませんか。

F：まだテレビを見ているの？晩ご飯の時からずっと見ているんじゃない？

M：分かっているよ。もうすぐ終わるから、ちょっと待ってよ。

F：お風呂もまだ入っていないんでしょう？

M：うん、テレビが終わったら入るよ。

F：宿題は？

M：あと少し。

F：それなら、お風呂に入る前に終わらせなくちゃだめよ。お風呂に入ると、すぐ眠くなっちゃうんだから。

M：はーい。

男の子は、このあと最初に何をしなければいけませんか。

【譯】

有位女士正在和一個男孩說話。請問這個男孩接下來必須最先做什麼事情呢？

F：你還在看電視啊？你不是從晚餐的時候就一直在看嗎？
M：我知道啦！快結束了，再等一下啦！
F：你不是還沒洗澡嗎？
M：嗯，我看完電視再去洗。
F：功課呢？
M：還有一點。
F：那你不在洗澡前寫完不行喔！洗完澡很快就會想睡覺了。
M：好啦～

請問這個男孩接下來必須最先做什麼事情呢？

答案：2

【關鍵句】宿題は？
お風呂に入る前に終わらせなくちゃだめよ。

- 遇到「このあと最初に何をしなければいけませんか」這種題型，就要特別留意會話中每件事情的先後順序。
- 四個選項分別是「吃飯」、「做功課」、「洗澡」、「睡覺」。從一開始的「まだテレビを見ているの？晩ご飯の時からずっと見ているんじゃない？」可以得知男孩從晚餐時間就一直在看電視，可見他已經吃過飯了。而題目問的是接下來才要做的事情，所以 1 是錯的。
- 從女士「宿題は？」、「お風呂に入る前に終わらせなくちゃだめよ」這兩句話可以得知男孩還沒寫功課，而且女士要他先寫再洗澡。男孩回答「はーい」表示他接受了。所以男孩接下來最先要做的應該是寫功課才對。
- 至於 4，會話中只有提到「お風呂に入ると、すぐ眠くなっちゃうんだから」，意指洗完澡會很想睡覺，而不是真的要去睡覺，所以是錯的。

單字と文法

□ **最初** 最先

□ **ずっと** 一直

□ **眠い** 想睡覺

說法百百種

▶ 設置迷惑的說法

あっ、そうだ。醤油は魚を入れる前に入れてください。
／啊！對了。放魚進去前請加醬油。

あっ、思い出した。途中、郵便局に寄ってきたわ。
／啊！我想起來了。我途中順便去了郵局。

じゃあ、最初に京都に行ってから、支店に行きます。
／那麼，我先去京都，再去分店。

1-6　5ばん　　　答え：①②③④

1-7　6ばん　　　答え：①②③④

1　青い袋に入れる

2　黒い袋に入れる

3　箱に入れる

4　教科書は箱に入れて、ノートは青い袋に入れる

1-8 7ばん

答え：① ② ③ ④

8ばん

答え：① ② ③ ④

1　アイ　　2　イウ　　3　ウエ　　4　アエ

もんだい１　第 5 題 答案跟解說

1-6

女の人と男の人が話しています。男の人は、このあと何をしますか。

Ｆ：そこの椅子、会議室に運んでもらえる？午後の会議で使うから。

Ｍ：いいですよ。

Ｆ：じゃあ、お願いします。私は会議の資料をコピーしなくちゃいけないから、お手伝いできなくてごめんなさいね。

Ｍ：大丈夫ですよ。椅子を運び終わったら、コピーもお手伝いしますよ。

Ｆ：あ、こっちはそんなに多くないから、大丈夫よ。椅子を運んだら、そのまま会議室で待っていて。

Ｍ：あ、でも、僕は今日の会議には出ないんです。午後は用事があって。

Ｆ：あら、そうだったの。

男の人は、このあと何をしますか。

【譯】

有位女士正在和一位男士說話。請問這位男士接下來要做什麼呢？

Ｆ：可以幫我把這邊的椅子搬到會議室嗎？下午的會議要用。
Ｍ：好的。
Ｆ：那就麻煩你了。我要影印會議的資料，所以不能幫你搬，對不起喔！
Ｍ：沒關係的！等我搬完椅子，也來幫妳影印吧！
Ｆ：啊，資料沒那麼多，所以不要緊的。你搬完椅子後就在會議室裡等吧！
Ｍ：啊，不過我今天沒有要出席會議。我下午有事。
Ｆ：喔？是喔！

請問這位男士接下來要做什麼呢？

解題關鍵

答案：1

【關鍵句】そこの椅子（いす）、会議室（かいぎしつ）に運（はこ）んでもらえる？

いいですよ。

▶ 這一題問的是男士接下來要做什麼。從「そこの椅子、会議室に運んでもらる」、「いいですよ」可以得知男士答應女士幫忙搬椅子到會議室。「てもらえる？」在此語調上揚，是要求對方幫忙的句型。「いいですよ」表示允諾、許可。所以正確答案是１。

▶ 從「コピーもお手伝いしますよ」、「あ、こっちはそんなに多くないから、大丈夫よ」這段會話可以得知男士要幫忙影印，但女士說不用。這裡的「大丈夫よ」意思是「沒關係的」、「不要緊的」，是婉拒對方的用詞。所以２是錯的。

▶ ３對應「僕は今日の会議には出ないんです」，表示男士今天不出席會議，所以是錯的。會話內容沒有提到搬運資料方面的訊息，所以４也是錯的。

單字と文法

□ **会議室**（かいぎしつ） 會議室

□ **運ぶ**（はこぶ） 搬運

□ **資料**（しりょう） 資料

□ **手伝い**（てつだい） 幫忙

□ **そのまま** 表示維持某種狀態做某事

□ **用事**（ようじ）〔必須辦的〕事情

もんだい１　第 6 題 答案跟解說

1-7

学校で、男の人が話しています。要らなくなった教科書やノートは、どうしますか。

M：みなさん、今日は教室の大掃除をします。今から、ごみの捨て方について説明しますから、よく聞いてください。ごみは燃えるごみと燃えないごみに分けなければいけません。教室の入り口に青い袋と黒い袋が置いてあります。青い袋には燃えるごみを入れてください。黒い袋には燃えないごみを入れてください。それから、袋の隣に箱が置いてありますから、要らなくなった教科書やノートは全部そこに入れてください。でも、要らない紙は箱の中に入れてはいけません。青い袋に入れてください。いいですか。では、みなさん始めてください。

要らなくなった教科書やノートは、どうしますか。

【譯】

有位男士正在學校說話。請問已經不要的課本和筆記本，該如何處理呢？

M：各位同學，今天要教室大掃除。現在我要來說明垃圾的丟棄方式，請仔細地聽。垃圾必須分類成可燃垃圾和不可燃垃圾。教室入口放有藍色的袋子和黑色的袋子。藍色的袋子請放入可燃垃圾。黑色的袋子請放入不可燃垃圾。還有，袋子旁邊放有一個箱子，已經不要的課本和筆記本請全部放在那裡。不過，不要的紙張不能放進箱子裡。請放入藍色的袋子。這樣清楚了嗎？那就請各位開始打掃。

請問已經不要的課本和筆記本，該如何處理呢？

1　放進藍色的袋子

2　放進黑色的袋子

3　放進箱子

4　課本放進箱子，筆記本放進藍色的袋子

解題關鍵

答案：3

【關鍵句】袋の隣に箱が置いてありますから、要らなくなった教科書やノートは全部そこに入れてください。

▶ 這一題出現許多指令、說明、規定，要求學生做某件事或是禁止學生做某件事，所以可以推測這位男士是一位老師。問題問「どうしますか」，所以要特別留意「てください」（請…）、「なければいけません」（必須…）、「てはいけません」（不行…）這些句型。

▶ 問題問的是「要らなくなった教科書やノート」，對應「要らなくなった教科書やノートは全部そこに入れてください」，表示不要的教科書和筆記本要放到「そこ」裡面。

▶「そこ」指的是前面提到的「袋の隣に箱が置いてありますから」的「箱」。也就是說教科書和筆記本要放到箱子裡面。

單字と文法

□ **教科書** 課本

□ **ごみ** 垃圾

□ **捨て方** 丟棄方式

□ **説明する** 說明

□ **燃える** 燃燒

□ **分ける** 分，分類

□ **～なければならない** 必須…，應該…

もんだい１　第7題答案跟解說

1-8

男の人と女の人が話しています。男の人は、どうやって博物館に行きますか。

M：すみません。博物館に行きたいのですが、どう行けばいいですか。

F：博物館ですか。それなら、この道をまっすぐに行って、二つ目の角を右に曲がってください。

M：はい。

F：少し歩くと左側に大きな公園があります。博物館は公園の中ですよ。

M：ここから歩いて、どれぐらいかかりますか。

F：10分ぐらいですね。

M：どうもありがとうございました。

男の人は、どうやって博物館に行きますか。

【譯】

有位男士正在和一位女士說話。請問這位男士要怎麼去博物館呢？

M：不好意思，我想去博物館，請問要怎麼去呢？
F：博物館嗎？那你就這條街直走，在第二個街角右轉。
M：好。
F：再稍微走一下，左邊會有個大公園。博物館就在公園裡面。
M：從這裡步行大概要多久呢？
F：10分鐘左右。
M：真是謝謝妳。

請問這位男士要怎麼去博物館呢？

解題關鍵

答案：1

【關鍵句】この道をまっすぐに行って、二つ目の角を右に曲がってください。
少し歩くと左側に大きな公園があります。博物館は公園の中ですよ。

▶ 這一題問的是去博物館的路線。遇到問路的題目，需熟記常用的名詞（角、道、橋…等等）、動詞（行く、歩く、曲がる、渡る…等等），除了要留意路線和指標性建築物，還要仔細聽出方向（まっすぐ、右、後ろ…等等）或是順序（一つ目、次…等等）。

▶ 答案就在被問路的女性的發言當中。「この道をまっすぐに行って、二つ目の角を右に曲がってください」、「少し歩くと左側に大きな公園があります。博物館は公園の中ですよ」這兩句話說明了到博物館要先直走，並在第二個轉角右彎，再稍微走一小段路，左邊就可以看到一個大公園，博物館就在公園裡面。符合這個選項的只有圖 1。

單字と文法

□ 博物館 博物館

□ ～目 第…個

□ 角 轉角

□ 左側 左邊，左側

說法百百種

▶ 間接目標的說法

この先の３本目を右に入って２軒目だよ。
／它是在這前面的第三條巷子，右轉進去第２間喔。

右側には建物があります。／它的右邊有棟建築物。

間に広い道があるんです。／中間有一條很寬的路。

もんだい１　第 8 題 答案跟解說

1-9

レストランで、女の人と男の人が話しています。女の人は、何を持ってきますか。

F：失礼します。お茶をお持ちしました。

M：あ、すみません。子どもにはお茶じゃなくて、お水をいただけますか。

F：お水ですね。かしこまりました。

M：あ、それから、小さい茶碗を一ついただけますか。子供が使うので。

F：かしこまりました。小さいフォークとスプーンもお持ちしましょうか。

M：いえ、フォークとスプーンは持ってきているので、結構です。

女の人は、何を持ってきますか。

【譯】

有位女士正在餐廳和一位男士說話。請問這位女士要拿什麼東西過來呢？

F：不好意思，為您送上茶飲。
M：啊，不好意思，小孩不要喝茶，可以給他開水嗎？
F：開水嗎？我知道了。
M：啊，還有可以給我一個小碗嗎？小朋友要用的。
F：好的。請問有需要另外為您準備小叉子和湯匙嗎？
M：不用，我們自己有帶叉子和湯匙，所以不需要。

請問這位女士要拿什麼東西過來呢？

攻略的要點 要注意表示請求的句型！

答案：2

【關鍵句】お水をいただけますか。
あ、それから、小さい茶碗を一ついただけますか。

- 這一題問的是女服務生要拿什麼過來，男客人需要的東西就是答案。所以要特別注意「てください」、「てくれますか」、「てもらえませんか」、「ていただけますか」這些表示請求的句型。
- 男士首先提到「お水をいただけますか」，女服務生回答「かしこまりました」，表示她明白了、會拿水過來。所以答案一定有「イ」，選項 3 、 4 是錯的。
- 接著男士又說「小さい茶碗を一ついただけますか」，表示他要一個小碗，女服務生同樣回答「かしこまりました」。所以答案是水和碗。
- 值得一提的是最後一句：「いえ、フォークとスプーンは持ってきているので、結構です」。「結構です」有兩種用法，一種是表示肯定對方、給予讚賞，可以翻譯成「非常好」。另一種用法是否定、拒絕，相當於「いいです」，翻譯成「夠了」、「不用了」，這裡是指後者。
- ～ていただく：承蒙…。【動詞て形】＋いただく。表示接受人請求給予人做某行為，且對那一行為帶著感謝的心情。這是以說話人站在接受人的角度來表現。一般用在給予人身份、地位、年齡都比接受人高的時候。這是「～てもらう」的自謙形式。

單字と文法

- □ **失礼します** 不好意思〔寒喧語〕
- □ **いただく**「もらう」的謙讓語
- □ **かしこまりました**〔帶有敬意〕我知道了
- □ **フォーク【fork】** 叉子
- □ **スプーン【spoon】** 湯匙

1-10 9ばん

答え：①②③④

1　「あか」と「氷(こおり)あり」のボタン

2　「あお」と「氷(こおり)あり」のボタン

3　「あお」と「氷(こおり)なし」のボタン

4　「あか」と「氷(こおり)なし」のボタン

1-11 10ばん

答え：①②③④

1

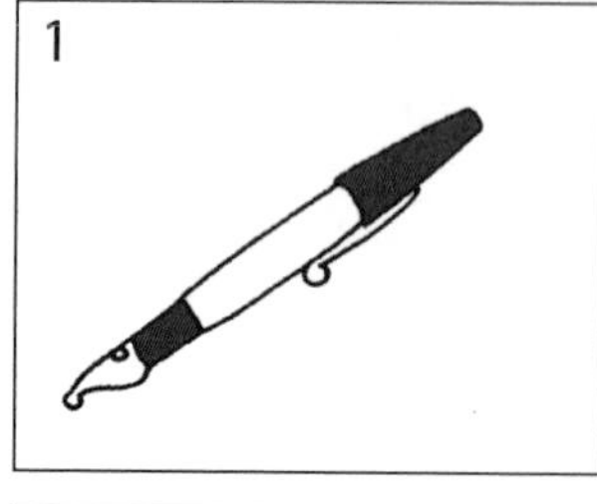

2

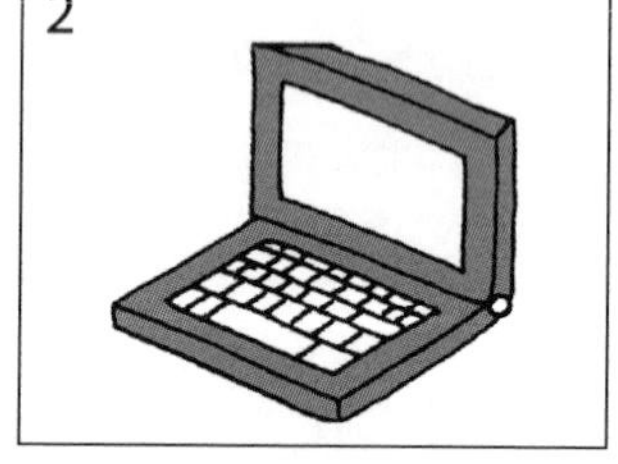

3

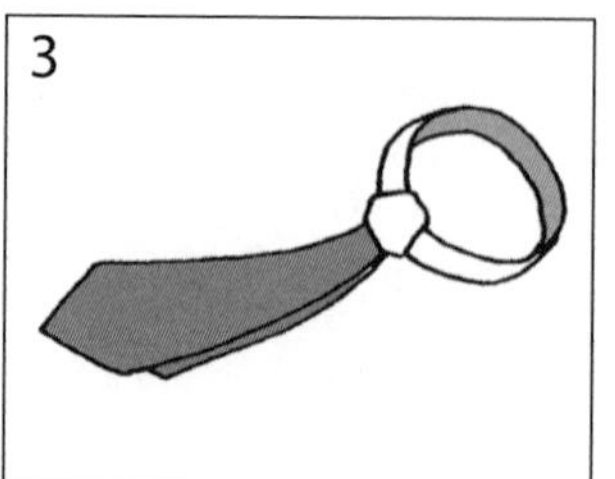

4

1-12 11 ばん

答え：①②③④

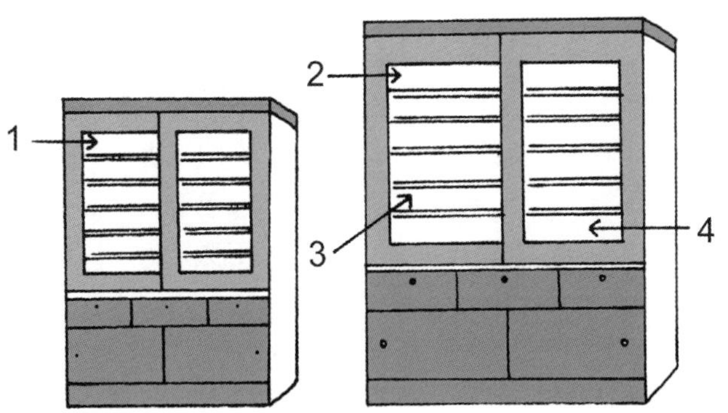

1-13 12 ばん

答え：①②③④

1　本棚(ほんだな)に入(い)れる

2　鈴木(すずき)さんに渡(わた)す

3　家(いえ)に持(も)って帰(かえ)る

4　机(つくえ)の上(うえ)に置(お)く

もんだい 1　第 9 題 答案跟解說

1-10

自動販売機の前で、男の留学生と女の人が話しています。男の留学生は、このあとどのボタンを押しますか。

M：すみません、コーヒーを買いたいんですけど、どうすればいいんですか。もうお金は入れました。

F：そうしたら、コーヒーは温かいのと冷たいのがありますから、温かいのがよかったら赤いボタン、冷たいのがよかったら青いボタンを押してください。

M：僕はアイスコーヒーがいいです。

F：それから、氷を入れるかどうかを選んでください。入れたければ「氷あり」のボタンを、入れたくなければ「氷なし」のボタンを押してください。

M：僕は氷はいいです。ありがとうございました。

男の留学生は、このあとどのボタンを押しますか。

【譯】

有位男留學生正在自動販賣機前面和一位女士說話。請問這位男留學生接下來要按哪個按鍵呢？

M：不好意思，我想要買咖啡，請問我應該怎麼做呢？錢已經投進去了。

F：這樣的話，咖啡有熱的和冰的，如果你要熱的就請按紅色按鍵，要冰的就請按藍色按鍵。

M：我要買冰咖啡。

F：接著還要選要不要加冰塊。如果想加的話就按「有冰塊」的按鍵，如果不想加的話就請按「無冰塊」的按鍵。

M：我不要加冰塊。謝謝妳。

請問這位男留學生接下來要按哪個按鍵呢？

1　「紅色」和「有冰塊」按鍵

2　「藍色」和「有冰塊」按鍵

3　「藍色」和「無冰塊」按鍵

4　「紅色」和「無冰塊」按鍵

解題關鍵

答案：3

【關鍵句】冷たいのがよかったら青いボタンを押してください。
僕はアイスコーヒーがいいです。
僕は氷はいいです。

▶ 這一題問的是男留學生要按什麼按鍵，從選項中可以發現一共有四個按鍵，請仔細聆聽女士的說明，並配合男留學生的需求選出正確答案。

▶ 關於咖啡的冷熱問題，女士提到「温かいのがよかったら赤いボタン、冷たいのがよかったら青いボタンを押してください」，意思是熱咖啡按紅鍵，冰咖啡按藍鍵。

▶ 男留學生說：「僕はアイスコーヒーがいいです」，對應「冷たいの」。他要喝冰咖啡，所以要按藍鍵。因此選項１、４是錯的。

▶ 接著針對冰塊，女士又說「入れたければ『氷あり』のボタンを、入れたくなければ『氷なし』のボタンを押してください」，要冰塊就按「氷あり」，不要冰塊就按「氷なし」。

▶ 男留學生說「僕は氷はいいです」，這邊的「いいです」相當於「いらない」是否定用法，表示他不要冰塊。所以他要按「あお」、「氷なし」兩個按鍵。

單字と文法

- □ **自動販売機** 自動販賣機
- □ **アイスコーヒー【ice coffee】** 冰咖啡
- □ **氷** 冰塊，冰
- □ **あり** 有…
- □ **なし** 無…

もんだい１ 第⑩題答案跟解說 1-11

女の人と男の人が話しています。女の人は、何を贈りますか。

F：あなた、お隣の武史さん、今年、大学卒業だから、何かお祝いをあげようと思うんだけど、何がいい？

M：へえ、もう卒業か。僕が卒業した時は、万年筆をもらったけど、今の若い人はあまり使わないだろうね。

F：ノートパソコンはどう？

M：え、高すぎるよ。ネクタイとかいいんじゃない？

F：でも、どういうのがお好きか分からないでしょう？

M：それもそうだね。しかたがないから、お金にしようか？

F：でも、それじゃ失礼じゃない？

M：最近はそうでもないらしいよ。

F：そう？それじゃ、そうしましょう。

女の人は、何を贈りますか。

【譯】

有位女士正在和一位男士說話。請問這位女士要送什麼東西呢？

F：老公，隔壁的武史今年要大學畢業了，我想送點什麼來祝賀，什麼比較好呢？

M：欸～已經要畢業啦？我畢業的時候收到的是鋼筆，不過現在的年輕人沒什麼在用吧？

F：筆記型電腦如何？

M：欸，太貴了啦！領帶之類的不錯吧？

F：可是我們又不知道他喜歡什麼樣的啊！

M：說的也是。沒辦法了，就送現金吧？

F：但那很失禮吧？

M：最近大家好像不會這麼覺得了呢！

F：是喔？那就這麼辦吧！

請問這位女士要送什麼東西呢？

解題關鍵

答案：4

【關鍵句】お金(かね)にしようか？

それじゃ、そうしましょう。

▶ 這一題問的是女士要送什麼東西，兩人在討論送禮的內容。過程中一定會有提議被否決掉的情況，要小心別聽錯了。

▶ 女士一開始說「ノートパソコンはどう？」，不過男士回答「え、高すぎるよ」，表示筆記型電腦太貴，言下之意就是不要買這個，所以 2 是錯的。

▶ 接著男士又說「ネクタイとかいいんじゃない？」，不過女士回答「でも、どういうのがお好きか分からないでしょう？」，表示不知道對方的喜好所以不要送領帶，所以 3 也是錯的。

▶ 接著男士又提議「お金にしようか？」，說要送錢，女士原本覺得很失禮，最後被說服了，說了一句「それじゃ、そうしましょう」，表示決定要送錢。

▶ 至於選項 1，會話當中提到的「万年筆」，是「僕が卒業した時は、万年筆をもらったけど」，意思是男士以前畢業時收到了鋼筆，和兩人討論的送禮內容無關。

單字と文法

- □ 贈(おく)る 贈送
- □ 卒業(そつぎょう) 畢業
- □ お祝(いわ)い 祝賀，慶祝
- □ ノートパソコン【notebook PC】筆記型電腦
- □ しかたがない 沒辦法

說法百百種

▶ 出現 2 物以上的說法

太郎(たろう)は子供(こども)の時(とき)は、玉(たま)ねぎとかにんじんとか野菜(やさい)が嫌(きら)いでした。

／太郎小時候，討厭洋蔥、紅蘿蔔之類的蔬菜。

山田(やまだ)さんは、サッカーとか、野球(やきゅう)とかしますか。

／山田先生會踢踢足球、打打棒球嗎？

玉(たま)ちゃんのプレゼント、何(なに)がいい？帽子(ぼうし)か、靴(くつ)か……。

／小玉你禮物想要什麼？帽子？鞋子？

もんだい1　第⑪題答案跟解說

1-12

男の人と女の人が話しています。男の人は、コップをどこに置きますか。

M：この茶碗、どこにしまう？

F：ああ、それね。それはあまり使わないから、大きい棚の一番上に置いてくれる？

M：じゃあ、お皿とコップはどうする？

F：お皿はよく使うから、小さい棚の一番下に置いて。

M：でも、小さい棚の一番下は、もう置くところがないけど。

F：あ、そう？それじゃ、大きい棚の一番下は？

M：うん、こっちは空いているから、ここに置くよ。じゃあ、コップは？

F：コップはお皿の一つ上の棚に置いて。

M：うん、分かった。

男の人は、コップをどこに置きますか。

【譯】

有位男士正在和一位女士說話。請問這位男士要把杯子放在哪裡呢？

M：這個碗要收在哪裡？
F：啊，那個啊！那很少會用到，可以幫我放在大櫥櫃的最上方嗎？
M：那盤子和杯子怎麼辦？
F：盤子很常用到，放在小櫥櫃的最下方。
M：不過，小櫥櫃的最下方已經沒地方擺放了耶！
F：啊，這樣啊？那大櫥櫃的最下方呢？
M：嗯，這裡就有空位了，我就放這邊囉！那杯子呢？
F：杯子就放在盤子的上一層。
M：嗯，我知道了。

請問這位男士要把杯子放在哪裡呢？

答案：3

【關鍵句】コップはお皿の一つ上の棚に置いて。

- 這一題用「どこ」來詢問場所、地點，所以要仔細聽東西擺放的位置，並注意問題問的是杯子，可別搞混了。此外，可以注意表示命令、請求的句型，答案通常就藏在這些指示裡。
- 對話首先提到「茶碗」，從「大きい棚の一番上に置いてくれる？」可以得知它的位置是在大櫥櫃的最上層。
- 接著又提到「お皿」，女士說「小さい棚の一番下に置いて」，表示要放在小櫥櫃的最下層，不過因為最下層沒地方放了，所以她又改口「大きい棚の一番下は？」，男士表示「うん、こっちは空いているから、ここに置くよ」。所以盤子的位置是在大櫥櫃的最下層。
- 最後提到這個題目的重點：「コップ」，女士要求「コップはお皿の一つ上の棚に置いて」，表示杯子要放在盤子的上一層。盤子放在大櫥櫃的最下層，所以杯子就放在大櫥櫃的倒數第二層。

單字と文法

□ 棚 櫥櫃；架子

□ 空く 空，空出

□ コップ【荷 kop】 杯子

もんだい１　第⑫題答案跟解說　1-13

女の人と男の人が話しています。女の人は、歴史の本をどうしますか。歴史の本です。

F：先月、お借りした旅行の本と歴史の本をお返ししに来ました。とてもおもしろかったです。ありがとうございました。

M：ああ､読み終わったの？それじゃ、旅行の本は後ろの本棚に入れておいて。歴史の本は鈴木さんも読みたいと言っていたから、直接渡してくれる？

F：分かりました。あの、それから、前に読みたいとおっしゃっていた料理の本も持ってきたんですけど。

M：あ、ほんとう？どうもありがとう。あとで家に持って帰ってゆっくり読むから、机の上に置いてくれる？

F：分かりました。

女の人は、歴史の本をどうしますか。

【譯】

有位女士正在和一位男士說話。請問這位女士該怎麼處理歷史書籍呢？是歷史書籍。

F：我來還上個月向您借的旅行書籍和歷史書籍。非常的好看。謝謝您。

M：啊，妳已經看完囉？那旅行書籍就放進後面書櫃吧。歷史書籍鈴木先生說他也想看，可以直接幫我交給他嗎？

F：我知道了。那個，還有，我有把您之前說想看的烹飪書籍也帶來了。

M：啊，真的啊？謝謝妳。我等等帶回家慢慢看，可以幫我放在桌上嗎？

F：好的。

請問這位女士該怎麼處理歷史書籍呢？

1　放進書櫃裡

2　交給鈴木先生

3　帶回家

4　放在桌上

攻略的要點 問的是「歷史の本」，不要被混淆了！

解題關鍵

答案：2

【關鍵句】歷史の本は鈴木さんも読みたいと言っていたから、直接渡してくれる？

- 這一題問題特別強調是「歷史の本」，表示題目當中會出現其他書籍來混淆考生，一定要仔細聽個清楚。
- 內容提到「歷史の本」有兩個地方。第一次是在開頭：「先月、お借りした旅行の本と歷史の本をお返ししに来ました」，表示女士要來還旅行和歷史書籍。
- 第二次就在男士的第一句發言：「歷史の本は鈴木さんも読みたいと言っていたから、直接渡してくれる？」，這也是解題關鍵處。男士用「てくれる？」句型詢問女士能不能幫忙把歷史書籍直接拿給鈴木先生，女士回答「分かりました」，表示她答應了。
- 所以答案是女士要把歷史書籍交給鈴木先生。
- ～てくれる：（為我）做…。【動詞て形】＋くれる：1. 表示他人為我，或為我方的人做前項有益的事，用在帶著感謝的心情，接受別人的行為，此時接受人跟給予人大多是地位、年齡同等的同輩。2. 給予人也可能是晚輩。3. 常用「給予人は（が）接受人に～を動詞てくれる」之句型，此時給予人是主語，而接受人是說話人，或說話人一方的人。

單字と文法

- □ **歴史** 歷史
- □ **直接** 直接
- □ **渡す** 交給
- □ **～てくれる**〔為我〕做…

1-14 13ばん

答え：①②③④

1-15 14ばん

答え：①②③④

1-16 15ばん

答え：①②③④

1　001-010

2　01-010

3　886

4　相手(あいて)の番号(ばんごう)

1-17 16ばん

答え：①②③④

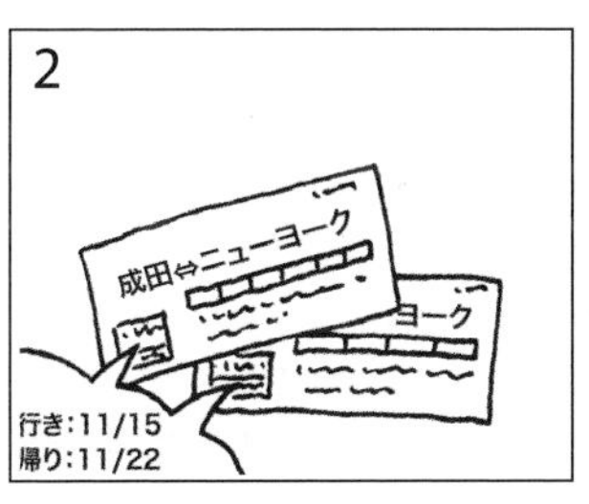

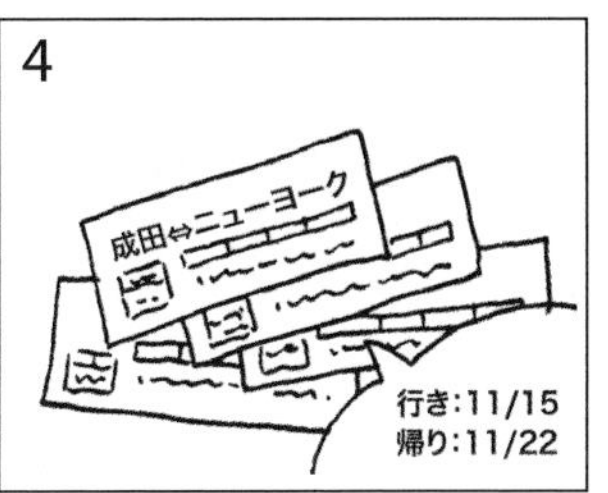

もんだい 1　第 ⑬ 題 答案跟解說

1-14

女の人と男の人が話しています。女の人は、何で乗り場に行きますか。

F：すみません。山田駅行きの電車に乗りたいのですが、乗り場はどこですか。

M：山田駅行きは３番線ですね。地下３階ですから、そこの階段から降りてください。あ、荷物が大きいですね。それじゃ階段は危ないですね。ここをまっすぐ行ったところに、エレベーターがありますから、それを使ってください。直接乗り場まで行けますから。

F：エスカレーターはありませんか。

M：階段の反対側にありますが、大きな荷物を持って乗るのは危ないので、おやめください。

F：わかりました。えっと、ここをまっすぐ行けばいいんですね。ありがとうございました。

女の人は、何で乗り場に行きますか。

【譯】

有位女士正在和一名男士說話。請問這位女士要怎麼去月台呢？

F：不好意思，我想搭乘前往山田車站的電車，請問月台在哪裡呢？

M：往山田車站的是 3 號軌道。它在地下 3 樓，所以請從那邊的樓梯往下走。啊，妳的行李很大呢！那走樓梯太危險了。從這邊直走，可以看到一台電梯，請搭電梯。可以直接通往上車處。

F：請問沒有電扶梯嗎？

M：樓梯反方向有，不過拿著大型行李搭乘太危險了，請別這麼做。

F：我知道了。嗯…往這裡直走就行了吧？謝謝你。

請問這位女士要怎麼去月台呢？

解題關鍵

答案：2

【關鍵句】ここをまっすぐ行ったところに、エレベーターがありますから、それを使ってください。直接乗り場まで行けますから。

- 這一題用「何で」來詢問做某件事情的手段、道具。這種問路的題目，答案都藏在被問話那方的發言中，特別要注意「てください」等指示的句型。
- 對話中總共提到三種到月台的方式。首先是階梯：「そこの階段から降りてください」。
- 不過接著男士看到對方拿著大型行李，又改為建議搭乘電梯：「ここをまっすぐ行ったところに、エレベーターがありますから、それを使ってください」。
- 後來女士詢問電扶梯，不過男士說「大きな荷物を持って乗るのは危ないので、おやめください」，要她打消念頭。女士最後表示「わかりました。えっと、ここをまっすぐ行けばいいんですね」，暗示她採納了男士的建議，要去搭電梯。

單字と文法

- □ **乗り場** 月台，乘車處
- □ **～行き** 往…
- □ **エスカレーター【escalator】** 電扶梯
- □ **反対側** 反方向處，另一側
- □ **やめる** 放棄；停止
- □ **～てください** 請…

もんだい 1　第⑭題 答案跟解說

1-15

病院で、医者が話しています。もし痛くなったら、まず、どうしますか。

M：食べ過ぎですね。大丈夫ですよ。すぐに良くなります。家に帰ったら静かに寝てくださいね。薬を出しておきますが、このまま治ったら、飲まなくても結構ですよ。もし、また痛くなったら、飲んでください。それで良くなると思いますから、すぐに病院に来なくても大丈夫です。もし、薬を飲んで 30 分以上たっても良くならなかったら、来てください。あ、来るときは、先に電話をしてくださいね。じゃ、お大事に。

もし痛くなったら、まず、どうしますか。

【譯】

有位醫生正在醫院裡說話。如果痛了起來的話，請問要先怎麼做呢？

M：你飲食過量了。沒關係，很快就會康復了。回家後請休息靜養。我開藥給你，不過如果這樣就好了，就不用吃了。要是又痛了起來，再請服用。我想這樣很快就會不痛了，所以不用馬上來醫院。如果吃藥過了30分鐘還是沒有好，再請你過來一趟。啊，要來的話請先打電話喔！那就請你多保重。

如果痛了起來的話，請問要先怎麼做呢？

解題關鍵

答案：2

【關鍵句】薬を出しておきますが、…。また痛くなったら、飲んでください。

▶ 遇到醫生講話的這類題型，就要特別留意「てください」句型，表示指示，答案通常都跟這類句型有關。

▶ 這一題問的是「痛くなったら、まず、どうしますか」。這個問題有兩個條件，第一點是「痛くなったら」，「たら」（要是）是假定用法，意思是假如前項的情況實現了。第二點是副詞「まず」，意思是「首先」、「最初」。也就是考生要找出疼痛時第一件必須做的事。

▶ 關於疼痛的處置，醫生提到：「もし、また痛くなったら、飲んでください」。這個「飲んでください」呼應前面的「薬を出しておきますが」，表示醫生有開藥。如果又痛了起來，病人就要服用。

▶ 後面又提到「薬を飲んで30分以上たっても良くならなかったら、来てください」，表示如果吃藥後 30 分鐘還沒好再去醫院。所以疼痛時的首要行動是吃藥。

▶ 日本人生病時，病情較輕，會到藥局或藥妝店買藥吃。感冒或肚子痛等小病，一般都到附近不需要預約的小醫院或診所。病情較嚴重時，小醫院的醫生，會介紹患者到醫療條件跟設備較好的大醫院就診。

單字と文法

- □ 食べ過ぎ 飲食過量
- □ 以上 以上
- □ たつ 過，經過
- □ お大事に 請多保重

もんだい1　第15題答案跟解說

1-16

男の留学生と女の人が話しています。このあと男の留学生は、最初にどの番号を押しますか。

M：すみません。国際電話の掛け方を教えてもらえますか。

F：はい、かしこまりました。どちらにお掛けになりますか。

M：台湾です。

F：それでしたら、最初に001-010を押してください。その後で台湾の番号を押すんですが、番号はお分かりですか。

M：はい、886番です。

F：では、それを押してから、相手の番号を押してください。あ、最初の0は押さないで、2番目の数字から押してくださいね。

M：分かりました。ありがとうございます。

このあと男の留学生は、最初にどの番号を押しますか。

【譯】

有位男留學生正在和一位女士說話。請問接下來這位男留學生最先按的號碼是哪個呢？

M：不好意思，可以請妳教我打國際電話的方法嗎？
F：好的，我來為您說明。請問您要撥電話到哪裡去呢？
M：台灣。
F：台灣的話，請您一開始先按001-010。之後再撥台灣的號碼，請問您知道號碼是幾號嗎？
M：知道，是886。
F：那按了之後，請再撥對方的電話號碼。啊，請別按開頭的0，從第2個數字開始撥打。
M：我知道了。謝謝。

請問接下來這位男留學生最先按的號碼是哪個呢？

1　001-010

2　01-010

3　886

4　對方的號碼

解題關鍵

答案：1

【關鍵句】最初に 001-010 を押してください。

▶ 這一題問題關鍵在「最初に」（最先），所以要特別留意撥號的順序。此外，像這種請教他人方法的題目，就要注意回答者用「てください」句型的地方。

▶「最初にどの番号を押しますか」對應女士的第二句話：「最初に 001-010 を押してください」。表示最先要按「001-010」，這即是正確答案。接著按台灣的區號「886」，然後再撥對方的電話號碼。

▶ 這一題選項 2 是個陷阱，「最初の 0 は押さないで」（請別按開頭的 0）雖然也有出現問題問的「最初」，不過這不是指撥號的先後順序，也不是一開始要輸入的「001-010」，而是指對方電話號碼開頭的第一個數字。

單字と文法

□ **国際電話** 國際電話

□ **掛け方** 撥打方式

□ **相手** 對方

□ **数字** 數字

說法百百種

▶ **有關數字的說法**

えー、これは今年の留学生の数です。／嗯，這是今年留學生的人數。

さっき、10 人のお父さんに聞いてみましたが。／剛剛詢問了 10 位父親。

果物が一番になりました。果物の次は野菜です。そらから肉です。最後は魚ですね。

水果是第一名。水果的後面是蔬菜。然後是肉類。最後是魚類。

もんだい 1　第 16 題 答案跟解說

1-17

男の人と女の人が話しています。女の人は、チケットを何枚予約しますか。

M：来月、ニューヨークに出張することになったから、飛行機のチケットを予約してくれる？行きは 15 日で、帰りは 22 日ね。

F：はい、わかりました。お一人ですか。

M：いや、部長と、あと鈴木さんも一緒。

F：では、全部で 3 枚ですね。

M：うん、あ、ちょっと待って。ごめん、鈴木さんは行かないことになったんだ。

F：わかりました。では、すぐに予約しておきます。

M：じゃあ、頼んだよ。

女の人は、チケットを何枚予約しますか。

【譯】

有位男士正在和一位女士說話。請問這位女士要預訂幾張票呢？

M：下個月公司安排去紐約出差，妳可以幫忙訂機票嗎？去程是15日，回程是22日。
F：好的，我知道了。只有您一人嗎？
M：沒有，部長還有鈴木先生都要去。
F：那就是總共 3 張囉？
M：嗯，啊，等等。抱歉，鈴木先生不去了。
F：我知道了。那我馬上為您訂票。
M：那就麻煩妳了。

請問這位女士要預訂幾張票呢？

解題關鍵

答案：2

【關鍵句】部長（ぶちょう）と、あと鈴木（すずき）さんも一緒（いっしょ）。
ごめん、鈴木（すずき）さんは行（い）かないことになったんだ。

▶ 這一題問的是「何枚」（幾張），所以要仔細聽數量。通常和數量有關的題型都需要加減運算，所以要聽出每一個數字。

▶ 解題關鍵在男士這句：「部長と、あと鈴木さんも一緒」，以及女士的回話：「全部で３枚ですね」，表示總共需要３張票。不過男士突然改口說「ごめん、鈴木さんは行かないことになったんだ」，表示三個人當中有一個人不去。「ことになる」是表決定的句型，是由說話者以外的人或是組織做出的某種客觀安排。

▶「３-１=２」，女士要訂２張機票才正確。

▶ ～ことになる：（被）決定…；也就是說…。【動詞辭書形；動詞否定形】＋ことになる：1. 表示決定。指說話人以外的人、團體或組織等，客觀地做出了某些安排或決定。2. 用於婉轉宣布自己決定的事。3. 指針對事情，換一種不同的角度或說法，來探討事情的真意或本質。4. 以「～ことになっている」的形式，表示人們的行為會受法律、約定、紀律及生活慣例等約束。

單字と文法

□ チケット【ticket】票券

□ 予約（よやく） 預訂，預約

□ ニューヨーク【New York】紐約

□ 出張（しゅっちょう）する 出差

□ 部長（ぶちょう） 部長

□ ～ことになる 表示安排或決定

1-18 17ばん

答え：①②③④

1

2

3

4
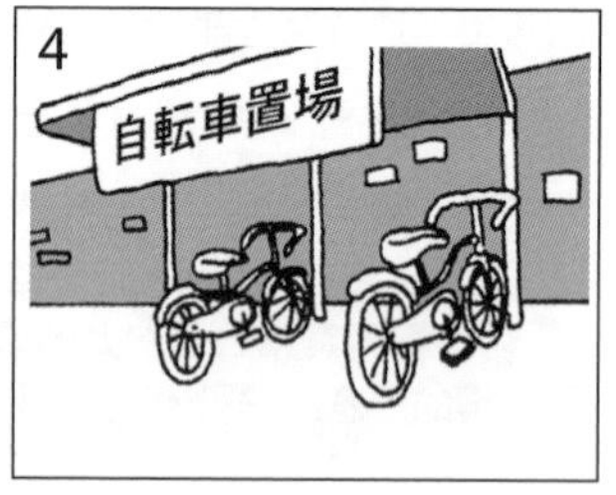

1-19 18ばん

答え：①②③④

1　友達(ともだち)の家(いえ)を訪(たず)ねる

2　花(はな)や果物(くだもの)を買(か)いに行(い)く

3　友達(ともだち)の家(いえ)に電話(でんわ)する

4　学校(がっこう)を休(やす)む

1-20 19ばん

答え：① ② ③ ④

1

2

3

4

1-21 20ばん

答え：① ② ③ ④

1　アイ　　2　イウ　　3　イエ　　4　ウエ

もんだい 1　第 17 題答案跟解說

1-18

女の学生と男の学生が話しています。女の学生は、自転車をどこに止めますか。

F：ごめん､遅れちゃって｡自転車置き場が見つからなくて｡ちょっと待ってね、そこに止めるから。

M：そこに？そこはお店の前だから、やめておいた方がいいよ。

F：そう？じゃあ､あそこの橋の下は？他にも止めている人、いるじゃない？

M：でも、本当はだめなんだよ。お巡りさんに見つかったら、しかられるよ。場所を教えてあげるから、自転車置き場に止めてきなよ。

F：そう？じゃあ、そうするわ。

女の学生は、自転車をどこに止めますか。

【譯】

有位女學生正在和一位男學生說話。請問女學生要把自行車停在哪裡呢？

F：抱歉，我遲到了。我找不到自行車停放處。你等我一下喔，我去停在那裡。
M：停那裡？那是店家前面耶，還是不要吧！
F：是喔？那那邊的橋下呢？也有其他人停那邊吧？
M：不過，那邊其實是不行的喔！被警察看到會被罵的。我告訴妳地方，妳去停在自行車停放處再過來吧！
F：是喔？好，那我就這麼辦。

請問女學生要把自行車停在哪裡呢？

解題關鍵

答案：4

【關鍵句】自転車置き場に止めてきなよ。

▶ 這一題用「どこ」問女學生停放自行車的位置。

▶ 一開始男學生表示「そこはお店の前だから、やめておいた方がいいよ」，用「ほうがいい」句型來給忠告，要女學生不要停在店門口。

▶ 後來女學生又問：「あそこの橋の下は？」，不過男學生表示「本当はだめなんだよ」，「だめ」意思是「不行」，意思是橋下也不能停放自行車。

▶ 最後男學生要對方「自転車置き場に止めてきなよ」，也就是說停在車站的自行車停放處。「止めてきな」是命令句「止めてきなさい」的省略形，只能用在關係親近的人身上。

▶ 然後女學生回答「じゃあ、そうするわ」，表示她接納這個提議。「じゃあ」的後面通常接說話者的決心、決定、意志。意思是她要把腳踏車放在自行車停放處。

▶ ～ほうがいい：最好…、還是…為好。【名詞の；形容詞辭書形；形容動詞詞幹な；動詞た形】＋ほうがいい：1.用在向對方提出建議、忠告時。有時候前接的動詞雖然是「た形」，但卻是指以後要做的事。2.也用在陳述自己的意見、喜好的時候。3.否定形為「～ないほうがいい」。

單字と文法

□ 置き場 停放處

□ 見つかる 找到

□ 止める 停放

□ しかる 責罵

□ ～ほうがいい 還是…為好

もんだい1　第18題 答案跟解說

1-19

男の留学生と女の学生が話しています。男の留学生は、このあと最初にどうしますか。

M：今日、友達が病気で学校を休んだんです。これからお見舞いに行こうと思うんですが、何を持っていけばいいですか。まだ日本の習慣がよく分からないので。

F：そうですね。ふつうは花や果物を持っていきますね。お友達は家で休んでいるんですか。

M：はい、そうです。今日はお母さんが会社を休んで一緒に家にいるそうです。さっき先生に聞きました。

F：それなら、行く前に一度電話をして、お母さんにようすを聞いてみた方がいいかもしれませんね。もしかしたら、具合が悪くて誰にも会いたくないかもしれませんし、日本では、人の家を訪ねる時は、先に電話で相手の都合を聞くのが習慣ですから。

M：分かりました。そうします。

男の留学生は、このあと最初にどうしますか。

【譯】

有位男留學生正在和一位女學生說話。請問男留學生接下來最先要做什麼呢？

M：今天我朋友生病所以沒來上課。我現在想去探病，帶什麼東西過去比較好呢？我對日本的禮俗還不是很清楚。

F：讓我想想。一般來說是帶花或水果去。你朋友是在家裡休息嗎？

M：是的，沒錯。今天他媽媽向公司請假和他一起待在家。我剛剛有問過老師了。

F：這樣的話，或許你去之前先打通電話，問他媽媽病況會比較好。搞不好他身體不舒服誰也不想見，而且在日本，拜訪別人家時，習慣先以電話詢問對方方不方便。

M：我明白了。就這麼辦。

請問男留學生接下來最先要做什麼呢？

1　去朋友家拜訪　　2　去買花或水果

3　打電話到朋友家　　4　向學校請假

解題關鍵

答案：3

【關鍵句】日本では、人の家を訪ねる時は、先に電話で相手の都合を聞くのが習慣ですから。

- 這一題的情境是要去朋友家探病。遇到「このあと最初にどうしますか」這種問題，就要知道所有行為動作的先後順序，並抓出第一件要做的事情，可別搞混了。
- 對話中女士首先提到「ふつうは花や果物を持っていきますね」，表示日本習慣探病要帶花或水果。
- 接著又提到「行く前に一度電話をして、お母さんにようすを聞いてみた方がいいかもしれませんね」、「日本では、人の家を訪ねる時は、先に電話で相手の都合を聞くのが習慣ですから」，意思是去探病前要先打電話詢問對方方不方便。「動詞辭書形＋前に」意思是「…之前」。
- 而男留學生也回答「分かりました。そうします」，表示他會這麼做。
- 現在整理事情的順序。整個探病的流程是「致電→買花或水果→到朋友家探病」才對。所以打電話是這題的正確答案。
- 另外，選項 4 是錯的，內容提到請假的部分是在開頭「今日、友達が病気で学校を休んだんです」，表示男留學生的朋友今天向學校請假，而不是他要向學校請假。

單字と文法

- □ **お見舞い** 探病
- □ **ふつう** 一般，通常
- □ **一度** 先…；暫且
- □ **具合** 〔身體〕狀況
- □ **訪ねる** 拜訪
- □ **都合** 方便，合適與否

說法百百種

▶ 動作順序常考說法

始めにこれをファックスしてください。それからファイルに保存しておいて。／首先傳一下這個。然後再收到檔案夾裡。

次に確認の電話を入れてください。／接下來再打通電話確認。

最後に、課長に報告してください。／最後再跟課長報告。

もんだい 1　第⑲題 答案跟解說

1-20

男の人が女の人に電話をしています。男の人は、何でさくら駅まで行きますか。

M：もしもし、遅くなってすみません。今、まだバスの中なんです。

F：どうしたんですか。

M：前の方で事故があったらしくて、道がすごく混んでいて、進まないんです。今、ひまわり銀行のある交差点の近くです。ここから歩いていけますか。

F：だいぶ遠いですよ。それじゃ、運転手さんにお願いして、そこで降ろしてもらってください。ひまわり銀行のとなりに地下鉄の駅がありますが、地下鉄ではここまで来られませんので、歩いて二つ先の信号のところまで行ってください。そこに電車の駅がありますから、そこから乗って、三つ目がさくら駅です。

M：わかりました。ありがとうございます。

男の人は、何でさくら駅まで行きますか。

【譯】

有位男士正在和一位女士講電話。請問這位男士要怎麼去櫻花車站呢？

M：喂？很抱歉我遲到了。我現在還在公車上。

F：發生什麼事了？

M：前面好像有交通事故，路上嚴重塞車，車子動彈不得。現在在有向日葵銀行的路口附近。從這裡能走到妳那邊嗎？

F：很遠喔！那你拜託司機，請他讓你在那邊下車。向日葵銀行隔壁有地下鐵車站，不過搭地下鐵沒辦法到這邊，請你用走的走到第二個紅綠燈。那邊有電車的車站，從那邊上車，第三站就是櫻花車站。

M：我知道了，謝謝妳。

請問這位男士要怎麼去櫻花車站呢？

解題關鍵

答案：4

【關鍵句】そこに電車の駅がありますから、そこから乗って、三つ目がさくら駅です。

- 這一題用「何で」來問手段、道具，在這邊是問交通工具。
- 男士一開始表示自己現在還在公車上（今、まだバスの中なんです）。接著表明路上塞車所以他想要用走的過去目的地（ここから歩いていけますか）。
- 不過女士說「だいぶ遠いですよ」，後面又用「それじゃ」轉折語氣，給予其他的建議，暗示步行是行不通的。
- 接著女士又說「ひまわり銀行のとなりに地下鉄の駅がありますが、地下鉄ではここまで来られません」，「ここ」指的就是女士所在處，也就是兩人約好的地點「さくら駅」。
- 因此可以知道搭地下鐵無法到「さくら駅」，所以選項 3 是錯的。
- 最後女士又說「そこに電車の駅がありますから、そこから乗って、三つ目がさくら駅です」，表示搭電車的話第 3 站就是「さくら駅」。對此男士表示「わかりました」，也就是說他接受了這個提議，所以答案是電車。
- 由於男士要下公車去搭地下鐵再轉電車，可見 1 是錯的。
- 整段對話中都沒提到計程車，所以 2 也是錯的。

單字と文法

- □ **事故** 事故
- □ **混む** 混雜，擁擠
- □ **進む** 前進
- □ **だいぶ** 很，非常
- □ **運転手** 司機
- □ **信号** 紅綠燈；交通號誌

もんだい 1　第 20 題 答案跟解說

1-21

台所で、男の人と女の人が話しています。男の人は、このあと何と何をしますか。

M：この肉、切るんでしょう？僕が切ろうか。

F：ええっと、そうね。でも、肉は私が切るからいいわ。それより、トマトを切ってほしいんだけど。もう洗ってあるから。

M：うん。

F：それが終わったら、そこのすいかも切ってくれる？

M：分かった。

男の人は、このあと何と何をしますか。

【譯】

有位男士正在廚房和一位女士說話。請問這位男士接下來要做什麼和什麼呢？

M：這個肉要切對吧？我來切吧？
F：嗯…這個嘛…不過肉我來切就好了。你還是來切番茄吧。番茄已經洗好了。
M：嗯。
F：那個切完後，也能幫我切放在那邊的西瓜嗎？
M：好。

請問這位男士接下來要做什麼和什麼呢？

解題關鍵

答案：2

【關鍵句】トマトを切ってほしいんだけど。もう洗ってあるから。
それが終わったら、そこのすいかも切ってくれる？

▶ 這一題問的是「このあと何と何をしますか」，請注意男士要做兩件事情，可別漏聽了。

▶ 從女士的「肉は私が切るからいいわ」可以得知肉由女士來切，男士不用切肉，所以 1 是錯的。這邊的「いい」是否定、拒絕用法，意思是「不必了」。

▶ 接著女士說「トマトを切ってほしいんだけど。もう洗ってあるから」，「てほしい」表示希望對方能做某件事情，這裡是指希望對方能切番茄。

▶ 後面一句說明番茄已經洗好了。他動詞＋「てある」表示某人事前先做好某個準備。對此男士回答「うん」，這是語氣比「はい」稍微隨便一點的肯定用法，表示接受、同意。

▶ 因此可以知道男士只要切番茄，不用洗番茄。所以 3 、 4 都不對。

▶ 最後女士又說「そこのすいかも切ってくれる？」，問男士肯不肯幫忙切西瓜。句型「てくれる？」用於詢問對方幫忙的意願。而男士回答「分かった」，表示他同意。

▶ 所以男士要做的兩件事情就是切番茄和切西瓜。

單字と文法

□ トマト【tomato】番茄

□ すいか 西瓜

□ ～てほしい 希望〔對方〕

1-22 21ばん

答え：① ② ③ ④

1　電話がかかってきたことを、すぐに男の人に知らせる

2　相手の名前と電話番号を、すぐに男の人に知らせる

3　会議が終わったらにこちらから電話すると相手に伝える

4　3時過ぎにもう一度電話してほしいと相手に伝える

1-23 22ばん

答え：① ② ③ ④

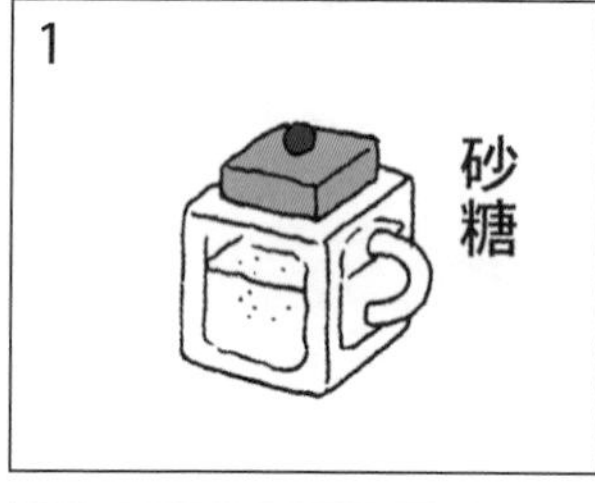

(1-24) 23 ばん

答え：①②③④

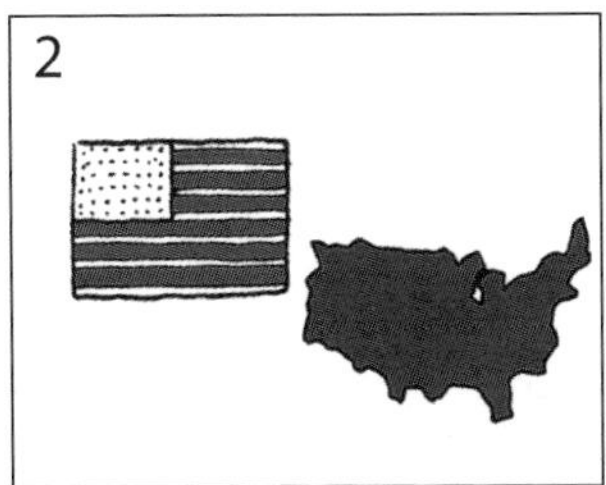

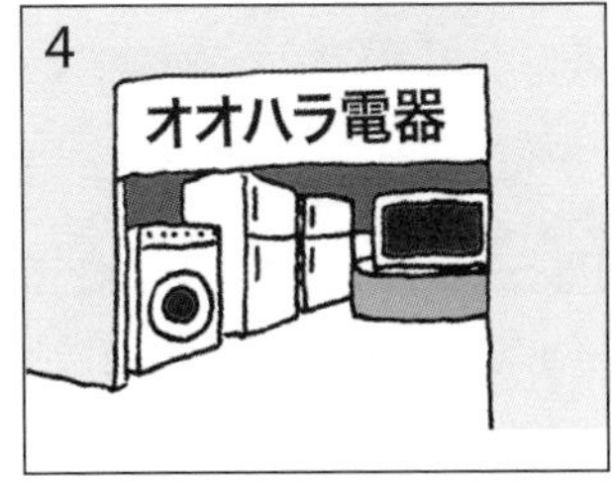

(1-25) 24 ばん

答え：①②③④

1　約束の場所に行く

2　メモをする

3　メモ帳を買いに行く

4　家に帰る

もんだい1　第㉑題 答案跟解說

1-22

会社で、男の人が話しています。会議中に電話がかかってきたら、どうしますか。

M：すみません。今から会議があるのですが、とても重要な会議ですので、途中で電話に出られません。それで、会議の途中に、もし私に電話がかかってきたら、相手の名前と電話番号を聞いておいてください。会議は3時ごろには終わると思いますので、終わったらすぐにこちらからお電話しますと相手に伝えておいてください。それじゃ、よろしくお願いします。

会議中に電話がかかってきたら、どうしますか。

【譯】

公司裡，有位男士正在說話。如果會議中有電話打來，請問該怎麼做呢？

M：不好意思，現在我要去開會，這是個很重要的會議，所以中途不能接聽電話。因此，如果開會開到一半有電話找我的話，就請你詢問對方的姓名和電話號碼。我想會議大概在 3 點前會結束，請你告訴對方會議結束後，我會立刻回撥電話。那就麻煩你了。

如果會議中有電話打來，請問該怎麼做呢？

1　馬上告訴這位男士有來電

2　馬上告訴這位男士對方的姓名和電話號碼

3　告訴對方會議結束後會回電

4　告訴對方希望他 3 點過後再重打一次電話

解題關鍵

答案：3

【關鍵句】会議は3時ごろには終わると思いますので、終わったらすぐにこちらからお電話しますと相手に伝えておいてください。

▶ 這一題問的是「会議中に電話がかかってきたら、どうしますか」，所以要特別注意下指示的句型「てください」。另外也要留意題目問的是會議中的來電。

▶ 解題關鍵在「会議の途中に、もし私に電話がかかってきたら、相手の名前と電話番号を聞いておいてください。会議は3時ごろには終わると思いますので、終わったらすぐにこちらからお電話しますと相手に伝えておいてください」這幾句。「ておく」表示為了某種目的，事先採取某種行為。從這句話可以得知接聽電話的人要做兩件事情，首先是代為詢問對方的姓名和電話號碼，接著是要轉告對方男士開完會（大概是3點過後）會回電給他。

▶ 注意要打電話的人是男士，因為他有說「こちらから」（由我），「こちら」是代表己方的客氣講法，所以4是錯的。

▶ 選項1、2都有「馬上」，不過男士並沒有提到這點，所以都不對。

▶ 符合敘述的只有3。

▶ ～ておく：著；先、暫且。【動詞て形】＋おく：1.表示考慮目前的情況，採取應變措施，將某種行為的結果保持下去。「…著」的意思；也表示為將來做準備，也就是為了以後的某一目的，事先採取某種行為。2.「ておく」口語縮略形式為「とく」，「でおく」的縮略形式是「どく」。例如：「言っておく（話先講在前頭）」縮略為「言っとく」。

單字と文法

- ☐ 重要 重要
- ☐ 途中 途中
- ☐ 伝える 傳達，告知
- ☐ ～ておく 先，暫且

もんだい 1　第 22 題 答案跟解說

1-23

台所で、男の人と女の人が話しています。男の人は、料理に何を入れますか。

M：これ、ちょっと、食べてみてくれる？味、薄くない？

F：どれ。うーん、何か足りないね。

M：何を入れたらいいと思う？砂糖を入れてみようか。

F：これでじゅうぶん甘いと思うよ。それより、お醤油をちょっと足したらどう？

M：お醤油、もうなくなっちゃったんだ。

F：じゃあ、塩でもいいわ。

M：そう？じゃ、ちょっと入れてみるよ。

男の人は、料理に何を入れますか。

【譯】

有位男士正在廚房和一位女士說話。請問這位男士要在菜餚裡放入什麼呢？

M：這個可以幫我試一下味道嗎？味道會不會很淡？
F：讓我試試。嗯…好像少了什麼耶！
M：妳覺得要放什麼比較好？要不要放放看砂糖？
F：我覺得這樣就很甜了。不如加點醬油，怎麼樣？
M：醬油已經沒有了。
F：那加鹽巴也可以。
M：是喔？那我就加一點看看吧。

請問這位男士要在菜餚裡放入什麼呢？

解題關鍵

答案：3

【關鍵句】じゃあ、塩（しお）でもいいわ。

▶ 這一題問的是「男の人は、料理に何を入れますか」，要選出正確的調味料。

▶ 男士提到「砂糖を入れてみようか」，「てみる」表示嘗試做某個動作，「動詞意向形＋ようか」在此是提議用法。意思是男士提議要放砂糖看看。

▶ 不過女士說「これでじゅうぶん甘いと思うよ」，暗示原本的味道就很甜了，再加上後面的「それより」（比起這個）表示否定前項，由此得知不放砂糖，1 是錯的。

▶ 接著女士用「たらどう？」的句型來提議放醬油「お醤油をちょっと足したらどう？」，不過男士回答「お醤油、もうなくなっちゃったんだ」，「ちゃう」是「てしまう」的口語說法，「なくなっちゃった」就是「完全沒有了」的意思。這時女士提出替代方案：「塩でもいいわ」，意思是說鹽巴也可以。

▶ 因為醬油沒了就用鹽巴，所以要放的只有鹽巴。

▶ ～てみる：試著（做）…。【動詞て形】＋みる：1.「みる」是由「見る」延伸而來的抽象用法，常用平假名書寫。表示嘗試著做前接的事項，是一種試探性的行為或動作，一般是肯定的說法。

單字と文法

□ 足（た）りる 足夠，夠

□ じゅうぶん 很，非常

□ 足（た）す 添加

□ なくなる 沒了

□ ～てみる 試著〔做〕…

もんだい１　第 23 題 答案跟解說　1-24

会社で、女の人と男の人が話しています。男の人は今日、このあとどこに行きますか。

F：山川さん、この荷物を郵便局に出してきてほしいんですけど。

M：はい。わかりました。アメリカに送るんですね。

F：ええ。それから、帰りに郵便局の前の文房具屋さんで、プリンターのインクを一つ買ってきてくれますか。

M：え、でも、あそこの文房具屋さん、先週から閉まっていますよ。

F：え、そうなの。

M：電車で、隣の駅前の電器屋さんに行って、買ってきましょうか。

F：でも、山川さん、３時から会議があるんでしょう？それじゃ、間に合わないわ。明日にしましょう。

男の人は今日、このあとどこに行きますか。

【譯】

有位女士正在公司裡和一位男士說話。請問這位男士今天，等一下要去哪裡呢？

F：山川先生，我想請你幫我把這件東西拿去郵局寄送。

M：是的，我知道了。是要寄到美國對吧？

F：嗯。還有，你回來時可以幫我在郵局前的文具店買一個印表機的墨水嗎？

M：欸？可是那間文具店上週就關門了喔！

F：咦？是喔？

M：我搭電車去隔壁車站前的電器行幫妳買回來吧？

F：不過，山川先生你 3 點有個會議吧？那會來不及的。明天再買吧！

請問這位男士今天，等一下要去哪裡呢？

攻略的要點 要注意時間點！

答案：1

【關鍵句】山川さん、この荷物を郵便局に出してきてほしいんですけど。

- 這一題問的是「男の人は今日、このあとどこに行きますか」，所以要特別留意男士「今天」的行程。
- 女士首先說「この荷物を郵便局に出してきてほしいんですけど」，用「てほしい」表示想要請對方做某件事，而男士說「はい。わかりました」，表示他願意幫這個忙，也就是說他接下來要去郵局一趟。
- 女士又說：「帰りに郵便局の前の文房具屋さんで、プリンターのインクを一つ買ってきてくれますか」，用「てくれるか」詢問對方能否在回程時幫忙去文具店買印表機墨水，但男士回答「あそこの文房具屋さん、先週から閉まっていますよ」，言下之意是文具店不能去了，選項 3 錯誤。
- 接著男士說「隣の駅前の電器屋さんに行って、買ってきましょうか」，表示自己可以去隔壁車站前的電器行幫忙買，不過女士回答「明日にしましょう」，意思是請他明天再去。所以男士今天要去的地方只有郵局而已。

單字と文法

- □ **文房具屋**（ぶんぼうぐや） 文具店
- □ **プリンター【printer】** 印表機
- □ **インク【ink】** 墨水
- □ **閉まる**（しまる） 關門，倒閉
- □ **電器屋**（でんきや） 電器行
- □ **間に合う**（まにあう） 來得及，趕上

もんだい 1　第 24 題 答案跟解說

1-25

会社で、女の人と男の人が話しています。女の人は、このあとすぐ何をしますか。

F：私、大事なことをいつもすぐに忘れて、失敗しちゃうんです。どうすればいいでしょうか。

M：たとえば？

F：約束の時間や場所を忘れたり、初めて会った人の名前を忘れたり、他にもいろいろあるんです。

M：ふうん。僕は大事なことはいつもすぐにメモするようにしているけど。君はメモ帳は持っているの？

F：いえ、持っていません。あとで家に帰るときに買いに行きます。

M：君はそうやって何でもあとでやろうとするからすぐに忘れちゃうんだよ。

F：そうですね。分かりました。今すぐ行きます。

女の人は、このあとすぐ何をしますか。

【譯】

有位女士正在公司和一位男士說話。請問這位女士接下來立刻要做什麼呢？

F：我老是馬上就忘記重要的事情，常常失敗。請問我該怎麼辦呢？
M：比如說？
F：忘記約定的時間或地點，忘記初次見面的人的姓名，還有其他各種事情。
M：嗯…我會把重要的事情立刻記下來。妳有便條本嗎？
F：我沒有。等等回家時就去買。
M：妳就是這樣，什麼事情都等一下再做，所以才會馬上忘記啦！
F：說的也是。我知道了，我現在就去。

請問這位女士接下來立刻要做什麼呢？

1　去約定的地點
2　寫備忘錄
3　去買便條本
4　回家

答案：3

【關鍵句】今すぐ行きます。

- 這一題問「女の人は、このあとすぐ何をしますか」，關鍵就在「すぐ」（馬上），所以要注意事情的先後順序。
- 解題重點在女士的最後一句：「今すぐ行きます」，表示女士現在就要去做某件事情，要知道這件事情是指什麼，就要弄清楚後半段兩人談論的重點。
- 從「君はメモ帳は持っているの？」、「いえ、持っていません。あとで家に帰るときに買いに行きます」這兩句對話可以得知女士打算回家時再去買便條本。
- 不過男士表示：「君はそうやって何でもあとでやろうとするからすぐに忘れちゃうんだよ」，言下之意是要女士趕快去買，所以女士才會說「今すぐ行きます」。
- 答案就是去買便條本。

單字と文法

- □ **すぐ** 馬上
- □ **失敗** 失敗
- □ **約束** 約定
- □ **場所** 地點，場所
- □ **メモする** 記下來，寫下來
- □ **メモ帳** 便條本，備忘錄

1-26 25ばん

答え：①②③④

1
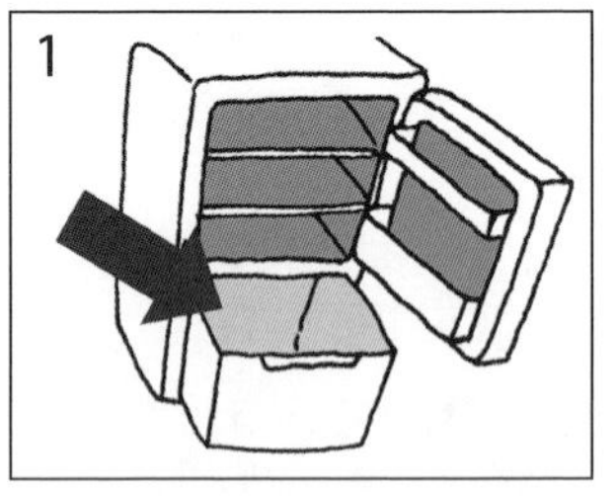

2
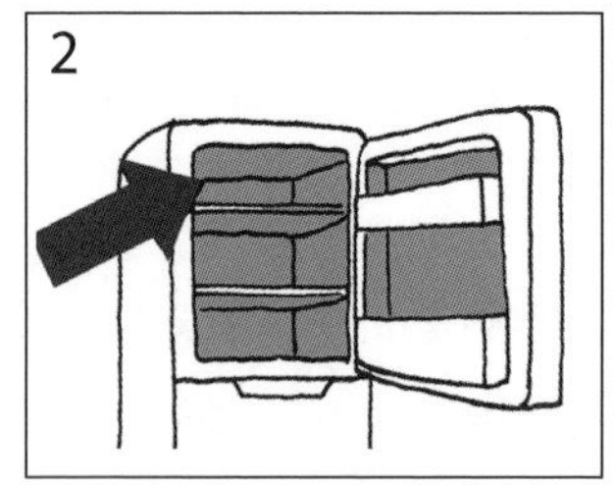

3
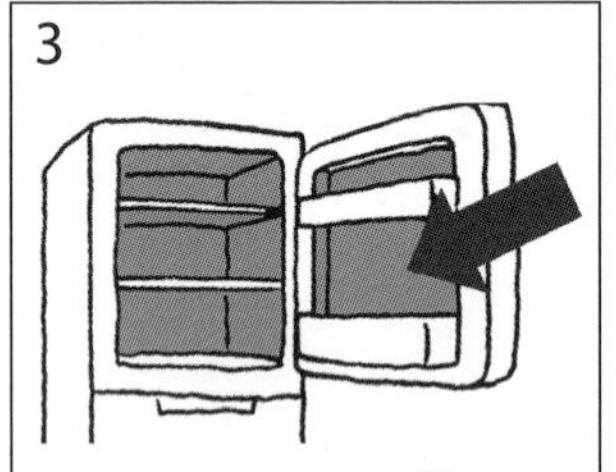

4
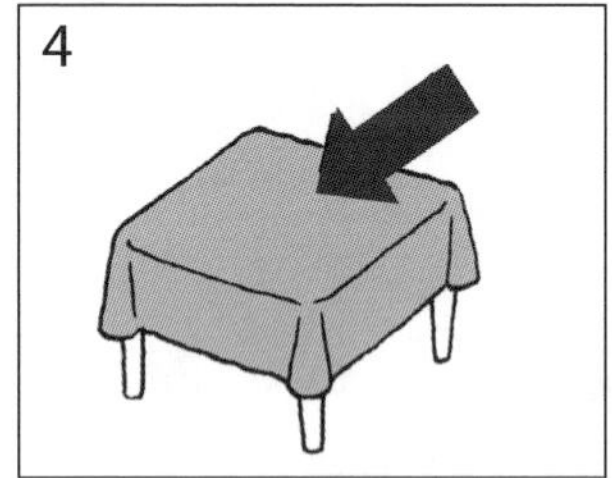

1-27 26ばん

答え：①②③④

1
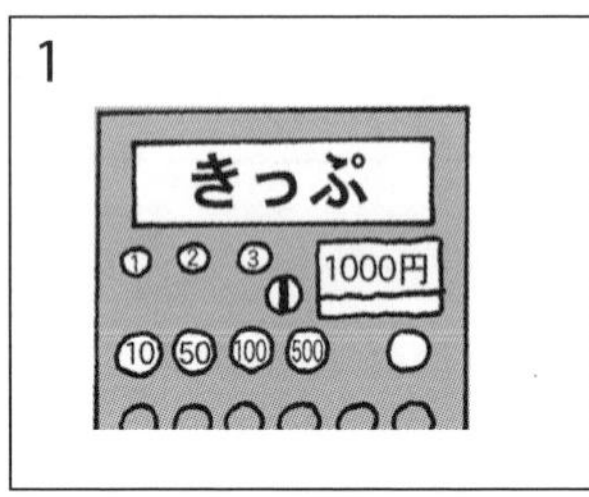

2
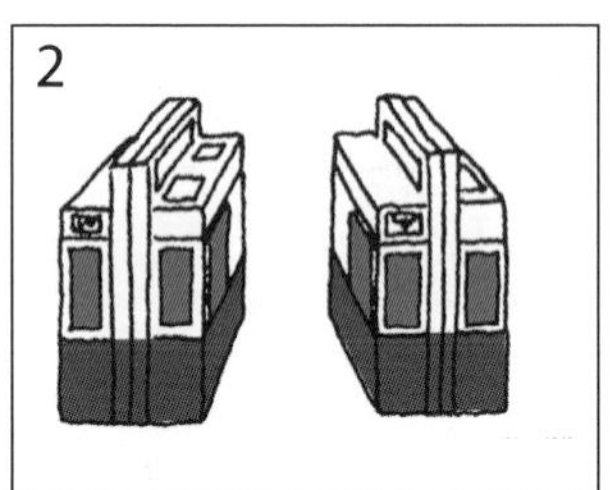

3

4
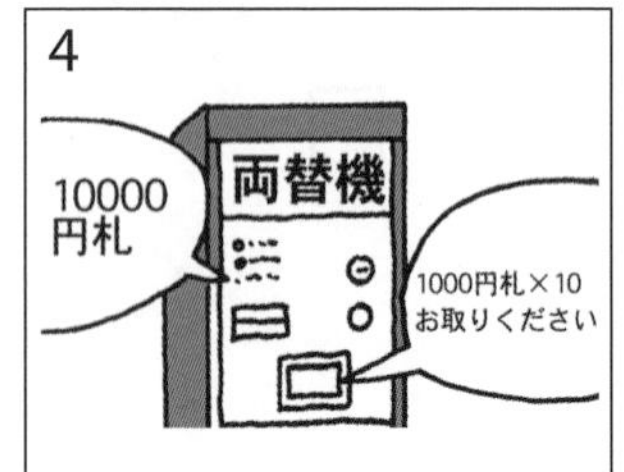

1-28 27 ばん

答え：①②③④

1 課長と相談して、10時までに石田さんに電話をする

2 課長と相談して、10時から出かける

3 課長と相談して、3時までお客さんと一緒に会議をする

4 課長と相談して、お昼までに石田さんに電話をする

1-29 28 ばん

答え：①②③④

1

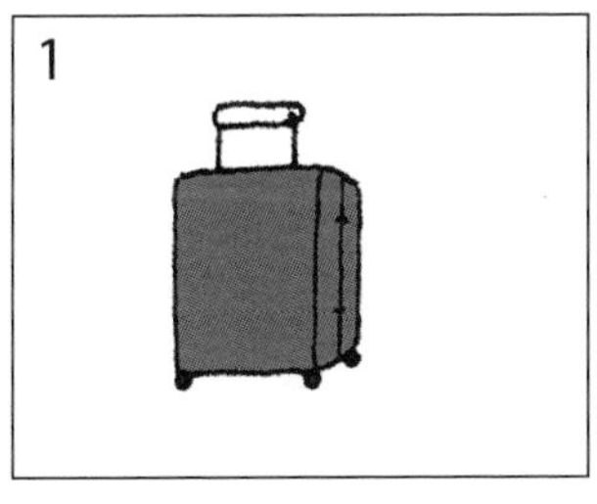

2

3

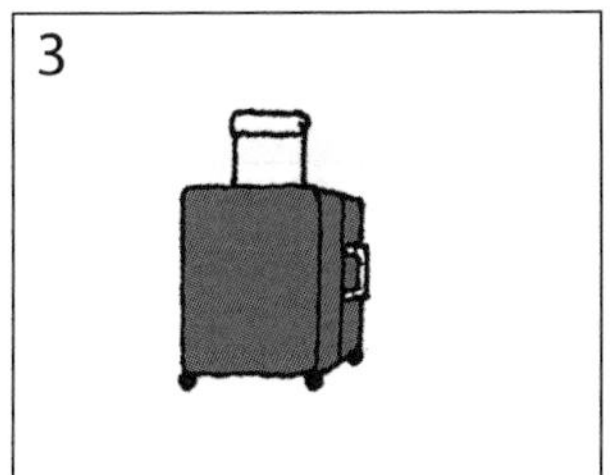

4

もんだい 1　第 25 題 答案跟解說

1-26

家で、女の人と男の人が話しています。男の人は、魚をどこに置きますか。

F：スーパーで買ってきたもの、冷蔵庫に入れてくれる？

M：いいよ。どこに入れる？

F：えっとね、野菜は全部下の引き出しに入れて。肉は一番上の棚ね。それから、牛乳はドアのところ。

M：分かった。魚もあるけど、肉と同じところに入れるよ。

F：うん。あ、ちょっと待って。魚はあとで使うから。テーブルの上に置いておけばいいわ。

男の人は、魚をどこに置きますか。

【譯】

有位女士正在家裡和一位男士說話。請問這位男士要把魚放在哪裡呢？

F：可以幫我把在超市買的東西放進冰箱嗎？
M：好啊，放哪裡？
F：嗯…蔬菜全都放在下層抽屜。肉放最上層的架子上。還有牛奶要放在門架上。
M：好。也有魚耶，和肉放在同一個地方喔。
F：嗯。啊，等一下，魚我等等要用，所以放在餐桌上面就好了。

請問這位男士要把魚放在哪裡呢？

解題關鍵 答案：4

【關鍵句】魚はあとで使うから。テーブルの上に置いておけばいいわ。

- 這一題用「どこ」來詢問地點、場所、位置。要特別注意的是，這一題問的是魚要放哪裡，可別混淆了。
- 解題關鍵在對話最後的部分。男士問「魚もあるけど、肉と同じところに入れるよ」，表示他要把魚和肉放在一起，也就是要放在最上面的架子上。
- 但是女士說：「魚はあとで使うから、テーブルの上に置いておけばいいわ」，也就是要他把魚放在桌上就好。「ておく」表示為了某種目的，事先採取某種行為。

單字と文法

□ **スーパー【supermarket 的略稱】** 超市

□ **引き出し** 抽屜

□ **～ておく** 暫且…，先…

第 26 題 答案跟解說

駅(えき)で、男(おとこ)の人(ひと)と女(おんな)の人(ひと)が話(はな)しています。男(おとこ)の人(ひと)は、このあとどこに行(い)きますか。

M：すみません。切符(きっぷ)を買(か)いたいんですが、機械(きかい)にお金(かね)を入(い)れてもまた出(で)てきてしまいます。

F：この機械(きかい)では、一万円札(いちまんえんさつ)は使(つか)えませんよ。千円札(せんえんさつ)は持(も)っていませんか。

M：いいえ、これしかないです。

F：それでは、あちらにいる駅(えき)の人(ひと)に言(い)って、一万円札(いちまんえんさつ)を千円札(せんえんさつ) 10 枚(まい)に替(か)えてもらってください。

M：ありがとうございました。

男(おとこ)の人(ひと)は、このあとどこに行(い)きますか。

【譯】

有位男士正在車站和一位女士說話。請問這位男士接下來要去哪裡呢？

M：不好意思，我想要買票，但是我把錢放進機器後它又退出來了。
F：這台機器不能使用一萬圓紙鈔喔！你沒有千圓紙鈔嗎？
M：沒有，我只有這張。
F：這樣的話，就去和那邊那位站務員說一聲，請他幫你把一萬圓紙鈔換成10張千圓紙鈔。
M：謝謝。

請問這位男士接下來要去哪裡呢？

解題關鍵

答案：3

【關鍵句】それでは、あちらにいる駅(えき)の人(ひと)に言(い)って、一万円札(いちまんえんさつ)を千円札(せんえんさつ) 10 枚(まい)に替(か)えてもらってください。

▶ 這一題的情境是男士不會使用機器所以詢問女士。題目問的是「男の人は、このあとどこに行きますか」，所以要聽清楚場所、地點，以及事情的先後順序。

▶ 答案就在「あちらにいる駅の人に言って、一万円札を千円札 10 枚に替えてもらってください」這一句，女士請男士去向站務員換錢。所以男士接下來應該要去窗口找站務員才對。「てもらう」意思是「請…做…」，表示要某人做某件事情。

▶ 搭電車上班、上學可以利用月票，這樣比較便宜。月票分 1、3、6 個月。

單字と文法

- □ 機械(きかい) 機器
- □ 札(さつ) 紙鈔
- □ 替(か)える 兌換

もんだい 1　第 27 題 答案跟解說

1-28

電話で男の人が話しています。高橋さんは、このあとどうしますか。

M：あ、もしもし、高橋さんですか。おはようございます。営業課の石田です。今日の午後２時から会議室で会議をする予定でしたが、急に大事なお客さんが来ることになって、会議室が３時まで使えなくなったそうです。それで、時間を４時からにしたいのですが、よろしいでしょうか。大変申し訳ありません。課長と相談して、10 時までにご返事いただけますか。私は 10 時からお昼までは出かけてしまいますので、それまでに電話をください。よろしくお願いします。

高橋さんは、このあとどうしますか。

【譯】

有位男士正在講電話。請問高橋先生接下來要做什麼呢？

M：啊，喂？請問是高橋先生嗎？早安。我是業務課的石田。今天下午２點本來預定要在會議室開會的，不過突然有重要的貴賓來訪，會議室可能會改用到３點。所以，我想把時間延到４點開始，請問方便嗎？真的是萬分抱歉。可以請您和課長商量一下，在10點前回覆我嗎？我從10點到中午人都不在，所以在那之前請您打電話給我。麻煩了。

請問高橋先生接下來要做什麼呢？

1　和課長商量，在10點前打電話給石田先生

2　和課長商量，在10點外出

3　和課長商量，和貴賓一起開會開到３點

4　和課長商量，在中午之前打電話給石田先生

解題關鍵

答案：1

【關鍵句】課長と相談して、10時までにご返事いただけますか。

▶ 這一題打電話的是石田先生，接電話的是高橋先生。問的是「このあとどうしますか」，可以留意「てください」或是授受動詞這些表示命令、請求的句型。

▶ 解題關鍵在「課長と相談して、10時までにご返事いただけますか。私は10時からお昼までは出かけてしまいますので、それまでに電話をください」這兩句。石田先生在這邊使用「いただけますか」（能否給我…）、「ください」（請給我…）這兩個請求句型，表示希望高橋先生能和課長商量過，並在10點前用電話告訴他結果。「それまでに」的「それ」就是指前一句的「10時」。

單字と文法

- □ **営業課** 業務課
- □ **予定** 預定
- □ **急に** 突然
- □ **よろしい** 方便，可以
- □ **相談** 商量
- □ **返事** 回覆

說法百百種

▶ 注意句中的順序句型

次に肉を入れます。最後に醤油を入れてください。／接下來放肉進去，最後加入醬油。

晩ご飯は6時半からです。その前にお風呂に入ってください。／晚飯從6點半開始。在那之前請先洗澡。

歯を磨いたあと、顔を洗います。／刷牙以後洗臉。

もんだい1　第28題 答案跟解說

1-29

デパートで、男の人と女の人が話しています。女の人は、どんなスーツケースを買いますか。

M：このスーツケースはどう？ 軽いよ。

F：でも、持ちにくそうじゃない？

M：うーん、持つところが一つしかないのは、ちょっと不便かな。

F：それに下の車が小さくて、壊れやすそうよ。

M：そう？じゃあ、これはどう？持つところは二つあるし、車も大きいよ。

F：うん、持ちやすそうだし、大きさもちょうどいいから、これにしましょう。

女の人はどんなスーツケースを買いますか。

【譯】

有位男士正在百貨公司裡和一位女士說話。請問這位女士要買哪種行李箱呢？

M：這個行李箱怎麼樣？很輕喔！
F：但這看起來不好拿吧？
M：嗯…提把只有一個，好像不太方便吧？
F：而且下面的輪子很小，感覺很容易壞呢！
M：是喔？那這個呢？提把有兩個，輪子也挺大的。
F：嗯，看起來很好拿，大小也剛剛好，就選這個吧！

請問這位女士要買哪種行李箱呢？

解題關鍵

答案：4

【關鍵句】持つところは二つあるし、車も大きいよ。

▶ 這一題用「どんな」詢問東西的種類、款式、功能、樣貌，要注意對話當中對行李箱的描述。

▶ 關鍵就在倒數兩句：「じゃあ、これはどう？持つところは二つあるし、車も大きいよ」、「うん、持ちやすそうだし、大きさもちょうどいいから、これにしましょう」。

▶ 男士用「どう？」建議女士選擇有兩個提把、輪子較大的行李箱。

▶ 女士先以「うん」來回應，這是語氣比「はい」稍微隨便一點的肯定用法，表示接受、同意。接著又表示「これにしましょう」，也就是說她決定要買這個。「Aにする」用在購物場景就表示要購買Ａ。所以答案是有兩個提把且有大輪子的行李箱。

單字と文法

□ **スーツケース【suitcase】** 行李箱，旅行箱

□ **不便** 不方便

□ **車** 輪子；車子

□ **壊れる** 壞掉

□ **大きさ** 大小

1-30 29ばん

答え：① ② ③ ④

1-31 30ばん

答え：① ② ③ ④

1　8番(ばん)のバスに乗(の)って、10番(ばん)に乗(の)り換(か)える

2　9番(ばん)のバスに乗(の)って、10番(ばん)に乗(の)り換(か)える

3　10番(ばん)のバスに乗(の)って、9番(ばん)に乗(の)り換(か)える

4　10番(ばん)のバスに乗(の)って、青葉病院(あおばびょういん)まで行(い)く

1-32 31 ばん

答え：①②③④

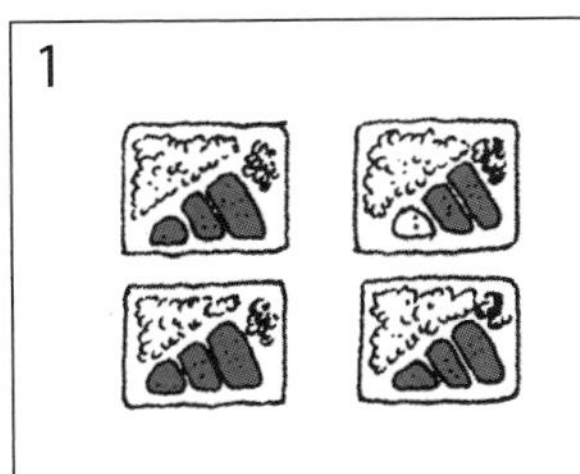

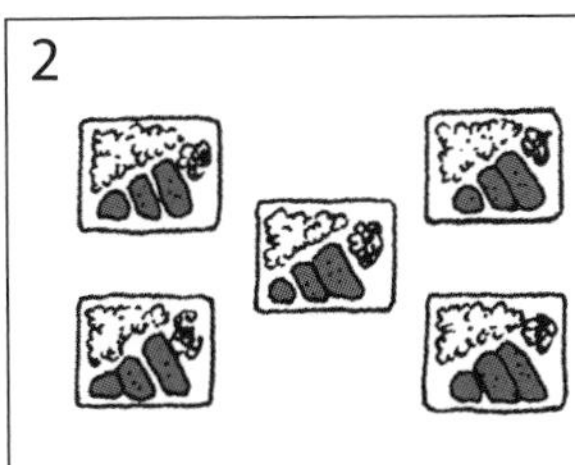

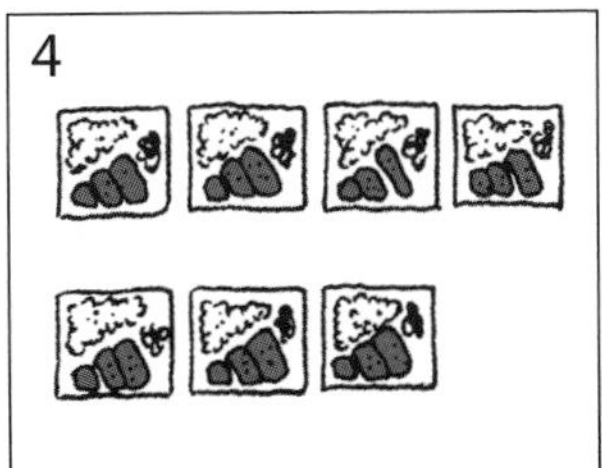

1-33 32 ばん

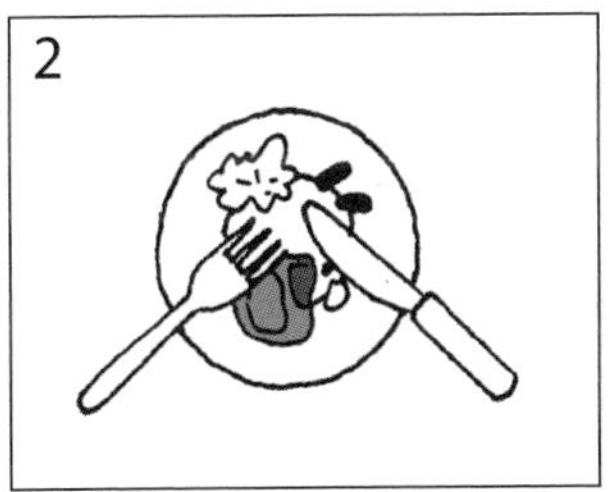

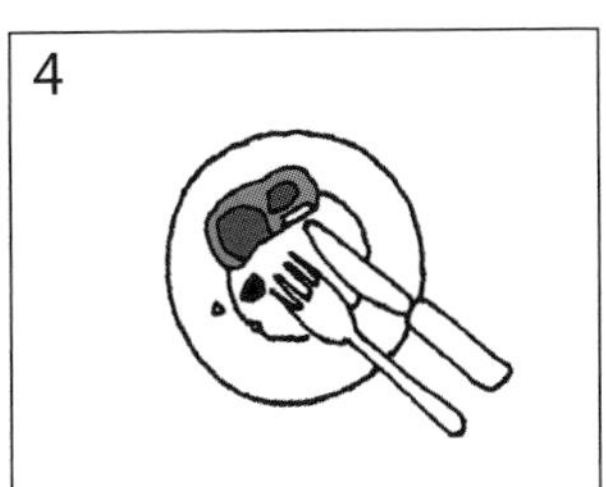

もんだい1　第29題答案跟解說

1-30

動物園で、男の人と女の人が話しています。女の人は、どこに立ちますか。

M：写真をとろうよ。あそこに立ってみて。

F：え、象の前？でも、今、象が後ろを向いているからおかしくない？

M：そう？じゃあ、あっちのライオンの前。

F：えー。私、ライオン怖いから、いやだなあ。

M：じゃあ、反対側のキリンの前はどう？

F：うん、キリンならいいわ。あ、でも、行っちゃった。

M：あ、象がこっち向いたよ。早くあっち行って。

F：ちょっと待ってね。

女の人は、どこに立ちますか。

【譯】

有位男士正在動物園裡和一位女士說話。請問這位女士要站在哪裡呢？

M：我們來拍照吧！妳去站在那邊看看。
F：咦？大象的前面嗎？可是現在大象面向後面，不會很怪嗎？
M：會嗎？那妳去站在獅子的前面。
F：欸～我怕獅子，才不要咧！
M：那站在對面長頸鹿的前面，如何？
F：嗯，長頸鹿倒是不錯。啊，不過牠走掉了。
M：啊，大象面向這邊了，趕快過去那邊！
F：你等一下喔！

請問這位女士要站在哪裡呢？

答案：1

【關鍵句】象がこっち向いたよ。早くあっち行って。

- 這一題用「どこ」來問位置、地點。
- 一開始男士說「あそこに立ってみて」，從女士的回話「え、象の前？」可以得知男士要女士站在大象的前面。
- 可是女士接著說「でも、今、象が後ろを向いているからおかしくない？」，用逆接的「でも」來否定這個提議。
- 男士又接著說「じゃあ、あっちのライオンの前」，要女士去站在獅子前面。但是女士又說「いやだなあ」，表示厭惡，意思是說她不要。
- 男士繼續提議「反対側のキリンの前はどう？」，要女士站在長頸鹿前面，女士一開始同意：「うん、キリンならいいわ」。不過接著又說「あ、でも、行っちゃった」，表示她沒機會了。
- 這時男士又說「あ、象がこっち向いたよ。早くあっち行って」，表示大象面向這邊了，可以去站在大象的前面了。女士說「ちょっと待ってね」表示她要過去。
- 所以正確答案是站在大象前面拍照。

單字と文法

- □ 動物園 動物園
- □ 象 大象
- □ 向く 面向
- □ おかしい 奇怪的
- □ ライオン【lion】獅子
- □ キリン 長頸鹿

もんだい１ 第30題 答案跟解說

1-31

バス停で男の人と女の人が話しています。女の人は、どうやって行きますか。

M：あれ、山口さんこんにちは。どうしたんですか。そんなに急いで。

F：８番のバスに乗ろうと思って。

M：８番バスなら、もう行っちゃいましたよ。

F：え、本当ですか。８番は数が少ないから次まで30分待たなくちゃいけないわ。

M：どこまで行くんですか。

F：青葉病院に友達が入院しているので、お見舞いに行くんです。

M：それなら、五つ先のバス停まで10番で行って、９番に乗り換えても行けますよ。10番はもうすぐ来る時間ですし。

F：え、そうなんですか。それなら、そうします。

女の人は、どうやって行きますか。

【譯】

有位男士正在公車站和一位女士說話。請問這位女士要如何去呢？

M：咦？山口小姐妳好。妳怎麼了？怎麼急急忙忙的？
F：我想搭８號公車。
M：８號公車的話已經開走了喔。
F：欸？真的嗎？８號車次少，下一班必須要等30分鐘。
M：妳要去哪裡呢？
F：我朋友住進青葉醫院，所以我要去探病。
M：這樣的話，搭10號坐五站，再轉搭９號也可以到喔！而且10號就快來了。
F：咦？這樣啊？那我就這樣做。

請問這位女士要如何去呢？

1　搭乘８號公車，轉搭10號

2　搭乘９號公車，轉搭10號

3　搭乘10號公車，轉搭９號

4　搭乘10號公車到青葉醫院

解題關鍵

答案：3

【關鍵句】それなら、五つ先のバス停まで10番で行って、9番に乗り換えても行けますよ。

- 這一題用「どうやって」來詢問做某件事情的方式，這一題是問女士要怎麼去青葉醫院。
- 女士一開始表示自己想搭8號公車「8番のバスに乗ろうと思って」，不過男士說「8番バスなら、もう行っちゃいましたよ」，表示8號公車已經走了。「ちゃう」是「てしまう」的口語縮約形，表示動作完了。
- 解題關鍵在男士的發言：「五つ先のバス停まで10番で行って、9番に乗り換えても行けますよ」。意思是要女士搭10號公車搭5站，然後轉搭9號公車到青葉醫院。「まで」表示移動的終點，也就是「到…」的意思。「10番で」的「で」是指手段、道具，表示做某件事時使用某種東西，如果前面是交通工具，可以翻譯成「搭…」。「行ける」是「行く」的可能形，表示「可以去…」。
- ～てしまう：…完。【動詞て形】＋しまう：1.常表示動作或狀態的完成，常接「すっかり（全部）、全部（全部）」等副詞、數量詞，如果是動作繼續的動詞， 就表示積極地實行並完成其動作。 2.表示出現了說話人不願意看到的結果，含有遺憾、惋惜、後悔等語氣，這時候一般接的是無意志的動。 3.若是口語縮約形的話，「てしまう」是「ちゃう」，「でしまう」是「じゃう」。

單字と文法

- □ **バス停** 公車站
- □ **急ぐ** 急急忙忙
- □ **数** 數量
- □ **入院** 住院
- □ **乗り換える** 轉車，轉乘
- □ **で**（方法、手段＋で）乘坐…
- □ **～ちゃう**〔「てしまう」的口語縮約形〕…完

もんだい１　第 31 題 答案跟解說

1-32

会社で、男の人と女の人が話しています。女の人は、弁当をいくつ買ってきますか。

M：残業ご苦労様。まだもう少しかかりそうだから、先に晩ご飯にしようと思うんだけど、コンビニでみんなの分のお弁当を買ってきてくれる？

F：はい、いくつ買いましょうか。

M：ええと、今日残ってくれているのは、君を入れて全部で６人だから、６個だね。

F：課長の分はいいんですか。

M：うん、僕は昼ご飯を食べたのが遅かったから、まだお腹が空いていないんだ。

F：そうですか。私もいつも夜は果物しか食べないから、結構です。

M：そう？それじゃ、残りの人の分を買ってきて。お金はあとであげるから。

女の人は、弁当をいくつ買ってきますか。

【譯】

有位男士正在公司裡和一位女士說話。請問這位女士要買幾個便當回來呢？

M：加班辛苦了。看來還要再一點時間，我想我們先來吃晚餐，妳可以幫我去超商買大家的便當嗎？

F：好的，請問要買幾個呢？

M：嗯…今天留下來的包含妳在內總共有６人，所以買６個。

F：課長不用買您的份嗎？

M：嗯，我中餐吃得晚，所以肚子還不餓。

F：這樣啊。我晚餐向來只吃水果，所以也不用了。

M：是喔？那就買其餘的人的便當回來。錢我等等給妳。

請問這位女士要買幾個便當回來呢？

解題關鍵

答案：2

【關鍵句】君を入れて全部で６人だから、６個だね。
私もいつも夜は果物しか食べないから、結構です。

▶ 這一題用「いくつ」來詢問數量。像這種和數量有關的題目，通常會需要加減運算，所以要仔細聽出每個數字的意義才能作答。

▶ 起初女士詢問：「いくつ買いましょうか」（請問要買幾個呢），男士回答：「君を入れて全部で６人だから、６個だね」，也就是說買６個便當。

▶ 接下來就是這題的陷阱了。女士聽到要買６個，說：「課長の分はいいんですか」，「いい」在這邊是「不用」的意思。「んですか」是一種確認、進一步詢問的用法。女士聽到這６個便當不包含對方的，所以進行確認。

▶ 男士回答：「うん」，這是語氣較輕鬆隨便的肯定用法，表示這６個便當真的不含男士的，所以可別再扣掉一個了。

▶ 接著女士又說「私もいつも夜は果物しか食べないから、結構です」。「結構です」（不用了）在這邊表示否定、拒絕，也就是說她不用吃便當。從男士那句「君を入れて全部で６人だから、６個だね」可以得知這６個便當有包括女士的，現在女士說她不用了，所以要扣掉一個。

▶ 最後男士說「それじゃ、残りの人の分を買ってきて」，「残り」意思是「剩下的」，也就是只扣掉女士的部分，「６－１＝５」，答案是５個。

單字と文法

□ **残業** 加班

□ **ご苦労様** 辛苦了〔上位者對下位者使用〕

□ **コンビニ【convenience store 的略稱】** 超商

□ **分** 份

□ **残る** 留下來，剩下

□ **お腹が空く** 肚子餓

說法百百種

▶ **間接提到多個數量詞**

でも二人が１台に乗って、あと７人だから、４人と３人にすればいいんじゃない？／但他們２人坐１台，就還剩７個人，再分成４人和３人一台不就好了嗎？

走るクラスは３千円で、泳ぐクラスは８千円になります。
／跑步課程是 3000 日圓，游泳課程是 8000 日圓。

彼と二人だけじゃなくて、中村さんと青木さんも一緒だったの。
／我不是只跟他兩個人而已，當時中村小姐和青木小姐也都在一起。

もんだい 1　第 32 題答案跟解說　1-33

レストランで、男の人と女の人が話しています。男の人は、食べている途中で水が飲みたくなりました。フォークとナイフをどうしますか。

M：僕、こういう高いレストランで食事をしたことがないんだよね。テーブルにフォークとナイフがいくつも置いてあるけど、どれから使うの？

F：外側にあるのから使うの。

M：持ち方は？

F：あなたなら、ナイフは右手で持って、フォークは左手ね。食べている途中で置きたい時は、お皿の上に八の字の形に広げて置くの。持ったまま水を飲んだりしちゃだめよ。食べ終わったら、お皿の上に並べて置くの。

M：へえ。いろいろと難しいんだね。

男の人は、食べている途中で水が飲みたくなりました。フォークとナイフをどうしますか。

【譯】

有位男士正在餐廳和一位女士說話。這位男士用餐到一半想喝水。請問叉子和刀子該如何擺放呢？

M：我從沒在這麼昂貴的餐廳吃過飯呢！餐桌上擺了好幾支叉子和刀子，要從哪支開始使用呢？

F：從最外側的開始使用。

M：拿法呢？

F：你的話是刀子用右手，叉子用左手拿。吃到一半想放下時，就擺在盤子上呈八字形。不可以拿著刀叉喝水唷！吃完的話，就併放在盤子上。

M：欸～規矩好多好難喔！

這位男士用餐到一半想喝水。請問叉子和刀子該如何擺放呢？

解題關鍵

答案：2

【關鍵句】食べている途中で置きたい時は、お皿の上に八の字の形に広げて置くの。

▶「どうしますか」是詢問做法的題型，這一題問的是刀叉的擺放方式。題目有設條件：「食べている途中で水が飲みたくなりました」，所以要特別注意題目問的是用餐途中，而不是餐前或餐後，要仔細聽。

▶ 內容當中提到用餐途中的部分是「食べている途中で置きたい時は、お皿の上に八の字の形に広げて置くの」，表示刀叉要擺放在盤子上，呈八字形，正確答案是２。

▶ 後面又提到「持ったまま水を飲んだりしちゃだめよ」，「しちゃ」是「しては」的口語縮約形，「てはだめ」這個句型表示禁止，也就是「不可以…」，所以選項３是錯的。

▶ 選項１是餐前的刀叉擺法，對應到「テーブルにフォークとナイフがいくつも置いてある」。選項２是餐後的擺法，對應「食べ終わったら、お皿の上に並べて置くの」。「たら」（要是）是假定用法，也就是假如前項這個情況實現，後項就會發生，或是採取後項的行為。

單字と文法

□ 食事（しょくじ） 用餐
□ 外側（そとがわ） 外側
□ 右手（みぎて） 右手
□ 左手（ひだりて） 左手
□ 広げる（ひろげる） 攤開擺放；展開
□ ～たら …了的話

1-34 33ばん

答え：①②③④

1　右(みぎ)の一番上(いちばんうえ)のボタン → 数字(すうじ)のボタン → OKのボタン

2　右(みぎ)の二番目(にばんめ)のボタン → 数字(すうじ)のボタン → OKのボタン

3　数字(すうじ)のボタン → 右(みぎ)の一番上(いちばんうえ)のボタン → OKのボタン

4　数字(すうじ)のボタン → 右(みぎ)の二番目(にばんめ)のボタン → OKのボタン

1-35 34ばん

答え：①②③④

1　アウ　　2　アエ　　3　イウ　　4　イエ

1-36 35ばん

答え：①②③④

1

2

3

4

1-37 36ばん

答え：①②③④

1　12時(じ)30分(ぷん)に食堂(しょくどう)の前(まえ)

2　1時(じ)50分(ぷん)にバスの前(まえ)

3　2時(じ)にバスの前(まえ)

4　2時(じ)10分(ぷん)に食堂(しょくどう)の前(まえ)

もんだい1　第33題 答案跟解說

1-34

銀行で、男の留学生と女の係りの人が話しています。このあと男の留学生がボタンを押す順序は、どれが正しいですか。

M：すみません。ＡＴＭの使い方を教えていただけますか。カードを入れて、暗証番号も入力したんですが、そのあとが、分からないんです。

F：はい、かしこまりました。えーと、お金をお入れになりますか、それとも、お出しになりますか。

M：あ、はい。お金を出したいです。

F：それでしたら、右の一番上のボタンを押してください。お入れになる場合は、二番目のボタンを押してください。それから、数字のボタンを押して、金額を入力してください。金額に間違いがないかどうか、お確かめになってから、右のＯＫのボタンを押してください。

M：はい、よくわかりました。ありがとうございます。

このあと男の留学生がボタンを押す順序は、どれが正しいですか。

【譯】

有位男留學生正在銀行和一位女行員說話。接下來這位男留學生按按鍵的順序，下列何者正確呢？

M：不好意思，請問您可以教我ＡＴＭ的使用方法嗎？我已經插入卡片，也輸入密碼了，但是之後我就不知道了。

F：好的，我明白了。嗯…請問您是要存款？還是要提款呢？

M：啊，是的，我想提款。

F：這樣的話，請按右邊最上方的按鍵。如果是想存錢的話，請按第二個按鍵。接著請按數字鍵輸入金額。確認金額正確與否之後，請按右邊的ＯＫ鍵。

M：好的，我明白了。謝謝。

接下來這個男留學生按按鍵的順序，下列何者正確呢？

1　右邊最上方的按鍵 → 數字鍵 → ＯＫ鍵

2　右邊第二個按鍵 → 數字鍵 → ＯＫ鍵

3　數字鍵 → 右邊最上方的按鍵 → ＯＫ鍵

4　數字鍵 → 右邊第二個按鍵 → ＯＫ鍵

解題關鍵

答案：1

【關鍵句】右の一番上のボタンを押してください。…。それから、数字のボタンを押して、金額を入力してください。…。右のＯＫのボタンを押してください。

- 遇到這種請教他人的題型，就要留意回答者的說話內容，特別是「てください」這種表示命令、指示的句型。此外，這一題考的是順序，所以也要弄清楚先後關係等等。
- 男留學生說「お金を出したいです」，所以知道他想領錢。
- 關於按鍵，女士首先提到「右の一番上のボタンを押してください」，所以最先要按的是右邊最上方的按鍵。四個選項當中只有 1 是正確的，不過為了保險起見我們再繼續看下去。
- 接著女士又說：「お入れになる場合は、二番目のボタンを押してください」，這是指存錢的情況才要先按第二個按鍵，可別被騙了。
- 「それから、数字のボタンを押して、金額を入力してください」的「それから」（接著）是指按完右邊最上方的按鍵後要做什麼，從這邊可以得知要按數字鍵輸入金額。
- 確認金額完畢，「右のＯＫのボタンを押してください」，也就是要按ＯＫ鍵。
- 所以整體的順序是「右の一番上のボタン→数字のボタン→ＯＫのボタン」。
- 常見 ATM 螢幕裡的日文「お預け入れ（存款）」、「お引き出し（取款）」、「お振込み（匯款）」、「通帳記入（列印存摺）」。

單字と文法

- □ **係り** 負責人員
- □ **順序** 順序
- □ **暗証番号** 密碼
- □ **入力** 輸入
- □ **金額** 金額
- □ **確かめる** 確認

もんだい１　第34題答案跟解說

1-35

女の人と男の人が話しています。女の人は、何を買ってきますか。

F：ちょっと、スーパーに卵を買いに行ってくるけど、何か欲しいもの、ある？

M：じゃ、たばこを買ってきてよ。

F：だめよ。昨日、たばこはもうやめたと言ったばかりでしょう？もう忘れたの？

M：あ、そうか。それじゃ、たばこはいいから、今月の雑誌を買ってきてよ。何でもいいから。

F：わかったわ。あ、ちょっと、冷蔵庫に牛乳がまだあるかどうか見てくれる？

M：いいよ、ちょっと待って。……うん。まだあるよ。

F：ありがとう。じゃ、牛乳はいいわね。それじゃ、いってきまーす。

女の人は、何を買ってきますか。

【譯】

有位女士正在和一位男士說話。請問這位女士要買什麼回來呢？

F：我要去趟超市買雞蛋，你有沒有要買什麼？
M：那幫我買菸吧！
F：不行！昨天你不是才說要戒菸嗎？你已經忘了嗎？
M：啊，對齁！這樣的話菸就不用了。幫我買這個月的雜誌，什麼都可以。
F：好。啊，等一下，你可以幫我看看冰箱裡面還有沒有牛奶嗎？
M：好啊，妳等等。……嗯，還有喔！
F：謝謝。那牛奶就不用了。那我出門囉～

請問這位女士要買什麼回來呢？

解題關鍵

答案：1

【關鍵句】スーパーに卵を買いに行ってくる。
今月の雑誌を買ってきてよ。何でもいいから。

▶ 這一題問的是女士要買什麼東西，從圖片和選項可以發現她要買兩樣東西，可別漏聽了。

▶ 女士一開始說：「ちょっと、スーパーに卵を買いに行ってくるけど」，表示她要去買蛋。男士說：「たばこを買ってきてよ」，意思是要女士買香菸回來。「きて」的て形是當輕微的請求用法。

▶ 不過女士接著說：「だめよ」，表示否定、拒絕，也就是她不要幫忙買菸。

▶ 後來男士又說：「それじゃ、たばこはいいから、今月の雑誌を買ってきてよ」，這裡的「いい」是「不用了」，而不是「好」的意思，所以 3 、 4 都是錯的。這回男士又改請女士買雜誌。而女士也以「わかったわ」表示答應、接受。

▶ 後面女士又請男士去看牛奶還有沒有，男士回說還有，女士就說「牛乳はいいわね」，這裡的「いい」也是「不用了」，表示她沒有要買牛奶。

▶ 所以女士要買回來的是雞蛋和雜誌這兩樣。

單字と文法

□ だめ 不行，不可以

□ やめる 戒掉

もんだい1 第35題答案跟解説

1-36

女の人が男の人に電話をしています。男の人は、晩ご飯をどうしますか。

F：もしもし、あ、あなた。私。今日は何時ぐらいに帰る？

M：今から帰るところだから、家に着いたら８時ぐらいかな。

F：８時ね。あのね、さっき高校のクラスメートから電話があって、ちょうど近くまで来ているから、一緒にレストランで晩ご飯を食べようと言われたんだけど、出かけてもいい？

M：ああ、いいよ。それなら、僕はコンビニで弁当を買って帰るよ。

F：ううん。あなたの分の晩ご飯ならもうできているわ。テーブルの上におかずが置いてあるから、電子レンジで温めて。それから、ご飯はあなたが家に着く時間に炊けるようにしておくから。

M：うん、分かった。

男の人は、晩ご飯をどうしますか。

【譯】

有位女士正在和一位男士講電話。請問這位男士晚餐要怎麼辦呢？

F：喂？啊，老公，是我。今天大概幾點回來？

M：我現在正準備要回家，到家時大概是８點吧？

F：８點喔？我跟你說喔，剛剛高中同學打來說她正好到這附近來，問我要不要一起在餐廳吃飯，我可以出去嗎？

M：嗯，可以啊。那我在超商買個便當再回去。

F：不用啦！你的晚餐已經煮好了喔！餐桌上有菜，你用微波爐加熱吧！還有，飯的話我會設定在你回家的時候煮好。

M：嗯，我知道了。

請問這位男士晚餐要怎麼辦呢？

解題關鍵

答案：3

【關鍵句】あなたの分の晩ご飯ならもうできているわ。テーブルの上におかずが置いてあるから、電子レンジで温めて。

▶ 這一題用「どうしますか」詢問做法、打算，這一題問的是男士要怎麼解決晚餐。

▶ 女士表示她的高中同學約她一起在餐廳吃晚餐，並用「てもいい？」的句型詢問男士能否讓她去「一緒にレストランで晩ご飯を食べようと言われたんだけど、出かけてもいい？」。

▶ 男士以「ああ、いいよ」表示允許。並接著表示「それなら、僕はコンビニで弁当を買って帰るよ」，意思是他打算買超商便當吃。

▶ 不過這時女士用「ううん」表示不贊同男士的做法。「ううん」是「いいえ」較為輕鬆隨便的說法，表示否定。和表示肯定的「うん」意思相反。接著又說「あなたの分の晩ご飯ならもうできているわ」，表示她已經煮好男士的晚餐了。

▶「テーブルの上におかずが置いてあるから、電子レンジで温めて。それから、ご飯はあなたが家に着く時間に炊けるようにしておくから」。也就是要男士自己用微波爐把餐桌上的菜熱來吃。飯的話會在他到家時煮好。「てある」表示某人事前先做好某個準備。「ておく」表示為了某種目的，事先採取某種行為。前者比較著重在已經準備好的情況，後者著重行為部分。

▶ 男士聽完後說「うん、分かった」，表示他要回家加熱菜餚、吃女士準備好的晚餐，所以沒有要買超商便當了。

單字と文法

- □ もしもし 喂？〔電話開頭用語〕
- □ おかず〔配〕菜
- □ 温める 加熱
- □ クラスメート【classmate】同學
- □ 電子レンジ 微波爐
- □ 炊ける 烹煮

說法百百種

▶ 設置迷惑的說法

食事の後一緒に行こう。いや、やっぱ、食事の前のほうが……。

／吃完飯後一起去吧。不、還是吃飯前去比較……。

「もう一度ここに来てください。」「いえ、ここで待ちます。」

／「你下次再來。」「不，我要在這裡等。」

先生のところへ行ってから帰るか。じゃ、僕は先に帰ろうかな。

／你要先到老師那裡再回去？那我先回家好了。

もんだい 1　第 36 題答案跟解說

1-37

バスのガイドが話しています。みんなは、何時にどこに集まらなければなりませんか。

M：えー、それでは、これから、皆さんご一緒に食堂でお昼ご飯を召し上がっていただきます。お昼ご飯の後は、皆さんご自由にお買い物をなさったり、散歩なさったりしてください。今 12 時半ちょうどです。出発は 2 時の予定ですが、10 分前には必ず、バスの前に集まってください。食堂の前ではありませんよ。よろしいですか。

みんなは、何時にどこに集まらなければなりませんか。

【譯】

巴士的導遊正在說話。請問大家必須要幾點、在哪裡集合呢？

M：嗯…那接下來就請各位一起在餐廳享用中餐。中餐過後就請各位自由地去購物或散步。現在剛好是12點半。我們預定 2 點出發，請務必在10分鐘前在巴士前面集合。不是在餐廳前面喔！大家都聽到了嗎？

請問大家必須要幾點、在哪裡集合呢？

1　12點30分在餐廳前面
2　1 點50分在巴士前面
3　2 點在巴士前面
4　2 點10分在餐廳前面

解題關鍵

答案：2

【關鍵句】出発(しゅっぱつ)は2時(じ)の予定(よてい)ですが、10分前(ぷんまえ)には必(かなら)ず、バスの前(まえ)に集(あつ)まってください。

▶ 這一題要注意題目是問「何時に」（幾點）、「どこに」（在哪裡），所以要同時掌握集合的時間和地點。此外，像這種導遊在對大家說話的題型，一定會出現指示句型（像是「てください」），告訴大家要怎麼做，通常題目的重點就在這裡。

▶ 內容提到集合時間和地點是在「出発は2時の予定ですが、10分前には必ず、バスの前に集まってください」這句。表示預計2點出發，但是導遊要大家要提前10分鐘到巴士前面集合，也就是1點50分要在巴士前集合。

▶「食堂」指的是大家接下來要吃飯的地方「これから、皆さんご一緒に食堂でお昼ご飯を召し上がっていただきます」。

▶「12時30分」是指現在時刻「今12時半ちょうどです」，和集合沒關係。此外，「皆」這個漢字唸成「みな」，如果是唸成「みんな」，一般是寫成平假名。

單字と文法

- □ ガイド【guide】導遊；領隊
- □ 集(あつ)まる 集合
- □ 召(め)し上(あ)がる 享用〔「食(た)べる」的尊敬語〕
- □ 自由(じゆう) 自由
- □ なさる「する」的尊敬語
- □ 必(かなら)ず 務必，一定

1-38 37 ばん

答え：①②③④

1-39 38 ばん

答え：

1-40 39 ばん

答え：①②③④

1 お店に電話する

2 台湾の両親に書類を書いてもらう

3 身分証明書とクレジットカードを持ってお店に行く

4 台湾から日本へ引っ越す

1-41 40 ばん

答え：①②③④

1 8

2 9

3 8か9

4 0

もんだい１　第 37 題 答案跟解說

1-38

女の人と男の子が話しています。男の子は、このあと最初にどうしますか。

F：お帰りなさい。傘を持っていかなかったから、濡れたでしょう？

M：ちょっとだけだから、タオルで拭けば大丈夫だよ。

F：そう？でも、頭も服も濡れているよ。早くシャワーを浴びてきなさい。風邪をひくから。

M：大丈夫。着替えるから。

F：でも、体が冷えているから、あたたかくした方がいいでしょう？出てきたらケーキを食べさせてあげるから。

M：分かったよ。

男の子は、このあと最初にどうしますか。

【譯】

有位女士正在和一個男孩說話。請問這個男孩接下來最先要做什麼呢？

F：你回來啦！沒帶傘所以淋濕了吧？
M：只有淋濕一點，用毛巾擦一擦就沒事了。
F：是喔？但你的頭和衣服都濕了。趕快去沖個澡，不然會感冒。
M：沒關係，我要去換衣服。
F：但是身體著涼了，還是讓它暖和一點比較好吧？等你出來我再讓你吃蛋糕。
M：好啦。

請問這個男孩接下來最先要做什麼呢？

解題關鍵

答案：3

【關鍵句】でも、体（からだ）が冷（ひ）えているから、あたたかくした方（ほう）がいいでしょう？…。分（わ）かったよ。

- 「このあと最初にどうしますか」（接下來最先要做什麼呢），聽到這種問題就知道對話中勢必會出現幾件事情來混淆考生，所以一定要掌握先後順序。
- 整段對話都在討論男孩淋雨後該怎麼做。當中男孩首先說「タオルで拭けば大丈夫だよ」，表示他用毛巾擦乾就好。「ば」是假定條件，如果前項成立後項也會跟著成立。
- 不過媽媽回答：「そう？でも、頭も服も濡れているよ。早くシャワーを浴びてきなさい」，意思是要他去沖澡。接著男孩又說「大丈夫。着替えるから」，表示他不沖澡，換個衣服就好。
- 媽媽又繼續說「でも、体が冷えているから、あたたかくした方がいいでしょう？」，用「方がいい」句型建議他去把身子弄暖一點，也就是接著之前說過的話要他去沖澡。
- 後面又說一句「出てきたらケーキを食べさせてあげるから」，意思是說沖澡出來後會讓他吃蛋糕。「させてあげる」表示讓某人做某件事情。「から」在這邊不是原因的用法，而是表示交換條件，暗示小孩只要聽媽媽的話就能吃蛋糕。
- 男孩以「分かったよ」接受媽媽的提議，也就是他要先去沖澡，出來後再吃蛋糕。
- （さ）せる：讓…、叫…。【[一段動詞・カ變動詞]使役形；サ變動詞詞幹】＋させる；【五段動詞使役形】＋せる：1.表示某人強迫他人做某事，由於具有強迫性，只適用於長輩對晚輩或同輩之間。2.表示某人用言行促使他人自然地做某種行為，常搭配「泣く（哭）、笑う（笑）、怒る（生氣）」等當事人難以控制的情緒動詞。3.以「～させておく」形式，表示允許或放任。

單字と文法

- □ 濡（ぬ）れる 淋濕，弄濕
- □ タオル【towel】毛巾
- □ 拭（ふ）く 擦拭
- □ 着替（きが）える 換衣服
- □ 冷（ひ）える 著涼
- □（さ）せる 讓…、叫…

もんだい1　第38題答案跟解說　1-39

電話で、男の人と女の人が話しています。女の人は、駅からどうやって旅館に行きますか。

M：はい、ひまわり旅館です。

F：もしもし、明日そちらに泊まる予定の青山と申します。

M：青山様ですね。どうなさいましたか。

F：明日はそちらまで電車で行く予定なのですが、旅館は駅からすぐですか。

M：ちょっと、ありますね。歩くと 20 分以上かかりますよ。バスは近くを通りませんし、タクシーも少ないですから、時間を教えていただければ、駅まで車でお迎えにまいりますが。

F：そうですか。それは助かります。じゃあ、6 時にお願いできますか。

M：承知いたしました。

女の人は、駅からどうやって旅館に行きますか。

【譯】

有位男士正在和一位女士講電話。請問這位女士要如何從車站去旅館呢？

M：您好，這裡是向日葵旅館。
F：喂？我是預定明天入宿的青山。
M：青山小姐是嗎？有什麼事呢？
F：明天我要搭電車去你們那邊，旅館就在車站附近嗎？
M：有一段距離喔！走路的話要花20分鐘以上喔！公車不會開到我們附近，也沒什麼計程車。如果能告訴我們時間，我們會派車到車站去接您。
F：這樣啊，那真是幫了我大忙。那就麻煩你們6點過來，可以嗎？
M：我了解了。

請問這位女士要如何從車站去旅館呢？

解題關鍵

答案：4

【關鍵句】時間を教えていただければ、駅まで車でお迎えにまいりますが。

▶ 這一題問的是「どうやって」，詢問做一件事情的方式。這一題是問女士要怎麼從車站去旅館，所以要把重點放在交通方式。

▶ 女士一開始說「明日はそちらまで電車で行く予定なのですが、旅館は駅からすぐですか」，表示她想搭電車去。

▶ 不過旅館的人回答：「歩くと 20 分以上かかりますよ」，表示從火車站出發還要走 20 分鐘以上的路程，很遠。接著又說「バスは近くを通りませんし、タクシーも少ないです」，表示公車到不了旅館，計程車也不多。以上都在暗示這些交通方式不適合。

▶ 最後補上一句：「時間を教えていただければ、駅まで車でお迎えにまいりますが」，表示要派人開車去車站迎接女士。「ていただければ」運用謙讓語「ていただく」（為我…）和假定用法「ば」（要是…）這兩個句型，意思是「如果能為我…」，是客氣的請求表現。「まいる」是「行く」和「来る」的謙讓語，在這邊是指「前往」。不過「前往」的不一定是說話者，也有可能是該旅館其他員工。日語當中謙讓語的使用不僅是個人，也可以用在自己隸屬的團體上。

▶ 對此女士說「そうですか。それは助かります。じゃあ、6時にお願いできますか」，表示她接受了對方的提議。

▶ 所以女士要搭ひまわり旅館的車去旅館。

單字と文法

□ 旅館 日式旅館

□ 泊まる 入宿，下榻

□ 迎える 迎接

□ まいる「行く」的謙讓語

□ 助かる 得到幫助，得救

□ 承知 了解，明白

もんだい1　第39題答案跟解說

1-40

男の人と女の人が話しています。女の人は、このあとまずどうしますか。

M：台湾から日本への引っ越しがやっと終わりましたね。

F：はい。次は携帯電話を申し込まなくてはいけません。申し込むには、何がいりますか。

M：身分証明書とクレジットカードを持って、お店に行けばいいですよ。

F：分かりました。

M：あっ、でも、謝さんはまだ二十歳になっていないから、お父さんかお母さんにも書類を書いてもらわなくてはいけませんよ。

F：ええっ。両親は台湾に住んでいるから、書いてもらうのは難しいです。

M：そうですか。それなら、まずお店に電話して聞いた方がいいですね。僕の携帯を貸してあげましょう。

F：はい、そうします。じゃ、ちょっとお借りします。

女の人は、このあとまずどうしますか。

【譯】

有位男士正在和女士說話。請問這位女士接下來首先要怎麼做呢？

M：從台灣到日本的搬家行程終於結束了呢！
F：是的。接著必須要申辦手機。申辦需要什麼呢？
M：帶著證件和信用卡到店裡去就行了唷！
F：我知道了。
M：啊，不過謝小姐妳還沒滿20歲，所以一定要請父親或母親填寫文件資料喔！
F：欸～我父母住在台灣，所以不方便請他們填寫。
M：這樣啊。那還是先打電話詢問店家比較好。我的手機借妳吧！
F：好，就這麼辦。那就向你借一下手機。

請問這位女士接下來首先要怎麼做呢？

1　打電話給店家
2　請台灣的雙親填寫文件資料
3　帶證件和信用卡去店家
4　從台灣搬家到日本

解題關鍵

答案：1

【關鍵句】それなら、まずお店に電話して聞いた方がいいですね。

▶「このあとまずどうしますか」詢問這個人接下來首先要做什麼。這種題型通常都和另一個人的發言較有關係，問題的主角可能就是聽了另一個人的指示、命令、建議等等才改變了行程，所以要多加留意。

▶ 這一題是兩人在討論申請手機的方法。男士首先表示，只要帶著身分證明和信用卡到店裡辦理就行了「身分証明書とクレジットカードを持って、お店に行けばいいですよ」。

▶ 接下來男士又補充：「謝さんはまだ 20 歳になっていないから、お父さんかお母さんにも書類を書いてもらわなくてはいけませんよ」，表示女士需要父母填寫資料才可以。「動詞否定形＋なくてはいけない」意思是「必須…」，表示受到某規範、義務、限制，不做某件事情不行。

▶ 但是女士表示這點有困難，所以男士最後才又用「方がいい」這個句型建議她先打去詢問店家（まずお店に電話して聞いた方がいいですね）。女士也回答「はい、そうします」，表示她接受這提議。

單字と文法

- □ **引っ越し** 搬家
- □ **やっと** 終於，總算
- □ **携帯電話** 手機
- □ **申し込む** 申辦，申請
- □ **身分証明書** 證件，身分證明
- □ **クレジットカード【credit card】** 信用卡
- □ **～なくてはいけない** 必須…，一定要…

說法百百種

▶ **各種理由**

実は、これもう買ってあるんです。／其實，這個我已經買了。

電車の音がうるさいから、引っ越そうと思って。／因為電車的聲音太吵了，所以想搬家。

でも、私は英語が話せないです。／但是，我不會說英語。

もんだい１　第40題答案跟解說

1-41

男の人が電話をかけています。男の人は、このあとどの番号を押しますか。

M：もしもし、山田大学ですか。日本語教育研究所をお願いします。

F：(録音が流れる)こちらは山田大学です。電話をおつなぎいたしますので、ご希望の番号を押してください。医学部は１、理学部は２、工学部は３、法学部は４、経済学部は５、文学部は６、図書館は７です。そのほかのところにご用の方は、８か９を押してください。もう一度お聞きになりたい方は、０を押してください。

M：うーん、前の方がよく分からなかったよ。もう一度聞きたいから……。

男の人は、このあとどの番号を押しますか。

【譯】

有位男士正在打電話。請問這位男士接下來要按那個號碼呢？

M：喂？請問是山田大學嗎？請幫我轉接日語教育研究所。

F：（語音播放）這裡是山田大學。電話即將為您轉接，請輸入您要輸入的號碼。醫學院是１，理學院是２，工學院是３，法學院是４，商學院是５，文學院是６，圖書館是７。如要轉接其他地方，請按８或９。想再聽一次的話，請按０。

M：嗯…前面的地方聽得不太清楚啊！想再聽一次……。

請問這位男士接下來要按那個號碼呢？

1　8

2　9

3　8或9

4　0

解題關鍵

答案：4

【關鍵句】うーん、前(まえ)の方(ほう)がよく分(わ)からなかったよ。もう一度(いちど)聞(き)きたいから…。

- 這一題問「このあとどの番号を押しますか」，「どの」表示要在眾多事物當中選出一個，所以要仔細聽每個號碼背後的意思，可別混淆了。
- 從「日本語教育研究所をお願いします」這句話可以得知男士要找的單位是日語教育研究所。接著語音內容說明了各單位的轉接方式。「医学部は1、理学部は2、工学部は3、法学部は4、経済学部は5、文学部は6、図書館は7です」，這一段都沒有男士要找的單位。
- 語音接著提到「そのほかのところにご用の方は、8か9を押してください」，表示要找其他單位的話請按8或9。不過聽到這邊可別以為是正確答案！
- 語音最後又提到「もう一度お聞きになりたい方は、0を押してください」，表示想再聽一次的人要按0。「お＋動詞ます形＋になる」是尊敬語的一種，為了表示敬意而抬高對方行為。
- 最後男士的發言才是真正的解題關鍵，他說：「もう一度聞きたいから」，表示他想再聽一次，也就是說，他接下來要按的其實是「0」。

單字と文法

- □ **教育**(きょういく) 教育
- □ **研究所**(けんきゅうじょ) 研究所，研究機構
- □ **録音**(ろくおん) 錄音
- □ **流れる**(なが) 播放
- □ **つなぐ** 連接，接上
- □ **希望**(きぼう) 想要，希望
- □ **学部**(がくぶ) 學院

Memo

問題二

ポイント理解

ポイント理解 問題 2

2-1

もんだい２では、まずしつもんを聞いてください。そのあと、もんだいようしを見てください。読む時間があります。それから話を聞いて、もんだいようしの１から４の中から、いちばんいいものを一つえらんでください。

2-2 1ばん

答え：①②③④

1　午前 10 時

2　午前 10 時 30 分

3　午後 1 時

4　午後 2 時

2-3 2ばん

答え：①②③④

1　バスが来なかったから

2　バスで来たから

3　タクシーで来たから

4　電車が来なかったから

2-4 3ばん

答え：①②③④

1 女の人がホテルを予約できなかったこと

2 来週、沖縄の天気が良くないこと

3 自分が沖縄に行けないこと

4 女の人が家族で旅行に行くこと

2-5 4ばん

答え：①②③④

1 していない

2 週に1回

3 月に1回

4 月に2回

第 2 部份請先聽提問。接著請閱讀作答紙，有閱讀的時間。在聆聽對話之後，於作答紙上，自 1 至 4 的選項中，選出一個最適當的答案。

もんだい 2　第 1 題答案跟解說

2-2

家で、女の人と男の子が話しています。男の子は、何時から野球の練習をしますか。

F：あら、もう 10 時半なのに、まだ家にいたの？今日は 10 時から野球の練習じゃなかったの？

M：うん。そうだったんだけど、今日はサッカーの試合があるから、朝は公園が使えないんだ。

F：じゃあ、今日はお休み？

M：ううん。午後からやるよ。2時から。

F：そう。じゃあ、お昼ごはんを食べてからね。

M：うん。でも先に山本君のうちに寄っていくから、1時には出かけるよ。

F：分かったわ。今日は少し早くお昼ご飯にしましょうね。

男の子は、何時から野球の練習をしますか。

【譯】

有位女士正在家裡和一個男孩說話。請問這個男孩從幾點開始要練習棒球呢？

F：唉呀，已經10點半了，你還在家啊？今天不是從10點要練習棒球嗎？
M：嗯，原本是這樣，不過今天有足球比賽，所以早上公園沒辦法使用。
F：那今天就停練嗎？
M：沒有喔，下午開始練習。從 2 點開始。
F：是喔。那就是吃過中餐後囉？
M：嗯。不過我要先去山本他家，1 點前就要出門了。
F：好。今天就提早一點吃午餐吧！

請問這個男孩從幾點開始要練習棒球呢？

1　上午10點

2　上午10點30分

3　下午 1 點

4　下午 2 點

答案：4

【關鍵句】午後からやるよ。２時から。

- 這一題用「何時」來問練習足球的時間是幾點。題目中勢必會出現許多時間混淆考生，一定要仔細聽出每個時間點代表什麼意思。
- 對話一開始女士點出現在的時間是 10 點半「もう 10 時半なのに」。後面又問「今日は 10 時から野球の練習じゃなかったの」，表示據她了解，今天 10 點有棒球練習。
- 不過聽到這邊可別以為答案就是 10 點。男孩以「うん。そうだったんだけど」來否定。「そうだったんだけど」用過去式「だった」再加上逆接的「けど」，表示之前是這樣沒錯，但現在不是了。
- 後面男孩又接著回答「午後からやるよ。２時から」，也就是說棒球練習改成下午２點。正確答案是 4。
- 選項 3「午後１時」是指男孩最晚要出門的時間「でも先に山本君のうちに寄っていくから、１時には出かけるよ」，他要在足球練習前先去山本家一趟，要提早出門，所以 1 點不是指棒球練習的時間，要小心。
- ～けれど（も）、けど：雖然、可是、但…。【[形容詞・形動容詞・動詞]普通形・丁寧形】＋けれど（も）、けど。逆接用法。表示前項和後項的意思或內容是相反的、對比的。是「が」的口語說法。「けど」語氣上比「けれど（も）」還要隨便。

單字と文法

□ **野球** 棒球

□ **サッカー【soccer】** 足球

□ **試合** 比賽

□ **寄る** 順道去…

□ **けど** 雖然…

說法百百種

▶ **問時間的說法**

いつがいいですか。／約什麼時候好呢？

いつにする？／你要約什麼時候？

日曜日の朝の予定が変わりました。／禮拜天早上的行程改了。

もんだい 2　第 2 題 答案跟解說　2-3

男の人と女の人が話しています。女の人は、どうして遅くなりましたか。

M：村田さん、こっち、こっち。間に合わないかと、心配しましたよ。

F：すみません。バスが全然来なくて。

M：それで、ずっと待っていたんですか？

F：いいえ。いつまで待っても来ないから、タクシーで駅まで行って、それから電車で来ました。

M：そうだったんですか。大変でしたね。

F：本当に。すみませんでした。

女の人は、どうして遅くなりましたか。

【譯】

有位男性正在和一位女性說話。請問這位女性為什麼遲到了呢？

M：村田小姐，這裡這裡。我好擔心妳會不會來不及呢！
F：抱歉，公車一直都不來。
M：那妳就一直等它嗎？
F：沒有。我一直等不到，就搭計程車去車站，然後搭電車過來。
M：這樣啊。真是辛苦。
F：是啊！真是不好意思。

請問這位女性為什麼遲到了呢？

1　因為公車沒來

2　因為搭公車過來

3　因為搭計程車過來

4　因為電車沒來

解題關鍵

答案：1

【關鍵句】すみません。バスが全然(ぜんぜん)来なくて。

- 這一題用「どうして」詢問原因、理由。要掌握女士遲到的真正原因。
- 男士首先說「間に合わないかと、心配しましたよ」，表示他擔心女士會趕不上。
- 接著女士說「すみません。バスが全然来なくて」先是替自己的晚到道歉，接著說公車一直都不來。這句的「来なくて」用て形表示原因，女士以此說明自己晚到的原因。所以這題的答案是 1 。相較於「から」和「ので」，て形解釋因果的語氣沒那麼強烈、直接。
- 另外，從「いつまで待っても来ないから、タクシーで駅まで行って、それから電車で来ました」這句可以得知，女士並沒有搭公車，而是坐計程車到車站，然後改搭電車。所以 2 、 4 都是錯的。
- 選項 3 錯誤。女士搭計程車是因為等不到公車，追根究柢公車沒來才是害她遲到的主因。

單字と文法

- □ 心配(しんぱい) 擔心
- □ 大変(たいへん) 辛苦；糟糕

もんだい 2　第 3 題 答案跟解說

2-4

会社で、男の人と女の人が話しています。男の人は、何が残念だと言っていますか。

M：来週から夏休みですね。今年はどうする予定ですか。

F：月曜から家族で沖縄に行こうと思っているんですけど、さっき天気予報を見たら、台風が来ると言っていたので、ちょっと心配なんです。

M：そうなんですか。いつ頃来そうなんですか。

F：火曜日頃から雨が降るらしいんです。

M：それは嫌ですね。それなら、台風が過ぎた後の週末に出発したらどうですか。

F：でも、もうホテルを予約しちゃったんですよ。今からでは、変えられませんし。

M：楽しみにしていたのに、残念ですね。

男の人は、何が残念だと言っていますか。

【譯】

有位男士正在公司和一位女士說話。請問這位男士表示什麼很可惜呢？

M：下週開始就是暑假了呢！今年妳打算做什麼呢？

F：下週一開始我想說要全家人一起去沖繩，但剛剛看了氣象預報，說是有颱風要來，有點擔心。

M：這樣啊。什麼時候會來呢？

F：聽說大概從星期二開始會下雨。

M：那還真討厭呢！那妳要不要等颱風過後的那個週末再出發呢？

F：可是我已經向飯店訂房了。現在才來改也不行了。

M：枉費妳那麼期待，真是可惜啊。

請問這位男士表示什麼很可惜呢？

1　女士訂不到飯店一事

2　下週沖繩天氣不好一事

3　自己不能去沖繩一事

4　女士要全家人去旅行一事

解題關鍵

答案：2

【關鍵句】さっき天気予報を見たら、台風が来ると言っていたので、ちょっと心配なんです。

- 這一題問的是「男の人は、何が残念だと言っていますか」（請問這位男士表示什麼很可惜呢），像這種詢問看法、感受的題目，通常都必須掌握整體對話，才能作答。
- 對話開頭女士表示自己下週一要和家人去沖繩，但是聽說颱風要來，她有點擔心。接著兩人的話題就一直圍繞在這次的颱風上。男士用「たらどうですか」的句型建議她颱風過後的週末再去「台風が過ぎた後の週末に出発したらどうですか」。
- 對此女士說「でも、もうホテルを予約しちゃったんですよ今からでは、変えられませんし」，表示飯店已經訂好了，沒辦法延期，不能更改時間，必須按照原定計劃，因此可以得知 1 是錯的。
- 最後男士說「楽しみにしていたのに、残念ですね」這句指的不是男士自己的心境，而是在安慰對方，說女士明明是那麼地期待這次旅行，實在是很可惜。而這個「可惜」指的就是要如期去沖繩玩，卻會遇上颱風這件事。
- 選項 2「来週、沖縄の天気が良くない」指的就是颱風天。

單字と文法

- □ 残念（ざんねん） 可惜
- □ 沖縄（おきなわ） 沖繩
- □ 天気予報（てんきよほう） 氣象預報
- □ 台風（たいふう） 颱風
- □ 週末（しゅうまつ） 週末
- □ せっかく 難得
- □ ～のに 明明…

もんたい2　第4題答案跟解說

2-5

女の人と男の人が話しています。女の人は最近、どのぐらいスポーツをしていますか。

F：川村さんは、何かスポーツをしていますか？

M：スポーツですか。あまりしていないですよ。月に1回、ゴルフをするぐらいですね。内田さんはスポーツがとてもお好きだそうですね。

F：ええ、そうなんですけど。

M：何かしていらっしゃるんですか。

F：以前は毎日プールに泳ぎに行っていたんですが、最近は時間がなくて週に1回しか行けないんです。

M：それでも、僕よりはいいですよ。僕も月に2回はゴルフに行きたいんですが、お金がないからできませんね。

女の人は最近、どのぐらいスポーツをしていますか。

【譯】

有位女士正在和一位男士說話。請問這位女士最近多久做一次運動呢？

F：川村先生，您有沒有在做什麼運動呢？

M：運動嗎？我沒什麼在做耶。大概一個月1次打打高爾夫球吧？聽說內田小姐您很喜歡運動？

F：嗯，沒錯。

M：您有在做什麼運動嗎？

F：以前我每天都會去游泳池游泳，但最近沒時間，只能一個禮拜去1次。

M：即使如此也比我好呢！我也想要一個月去打2次高爾夫球，可是我沒錢所以沒辦法。

請問這位女士最近多久做一次運動呢？

1　沒有在做運動

2　一週1次

3　一個月1次

4　一個月2次

解題關鍵

答案：2

【關鍵句】以前は毎日プールに泳ぎに行っていたんですが、最近は時間がなくて週に１回しか行けないんです。

▶「どのぐらい」可以用來問「多少」、「多少錢」、「多長」、「多遠」、「多久」等等，這一題用「どのぐらい」來詢問做運動的頻率。

▶ 某個行為的頻率除了「毎日」（每天），還可以用「時間表現＋に＋次數」表示，例如「年に１度」（一年一回）、「月に２回」（一個月兩次）、「週に３日」（一週三天）。要特別注意本題有限定「最近」，所以要特別注意時間點。

▶ 解題關鍵在女士的回話：「以前は毎日プールに泳ぎに行っていたんですが、最近は時間がなくて週に１回しか行けないんです」，表示自己以前每天都去游泳，但是最近只能一星期去一次。這個「週に１回」就是正確答案。

▶ 會話中其他的頻率都和女士最近的運動頻率無關，像是「月に一回、ゴルフをするぐらいですね」是男士打高爾夫球的頻率，「僕も月に二回はゴルフに行きたいんですが」指的是男士希望一個月去打兩次高爾夫球。

▶（時間）＋に＋（次數）：…之中、…內。【時間詞】＋に＋【數量詞】。表示某一範圍內的數量或次數，「に」前接某時間範圍，後面則為數量或次數。

單字と文法

- □ 最近 最近
- □ スポーツ【sports】運動
- □ ゴルフ【golf】高爾夫球
- □ プール【pool】游泳池
- □ に（時間＋に＋次數）…之中

2-6 5ばん

答え：①②③④

1　車を運転して行く

2　電車で行く

3　バスで行く

4　車に乗せてもらって行く

2-7 6ばん

答え：①②③④

1　家に帰って晩ご飯を作る

2　一緒に映画を見に行く

3　食べるものを買って家に帰る

4　晩ご飯を食べてから家に帰る

2-8 7ばん

答え：①②③④

1　7時(じ)

2　7時(じ)15分(ふん)

3　7時(じ)30分(ぷん)

4　8時(じ)

2-9 8ばん

答え：①②③④

1　小(ちい)さくて四角(しかく)い、チョコレートが入(はい)っている箱(はこ)

2　小(ちい)さくて丸(まる)い、クッキーが入(はい)っている箱(はこ)

3　大(おお)きくて四角(しかく)い、チョコレートが入(はい)っている箱(はこ)

4　大(おお)きくて丸(まる)い、クッキーが入(はい)っている箱(はこ)

もんだい 2　第 5 題 答案跟解說

2-6

女の人と男の人が話しています。女の人は、美術館までどうやって行きますか。

F：山川美術館で、おもしろそうな展覧会をやっているわ。行ってみたいな。

M：へえ、どんなの？

F：海外の有名な絵をたくさん集めてあるみたい。

M：おもしろそうだね。でも、どうやって行くの？

F：うん。それで困っているの。電車で行ってもいいんだけど、あそこ、駅から遠いし、バスでも行けるけど、途中、乗り換えがあって不便だし。

M：山川美術館なら、車で 20 分ぐらいで行けるよね。それなら、僕が乗せていってあげるよ。

F：そう？じゃあ、お願いしようかな。

女の人は、美術館までどうやって行きますか。

【譯】

有位女士正在和一位男士說話。請問這位女士要怎麼去美術館呢？

F：山川美術館現在有個展覽好像很有趣耶！我好想去啊！

M：欸？是什麼樣的呢？

F：好像是集結眾多海外名畫。

M：聽起來很有意思耶！不過，妳要怎麼去呢？

F：嗯，我就是在為這個煩惱。雖然可以搭電車去，可是那邊離車站很遠。公車雖然也會到，但是途中要換車所以不方便。

M：山川美術館的話，開車20 分鐘就能到了吧？那我載妳去吧？

F：真的嗎？那就麻煩你了嗎？

請問這位女士要怎麼去美術館呢？

1　開車去

2　搭電車去

3　搭公車去

4　搭別人的車去

解題關鍵

答案：4

【關鍵句】山川美術館（やまかわびじゅつかん）なら、車（くるま）で20分（ぷん）ぐらいで行（い）けるよね。それなら、僕（ぼく）が乗（の）せていってあげるよ。

▶ 這一題問的是「どうやって行きますか」，要留意女士搭各種交通工具的意願。

▶ 男士詢問女士「どうやって行くの」（妳要怎麼去呢），女士表示：「電車で行ってもいいんだけど、あそこ、駅から遠いし、バスでも行けるけど、途中、乗り換えがあって不便だし」。意思是雖然電車、公車都能到美術館，但是一個離車站很遠，一個要換車很不便。這裡用句尾「し」來羅列並陳述幾個事實或理由，但是話沒有說完，是一種暗示了前項帶來的結果的用法。這裡提出兩種交通工具的缺點，暗示女士不想使用它們，所以2、3是錯的。

▶ 接著男士說「山川美術館なら、車で20分ぐらいで行けるよね。それなら、僕が乗せていってあげるよ」，也就是男士要開車載女士去。「てあげる」表示己方為對方著想而做某件事。對此女士表示「じゃあ、お願いしようかな」，先用表示個人意志的「よう」表示她想這樣做，再用句尾「かな」表現出自言自語的感覺，緩和語氣。也就是說，女士要請男士開車載自己去美術館。

▶ ～し：既…又…、不僅…而且…。【[形容詞・形容動詞・動詞]普通形】＋し：1.用在並列陳述性質相同的複數事物，或說話人認為兩事物是有相關連的時候。2.暗示還有其他理由，是一種表示因果關係較委婉的說法，但前因後果的關係沒有「から」跟「ので」那麼緊密。

單字と文法

- □ **展覧会**（てんらんかい） 展覽會
- □ **集める**（あつめる） 收集，集結
- □ **乗せる**（のせる） 載，使搭乘
- □ **運転**（うんてん） 駕駛
- □ **～し** 既…又…

もんだい2 第6題答案跟解說

2-7

外で、女の人と男の人が話しています。二人は、これからどうしますか。

F：あー、疲れた。家に帰って晩ご飯作るの嫌だなあ。

M：そう？それなら、どこかで食べてから帰ろうか。

F：そうしたいんだけど、9時からテレビで見たい映画があるの。

M：うーん、それだと、あと30分しかないなあ。じゃ、途中で何か買って帰ろうか。

F：それがいいわ。家に帰ってからご飯を作ったら、1時間はかかるし、その間に映画が半分終わっちゃうから。

M：じゃあ、そうしよう。

二人は、これからどうしますか。

【譯】

有位女士正在外面和一位男士說話。請問這兩人接下來要做什麼呢？

F：啊～好累。我不想回家煮晚餐啊！
M：是喔？那我們就找個地方吃完飯再回去吧？
F：雖然我是想這麼做啦，但是9點電視有我想看的電影。
M：嗯…這樣的話就只剩30分鐘了。那我們在路上買點什麼回去吧？
F：不錯耶！如果是回家做飯至少要花1個鐘頭，這段時間電影都播了一半了。
M：那就這麼辦吧！

請問這兩人接下來要做什麼呢？

1　回家煮晚餐

2　一起去看電影

3　買食物回家

4　吃過晚餐再回家

答案：3

【關鍵句】じゃ、途中で何か買って帰ろうか。

- 「二人は、これからどうしますか」問的是兩人接下來的打算。要注意事情的先後順序。
- 這一題女士先說「家に帰って晩ご飯作るの嫌だなあ」，「嫌だ」意思是「討厭」、「不想」，表示沒有意願。意思是女士不要回家煮晚餐，所以 1 是錯的。
- 接著男士說「どこかで食べてから帰ろうか」，用「（よ）うか」這個句型提議在外面吃過再回家。不過女士接著說「そうしたいんだけど、9時からテレビで見たい映画があるの」，用逆接的「けど」來否定男士的提議。
- 男士又說：「じゃ、途中で何か買って帰ろうか」，這次是提議買東西回家吃。對此女士也表示贊同「それがいいわ」，「いい」在這邊是肯定用法，意思是「好」。
- 所以兩人接下來要買晚餐回家。

單字と文法

□ **かかる** 花〔時間或金錢〕

□ **半分** 一半

もんだい 2　第 7 題 答案跟解說

2-8

男の人と女の人が話しています。男の人は、何時に友達と会う約束をしていましたか。

M：昨日、失敗しちゃった。

F：あら、どうしたの？

M：夜、大学時代の友達とレストランで会う約束をしていたんだけど、すっかり忘れちゃったんだよ。思い出した時にはもう7時半を過ぎていて。大急ぎで行ったから8時には着いたけど。

F：何時に会う約束だったの？

M：7時だよ。他にも2、3人遅れたのがいたそうだけど、7時15分には僕以外のみんなは集まっていたそうだよ。

F：次は忘れないように気をつけてね。

男の人は、何時に友達と会う約束をしていましたか。

【譯】

有位男士正在和一位女士說話。請問這位男士和朋友約幾點呢？

M：昨天我搞砸了。
F：唉呀，怎麼啦？
M：晚上和大學時期的友人約好了要在餐廳見面，但我忘得一乾二淨。等我想起來已經過了7點半了。我急忙趕去，在8點前抵達餐廳。
F：你們約幾點呢？
M：7點。聽說也有2、3個人遲到，但7點15分時除了我之外，其他人都到了。
F：下次要小心別再忘記囉！

請問這位男士和朋友約幾點呢？

1　7點

2　7點15分

3　7點30分

4　8點

解題關鍵　答案：1

【關鍵句】何時に会う約束だったの？
7時だよ。

▶ 這一題用「何時」來詢問約定的時間，要特別注意每個時間點的意義，可別搞錯了。

▶ 女士問「何時に会う約束だったの」（你們約幾點呢），這是解題關鍵，男士回答「7時だよ」，也就是說他和朋友約7點，這就是正確答案。

▶ 選項2對應「7時15分には僕以外のみんなは集まっていたそうだよ」這一句，意思是7點15分時除了男士之外大家都到了。「そうだ」在這邊是傳聞用法，表示聽說。

▶ 選項3的時間是「思い出した時にはもう7時半を過ぎていて」，這是男士想起有這場聚會的時間點，並不是約定的時間。

▶ 選項4的時間是「大急ぎで行ったから8時には着いたけど」，8點前是男士到場的時間，不過他當時已經遲到了。

▶ 所以2、3、4都是錯的。

單字と文法

- □ **大学時代** 大學時期
- □ **すっかり** 完全
- □ **思い出す** 想起
- □ **遅れる** 遲到
- □ **気をつける** 小心
- □ **～そうだ** 聽說…

說法百百種

▶ **各種理由**

車が壊れちゃったので、遅くなった。／因為車子壞了，所以遲到了。

これからまだ仕事がありますので、お酒は飲めないです。
／我待會兒還有工作，所以不喝酒。

あまり暑いから、外で寝て、風邪を引いちゃった。
／因為太熱了，所以跑到外面睡覺，結果就感冒了。

もんだい 2 第 8 題答案跟解說

2-9

家で、女の人と男の人が話しています。女の人のお土産はどれですか。

F：この箱どうしたの？

M：ああ、それ、会社の伊藤さんが連休中に北海道に行ってね。そのお土産。箱、二つあるでしょう？小さくて丸いのが君のだよ。

F：あら、私のもあるの。何かな？

M：二つともお菓子だと思うよ。そっちはクッキーじゃない？

F：うん、そうね。それで、そっちの大きくて四角いのがあなたの？何が入っていた？

M：ちょっと待って。今開けてみるから。僕のはチョコレートだな。

女の人のお土産はどれですか。

【譯】

有位女士正在家裡和一位男士說話。請問這位女士的伴手禮是哪個呢？

F：這個盒子怎麼了？

M：啊，那個啊。我們公司的伊藤先生在連續假期去北海道。這是那趟旅行的伴手禮。盒子有 2 個吧？又小又圓的是妳的喔！

F：哇！我也有份嗎？是什麼呢？

M：我想 2 個應該都是點心。妳那個是餅乾吧？

F：嗯，沒錯。那，那個大四方形的是你的嗎？裡面裝了什麼？

M：等一下喔。我來打開看看。我的是巧克力。

請問這位女士的伴手禮是哪個呢？

1　小四方形，裝有巧克力的盒子

2　小圓形，裝有餅乾的盒子

3　大四方形，裝有巧克力的盒子

4　大圓形，裝有餅乾的盒子

解題關鍵

答案：2

【關鍵句】小さくて丸いのが君のだよ。
二つともお菓子だと思うよ。そっちはクッキーじゃない？

▶ 這一題用「どれ」詢問是哪一個，要在三個以上的事物當中挑出一個符合描述的事物。

▶ 從男士「箱、二つあるでしょう？小さくて丸いのが君のだよ」這句話可以得知，伴手禮有兩個，女士的是又小又圓的盒子。「丸いの」的「の」是指前面提到的「箱」，避免重複出現很累贅，所以用「の」代替。

▶ 後面談到內容物時，男士說「そっちはクッキーじゃない？」，這個「そっち」是「そちら」比較不正式的口語用法，指的是女士的伴手禮。對此女士回答「うん、そうね」，表示她的盒子裝的真的是餅乾。

▶ 從以上兩段對話可以得知，女士的伴手禮外觀又小又圓，裡面裝的是餅乾。

▶ 另外，從「そっちの大きくて四角いのがあなたの」、「僕のはチョコレートだな」可以得知男士的伴手禮盒子又大又方，裡面裝的是巧克力。

單字と文法

□ **お土産** 伴手禮
□ **連休中** 連續假期當中
□ **北海道** 北海道
□ **クッキー【cookie】** 餅乾
□ **チョコレート【chocolate】** 巧克力

2-10 9ばん

答え：① ② ③ ④

1　学校(がっこう)の自転車(じてんしゃ)置(お)き場(ば)

2　学校(がっこう)の門(もん)の前(まえ)

3　駅(えき)の自転車(じてんしゃ)置(お)き場(ば)

4　スーパーの自転車(じてんしゃ)置(お)き場(ば)

2-11 10ばん

答え：① ② ③ ④

1　規則(きそく)だから

2　手(て)より小(ちい)さいから

3　魚(さかな)の数(かず)が減(へ)らないようにするため

4　10匹(ぴき)しか持(も)って帰(かえ)れないから

2-12 11ばん

答え：① ② ③ ④

1 男(おとこ)の人(ひと)が会社(かいしゃ)に持(も)っていく

2 男(おとこ)の人(ひと)が郵便局(ゆうびんきょく)に持(も)っていく

3 女(おんな)の人(ひと)が会社(かいしゃ)に持(も)っていく

4 女(おんな)の人(ひと)が郵便局(ゆうびんきょく)に持(も)っていく

2-13 12ばん

答え：① ② ③ ④

1 今日(きょう)、1番教室(ばんきょうしつ)で

2 明日(あした)、1番教室(ばんきょうしつ)で

3 今日(きょう)、3番教室(ばんきょうしつ)で

4 明日(あした)、3番教室(ばんきょうしつ)で

もんだい2 第 9 題 答案跟解說

2-10

大学で、男の学生と女の学生が話しています。自転車は、どこにありましたか。

M：先輩、昨日、自転車がなくなったと言っていましたよね？

F：ええ、ちゃんと学校の自転車置き場に置いたのに、なくなっちゃったの。昨日、授業の後で、近くの駅とか、スーパーとかの自転車置き場も探したんだけど、見つからなかったの。

M：確か、赤い自転車でしたよね。

F：ええ。でも、それがどうかしたの？

M：僕、さっき学校の門の前に同じのが置いてあるのを見ましたよ。もしかしたら、先輩のかもしれませんよ。

F：えっ、本当？連れて行ってくれる？

M：いいですよ。……。ほら、これです。

F：あ、これ、私の。間違いないわ。ここに名前も書いてあるでしょう？本当にありがとう。助かったわ。

自転車は、どこにありましたか。

【譯】

有位男學生正在大學裡和一位女學生說話。請問腳踏車在哪裡呢？

M：學姐，昨天妳說妳的腳踏車不見了對吧？

F：嗯，我明明就停好放在學校的腳踏車停車位，結果不見了。昨天下課後我也有去附近的車站、超市這些地方的腳踏車停車位找找，但沒有找到。

M：我記得是紅色的腳踏車吧？

F：嗯。不過怎麼了嗎？

M：我剛剛在校門口看到有 1 台一樣的擺放在那邊喔！搞不好是學姐妳的呢！

F：咦？真的嗎？你可以帶我去嗎？

M：好啊！妳看，就是這台。

F：啊，這是我的！絕對沒錯！這裡也有寫名字吧？真是謝謝你，幫了我一個忙。

請問腳踏車在哪裡呢？

1　學校的腳踏車停車位　　2　校門口

3　車站的腳踏車停車位　　4　超市的腳踏車停車位

答案：**2**

【關鍵句】 僕、さっき学校の門の前に同じのが置いてあるのを見ましたよ。もしかしたら、先輩のかもしれませんよ。

- ▶ 這一題用「どこ」來詢問腳踏車的位置。對話中勢必會出現許多場所名稱企圖混淆考生，要特別小心。
- ▶ 這一題用「どこ」詢問腳踏車的位置。對話中勢必會出現許多場所名稱混淆考生，要特別小心。
- ▶ 女學生首先說：「ちゃんと学校の自転車置き場に置いたのに、なくなっちゃったの」，表示腳踏車原本停在學校的腳踏車停車位，但是不見了。「ちゃった」是「てしまった」的口語說法，可表現事情出乎意料，說話者遺憾、惋惜等心情。由此可知 1 是錯的。
- ▶ 接著又說：「近くの駅とか、スーパーとかの自転車置き場も探したんだけど、見つからなかったの」，「見つかる」意思是「找到」、「看到」、「發現」，由此可知她的腳踏車也不在車站、超市等地方的腳踏車停車位，所以 3 、 4 也是錯的。
- ▶ 男學生後來說「さっき学校の門の前に同じのが置いてあるのを見ましたよ」，這個「同じの」的「の」是指前面提過的「自転車」，「同じ」指的是和女學生一樣的（腳踏車）。「置いてあるの」的「の」指的是「看到擺放的狀態」。這句話暗示了腳踏車就在校門口。
- ▶ 接著男學生帶女學生去看，女學生說「これ、私の」（這是我的），所以可以得知答案是 2 。

單字と文法

- □ **先輩** 學長；學姐；前輩
- □ **ちゃんと** 好好地
- □ **確か** …好像〔用於推測、下判斷〕
- □ **さっき** 剛剛
- □ **連れていく** 帶…去
- □ **ほら** 你看〔用於提醒對方注意時〕
- □ **ちゃった**（「てしまった」的口語說法）〔含有遺憾、惋惜、後悔等語氣〕不小心…了

もんだい2　第10題 答案跟解說

2-11

男の人が話しています。どうして、小さい魚を水に逃がしますか。

M：今からちょっと説明しますので、よく聞いてください。自分で釣った魚は、一番多くて 10 匹まで持って帰れますが、手より小さい魚は、持って帰らないで、全部水に逃がしてあげてください。魚の数が減らないようにするためですので、規則ではありませんが、できるだけそうしてくださいね。いいですか。それでは、みなさん釣りを楽しんでください。

どうして、小さい魚を水に逃がしますか。

【譯】

有位男士正在說話。請問為什麼小魚要放生回水裡呢？

M：現在我要來稍微說明一下，請仔細聽好。自己釣到的魚最多可以帶10條回去，不過，比手還小的魚請別帶走，請全數放生回水裡。這是為了讓魚的數量不會減少，雖然沒有明文規定，但請盡量配合。大家都聽清楚了嗎？那就請各位享受釣魚之樂。

請問為什麼小魚要放生回水裡呢？

1　因為有規定

2　因為比手還小

3　因為這是為了讓魚的數量不會減少

4　因為只能帶10條回去

解題關鍵

答案：3

【關鍵句】魚の数が減らないようにするためですので、…。

- 這一題用「どうして」來詢問原因、理由。不妨留意表示原因的句型，像是「から」、「ので」、「て」、「ため」、「のだ」等等。
- 男士有先提到「手より小さい魚は、持って帰らないで、全部水に逃がしてあげてください」，指出比手還小的魚要放生到水中。
- 解題關鍵就在下一句：「魚の数が減らないようにするためですので、規則ではありませんが、できるだけそうしてくださいね」，說明這樣做是為了不讓魚的數量減少。「ようにする」表示為了某個目標而做努力。「ため」表示為了某個目的，積極地採取某行動，這句話就是要放生的理由。
- 由於文中提到"沒有明文規定"，所以 1 是錯的。
- 2、4 都和放生這件事情沒有因果關係，所以也都不對。
- ～ため（に）：以…為目的，做…、為了…；因為…所以…。1.【名詞の；動詞辭書形】＋ため（に）。表示為了某一目的，而有後面積極努力的動作、行為，前項是後項的目標，如果「ため（に）」前接人物或團體，就表示為其做有益的事。2.【名詞の；[動詞・形容詞]普通形；形容動詞詞幹な】＋ため（に）。表示由於前項的原因，引起後項的結果。

單字と文法

- □ 逃がす　放生
- □ 釣る　釣〔魚〕
- □ 減る　減少
- □ 規則　規定，規則
- □ できるだけ　盡量
- □ 楽しむ　享受
- □ ～ため　為了…

もんだい 2 第 11 題 答案跟解說

2-12

家で、男の人と女の人が話しています。封筒はどうなりましたか。

M：じゃ、出かけるよ。行ってきまーす。

F：あ、ちょっと待って。この封筒、部屋のソファーの上にあったけど、持っていかなくていいの？

M：え？ああ、忘れていた。気がついてくれて助かったよ。

F：会社に持っていくんでしょう？はい、どうぞ。

M：ありがとう。いや、会社に行く途中で、郵便局に寄って、出そうと思っていたんだ。

F：あら、それなら、私が出しておいてあげましょうか。私もあとで出かけるから。

M：そう？それじゃ、頼むよ。

封筒はどうなりましたか。

【譯】

有位男士正在家裡和一位女士說話。請問信封如何處置呢？

M：那我走囉！我出門了囉～
F：啊，等一下。這個信封放在沙發上，不用帶去嗎？
M：咦？啊，我忘了。還好妳有注意到，真是幫了我大忙。
F：這要拿去公司的吧？拿去吧。
M：謝謝。不過我是想說，去公司的路上順道去趟郵局把它寄出去。
F：啊，如果是這樣的話，我來幫你寄出吧？我等等也要出門。
M：是喔？那就拜託妳啦！

請問信封如何處置呢？

1　由男士拿去公司

2　由男士拿去郵局

3　由女士拿去公司

4　由女士拿去郵局

解題關鍵

答案：4

【關鍵句】会社に行く途中で、郵便局に寄って、出そうと思っていたんだ。
それなら、私が出しておいてあげましょうか。

▶ 本題「どうなりましたか」問的不是信封本身的變化，而是指信封的處理方式。從選項可以發現這題要聽出「是誰」（男士或女士）、「拿去哪裡」（公司或郵局）這兩個關鍵處。

▶ 男士忘了把信封帶出門，女士提醒他：「会社に持っていくんでしょう？」（這要拿去公司的吧）

▶ 男士回答：「いや、会社に行く途中で、郵便局に寄って、出そうと思っていたんだ」，用語氣較輕鬆隨便的「いや」來否定對方的話，接著表示他其實不是要拿去公司，而是去公司的路上順便去郵局寄出。「（よ）うと思う」表示個人的打算、念頭。

▶ 不過女士接著說：「それなら、私が出しておいてあげましょうか」，用表示幫對方做某件事情的句型「てあげる」加上提議用法「ましょうか」提出要幫男士寄出。

▶ 男士回答「それじゃ、頼むよ」，意思是把這件事交給女士來做。所以正確答案是「女士要拿去郵局寄出」。

單字と文法

□ 封筒 信封

□ ソファー【sofa】沙發

□ 気がつく 注意到，發覺

□ 出す 寄出

說法百百種

▶ 注意動作接續詞

僕は先に帰ろうかな。／我先回家好了吧！

スーパーで醤油を買ってきて。その前に肉屋で豚肉もね。
／你去超市買一下醬油。在那之前也要先到肉舖買一下豬肉喔。

踊り始めてから、まだ 20 分ですよ。あと 10 分がんばりましょう。
／從開始跳舞到現在也才過了 20 分鐘。再練個 10 分鐘吧！

もんだい 2　第⑫題 答案跟解說

2-13

大学で、女の人と男の人が話しています。講義はいつ、どこで行われますか。

F：あれ、もうすぐ高橋先生の講義が始まるよ？教室に行かないの？

M：え、時間が変わったの知らないんですか。

F：え、だから今日の1時半からでしょう？

M：その予定だったんですけど、先生の都合が悪くなって、また変わったんですよ。明日の同じ時間ですよ。連絡のメールが行きませんでしたか。

F：そうだったの。知らなかったわ。場所は同じ1番教室？

M：いえ、3番教室に変わりました。

F：ありがとう。教えてくれて助かったわ。

講義はいつ、どこで行われますか。

【譯】

有位女士正在大學裡和一位男士說話。請問什麼時候、在哪裡上課呢？

F：咦？高橋老師的課快開始了吧？你不去教室嗎？
M：嗯？妳不知道改時間了嗎？
F：咦？所以今天不是從1點半開始嗎？
M：原本是決定這樣，但是老師後來有事，又改了。改成明天同一時間喔！妳沒接到通知的e-mail嗎？
F：是喔？我不知道耶！地點也同樣是在1號教室嗎？
M：不是，改在3號教室。
F：謝謝。還好有你告訴我。

請問什麼時候、在哪裡上課呢？

1　今天、在1號教室

2　明天、在1號教室

3　今天、在3號教室

4　明天、在3號教室

解題關鍵

答案：4

【關鍵句】明日の同じ時間ですよ。
3番教室に変わりました。

▶「講義はいつ、どこで行われますか」，要注意這一題用兩個疑問詞「いつ」、「どこ」來詢問時間和地點，可別漏聽了。

▶ 男士和女士在討論高橋老師的課程。女士以為是今天1點半要上課「だから今日の1時半からでしょう」。

▶ 不過男士說「その予定だったんですけど、先生の都合が悪くなって、また変わったんですよ。明日の同じ時間ですよ」，「その予定だったんですけど」用過去式「だった」和逆接的「けど」表示女士說的時間本來是對的，只是又變了。改成明天同一時間，也就是明天的1點半。

▶ 後來女士又問「場所は同じ1番教室？」（地點也同樣是在1號教室嗎），男士以「いえ」來否定，並說明改在3號教室「3番教室に変わりました」。

▶ 所以正確答案是明天在3號教室上課。

單字と文法

□ **講義**〔大學〕課程

□ **連絡** 通知，聯絡

□ **都合が悪い** 有事，不方便

□ **メール【mail】** 電子郵件；簡訊

2-14 13 ばん

答え：① ② ③ ④

1 急行(きゅうこう)のほうが混(こ)んでいないから

2 各駅停車(かくえきていしゃ)のほうが混(こ)んでいないから

3 乗(の)り換(か)えなければ、帰(かえ)れないから

4 早(はや)く帰(かえ)れるから

2-15 14 ばん

答え：① ② ③ ④

1 歯医者(はいしゃ)

2 学校(がっこう)

3 サッカーの練習(れんしゅう)

4 英語(えいご)の塾(じゅく)

2-16 15ばん

答え：①②③④

1 会社(かいしゃ)でおにぎりを食(た)べたから

2 ケーキが好(す)きではないから

3 少(すこ)し太(ふと)ったから

4 具合(ぐあい)が悪(わる)いから

2-17 16ばん

答え：①②③④

1 駅(えき)

2 スーパー

3 会社(かいしゃ)

4 喫茶店(きっさてん)

もんだい 2　第⑬題 答案跟解說

2-14

電車で、女の人と男の人が話しています。女の人は、どうして次の駅で降りますか。

F：すみません。私、次の駅で、失礼します。

M：え、降りるんですか。このまま急行に乗って帰らないんですか？

F：ええ、これでも帰れるんですが、いつも次で各駅停車に乗り換えるんです。

M：どうして？

F：そのほうが、混んでいなくて、座れるんですよ。

M：でも、時間がかかるでしょう？

F：ええ、10分ぐらい長くかかりますね。でも、座れるほうが楽だからいいんですよ。

女の人は、どうして次の駅で降りますか。

【譯】

有位女士正在電車裡和一位男士說話。請問這位女士為什麼要在下一站下車呢？

F：不好意思。我要在下一站下車。
M：咦？妳要下車了嗎？妳不繼續搭這班快車回家嗎？
F：嗯，雖然這班也能到，但我平時都在下一站轉搭區間車。
M：為什麼？
F：那一班車上沒那麼擠，有位子可以坐呀！
M：但很花時間吧？
F：嗯，大概要多花個10分鐘。但有位子坐比較舒適所以沒關係的。

請問這位女士為什麼要在下一站下車呢？

1　因為快車沒那麼擠

2　因為區間車沒那麼擠

3　因為不轉乘就不能回家

4　因為能早點回家

答案：2

【關鍵句】そのほうが、混(こ)んでいなくて、座(すわ)れるんですよ。

- 這一題用「どうして」來詢問理由、原因。不妨留意表示原因的句型，像是「から」、「ので」、「て」、「ため」、「のだ」等等。
- 女士一開始先說「私、次の駅で、失礼します」，表示她要在下一站先行下車。後面又說自己總是在下一站換車（いつも次で各駅停車に乗り換えるんです）。
- 接著男士說「どうして？」詢問對方為什麼要這麼做。答案在女士的回答：「そのほうが、混んでいなくて、座れるんですよ」。這個「んです」用於解釋，也就是針對男士的疑問進行說明。表示她會在下一站轉乘，是因為搭每站都停的區間車不會人擠人，有位子可以坐。
- 1 錯誤是因為「そのほうが、混んでいなくて、座れるんですよ」。這裡用「ほうが」來比較，「その」指的是轉乘「各駅停車」，不是「急行」。
- 3 也是錯的，從「これでも帰れるんです」這句可以發現其實快車也能到家，不用換車也沒關係。
- 女士有提到「10 分ぐらい長くかかりますね」，表示比起「急行」，「各駅停車」需要多花 10 分鐘左右，所以 4 不正確。
- ～から：表示原因、理由。一般用於說話人出於個人主觀理由，進行請求、 命令、希望、主張及推測，是種較強烈的意志性表達。～ので：表示原因、理由。前句是原因，後句是因此而發生的事。「～ので」一般用在客觀的自然的因果關係，所以也容易推測出結果。～ため（に）：表示由於前項的原因，引起後項的結果。のだ：表示客觀地對話題的對象、狀況進行說明，或請求對方針對某些 理由說明情況，一般用在發生了不尋常的情況，而說話人對此進行說明，或提出問題。

單字と文法

□ 急行(きゅうこう)「急行列車」的略稱，快車

□ 各駅停車(かくえきていしゃ) 停靠每站的列車，區間車

□ 楽(らく) 舒適，輕鬆

もんだい 2　第 14 題 答案跟解說

2-15

家で、男の子と女の人が話しています。男の子は、何を休みますか。

M：お母さん、歯が痛いんだけど。

F：あら、大変。すごく痛いなら、学校を休んで歯医者さんに行く？

M：ううん、大丈夫。ちょっとだけだから。

F：そう。それなら、今日は夕方からサッカーの練習を休んで、歯医者さんに行きなさいね。夜は英語の塾があるでしょう。

M：えー、だめだよ。来週試合なんだから。

F：あ、そうか。じゃあ、夜に予約しておくね。

M：うん、塾の先生にも電話しておいてね。

男の子は、何を休みますか。

【譯】

有個男孩正在家裡和一位女士說話。請問這個男孩要向什麼請假呢？

M：媽媽，我牙齒痛。

F：唉呀，真糟糕。如果真的很痛的話，要不要向學校請假，去看牙醫呢？

M：不用了，不要緊。只有一點痛。

F：是喔。這樣的話，你今天傍晚開始的足球練習就請假去看牙醫吧！晚上要去英語補習班對吧？

M：咦～不行啦！下禮拜要比賽耶！

F：啊，對喔。那我預約晚上囉！

M：嗯，也要打通電話給補習班老師喔！

請問這個男孩要向什麼請假呢？

1　牙醫

2　學校

3　足球練習

4　英語補習班

解題關鍵

答案：4

【關鍵句】じゃあ、夜に予約しておくね。
うん、塾の先生にも電話しておいてね。

▶ 這一題用「何を」來詢問請假的對象。

▶ 男孩先表示自己牙痛。媽媽說「学校を休んで歯医者さんに行く？」，問男孩要不要向學校請假去看牙醫。男孩先用語氣較為隨便的否定「ううん」，後面又接「大丈夫」表示沒關係。從這邊可以得知 2 是錯的，男孩要去上學。

▶ 接著媽媽說「今日は夕方からのサッカーの練習を休んで、歯医者さんに行きなさいね」（你今天傍晚的足球練習就請假去看牙醫吧），不過男孩表示「えー、だめだよ」，表示他想去練習足球，「だめ」用來禁止、拒絕對方，所以 3 是錯的。

▶ 接著媽媽又說「じゃあ、夜に予約しておくね」，這是指牙醫要預約晚上時段，「ておく」表示為了某個目的事先採取行動。男孩回答「うん、塾の先生にも電話しておいてね」，告訴媽媽也要撥通電話給補習班老師，再加上前面媽媽說今晚要去補英文「夜は英語の塾があるでしょう？」，這就說明了男孩晚上沒有要去上課，要去看牙醫，所以要向英文補習班請假。

單字と文法

□ 歯医者（はいしゃ） 牙醫

□ 塾（じゅく） 補習班

第 15 題答案跟解說

2-16

家で、男の人と女の人が話しています。女の人は、どうして今ケーキを食べませんか。

M：ただいま。ごめん、遅くなって。

F：お帰りなさい。遅かったから、先に晩ご飯を食べちゃった。

M：いいよ。僕も会社で仕事をしながら、おにぎりを食べたから。それより、ケーキを買ってきたよ。早く食べよう。

F：わあ、ありがとう。でも、ごめんなさい、今は食べたくないの。明日いただくわ。

M：ええっ。このケーキ、好きだと言っていたのに、どうして？どこか具合が悪いの？

F：ううん。そうじゃないの。最近ちょっと太ってきたから、晩ご飯の後には甘いものを食べないほうがいいかなと思って。

女の人は、どうして今ケーキを食べませんか。

【譯】

有位男士正在家裡和一位女士說話。請問這位女士為什麼現在不吃蛋糕呢？

M：我回來了。抱歉，回來晚了。

F：你回來啦？因為你太晚了，所以我先吃過了。

M：沒關係。我也在公司邊工作邊吃了個飯糰。不說這個了，我有買蛋糕喔！趕快吃吧！

F：哇！謝謝。可是，抱歉，我現在不想吃耶。明天再吃。

M：咦？這個蛋糕，妳說妳很喜歡的，怎麼不吃呢？身體哪裡不舒服嗎？

F：沒啦，不是這樣的。我是想說最近有點變胖了，所以覺得晚餐過後可能還是別吃甜食比較好。

請問這位女士為什麼現在不吃蛋糕呢？

1　因為她在公司有吃了飯糰

2　因為她不喜歡吃蛋糕

3　因為她有點變胖了

4　因為她身體不舒服

解題關鍵

答案：3

【關鍵句】最近ちょっと太ってきたから、晩ご飯の後には甘いものを食べないほうがいいかなと思って。

▶ 這一題用「どうして」來詢問原因、理由。不妨留意表示原因的句型，像是「から」、「ので」、「て」、「ため」、「のだ」等等。

▶ 解題關鍵在男士說的「このケーキ、好きだと言っていたのに、どうして？どこか具合が悪いの？」，男士看到女士居然不吃蛋糕，除了感到驚訝，還想知道為什麼。

▶ 女士首先以「ううん。そうじゃないの」否認「どこか具合が悪いの」（身體哪裡不舒服嗎），接著針對這個「どうして」解釋：「最近ちょっと太ってきたから、晩ご飯の後には甘いものを食べないほうがいいかなと思って」，這個「から」（因為）指出原因是她最近有點變胖了，所以晚餐過後不要吃甜食比較好。「てくる」表示前項動作、狀態的變化，從過去一直持續到現在。

單字と文法

□ おにぎり 飯糰

□ 太る 肥胖，發福

說法百百種

▶ 詢問原因的說法

女の人はどうしてこのアパートを借りませんか。

／女性為何不租這公寓呢？

男の人はどうして牛乳を飲みませんでしたか。

／男性為何不喝牛奶呢？

男の人はどうして月曜日休みますか。／男性為何下禮拜一要請假？

もんだい 2　第 16 題答案跟解說　2-17

電話で、女の人と男の人が話しています。二人は、どこで会いますか。

F：ごめん、今日は帰りが遅くなるから、迎えに来てほしいんだけど。

M：いいよ。会社に迎えに行けばいいの？

F：ううん。駅まででいい。たぶん８時ぐらいになると思う。後でもう一度携帯に電話するから。

M：８時か。困ったな。今から会議があるんだよ。いつも時間通りに終わらないから、その時間に迎えに行けるかどうか分からないよ。近くの喫茶店にでも入って待っていれば？

F：それなら、駅の隣のスーパーで買い物でもしているわ。

M：そう？じゃあ、着いたら電話するよ。

F：分かった。じゃ、よろしくね。

二人は、どこで会いますか。

【譯】

有位女士正在電話裡和一位男士說話。請問兩人要在哪裡碰面呢？

F：抱歉，我今天會比較晚下班，想請你來接我。
M：好啊。我去公司接妳就行了嗎？
F：不用，到車站就行了。我想大概會到８點。等等再打你的手機。
M：８點啊？真令人苦惱…我現在要去開會啊！會議老是不能準時結束，所以不知道能不能在那個時間去接妳。妳要不要去附近的咖啡廳之類的地方等我？
F：那我就在車站隔壁的超市買個東西好了。
M：這樣啊？那等我到了再打給妳。
F：我知道了。那就麻煩你囉！

請問兩人要在哪裡碰面呢？

1　車站
2　超市
3　公司
4　咖啡廳

解題關鍵

答案：2

【關鍵句】それなら、駅の隣のスーパーで買い物でもしているわ。

- 這一題用「どこ」來詢問場所、地點、位置。對話中勢必會出現許多場所名稱混淆考生，要特別小心。
- 女士請男士來接她下班。男士以「いいよ」來表示答應，接著問「会社に迎えに行けばいいの？」（我去公司接妳就行了嗎），不過女士說「ううん。駅まででいい」，表示到車站就可以了。「ううん」相較於「いいえ」，是語氣比較隨便的否定用法。「でいい」意思是「…就行了」，表示在前項的狀態下就可以了。
- 不過男士接著表示他可能會晚到，「近くの喫茶店にでも入って待っていれば？」，用假定的「ば？」來建議女士在附近的咖啡廳等他。
- 女士對此表示：「それなら、駅の隣のスーパーで買い物でもしているわ」，也就是說她沒有要在咖啡廳等男士，而是要在車站隔壁的超市買東西打發等候的時間。男士也回答「そう？じゃあ、着いたら電話するよ」，表示約定的地點就此定案，男士到了會打通電話給她。所以答案是超市。

單字と文法

- □ 帰り 回家
- □ たぶん 大概
- □ 携帯「携帯電話」略稱，手機

2-18 17ばん

答え：①②③④

1 今週土曜日の8時

2 今週日曜日の6時

3 来週土曜日の7時

4 来週日曜日の7時

2-19 18ばん

答え：①②③④

1 両親が遠くに住んでいるから

2 両親が近くに住んでいるから

3 まだ学生だから

4 一人の方が自由だから

2-20 19ばん

答え：①②③④

1　60円

2　160円

3　200円

4　260円

2-21 20ばん

答え：①②③④

1　パンを焼く前に塗る

2　パンを焼いている途中に塗る

3　パンが冷めたら塗る

4　パンが焼けたら塗る

もんだい2　第⑰題 答案跟解說

2-18

男の人と女の人が話しています。女の人は、何時の席を予約しますか。

M：土曜日のレストラン、予約できた？７時だったよね。

F：さっき電話したんだけど、土曜日は８時までいっぱいだった。

M：そうか。じゃあ、日曜はどう？

F：日曜は６時なら席があると言っていたよ。

M：６時か。僕はそれでもいいけど。

F：でも日曜は、私、もう予定があるの。

M：それなら、来週にしようか？同じ土曜の７時はどう？

F：そうしましょう。後で、もう一度電話してみるわ。

女の人は、何時の席を予約しますか。

【譯】

有位男士正在和一位女士說話。請問這位女士要預約幾點的位子呢？

M：禮拜六的餐廳，預約好了嗎？是７點對吧？
F：剛剛我有打電話，但禮拜六到８點都客滿。
M：是喔？那禮拜天呢？
F：對方說禮拜天６點的話有位子喔。
M：６點啊？我是無所謂。
F：但是這個禮拜天我已經有事了。
M：這樣的話要不要改約下禮拜呢？一樣訂禮拜六的７點如何？
F：就這麼辦。我等一下再打一次電話。

請問這位女士要預約幾點的位子呢？

1　這禮拜六８點

2　這禮拜天６點

3　下禮拜六７點

4　下禮拜天７點

答案：3

【關鍵句】それなら、来週にしようか？同じ土曜の７時はどう？

▶ 這一題問的是「いつ」，也就是「什麼時候」，這一題要問的是星期幾和幾點，題目中勢必會出現許多時間來混淆考生，一定要仔細聽出每個時間點代表什麼意思。

▶ 男士首先以「７時だったよね」這種過去式的形態來向女士確定週六餐廳的訂位時間。不過女士回答「土曜日は８時までいっぱいだった」，這邊說當天到８點都沒位子，也就是暗示週六７點不是正確答案。

▶ 男士接著詢問週日的訂位情況，女士說「日曜は６時なら席があると言っていたよ」，表示週日可以預約６點的位子。「なら」（如果是…）表示假定條件。男士接著說「６時か。僕はそれでもいいけど」（６點啊？我是無所謂），「でもいい」表示允許。不過可別心急以為這就是答案了。女士對此表示「でも日曜は、私、もう予定があるの」，暗示了週日不行。

▶ 答案在男士接下來的回答：「来週にしようか？同じ土曜の７時はどう？」，用「どう？」來提出建議，而女士也以「そうしましょう」表示贊同。所以女士要預約的時間是下週六７點。

▶ ～なら：要是…的話。【名詞；形容動詞詞幹；[動詞・形容詞]辭書形】＋なら：1. 表示接受了對方所說的事情、狀態、情況後，說話人提出了意見、勸告、意志、請求等。2. 可用於舉出一個事物列為話題，再進行說明例。3. 以對方發話內容為前提進行發言時，常會在「なら」的前面加「の」，「の」的口語說法為「ん」。

單字と文法

□ **席** 位子

□ **いっぱい** 客滿，滿

□ **～なら** 要是…的話

說法百百種

▶ **改變時間的說法**

８時はどう。／８點如何？

４日にするか。／那就４號如何？

金曜日にもできるといいんだけど。どう？
／如果禮拜五也可以的話就好了。如何？

もんだい 2　第 ⑱ 題 答案跟解說

2-19

女の人と男の人が話しています。男の人は、どうして両親と一緒に暮らしませんか。

F：山田さんはずっと一人で暮らしているんですか。

M：はい、もう 10 年ぐらいになります。

F：ご両親は遠くに住んでいらっしゃるんですか。

M：いえ、すぐ近くなんです。でも、学生のころから一人で暮らしているので、もう慣れちゃったんですよ。そのほうが自由ですし。

F：でも、ご両親はさびしがりませんか。

M：毎週、週末には顔を見せに帰っていますから、大丈夫だと思います。体も元気ですし。

F：そうですか。ご両親が元気な間は、それもいいかもしれませんね。

男の人は、どうして両親と一緒に暮らしませんか。

【譯】

有位女士正在和一位男士說話。請問這位男士為什麼不和父母一起住呢？

F：山田先生一直以來都是一個人住嗎？
M：是的。已經有十年左右了。
F：請問您的父母住得很遠嗎？
M：沒有，他們住附近。但我從學生時代就是一個人住，已經習慣了。這樣的話也比較自由。
F：但是您父母不會寂寞嗎？
M：每個週末我都會回去露個臉，我想不要緊的。他們身體也都很硬朗。
F：這樣啊。父母都還健康的時候，這樣做似乎也不錯呢。

請問這位男士為什麼不和父母一起住呢？

1　因為父母住得很遠

2　因為父母住得很近

3　因為還是學生

4　因為一個人比較自由

答案：4

【關鍵句】そのほうが自由(じゆう)ですし。

- 這一題用「どうして」來詢問原因、理由。
- 本題重點在「学生のころから一人で暮らしているので、もう慣れちゃったんですよ。そのほうが自由ですし」這一句，男士表示自己從學生時期就一直是一個人住，已經習慣這樣的生活，也比較自由。「そのほうが自由ですし」的「し」在這邊是表理由、原因的用法，和「ので」、「から」意思相近，表示前面舉出的事項造成下面的情況、事態發生。這裡省略掉後面的「一人で暮らしています」（一個人住）。「もう慣れから」也可以當答案，不過選項沒有這一句，所以「自由」就是這題的答案。
- 從「いえ、すぐ近くなんです」可以得知 1 是錯的，男士的雙親和他住得並不遠。
- 內容並沒有提到因為父母住得很近所以男士才不和他們一起住，所以 2 是錯的。
- 從「学生のころから一人で暮らしている」這句也可以得知他現在已經不是學生了，所以 3 也是錯的。

單字と文法

- □ 暮(く)らす 生活
- □ 慣(な)れる 習慣
- □ さびしい 寂寞的
- □ ～がる 覺得…〔一般用於第三人稱〕

もんだい 2　第 19 題 答案跟解說

2-20

郵便局で、女の人と男の人が話しています。女の人は、現金をいくら払いましたか。

F：すみません。これ、アメリカまでお願いします。航空便で。

M：はい、ちょっと待ってください。えーと、260 円ですね。

F：それから、この切手、ずいぶん古いんですけど、まだ使えますか。

M：これですか。100 円切手 2 枚ですね。ええ、大丈夫ですよ。まだ使えます。

F：じゃあ、これ、ここに貼りますね。あと、これ残りの料金です。

M：はい、ありがとうございました。

女の人は、現金をいくら払いましたか。

【譯】

有位女士正在郵局和一位男士說話。請問這位女士付了多少現金呢？

F：不好意思。這個請幫我寄去美國，用空運。
M：好的，請您稍等一下。嗯…260圓。
F：還有，這個郵票已經很舊了，請問還能使用嗎？
M：這個嗎？2張100圓郵票嗎？嗯，沒問題的。還能用。
F：那我把這個貼在這裡喔！另外，這是剩下的費用。
M：好的，謝謝您。

請問這位女士付了多少現金呢？

1　60圓

2　160圓

3　200圓

4　260圓

解題關鍵

答案：1

【關鍵句】えーと、260 円(えん)ですね。
100 円切手(えんきって) 2 枚(まい)ですね。

▶「いくら」（多少…）可以用來詢問數量、程度、時間、價錢、距離等，在這邊用來問金額，這也是最常見的用法。要特別注意的是，題目有限定是問「現金」，可別把郵票的金額一起算進來了。

▶ 這一題的情境是女士要寄空運郵件到美國。男士首先表示總郵資是 260 圓（260 円ですね）。

▶ 接著女士想用郵票來抵郵資，從男士「100 円切手 2 枚ですね」這句發言可以得知，女士拿出兩張 100 圓的郵票來折抵，也就是抵掉 200 圓。

▶ 後來女士又說「あと、これ残りの料金です」，「あと」可以翻譯成「然後」、「還有」，指的是剩下的部分。「残りの料金」也就是指扣掉郵票後需要付的費用，答案就在這裡。

▶「260-200=60」，所以她給了男士 60 圓的現金。

▶ 國內寄信費用：在日本寄信的話，一般信件一封是 82 圓，一般明信片一張是 52 圓。

單字と文法

- □ **現金**(げんきん) 現金
- □ **払う**(はらう) 支付
- □ **航空便**(こうくうびん) 空運
- □ **ずいぶん** 很，非常
- □ **貼る**(はる) 貼〔上〕
- □ **料金**(りょうきん) 費用

もんだい 2 第 20 題 答案跟解說

2-21

女の人が話しています。いつバターを塗りますか。

F：今、200 度でパンを焼いています。もう少し大きくなってきたら、焼いている途中ですが、一度パンを出して、上にバターを塗ります。冷めないように急いで塗ってください。こうすると、においがずいぶん良くなりますよ。塗り終わったら、残り 10 分、続けて焼いてください。

いつバターを塗りますか。

【譯】

有位女士正在說話。請問什麼時候要塗奶油呢？

F：現在用200度來烤麵包。等它稍微變大了，雖然還在烤，但先把麵包拿出來，塗上奶油。為了別讓它冷卻請趕緊塗上。這樣的話香味就會非常棒喔！等塗完後，剩下的10分鐘，請繼續烤。

請問什麼時候要塗奶油呢？

1　在烤麵包前塗上
2　在烤麵包的過程中塗上
3　在麵包冷卻後塗上
4　在麵包烤完後塗上

解題關鍵

答案：2

【關鍵句】焼いている途中ですが、一度パンを出して、上にバターを塗ります。

- 「いつ」（什麼時候）表示不確定的時間，這一題用「いつ」來詢問塗奶油的時機。
- 題目當中有提到「バター」的地方是「焼いている途中ですが、一度パンを出して、上にバターを塗ります」，接著補充說明「冷めないように急いで塗ってください」。解題關鍵就在這裡。麵包烤到一半時要拿出來，趕緊塗上奶油以防它冷卻。所以答案是2。
- 「途中」指的是事物開始到結束的中間這段過程，也就是事情或動作還沒結束之前的這段時間。這裡的「一度」意思不是「一次」，而是「暫且」。句型「ように」意思是「為了…」，在這邊表示為了實現某個目的，而採取後面的行動。
- ～ようにする：爭取做到…、設法使…；使其…。【動詞辭書形；動詞否定形】＋ようにする：1.表示說話人自己將前項的行為、狀況當作目標而努力，或是說話人建議聽話人採取某動作、行為時。2.如果要表示把某行為變成習慣，則用「ようにしている」的形式。3.表示對某人或事物，施予某動作，使其起作用。

單字と文法

- □ バター【butter】奶油
- □ 塗る 塗抹
- □ 焼く 烤
- □ 冷める 冷卻
- □ におい 味道，氣味
- □ ～ようにする 使其…

2-22 21ばん

答え：①②③④

1　7時

2　7時半

3　9時

4　9時半

2-23 22ばん

答え：①②③④

1　仕事が忙しいから

2　英語が苦手だから

3　読んでみたら恥ずかしかったから

4　他の人に読まれたら恥ずかしいから

2-24 23 ばん

答え：① ② ③ ④

1　2時

2　2時10分

3　2時20分

4　2時30分

2-25 24 ばん

答え：① ② ③ ④

1　電車のほうが早く着くから

2　バスは途中で乗り換えなければいけないから

3　バス停より駅のほうが近いから

4　電車のほうが安いから

もんだい 2 第 21 題 答案跟解說

2-22

電話で、男の人と女の人が話しています。男の人は、何時までに帰ると言っていますか。

M：もしもし、僕だけど。ごめん、今日帰りが遅くなりそうなんだ。

F：ええっ。今朝出かける時には、今日は7時には帰れると言っていたのに、今もう7時半よ。

M：ごめん。急に残業することになっちゃって。でも、9時までには帰れるよ。

F：分かったわ。晩ご飯待っていてあげる。でも9時半過ぎても帰ってこなかったら、先に食べちゃうよ。

M：大丈夫だよ。

男の人は、何時までに帰ると言っていますか。

【譯】

有位男士正在電話裡和一位女士說話。請問這位男士說他幾點前回家呢？

M：喂？是我。抱歉，今天似乎會晚下班。
F：咦！今早出門時你說今天可以在7點前回家的，現在已經7點半了。
M：抱歉。突然要加班。但我9點前可以回去喔。
F：我知道了。我等你吃晚餐。但你如果超過9點半還沒有回來，我就先開動囉！
M：沒問題啦。

請問這位男士說他幾點前回家呢？

1　7點
2　7點半
3　9點
4　9點半

答案：3

【關鍵句】でも、9時までには帰れるよ。

▶ 這一題用「何時までに」（幾點前）問男士回家的時間底限。題目當中勢必會出現各式各樣的時間點混淆考生，要特別小心。

▶ 解題關鍵就在男士「でも、9時までには帰れるよ」這一句，「帰れる」是「帰る」的可能形，男士表明自己9點前就能回去，正確答案就是選項3。

▶ 選項1對應到「今日は7時には帰れると言っていたのに」，女士用「のに」抱怨男士說好7點能回來卻沒有遵守約定，7點指的是原本預定回家時間。

▶ 選項2對應到「今もう7時半よ」，7點半指的是現在時刻。

▶ 選項4對應到「でも9時半過ぎても帰ってこなかったら、先に食べちゃうよ」。「ても」（即使）是以前項為一個假定條件。「たら」（要是）是假定用法，也就是說假如前項的情況實現。這裡的9點半是一個預設的時間點，如果超過9點半還不回來，女士就要先開動了。所以9點半不是男士要回家的時間。

單字と文法

□ **ごめん** 抱歉

□ **ちゃう**「てしまう」省略形，表某種不希望的事情發生

もんだい 2　第 22 題 答案跟解說

2-23

男の人と女の人が話しています。女の人は、どうして日記を書くのをやめましたか。

M：僕、最近、勉強のために英語で日記を書いているんですよ。

F：すごいですね。私は英語が苦手だから無理です。日本語でなら、昔は書いていましたが。

M：やめちゃったんですか。仕事が忙しいからですか。

F：そうじゃなくて。

M：それじゃ、後で読んでみたら恥ずかしかったからとか？

F：そうでもなくて、誰か他の人に読まれたら恥ずかしいじゃないですか。

M：英語で書けば他の人も読もうと思わないですよ。

女の人は、どうして日記を書くのをやめましたか。

【譯】

有位男士正在和一位女士說話。請問這位女士為什麼不寫日記了呢？

M：我最近為了學英文，正在用英文寫日記呢！
F：真厲害！我英文不好所以辦不到。如果是用日文寫的話，我以前有寫過。
M：妳沒在寫了嗎？是因為工作很忙嗎？
F：不是的。
M：那是因為日後讀起來覺得很不好意思之類的嗎？
F：也不是。要是被別人看到的話不是很丟臉嗎？
M：用英文寫的話別人就不會想看了喔！

請問這位女士為什麼不寫日記了呢？

1　因為工作很忙

2　因為英文不好

3　因為讀了之後很不好意思

4　因為被別人看到很丟臉

解題關鍵

答案：4

【關鍵句】誰か他の人に読まれたら恥ずかしいじゃないですか。

▶ 這一題用「どうして」來詢問原因、理由。和其他類似題型不同的是，這一題解題關鍵沒有出現「ので」或「ため」等表示理由的句型，而是用反問的方式帶出答案。

▶ 女士表示自己以前曾用日語寫過日記「日本語でなら、昔は書いていましたが」，「なら」表示假定條件，舉出一個事項並且說明。

▶ 男士聽到她用「昔」和「ていました」，判斷對方現在已經沒有在寫了，所以詢問她是不是因為工作很忙的關係「やめちゃったんですか。仕事が忙しいからですか」。女士以「そうじゃなくて」來否認。

▶ 男士接著又猜：「後で読んでみたら恥ずかしかったからとか」（因為日後讀起來覺得很不好意思之類的嗎），這裡的「とか」不是語氣輕鬆的例舉，而是表示不確定。對此女士又否定「そうでもなくて」，接著補上一句「誰か他の人に読まれたら恥ずかしいじゃないですか」，用「じゃないですか」反詰、確認語氣帶出她的想法：「被別人看到的話很丟臉」，這也就是正確答案。「読まれる」是「読む」的被動式，加上「たら」表示假定。

▶ ～とか：好像…、聽說…。【名詞；形容動詞詞幹；[名詞・形容詞・形容動詞・動詞]普通形】＋とか。用在句尾，接在名詞或引用句後，表示不確切的傳聞。

單字と文法

□ **日記** 日記
□ **無理** 辦不到，沒辦法
□ **恥ずかしい** 不好意思的，害羞的
□ **すごい** 厲害
□ **昔** 以前
□ **～とか** 表示不確定
□ **苦手** 不擅長

說法百百種

▶ **預設陷阱的說法**

かわいいとか声がいいとかじゃないと思うよ。
／我想那不是長得可愛或是聲音甜美就好了。

うーん、前の彼女もやさしいしきれいでよかったんですが…。
／嗯，之前的女友雖然很不錯，人也溫柔又美麗…。

台風が来ても地震が起きても大丈夫だったのに、本当に気の毒です。
／之前不管是颱風，還是地震都熬過去了，（現在卻…。）真可憐！

もんだい 2　第 23 題 答案跟解說

2-24

家で、男の子と女の人が話しています。二人は、何時に出かけますか。

M：ねえ、お母さん、もう 2 時だよ。外に遊びに行こうよ。いい天気なのに、うちにいるばかりでつまらないよ。

F：そうね、それじゃ、公園に行こうか？

M：じゃあ、僕、帽子とってくるね。

F：ちょっと待って。お母さん今、お皿を洗っている途中でしょう？もうすぐ終わるから。

M：じゃ、後 10 分で出発だね。

F：だめよ。お母さんもいろいろ準備するんだから。後 30 分待って。

M：わかったよ。

二人は、何時に出かけますか。

【譯】

有個男孩正在家裡和一位女士說話。請問兩人幾點要出門呢？

M：欸，媽媽，已經２點了喔！我們去外面玩啦！天氣這麼好，只待在家的話太無聊了啦！

F：說的也是。那我們去公園吧？

M：那我去拿帽子。

F：等等。媽媽現在不是在洗盤子嗎？馬上就好了。

M：那10分鐘後出發吧？

F：不行啦。媽媽也要做各種準備才行。你再等30分鐘。

M：好啦。

請問兩人幾點要出門呢？

1　２點

2　２點10分

3　２點20分

4　２點30分

答案：4

【關鍵句】もう２時だよ。
後 30 分待って。

- 這一題問題的疑問詞是「何時」（幾點）。這類問時間的題目除了要掌握每個時間點代表什麼，有時也需要加減運算以推出正確時間。
- 男孩首先說：「もう２時だよ」，指出現在的時間是２點，然後要媽媽一起去外面玩「外に遊びに行こうよ」。
- 媽媽提議去公園「それじゃ、公園に行こうか」，男孩心急地表示他要去拿帽子，也就是他同意，而且要馬上出發。
- 不過媽媽說自己還在洗盤子，並用一句「もうすぐ終わるから」暗示男孩再等一下就好。男孩接著表示「じゃ、後10分で出発だね」，「後Ａ分」意思是「再Ａ分鐘」，也就是說２點 10 分出發。
- 不過媽媽用「だめよ」回絕，並要男孩再等 30 分鐘「後 30 分待って」，男孩以「わかったよ」表示接受。
- 所以兩人出門的時間應該是２點再往後延半小時，答案是２點 30 分。

單字と文法

- □ **つまらない** 無聊的
- □ **準備** 準備
- □ **もう** 已經…了

もんだい2　第24題答案跟解說　2-25

会社で、男の人と女の人が話しています。女の人は、どうして電車で行きますか。

M：明日は会社から会場まで何で行きますか。

F：どうしようかな。電車のほうがバスよりは少し早いですよね。料金はバスのほうが安いですけど……。うーん。私は電車にします。

M：そうですね。早いほうがいいですからね。

F：いえ、そうじゃなくて、ここからバス停まではちょっと歩かなければいけないでしょう？

M：そういえばそうですね。それに比べて駅はすぐ隣ですからね。それじゃ、僕も電車にしようかな。電車は直接会場まで行けるんですか。

F：いえ、途中で2回乗り換えなければいけません。

M：え、そうなんですか。それじゃ、僕は何度も乗り換えるのは嫌だから、バスにします。

女の人は、どうして電車で行きますか。

【譯】

有位男士正在公司和一位女士說話。請問這位女士為什麼要搭電車去呢？

M：明天妳要怎麼從公司去會場呢？

F：怎麼辦才好呢？電車比公車稍微快一點吧？費用的話公車是比較便宜啦…嗯…我要搭電車。

M：也是。早點抵達也比較好。

F：不，不是這樣的。從這裡走到公車站必須走上一段路對吧？

M：這麼說起來是耶！相較之下車站就在隔壁而已。那我也搭電車吧？電車可以直接抵達會場嗎？

F：不行，中途必須換2次車。

M：咦？是這樣的嗎？那我討厭一直換車，我要搭公車。

請問這位女士為什麼要搭電車去呢？

1　因為電車比較快到

2　因為公車必須在中途換車

3　因為比起公車站，車站比較近

4　因為電車比較便宜

解題關鍵

答案：3

【關鍵句】そうじゃなくて、ここからバス停までではちょっと歩かなければいけないでしょう？

▶ 這一題用「どうして」來詢問原因、理由。這一題和 22 題類似，解題關鍵處沒有出現「ので」或「ため」等表示理由的句型，而是用問句帶出答案。

▶ 女士用「にする」句型表示自己要搭電車（私は電車にします），男士說：「そうですね。早いほうがいいですからね」。他以為女士要搭電車是因為電車比較快。

▶ 不過女士用「いえ、そうじゃなくて」來否定他的誤解。並用「ここからバス停まではちょっと歩かなければいけないでしょう？」（從這裡走到公車站必須走上一段路對吧）來暗示自己不想走到公車站。「動詞否定形＋なければならない」意思是「必須…」，表示受限於規範、常識等不得不去做某個行為。「でしょう？」可以用於向對方確認某件事情，或是徵詢同意。

▶ 而且男士也以「それに比べて駅はすぐ隣ですからね」來回應，表示電車車站就在公司的隔壁而已，如果要搭公車還必須先走一段路。這也就是女士選擇電車的理由。

單字と文法

□ 会場 會場

□ 何度 多次

□ ～なければならない 必須…

2-26 25ばん

答え：①②③④

1　2枚(まい)

2　3枚(まい)

3　5枚(まい)

4　10枚(まい)

2-27 26ばん

答え：①②③④

1　全然動(ぜんぜんうご)かない

2　スピードが速(はや)い

3　スピードが遅(おそ)い

4　電源(でんげん)が切(き)れている

2-28 27ばん

答え：①②③④

1 青い手袋（あお、てぶくろ）

2 白い手袋（しろ、てぶくろ）

3 ピンクの手袋（てぶくろ）

4 うさぎの絵の手袋（え、てぶくろ）

2-29 28ばん

答え：①②③④

1 隣の人（となり、ひと）

2 会社の人（かいしゃ、ひと）

3 伊藤さん（いとう）

4 友達（ともだち）

もんだい 2　第 25 題 答案跟解說

2-26

会社で、男の人と女の人が話しています。封筒は、何枚足りませんか。

M：すみません、そこの封筒、10 枚とっていただけますか。

F：はい。あ、でも、ここにはあと 5 枚しかありませんよ。

M：え、そうですか。じゃあ、机の引き出しの中はどうですか。

F：ここですか。ああ、ありました。でも 2 枚だけですよ。

M：おかしいですね。昨日はもっとたくさんあったんですが。

F：たぶん誰かが使ったんでしょうね。私が今から買いに行きましょうか。

M：すみません。お願いします。

封筒は、何枚足りませんか。

【譯】

有位男士正在公司裡和一位女士說話。請問信封不夠幾個呢？

M：不好意思。那邊的信封，妳能幫我拿10個嗎？
F：好的。啊，不過這裡只剩 5 個囉！
M：咦？是喔。那桌子抽屜裡面呢？
F：這裡嗎？啊，有的。但只有 2 個喔！
M：怪了。昨天還有更多的啊！
F：大概是有人用掉了吧？要不要我現在去買呢？
M：不好意思，那就麻煩妳了。

請問信封不夠幾個呢？

1　2 個
2　3 個
3　5 個
4　10個

答案：2

【關鍵句】ここにはあと５枚しかありませんよ。
でも２枚だけですよ。

- ▶ 這一題問的是「封筒は、何枚足りませんか」，用「何枚」來問信封數量。要注意題目問的是“不夠幾個”，所以一定要先掌握整體所需的數量，並注意數量上的加減變化。
- ▶ 從男士發言：「そこの封筒、10 枚とっていただけますか」可以得知信封總共需要 10 個。「ていただけますか」用在想請對方幫忙做某件事時，先徵詢對方的意願。
- ▶ 女士說：「ここにはあと５枚しかありませんよ」，提醒對方信封只有５個而已。接著男士請對方看看桌子抽屜裡面「じゃあ、机の引き出しの中はどうですか」，用「どうですか」來詢問有無的情況。
- ▶ 女士回答「でも２枚だけですよ」，表示只有２個。
- ▶ 從以上對話可以發現，總共要 10 個，女士先找到５個，接著又找到２個，「10 - 5 - 2 = 3」，所以還缺３個信封。

單字と文法

- □ **封筒** 信封
- □ **～枚** …個，…張
- □ **しか**（しか＋否定）只有…、僅僅…

說法百百種

▶ **數量干擾說法**

タクシー３台じゃ無理よね。１台に５人は乗れないもんね。
／叫３台計程車會擠不下啦。因為１台沒辦法擠５個人嘛。

お客さん、100 円足りませんよ。／客人，還差 100 日圓喔。

これ、１個だと 220 円なんだけど。３個買ったら、安いよ。
／這一個是賣 220 日圓喔。３個一起買，便宜喔！

もんだい 2　第 26 題 答案跟解說

2-27

女の人と男の人が話しています。コンピューターはどうですか。

F：コンピューターどう？全然動かなかったんでしょう？

M：今は動くようにはなったよ。

F：電源が切れていたの？

M：そうじゃないよ。でも、まだちょっとおかしいんだよね。

F：どうして？動くようになったんでしょう？

M：うん、そうなんだけど、まだスピードが遅いんだよ。

F：私にも見せて。うん、本当ね。いつもはもっと速いよね。修理に出したら？

M：うん、そうするよ。

コンピューターはどうですか。

【譯】

有位女士正在和一位男士說話。請問電腦怎麼了呢？

F：電腦怎麼樣？完全跑不動對不對？
M：現在是跑得動了啦。
F：是關機了嗎？
M：不是的。但還是有點怪怪的。
F：為什麼？已經跑得動了不是嗎？
M：嗯，雖說如此，但速度還是很慢啊。
F：也給我看看。嗯，真的耶。平時跑更快的。要不要拿去送修？
M：嗯，我會送修的。

請問電腦怎麼了呢？

1　完全跑不動
2　速度很快
3　速度很慢
4　關機了

解題關鍵 答案：3

【關鍵句】まだスピードが遅(おそ)いんだよ。

▶ 這一題用「どうですか」詢問電腦的狀態，遇到這種題型，不妨多留意題目中針對電腦性能或外觀上的描述。

▶ 從「今は動くようにはなったよ」可以得知選項 1 是錯的。「ようになる」表示能力、狀態或行為發生變化。也就是說電腦剛剛跑不動，不過現在跑得動了。

▶ 後面男士又說「まだちょっとおかしいんだよね」，表示電腦雖然跑得動但還是有點怪怪的。從接下來的「まだスピードが遅いんだよ」可以得知「怪怪的」指的是速度很慢。所以答案是 3。

▶ 選項 2 對應到「いつもはもっと速いよね」，這指的是電腦「平時」速度比較快，而不是指現在的情況。

▶ 選項 4 對應到「電源が切れていたの」，這句話是女士問男士電腦故障是不是因為關機，不過男士回答「そうじゃないよ」，否定了她的疑惑，所以 4 也是錯的。

單字と文法

- □ コンピューター【computer】電腦
- □ スピード【speed】速度
- □ 電源(でんげん) 電源
- □ 修理(しゅうり)に出(だ)す 送修
- □ 切(き)れる 切斷

デパートで、女の人と男の人が話しています。二人は、どの手袋を買いましたか。

F：この手袋、由貴ちゃんにどう？

M：この青いの？いいけど、男の子みたいじゃない？こっちの白のほうがかわいいと思うよ。

F：そうだけど、白はすぐ汚れちゃうから、だめよ。

M：そうか。それじゃ、このピンクのはどう？うさぎの絵が付いているの。

F：それじゃ、子供みたい。由貴ちゃんもう 6 年生なんだから、そんなの嫌がるんじゃない？

M：そう？じゃ、やっぱり、最初に見たのにしよう。

二人は、どの手袋を買いましたか。

【譯】

有位女士正在百貨公司裡和一位男士說話。請問兩人要買哪款手套呢？

F：這個手套，買給由貴如何？
M：這個藍色的？是不錯啦，但是不會很男孩子氣嗎？我覺得這個白色的比較可愛。
F：這麼說是沒錯啦，但是白色很快就髒了，不行啦！
M：是喔。那這個粉紅色的呢？有兔子圖案的。
F：那個很孩子氣。由貴已經六年級了，會很排斥那種的吧？
M：會嗎？那還是選最先看到的那個吧！

請問兩人要買哪款手套呢？

1　藍色手套
2　白色手套
3　粉紅色手套
4　有兔子圖案的手套

答案：1

【關鍵句】この青いの？
じゃ、やっぱり、最初に見たのにしよう。

- ▶ 這一題用「どの」來發問，表示要在眾多事物當中選出一個，所以要仔細聽每款手套的特徵，可別搞混了。
- ▶ 一開始女士拿了一副藍色手套詢問男士意見，男士說：「この青いの？いいけど、男の子みたいじゃない？」，男士先說「いいけど」，這邊的「いい」是「好」的意思，不過又透過「けど」委婉地否定對方的提議，並用表示確認的「じゃない？」提出自己的看法：「但是不會很男孩子氣嗎」。「N＋みたい」意思是「像N」，是口語用法。
- ▶ 接著男士用「と思う」這個表示意見、想法的句型暗示買白的比較好「こっちの白のほうがかわいいと思うよ」。不過女士也否定了他的想法「白はすぐ汚れちゃうから、だめよ」。
- ▶ 接著男士又用「どう？」來詢問對方對於粉紅色有兔子圖樣的手套如何「それじゃ、このピンクのはどう？うさぎの絵が付いているの」。不過女士表示這款看起來很幼稚，由貴不會喜歡。
- ▶ 解題關鍵就在男士接下來的發言：「じゃ、やっぱり、最初に見たのにしよう」。「じゃ」是「では」的口語形，表示說話者接著前面所討論的事物進行發言。「にする」用在購物場景時表示要買某樣東西。句型「（よ）う」表示說話者想要做某件事的意志，也可以用來邀請對方一起做某個行為。
- ▶ 這個「最初」指的是一開始說的，也就是藍色手套。

單字と文法

- □ 手袋 手套
- □ うさぎ 兔子
- □ 汚れる 變髒
- □ 嫌がる 排斥，討厭
- □ ピンク【pink】粉紅色

もんだい 2　第 28 題 答案跟解說

2-29

家で、男の人と女の人が話しています。誰に果物をあげますか。

M：あれ、果物がたくさんあるね。どうしたの？

F：ああ、それ。お隣にいただいたの。たくさんあるから、明日、少し会社に持っていって、会社の人にあげてくれる？

M：ええっ、果物は重いから嫌だなあ。そうだ。3階の伊藤さんにあげたら？この前、お土産もらったんでしょう？

F：伊藤さんにはもうお返ししたわ。

M：うーん。困ったね。 あ、明日、友達が遊びに来ると言っていたよね？友達にあげれば？

F：それが、急に用事ができて来られなくなったの。さっき電話があったわ。だから、やっぱり会社に持っていってよ。早くしないと悪くなっちゃうし。

M：わかったよ。

誰に果物をあげますか。

【譯】

有位男士正在家裡和一位女士說話。請問要把水果給誰呢？

M：咦？有好多水果啊！怎麼了嗎？

F：啊，那個。隔壁鄰居送的。還滿多的，你明天能帶一點去公司給公司的人嗎？

M：欸～水果很重我才不要。對了，給 3 樓的伊藤先生如何呢？前陣子才收到他給我們的伴手禮對吧？

F：伊藤先生我已經有送回禮了。

M：嗯～還真是苦惱。啊，妳說有朋友明天要來玩吧？送給朋友呢？

F：說到這個，對方有急事不能來了。剛剛朋友有打電話來。所以，你還是帶去公司吧！不趕快的話會爛掉的。

M：好啦。

請問要把水果給誰呢？

1　隔壁鄰居　　2　公司的人

3　伊藤先生　　4　朋友

答案：2

【關鍵句】やっぱり会社(かいしゃ)に持(も)っていってよ。

- 這一題問的是「誰」，也就是問贈送水果的對象。「AにBをあげる」意思是「把B給A」。
- 從「お隣にいただいたの」可以知道選項１是錯的。「いただく」是謙讓語，表示己方從別人那裡得到某樣東西。水果既然是鄰居送的，當然不會再拿去給他們。
- 接著女士表示「明日、少し会社に持っていって、会社の人にあげてくれる？」，用「てくれる？」詢問對方願不願意幫自己忙。她要男士拿去送給公司的人，不過男士回答「ええっ、果物は重いから嫌だなあ」，「嫌だ」是很直接的拒絕方式，意思是「不要」。
- 接著男士用「たら？」來建議女士送給３樓的伊藤先生「３階の伊藤さんにあげたら？」，女士否定這個提議，表示已經送過回禮給對方「伊藤さんにはもうお返ししたわ」。
- 男士又以「ば？」來提議送給女士的友人「友達にあげれば？」。「たら」和「ば」都是假定用法，可以當成疑問句用來給建議，後面省略了「どうだろう」等。不過女士也表示朋友不能來「急に用事ができて来られなくなったの」，暗示了不能送給朋友。
- 最後女士又說「やっぱり会社に持っていってよ」，要男士拿去公司。這個「やっぱり」（還是）用在經過多方思考後，仍然覺得原本的想法最好。對此男士說「わかったよ」，表示他同意這麼做。所以水果要送給公司的人。
- あげる：表示給予人（說話人或說話一方的親友等），給予接受人有利益的事物。句型是「給予人は（が）接受人に～をあげます」。給予人是主語。謙讓語是「さしあげる」。くれる：表示他人給說話人（或說話一方）物品。句型是「給予人は（が）接受人に～をくれる」。給予人是主語。尊敬語是「くださる」。もらう：表示接受別人給的東西。這是以說話人是接受人，且接受人是主語的形式，或說話人是站在接受人的角度來表現。句型是「接受人は（が）給予人に～をもらう」。謙讓語是「いただく」。

單字と文法

- □ お隣(となり) 隔壁鄰居
- □ お返(かえ)し 回禮
- □ やっぱり 還是

2-30 29 ばん

答え：①②③④

1　テニス場(じょう)

2　電器屋(でんきや)

3　食事(しょくじ)

4　郵便局(ゆうびんきょく)

2-31 30 ばん

答え：①②③④

1　背(せ)が低(ひく)いから

2　背(せ)が高(たか)いから

3　小学生(しょうがくせい)は乗(の)ってはいけないから

4　来年(らいねん)からしか乗(の)ってはいけないから

2-32 31ばん

答え：①②③④

1　5時(じ)

2　6時(じ)

3　8時(じ)

4　9時(じ)

2-33 32ばん

答え：①②③④

1　忘(わす)れ物(もの)がないかどうか

2　道(みち)が分(わ)かるかどうか

3　天気(てんき)が晴(は)れるかどうか

4　ガソリンが足(た)りるかどうか

もんだい 2　第 ㉙ 題 答案跟解說　2-30

家で、女の人と男の人が話しています。男の人は、このあと最初にどこに行きますか。

F：あれ、出かけるの？テニス、午後からでしょう？

M：うん、そうだよ。買い物を思い出したから、ちょっと電器屋に行ってこようと思って。

F：電器屋さんからそのままテニス場に行くの？

M：いや、一度家に帰ってくるよ。まだ時間あるから、家でお昼ご飯を食べてから行くよ。

F：そう、じゃあ、電器屋さんに行く前に、郵便局に寄ってくれる？荷物を出してほしいんだ。

M：うん、いいよ。

男の人は、このあと最初にどこに行きますか。

【譯】

有位女士正在家裡和一位男士說話。請問這位男士接下來最先要去哪裡呢？

F：咦？你要出門喔？網球不是下午要打嗎？
M：嗯，是啊。我想起來我要買點東西，想去一下電器行。
F：你要從電器行直接去網球場嗎？
M：沒有，我會先回家一趟。還有時間，所以會在家裡吃完中餐再去。
F：是喔，那你去電器行之前能幫我去趟郵局嗎？我想請你幫我寄東西。
M：嗯，好啊。

請問這位男士接下來最先要去哪裡呢？

1　網球場

2　電器行

3　吃飯

4　郵局

解題關鍵

答案：4

【關鍵句】電器屋(でんきや)さんに行(い)く前(まえ)に、郵便局(ゆうびんきょく)に寄(よ)ってくれる？

- 遇到「このあと最初にどこに行きますか」這種問題，就要知道所有目的的先後順序，並抓出第一個要去的地點，可別搞混了。
- 從開頭的對話可以得知男士下午要打網球「テニス、午後からでしょう？」，而男士現在出門是打算去電器行「ちょっと電器屋に行ってこようと思って」，所以電器行的順序排在網球場前。
- 接著女士又問「電器屋さんからそのままテニス場に行くの？」（去完電器行後要直接去網球場嗎），「そのまま」原意是保持原貌、沒有任何改變，在這邊指沒有其他行程，也就是不回家直接過去。對此男士回答「いや、一度家に帰ってくるよ。まだ時間あるから、家でお昼ご飯を食べてから行くよ」。「いや」的作用是否定對方所述。從這邊可以得知去電器行之後，男士會先回家吃飯，再去網球場。
- 最後女士說「電器屋さんに行く前に、郵便局に寄ってくれる？」，用「てくれる？」這句型拜託男士在去電器行之前，幫忙去一趟郵局。
- 統整以上內容，可以發現四個選項的順序是「郵便局→電器屋→食事（家）→テニス場」，所以男士接下來最先去的地方是郵局。
- ～まま：…著。【名詞の；形容詞辭書形；形容動詞詞幹な；動詞た形】＋まま。表示附帶狀況，指一個動作或作用的結果，在這個狀態還持續時，進行了後項的動作，或發生後項的事態。

單字と文法

□ テニス【tennis】網球

□ ～場(じょう) …場

□ ～まま〔指狀態還持續〕…著

もんだい 2　第 30 題 答案跟解說　2-31

遊園地で、女の人と男の人が話しています。太郎君は、どうして乗り物に乗ることができませんか。

F：これ、小学生の子も乗っていいですか。

M：はい。背がこの線より高ければ、大丈夫ですよ。

F：太郎、こっちに来て、ここに立ってみて。あら、ちょっと足りないわ。

M：申し訳ございません。残念ですが、まだお乗りいただけません。太郎君、来年はきっと乗れるからね。

太郎君は、どうして乗り物に乗ることができませんか。

【譯】

有位女士正在遊樂園裡和一位男士說話。請問太郎為什麼不能搭乘遊樂器材呢？

F：這個小學生也能搭乘嗎？
M：是的。只要身高比這條線還高，就沒問題。
F：太郎，你過來，站在這裡看看。唉呀，有點不夠呢。
M：非常抱歉。雖然有點可惜，但還不能搭乘。太郎，你明年一定可以搭乘的！

請問太郎為什麼不能搭乘遊樂器材呢？

1　因為身高很矮

2　因為身高很高

3　因為小學生不能搭乘

4　因為只能從明年起搭乘

解題關鍵

答案：1

【關鍵句】背がこの線より高ければ、大丈夫ですよ。
あら、ちょっと足りないわ。

▶ 這一題問的是「どうして」，要知道為什麼太郎不能搭乘遊樂器材。「ことができない」表示沒有能力或是沒有獲得許可做某件事情。

▶ 女士首先以「ていいですか」的句型詢問小學生是否能搭乘這項遊樂器材「これ、小学生の子も乗っていいですか」。男士先用「はい」表示肯定，接著補充說明：「背がこの線より高ければ、大丈夫ですよ」。「ば」是條件用法，表示如果前項成立，後項也能成立。從這邊可以知道，小學生搭乘這項器材有個條件，就是身高要比這條線還高。

▶ 後來女士要太郎來量量看身高「太郎、こっちに来て、ここに立ってみて」。「てみる」表示嘗試性地做某項動作。結果發現太郎身高差一點「ちょっと足りないわ」，也就是說他的身高不到這條線的高度，所以不能搭乘。身高太矮就是這一題的答案。

單字と文法

□ **乗り物**〔遊樂園的〕遊樂器材

□ **背** 身高

□ **申し訳ございません** 非常抱歉

□ **きっと** 一定，絕對

もんだい 2　第 31 題 答案跟解說　2-32

テレビで、男の人が話しています。お祭りは、何時から始まりますか。

M：皆さんこんにちは。今、午後5時ちょうどです。今日はこのあと大川町のお祭りがありますので、皆さんにご紹介したいと思います。道の両側には食べ物やお土産のお店がたくさんならんでいます。皆さん忙しく準備をしているところです。お祭りが始まるまでは、まだ1時間ありますが、もうたくさん見物のお客さんが集まっています。着物を着ている人も多いですね。8時からは花火も上がる予定になっています。お祭りは午後9時まで行われますので、今からでもぜひいらっしゃってください。

お祭りは、何時から始まりますか。

【譯】

有位男士正在電視上說話。請問廟會從幾點開始呢？

M：各位午安。現在正好是下午 5 點。今天等一下有大川町的廟會，所以想要介紹給各位知道。街道兩旁有許多販售食物和紀念品的店家。大家正在忙碌地準備中。距離廟會開始還有 1 個小時，不過已經聚集了許多前來觀賞的遊客。也有很多穿著和服的人呢！預計 8 點開始施放煙火。廟會舉行到晚上 9 點，現在過來也可以，請各位一定要來玩玩。

請問廟會從幾點開始呢？

1　5 點

2　6 點

3　8 點

4　9 點

解題關鍵

答案：2

【關鍵句】今、午後5時ちょうどです。
お祭りが始まるまでは、まだ1時間ありますが、…。

- ▶ 這一題用「何時から」詢問廟會開始的時間，題目中勢必會出現許多時間混淆考生，一定要仔細聽出每個時間點代表什麼意思。
- ▶ 男士一開始提到「今、午後5時ちょうどです」，表示現在正好是下午5點。「ちょうど」意思是「剛好」，表示不多也不少，剛好符合某個基準。
- ▶ 從下一句「今日はこのあと大川町のお祭りがあります」的「このあと」（之後）可以得知廟會開始的時間不是5點，所以1是錯的。
- ▶ 解題關鍵在「お祭りが始まるまでは、まだ1時間あります」。「まで」表示時間的迄止範圍，也就是說距離廟會開始還有1個鐘頭的時間。既然現在是5點，那祭典就是6點開始，正確答案是2。
- ▶ 3對應到「8時からは花火も上がる予定になっています」，8點是放煙火的時間。
- ▶ 從「お祭りは午後9時まで行われます」這句可以得知9點是廟會結束的時間，所以4是錯的。

單字と文法

- □ **お祭り** 廟會，祭典
- □ **紹介する** 介紹
- □ **両側** 兩旁，兩側
- □ **見物** 觀賞，參觀
- □ **着物** 和服
- □ **花火** 煙火

說法百百種

▶ **狀況說明**

後ろ汚れてるよ。そうそう、下の真ん中のほう。
／後面髒了喔。對對，在下面的正中央那裡。

コンピューターは音は出るんだけど、画面が出ないです。
／電腦是有聲音，但卻沒畫面。

最近、村は、人も多くなり、若い人も住むようになりました。
／近來村莊人口增多，年輕人也搬來這裡住了。

もんだい 2 第32題答案跟解說

2-33

車の中で、男の人と女の人が話しています。女の人は、何が心配ですか。女の人です。

M：忘れ物ない？大丈夫？

F：うん。お弁当も持ったし、ジュースも買ったし。

M：道はちゃんと分かっているの？僕は全然知らないんだから、ちゃんと教えてよ。

F：大丈夫。前に何度も行ったことあるから。

M：それなら、安心だね。でも、天気がちょっと心配だな。曇ってきたみたいだよ。

F：天気予報では、朝は曇るけど午後から晴れると言っていたわよ。

M：そう？それならいいけど。

F：あら、ガソリンがなくなりそう。

M：これだけあれば、充分だよ。そんなに遠くじゃないんでしょう？

F：でも、ちょっと心配ね。途中、山道通るから。

M：それなら、もう少し行ったところにガソリンスタンドがあるから、そこで入れよう。

女の人は、何が心配ですか。

【譯】

有位男士正在車裡和一位女士說話。請問這位女士擔心什麼呢？是女士。

M：有沒有忘了帶什麼東西？沒問題吧？
F：嗯。便當也帶了，果汁也買了。
M：路妳熟嗎？我完全不知道該怎麼走，妳仔細說明給我聽吧。
F：沒問題。我之前去過好幾次了。
M：那我就放心了。但是天氣有點讓人擔心耶。好像轉陰了。
F：氣象預報說早上雖是陰天，但下午開始就會放晴了。
M：是喔？那就好。
F：唉呀！汽油好像快沒了。
M：這些就夠了。路程沒那麼遠吧？
F：但令人有點擔心吧？途中要開山路。
M：這樣的話，再往前一點有間加油站，我們在那裡加油吧！

請問這位女士擔心什麼呢？

1　有沒有忘記帶東西　　2　不曉得知不知道路
3　天氣會不會放晴　　4　汽油夠不夠

解題關鍵　　答案：4

【關鍵句】あら、ガソリンがなくなりそう。
でも、ちょっと心配(しんぱい)ね。途中(とちゅう)、山道通(やまみちとお)るから。

- 「Aが心配だ」表示很擔心A。這一題用「何が心配ですか」來詢問女士為了什麼而感到擔心。要注意主角是女士。
- 「Aが心配だ」表示很擔心A。這一題用「何が心配ですか」詢問女士為了什麼而感到擔心。要注意主角是女士。
- 對話開頭男士詢問「忘れ物ない？大丈夫？」，女士用語氣輕鬆隨便的肯定感動詞「うん」來表示自己沒有忘記帶東西，可見她不擔心東西沒有帶齊，1是錯的。
- 接下來提到路線，男士表示自己不知道路，要女士告訴他「僕は全然知らないんだから、ちゃんと教えてよ」。對此女士回答「大丈夫」，要男士放心，可見她也不擔心迷路，所以2是錯的。
- 接著一句「天気がちょっと心配だな。曇ってきたみたいだよ」，要注意說這句話的人是男士。女士回答他：「天気予報では、朝は曇るけど午後から晴れると言っていたわよ」，用氣象預報來消除男士對天氣的不安，可見女士也不擔心天氣好壞，3也是錯的。
- 最後女士注意到汽油似乎快沒了「ガソリンがなくなりそう」，「動詞ます形＋そう」是樣態用法，意思是「快要…」，表示某件事即將發生。對此男士覺得不要緊，但女士還是擔心「でも、ちょっと心配ね」。所以女士擔心的事情是不知道汽油夠不夠。

單字と文法

- □ 忘(わす)れ物(もの)　忘記帶的東西
- □ 安心(あんしん)　放心
- □ 曇(くも)る〔天氣〕陰
- □ 晴(は)れる　放晴
- □ 山道(やまみち)　山路
- □ ガソリンスタンド【(和) gasoline ＋ stand】加油站

2-34 33 ばん

答え：①②③④

1　電車（でんしゃ）で

2　バスで

3　歩（ある）いて

4　タクシーで

34 ばん

答え：①②③④

1　野球（やきゅう）のゲーム

2　魚（さかな）のおもちゃ

3　消防車（しょうぼうしゃ）のおもちゃ

4　人形（にんぎょう）

2-36 35 ばん

答え：① ② ③ ④

1 古(ふる)いマンションだから

2 駅(えき)から遠(とお)いから

3 駐車場(ちゅうしゃじょう)が隣(となり)にないから

4 バス停(てい)がすぐ前(まえ)にあるから

2-37 36 ばん

答え：① ② ③ ④

1 3つ

2 4つ

3 5つ

4 7つ

2-38 37 ばん

答え：① ② ③ ④

1 今日(きょう)の午前中(ごぜんちゅう)

2 今日(きょう)の夜(よる)

3 明日(あした)の午前中(ごぜんちゅう)

4 明日(あした)の夜(よる)

もんだい 2 第 33 題 答案跟解說

2-34

女の人と男の人が話しています。女の人は、何で帰りますか。

F：あ、もうこんな時間。電車がなくなっちゃうから、私はお先に失礼します。

M：ごめん。気がつかなくて。でも、この時間だと、最後の電車、もう出ちゃったよ。

F：たいへん。どうしましょう？

M：バスは 12 時半まであったと思うよ。

F：でも、ここからバス停まで遠いから、今から歩いていったら間に合わないですよね。

M：じゃあ、僕が家までタクシーで送ってあげるよ。同じ方向だし、僕ももう帰るから。

F：そうですか。それじゃ、お願いします。

女の人は、何で帰りますか。

【譯】

有位女士正在和一位男士說話。請問這位女士要怎麼回家呢？

F：啊，已經這個時間了。電車快沒班次了，我先走了。
M：抱歉，我沒注意到這點。但是這個時間的話，電車末班車已經走了喔！
F：糟糕！怎麼辦？
M：我想公車到12點半都還有車。
F：但從這邊到公車站很遠，現在走過去也來不及了吧？
M：那我們搭計程車送妳回家吧。方向一樣，而且我也要回去了。
F：這樣啊。那就麻煩你了。

請問這位女士要怎麼回家呢？

1　搭電車
2　搭公車
3　走路
4　搭計程車

攻略的要點 要聽懂無法搭乘各項交通工具的暗示！

答案：4

【關鍵句】じゃあ、僕が家までタクシーで送ってあげるよ。

- 「何で」唸成「なんで」時一般用來詢問原因。不過在這題是指「用什麼工具、方式」。
- 從「電車がなくなっちゃうから、私はお先に失礼します」這句可以得知女士想搭電車回家。「ちゃう」是「てしまう」的口語說法，語氣較為輕鬆隨便。
- 不過男士回說「この時間だと、最後の電車、もう出ちゃったよ」，表示電車末班車已經走了，這暗示女士不能搭電車回家，所以 1 是錯的。「名詞＋だ＋と」在此表示假定條件，如果前項成立的話後項也會跟著成立。
- 接著男士建議她搭公車「バスは 12 時半まであったと思うよ」，女士回答「でも、ここからバス停まで遠いから、今から歩いていったら間に合わないですよね」，表示就算現在走過去站牌也趕不上公車的末班車時間，所以 2 也是錯的。
- 最後男士表示「僕が家までタクシーで送ってあげるよ」，「てあげる」意思是要幫對方做某件事情，也就是說男士要搭計程車送女士一程。女士也回答「それじゃ、お願いします」表示她接受了這個提議。所以正確答案是搭計程車。
- 在日本遇到不能搭電車或公車的情況時，可以選擇搭計程車，只是計程車花費較高。日本計程車的特色是，左側車門會自動打開，也會自動關閉，乘客完全不用動手喔！

單字と文法

□ **送る** 送〔行〕

□ **方向** 方向

もんだい 2　第 34 題答案跟解說

2-35

部屋で、女の人と男の子が話しています。どのおもちゃをあげますか。

F：ひろし。この野球のゲーム、もう遊ばないでしょう？５階のあきら君にあげてもいい？

M：ええっ。それはまだ遊ぶから、だめ。

F：じゃ、この魚のおもちゃは？水の中で泳ぐんでしょう？

M：いいけど、もう壊れちゃって、全然泳がないよ。

F：それじゃ、あげられないね。じゃ、この消防車のおもちゃは？

M：いいけど、だいぶ汚れてるよ。

F：きれいにしてからあげれば大丈夫よ。ええと、それから、この人形はどう？

M：それ？それはお姉ちゃんのでしょう？女の子のおもちゃをあげるの？

F：あ、そうか。それじゃだめね。

どのおもちゃをあげますか。

【譯】

有位女士正在房間裡和一個男孩說話。請問要送的是哪個玩具呢？

F：小廣。這個棒球遊戲你已經不玩了吧？能不能送給５樓的小明呢？
M：欸？那個我還要玩，所以不行。
F：那這個魚的玩具呢？能夠在水裡游泳對吧？
M：是可以啦，但它已經壞了，完全游不動了。
F：那就不能送人了。那這個消防車的玩具呢？
M：是可以啦！可是很髒耶！
F：把它弄乾淨後再送人家就沒問題啦！嗯…還有…這個娃娃呢？
M：那個？那個是姊姊的吧？妳要送女生玩的給人家嗎？
F：啊，對喔！那就不行了。

請問要給的是哪個玩具呢？

1　棒球遊戲

2　魚的玩具

3　消防車的玩具

4　娃娃

解題關鍵 答案：3

【關鍵句】じゃ、この消防車（しょうぼうしゃ）のおもちゃは？
きれいにしてからあげれば大丈夫（だいじょうぶ）よ。

- ▶ 這一題關鍵在「どの」，表示要在眾多事物當中選出一個。要仔細聽出對於各種玩具的描述。
- ▶ 第一個提到的玩具是「野球のゲーム」，媽媽用徵求同意的句型「てもいい？」詢問棒球遊戲能否送給其他小朋友。男孩回答：「それはまだ遊ぶから、だめ」，「だめ」表示強烈且直接的禁止、拒絕。意思是他還想玩，不能送給別人，所以 1 是錯的。
- ▶ 接著媽媽拿出「魚のおもちゃ」，男孩先是回應：「いいけど」，「いい」在此雖然是答應的表現，但是後接表示逆接的「けど」，然後說明：「もう壊れちゃって、全然泳がないよ」，表示這個魚的玩具壞掉了。媽媽聽了之後打消送魚的玩具的念頭「それじゃ、あげられないね」。「あげられない」是「あげる」的可能、否定形，意思是「不能給…」。所以 2 也是錯的。
- ▶ 接著媽媽又問「じゃ、この消防車のおもちゃは？」，男孩回答：「いいけど、だいぶ汚れてるよ」，一樣是同意，不過有但書（很髒）。這次媽媽表示「きれいにしてからあげれば大丈夫よ」，意思是弄乾淨就可以送人了，暗示媽媽要把消防車玩具送出去。
- ▶ 最後媽媽問「それから、この人形はどう？」，男孩表示那是女生玩的（女の子のおもちゃをあげるの？），媽媽回答「それじゃだめね」，「だめ」表示她沒打算把娃娃送人。

單字と文法

- □ おもちゃ 玩具
- □ 消防車（しょうぼうしゃ） 消防車
- □ ゲーム【game】遊戲
- □ 人形（にんぎょう） 娃娃

說法百百種

▶ 問事干擾的說法

うーん、それもあまり好（す）きじゃないですね。／嗯，那個我也不大喜歡耶。

テーブルはやめようよ。重（おも）いから。／桌子就免了吧。太重了。

ビール。いや、やっぱりワインだな。／啤酒！不，還是葡萄酒好。

もんだい 2　第 35 題答案跟解說

2-36

女の人と男の人が話しています。新しい家は、どうして不便ですか。

F：最近、引っ越ししたそうですね。新しい家はどうですか。

M：ええ。ちょっと古いマンションなんですが、まだきれいなんですよ。でも、ちょっと不便なんですよね。

F：え、どうしてですか。

M：駐車場が隣にないんですよ。5分ぐらい歩かなければいけないんです。

F：そうですか。駅からは近いんですか。

M：いいえ、駅は家から歩いて15分ぐらいなんです。でも、僕はあまり電車を使わないから、それはかまわないんですよ。それに、バス停がマンションのすぐ前にあるんですが、それも、僕には関係ないんですよね。

新しい家は、どうして不便ですか。

【譯】

有位女性正在和一位男性說話。請問新家為什麼不方便呢？

F：聽說你最近搬家了。新家如何呢？
M：嗯，雖然是有點舊的大廈，但還是很乾淨喔。不過有點不太方便呢！
F：咦？為什麼呢？
M：隔壁沒有停車場啊！必須走上大概 5 分鐘。
F：是喔。離車站很近嗎？
M：不近，從家裡走到車站大概要15分鐘。但我很少搭電車，所以不要緊。再加上公車站就在大廈前面，不過這個跟我也沒什麼關係。

請問新家為什麼不方便呢？

1　因為是很舊的大廈
2　因為離車站很遠
3　因為隔壁沒有停車場
4　因為公車站就在前面

解題關鍵 答案：3

【關鍵句】駐車場（ちゅうしゃじょう）が隣（となり）にないんですよ。

- 這一題用「どうして」來詢問原因、理由。不妨留意表示原因的句型，像是「から」、「ので」、「て」、「ため」、「のだ」等等。
- 男士表示他最近搬到中古屋，不過這棟房子有不便之處「でも、ちょっと不便なんですよね」。接著女士用「どうして」來詢問原因。
- 男士的回答是解題關鍵：「駐車場が隣にないんですよ」，表示隔壁沒有停車場。這個「んです」的作用是解釋為什麼。所以這就是男士覺得新家不便的理由。
- 選項 1 是錯的，關於老舊這點，男士是說「ちょっと古いマンションなんですが」，表示新家雖然老舊但是他對這點沒有不滿。
- 選項 2 錯誤，因為雖然新家到車站走路要 15 分鐘，但是男士說他幾乎不搭電車所以不在意這點「でも、僕はあまり電車を使わないから、それはかまわないんですよ」。
- 選項 4 也是錯的，這點對應「バス停がマンションのすぐ前にあるんですが、それも、僕には関係ないんですよね」，表示公車站就在新家前方，不過他說這點和他沒什麼關係。

單字と文法

- □ マンション【mansion】大廈
- □ 駐車場（ちゅうしゃじょう） 停車場
- □ かまわない 不要緊，沒關係
- □ 関係（かんけい）ない 沒關係
- □ ～から（理由＋から）因為…

もんだい２ 第㊱題 答案跟解說

2-37

家で、女の人と男の子が話しています。女の人は、全部でいくつサンドイッチを作りますか。

Ｆ：明日のお弁当、サンドイッチにするけど、いくつがいい？

Ｍ：うーん、５つ。

Ｆ：そんなにたくさん食べられるの？

Ｍ：じゃ、４つでいいよ。

Ｆ：朝もサンドイッチでいい？

Ｍ：いいけど、中を違うものにしてよ。

Ｆ：分かったわ。でも、朝は３つね。それしかパンがないから。

女の人は、全部でいくつサンドイッチを作りますか。

【譯】

有位女士正在家裡和一個男孩說話。請問這位女士總共要做幾個三明治呢？

F：明天的便當，我要做三明治，你要幾個呢？
M：嗯…5個。
F：這麼多你吃得完嗎？
M：那4個就可以了。
F：早上也吃三明治好嗎？
M：是可以啦，但料要不一樣的喔！
F：我知道了。但是早上吃3個喔！麵包只有這麼多了。

請問這位女士總共要做幾個三明治呢？

1　3個
2　4個
3　5個
4　7個

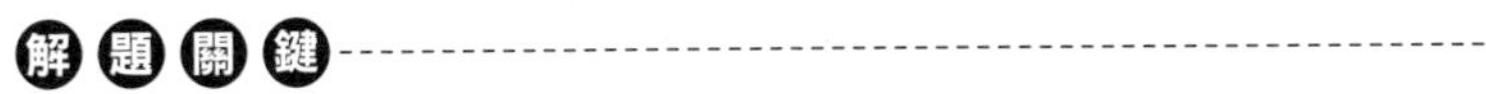

解題關鍵　答案：4

【關鍵句】じゃ、４つでいいよ。
でも、朝(あさ)は３つね。

▶ 這一題用「いくつ」詢問數量。像這種和數量有關的題目，通常都需要加減運算，所以要仔細聽出每個數字代表什麼才能作答。要特別注意的是，問題還有提到「全部で」（總共），所以別忘了聽到數字後要加總計算。

▶ 媽媽一開始先問：「明日のお弁当、サンドイッチにするけど、いくつがいい」。「にする」用來表示決定。媽媽打算做三明治當明天的便當，並用「いくつ」詢問男孩要吃幾個。

▶ 男孩回應：「５つ」（５個），不過後來又改口「４つでいいよ」，所以明天的便當媽媽只要準備４個三明治即可。「名詞＋がいい」和「名詞＋でいい」意思不同。前者表示真正的選擇、希望。後者表示讓步，雖然有點不滿意，但是還可以接受。

▶ 接著話題轉到早餐的三明治，媽媽表示：「朝は３つね」，也就是說早餐要做三個三明治。

▶「4＋3＝7」，媽媽一共要做７個三明治。

單字と文法

□ **サンドイッチ【sandwich】** 三明治

□ **～にする** 決定…

もんだい 2　第 37 題答案跟解說

2-38

電話で、女の人と男の人が話しています。男の人は、いつ来ますか。

F：もしもし、青葉町の山田といいます。今日午前中に荷物を届けていただいたみたいなんですが、留守にしていて、申し訳ありません。今、帰ったところなんです。

M：青葉町の山田様ですね。はい、午前中に伺いましたが、お留守でしたので、お荷物はこちらでお預かりしております。

F：どうもすみません。今日はもう出かけませんので、もう一度届けていただきたいのですが。

M：えーと。今日の午後はもう配達の予定がいっぱい入っていますので、夜9時ごろになりますけど、それでもよろしいでしょうか。それとも、明日の午前中にしましょうか。

F：いえ、明日はまた朝から出かけますので、できれば今日中にお願いします。少しぐらい遅くなってもかまいませんので。

M：わかりました。

男の人は、いつ来ますか。

【譯】

有位女士正在電話裡和一位男士說話。請問男士什麼時候要來呢？

F：喂？我住在青葉町，我姓山田。今日上午似乎有送包裹來，但沒人在家，非常抱歉。我現在才剛回來。

M：青葉町的山田小姐嗎？是的，上午我們有派人過去，因為沒人在家，所以您的包裹寄放在我們這裡。

F：真是不好意思。我今天不會再出門了，想請你們再過來一趟。

M：嗯…今日下午送貨的行程已經排滿了，所以需要等到晚上 9 點左右，這樣您方便嗎？還是要明天上午呢？

F：不，我明天又是早上就出門了，如果可以請麻煩你們今天送來。稍微晚一點也沒關係。

M：我明白了。

請問男士什麼時候要來呢？

1　今天上午　　2　今天晚上　　3　明天上午　　4　明天晚上

解題關鍵 答案：2

【關鍵句】夜9時ごろになりますけど
できれば今日中にお願いします。少しぐらい遅くなってもかまいませんので。

▶ 這一題用「いつ」詢問貨運送件的時間，要特別留意題目當中提到的時間點。

▶ 對話一開始女士提到「今日午前中に荷物を届けていただいたみたいなんですが、留守にしていて、申し訳ありません」，而男士也回應「はい、午前中に伺いましたが」，表示今天上午男士的確有送貨過去女士家，但是女士不在。「中」在此唸成「ちゅう」，接在時間名詞後面表示 以某個時間點為範圍、界限。「みたい」意思是「似乎…」。「留守にする」意思是「不在」。「伺う」在這邊是「訪れる」（拜訪）的謙讓語。不過這一題問的是「来ますか」，不是過去式「来ましたか」，所以選項1是錯的。

▶ 接著女士表示希望對方能再送一次。不過男士說：「今日の午後はもう配達の予定がいっぱい入っていますので、夜9時ごろになりますけど、それでもよろしいでしょうか。それとも、明日の午前中にしましょうか」。表示如果要今天送貨的話必須等到晚上9點，詢問女士要這樣做還是要等到明天上午。

▶ 對此女士回應「できれば今日中にお願いします。少しぐらい遅くなってもかまいませんので」。「できれば」意思是「盡量」。「中」在此唸成「じゅう」，也就是限定今天結束前。「てもかまわない」表示即使前項發生、成真也不在意。表示她還是希望今天能送來，晚一點也不要緊。

▶ 男士以「わかりました」接受，意思是他今晚要送貨過去女士家。

▶ ちゅう、じゅう：…期間；…內。【名詞】＋じゅう、ちゅう：1.日語中有自己不能單獨使用，只能跟別的詞接在一起的詞，接在詞前的叫接頭語，接在詞尾的叫接尾語。「中（じゅう）/（ちゅう）」是接尾詞。雖然原本讀作「ちゅう」，但也讀作「じゅう」。至於讀哪一個音？那就要看前接哪個單字的發音習慣來決定了。2.可用「空間＋中」的形式。

單字と文法

□ 届ける 遞送
□ 留守 沒人在家
□ 預かる 寄放
□ 配達 送貨
□ 今日中 今天〔內〕
□ ～みたい 好像…

Memo

問題三

発話表現

発話表現 問題3

3-1

もんだい３では、えを見ながらしつもんを聞いてください。→（やじるし）の人は何と言いますか。１から３の中から、いちばんいいものを一つえらんでください。

3-2 1ばん

答え：①②③

3-3 2ばん

答え：①②③

3-4 3ばん

答え：①②③

3-5 4ばん

答え：① ② ③

3-6 5ばん

答え：① ② ③

3-7 6ばん

答え：① ② ③

第 3 部分，請看圖聆聽問題。→（箭頭）所指的人要說什麼呢？請從 1 至 3 的選項當中，選出一個最適當的答案。

もんだい 3　第 1 題 答案跟解說

3-2

廊下で走っている友達に注意したいです。何と言いますか。

F：1　すごいね。

2　あぶないよ。

3　こわいよ。

【譯】想要提醒在走廊奔跑的友人。該說什麼呢？

F：1. 好厲害喔！

2. 很危險喔！

3. 很恐怖喔！

もんだい 3　第 2 題 答案跟解說

3-3

携帯電話をどうやって使えばいいか友達に聞きたいです。何と言いますか。

M：1　ちょっと使い方を教えてくれる？

2　これ、使ってもいい？

3　これ、どうやって使ったの？

【譯】想詢問朋友手機要如何使用。該說什麼呢？

M：1. 可以教我一下使用方法嗎？

2. 這個可以用嗎？

3. 這個妳是怎麼用的呢？

もんだい 3　第 3 題 答案跟解說

3-4

美術館に行きたいです。電車を降りると、駅の出口が３つありました。駅の人に何と言いますか。

F：1　あのう、美術館に行ってみませんか。

2　すみません、美術館の出口はどこですか。

3　すみません、美術館はどの出口ですか。

【譯】想去美術館。下了電車之後，發現車站出口有 3 個。該向站務員說什麼呢？

F：1. 請問你要不要去去看美術館呢？

2. 不好意思，請問美術館的出口在哪裡呢？

3. 不好意思，請問去美術館要從幾號出口呢？

攻略的要點 要知道這些形容詞用於什麼情況！

解題關鍵と訣竅

答案：2

【關鍵句】注意したい。

- 這一題關鍵部分在「注意したい」，表示想警告、提醒他人。
- 選項 1「すごいね」（好厲害喔），用在稱讚別人或感到佩服的時候。
- 選項 2「あぶないよ」（很危險喔）。
- 選項 3「こわいよ」（好恐怖喔）表達自己懼怕的感覺。
- あぶない：表可能發生不好的事，令人擔心的樣子；或將產生不好的結果，不可信賴、令人擔心的樣子；或表身體、生命處於危險狀態。

攻略的要點 詢問用法可以怎麼說？

答案：1

【關鍵句】どうやって使えばいいか。

- 這一題關鍵在「どうやって使えばいいか」，表示不清楚使用方式。
- 選項 1「使い方を教ちょっとえてくれる？」，詢問對方能否教自己使用方式。「てくれる」表示別人為我方做某件事，在此語調上揚，表疑問句。「ちょっと」可以用在拜託別人的時候，以緩和語氣。
- 選項 2「これ、使ってもいい？」的「てもいい」語調也上揚，表疑問句，以徵求對方的同意。
- 選項 3「これ、どうやって使ったの？」利用過去式，詢問對方之前如何使用。如果要改成詢問用法，應該問「これ、どうやって使うの？」才正確。

攻略的要點 仔細聽題目問的是哪個出口！

解題關鍵と訣竅

答案：3

【關鍵句】駅の出口が３つありました。

- 從問題中可以發現，這一題的情況是不知道從車站的哪一個出口出去可以到美術館，所以想要詢問站務員。
- 選項 3 是正確答案，「どの」用來請對方在複數的人事物當中選出一個。
- 選項 1 中的「てみませんか」（要不要…看看？）用於邀請對方做某件事情，所以是錯的。
- 選項 2 是陷阱，「美術館の出口はどこですか」是問對方美術館的出口在哪裡，不過問話地點是車站不是美術館，問的是通往美術館的出口，所以不正確。

もんだい 3　第 4 題 答案跟解說　3-5

人(ひと)の足(あし)を踏(ふ)んでしまったので、あやまりたいです。何(なん)と言(い)いますか。

M：1　いかがですか。

2　ごめんなさい。

3　失礼(しつれい)します。

【譯】踩到別人的腳想道歉時，該說什麼呢？

M：1. 請問如何呢？

2. 對不起。

3. 失陪了。

もんだい 3　第 5 題 答案跟解說　3-6

知(し)らない人(ひと)に道(みち)をたずねたいです。最初(さいしょ)に何(なん)と言(い)いますか。

F：1　はじめまして。

2　すみません。

3　こちらこそ。

【譯】想向陌生人問路時，開頭該說什麼呢？

F：1. 初次見面。

2. 不好意思。

3. 我才是呢。

もんだい 3　第 6 題 答案跟解說　3-7

お客(きゃく)さんにケーキを出(だ)します。何(なん)と言(い)いますか。

F：1　遠慮(えんりょ)しないでね。

2　ご遠慮(えんりょ)ください。

3　遠慮(えんりょ)しましょうか。

【譯】端蛋糕請客人吃時，該說什麼呢？

F：1. 不要客氣喔。

2. 請勿…。

3. 我失陪吧？

攻略的要點 做錯事想道歉時就用「ごめんなさい」！

解題關鍵と訣竅 答案：2

【關鍵句】あやまりたいです。

- 這一題的關鍵是「あやまりたいです」，所以應選表示道歉的 2「ごめんなさい」。
- 選項 1「いかがですか」用於詢問對方的想法、意見，或是人事物的狀態，是比「どうですか」更客氣的說法。常於店員詢問客人意見時使用。
- 選項 3「失礼します」主要用在進入本來不該進入的空間（如：辦公室、會議室等），或用於告辭的時候。下班時，要先行離開通常會說「お先に失礼します」。

說法百百種詳見 ⋙ P234-1

攻略的要點 「すみません」是常用的前置詞！

答案：2

【關鍵句】最初に

- 這一題關鍵在「最初に」，問路前應該要先說什麼才好？要從三個選項中選出一個最適當的前置詞。在日語會話中很常使用前置詞，有避免唐突、喚起注意等作用，後面接的是詢問、請求、拒絕、邀約、道歉等內容。
- 常用的前置詞是選項 2 的「すみません」，或「すみませんが」、「失礼ですが」等等。
- 選項 1「はじめまして」用在初次見面時打招呼。
- 選項 3「こちらこそ」」是在對方向自己道歉、道謝，或是希望能獲得指教時，表示自己也有同樣想法的說法。
- すみません vs. ごめんなさい：「すみません」用在道歉，也用在搭話時。「ごめんなさい」僅用於道歉。

攻略的要點 招待客人時可以說「遠慮しないで」！

解題關鍵と訣竅 答案：1

【關鍵句】お客さんにケーキを出します。

- 這一題的情境是端蛋糕請客人吃。「遠慮」是客氣、有所顧忌的意思。
- 選項 1「遠慮しないでね」是請對方不用客氣，是正確答案。
- 選項 2「ご遠慮ください」是委婉的禁止說法，例如「ここではタバコはご遠慮ください」（此處禁煙）。
- 選項 3「遠慮しましょうか」，「ましょうか」在這裡表邀約。「遠慮しましょうか」暗示了「離開」的意思。然而本題情境是端蛋糕招待客人，語意不符。

3-8 7ばん

答え：① ② ③

3-9 8ばん

答え：① ② ③

3-10 9ばん

答え：① ② ③

3-11 10 ばん

答え：① ② ③

3-12 11 ばん

答え：① ② ③

3-13 12 ばん

答え：① ② ③

もんだい 3　第 7 題 答案跟解說

(3-8)

約束(やくそく)の時間(じかん)におくれてしまいました。会(あ)ったとき、相手(あいて)に何(なん)と言(い)いますか。

M：1　あと３分(ぷん)でつきます。

　　2　もう少(すこ)しお待(ま)ちください。

　　3　お待(ま)たせしました。

【譯】比約定的時間還晚到。見面時，該向對方說什麼呢？

M：1. 我 3 分鐘後到。

　　2. 請您再等一下。

　　3. 讓您久等了。

もんだい 3　第 8 題 答案跟解說

(3-9)

隣(となり)の家(いえ)に赤(あか)ちゃんが生(う)まれました。隣(となり)の人(ひと)に何(なん)と言(い)いますか。

F：1　おめでとうございます。

　　2　おいくつですか。

　　3　おかげさまで。

【譯】隔壁鄰居生小孩了。該對鄰居說什麼呢？

F：1. 恭喜。

　　2. 幾歲了？

　　3. 託您的福。

もんだい 3　第 9 題 答案跟解說

(3-10)

友達(ともだち)が気分(きぶん)が悪(わる)いと言(い)っています。友達(ともだち)に何(なん)と言(い)いますか。

F：1　かまいませんか。

　　2　だいじょうぶ？

　　3　すみません。

【譯】朋友說他身體不舒服。該對朋友說什麼呢？

F：1. 您介意嗎？

　　2. 你沒事吧？

　　3. 不好意思。

攻略的要點 遲到時該怎麼說？

答案：3

【關鍵句】会ったとき

- 這一題的關鍵是「会ったとき」，表示已經和對方碰面了，所以選項1「あと3分でつきます」和選項2「もう少しお待ちください」都不正確，這兩句話都用於還沒抵達現場，要請對方再等一下的時候。
- 選項3「お待たせしました」用在讓對方等候了一段時間，自己終於到場時。另外，在電話換人接聽時，以及在餐廳點餐，店員準備要上菜時也都會說「お待たせしました」。

攻略的要點 不管是什麼樣的恭喜，用「おめでとうございます」就對了！

答案：1

【關鍵句】赤ちゃんが生まれました。

- 這一題的情境是隔壁人家喜獲麟兒，這時應該要說祝賀的話，如選項1的「おめでとうございます」即是常用的道賀語，用於恭喜別人。
- 選項2「おいくつですか」可以用來詢問數量或是年紀，不過小孩才剛出生，詢問年紀不太恰當。
- 選項3「おかげさまで」通常用在日常寒暄或自己發生好事時，表示客氣謙虛。

說法百百種詳見 ››› P234-2

攻略的要點 用「だいじょうぶ？」表達對朋友的關心！

答案：2

【關鍵句】気分が悪い

- 這一題的情況是朋友身體不舒服，應該要給予關心。
- 可以用選項2「だいじょうぶ？」表示關心，「だいじょうぶ」漢字寫成「大丈夫」，原意是「不要緊」。若是疑問句，通常用於發現對方不太對勁的時候，以表達關切之意。也可以用於詢問對方時間方不方便，或是事情進行得順不順利，用途很廣。
- 選項1「かまいませんか」表客氣地徵詢對方的許可。用在回答時則有「沒關係」或「不介意」的意思，相當於「問題ないので大丈夫です」、「気にしていません」。
- 選項2「すみません」有很多意思，經常用在道歉、麻煩別人或是要搭話的時候。

說法百百種詳見 ››› P234-3

もんだい 3　第 ⑩ 題 答案跟解說

3-11

店で、茶色の靴が見たいです。お店の人に何と言いますか。

F：1　茶色の靴はありますか。

2　茶色の靴を見ませんか。

3　茶色の靴を売りますか。

【譯】在店裡想看棕色的鞋子時，該對店員說什麼呢？

F：1. 有棕色的鞋子嗎？

2. 您要不要看棕色的鞋子呢？

3. 您要賣棕色的鞋子嗎？

もんだい 3　第 ⑪ 題 答案跟解說

3-12

人の本を見せてもらいたいです。何と言いますか。

M：1　ちょっとご覧になってもいいですか。

2　ちょっと拝見してもいいですか。

3　ちょっと見せてもいいですか。

【譯】想要看別人的書時，該說什麼呢？

M：1. 可以請您過目一下嗎？

2. 可以讓我看一下嗎？

3. 可以給您看一下嗎？

もんだい 3　第 ⑫ 題 答案跟解說

3-13

課長に相談したいことがあります。何と言いますか。

F：1　ちょっとよろしいですか。

2　ちょっといかがですか。

3　ちょうどいいですか。

【譯】有事要找課長商量時，該說什麼呢？

F：1. 方便打擾一下嗎？

2. 要不要來一些呢？

3. 剛剛好嗎？

攻略的要點 這一題考的是購物用語！

答案：1

【關鍵句】茶色の靴が見たいです。

- 這一題場景在鞋店，可以用選項 1「茶色の靴はありますか」詢問店員有沒有棕色的鞋子。
- 選項 2「茶色の靴を見ませんか」是詢問對方要不要看棕色的鞋子，不過題目中，想看棕色鞋子的是自己，所以這個答案錯誤。
- 選項 3「茶色の靴を売りますか」是詢問對方有無賣棕色鞋子的意願。
- 在日本買鞋，款式多、設計精心、質地好，穿起來舒服，但一般比較貴。另外 10.5 號以上的鞋比較難買。

攻略的要點 這一題考的是敬語用法！

答案：2

【關鍵句】見せてもらいたいです。

- 「てもらいたい」這個句型用於請別人為自己做某件事。題目是自己想向別人借書來看，三個選項中都可以聽到「てもいいですか」，表示徵詢對方的許可。
- 選項 1「ちょっとご覧になってもいいですか」，「ご覧になる」是「見る」的尊敬語，客氣地表示請對方看，所以當「看」的人是自己時就不能使用。
- 選項 2「ちょっと拝見してもいいですか」是正確答案，「拝見する」是「見る」的謙讓語，客氣地表示自己要看。
- 選項 3「ちょっと見せてもいいですか」表示自己想拿東西給別人看，所以不正確。

攻略的要點 要小心促音和長音的分別！

解題關鍵と訣竅

答案：1

【關鍵句】課長に相談したい。

- 有事要麻煩別人時，可以用選項 1「ちょっとよろしいですか」以表示想佔用對方的時間，詢問方便與否。
- 選項 1 的「ちょっと」用在有所請託的時候，有緩和語氣的作用。中文可以翻譯成「…一下」。
- 選項 2「ちょっといかがですか」用在請對方吃、喝東西，或是抽菸。
- 選項 3「ちょうどいいですか」是陷阱。「ちょうど」是指「正好」。請仔細聽。

3-14 13 ばん

答え：① ② ③

3-15 14 ばん

答え：① ② ③

3-16 15 ばん

答え：① ② ③

3-17 16 ばん

答え：①②③

3-18 17 ばん

答え：①②③

3-19 18 ばん

答え：①②③

もんだい3 第⑬題 答案跟解說

3-14

子どもが悪いことをしたので、注意したいです。何と言いますか。

F：1　だめですよ。

2　下手ですね。

3　ただですよ。

【譯】小朋友做了不好的事情，想告誡時，該說什麼呢？

F：1. 不可以喔！

2. 真差啊！

3. 免費的喔！

もんだい3 第⑭題 答案跟解說

3-15

人の家に泊まって、今から自分の家に帰ります。何と言いますか。

M：1　いってきます。

2　お帰りなさい。

3　お世話になりました。

【譯】借住別人家後，現在要回自己的家了。該說什麼呢？

M：1. 我出門了。

2. 您回來了。

3. 受您照顧了。

もんだい3 第⑮題 答案跟解說

3-16

会社の人が自分の病気を心配してくれました。元気になった後、会社の人に何と言いますか。

M：1　心配しましたよ。

2　ご心配をおかけしました。

3　心配させられました。

【譯】同事們很擔心自己的病情。康復後，該對同事們說什麼呢？

M：1. 我很擔心喔！

2. 讓你們擔心了。

3. 讓我擔心了。

攻略的要點 「だめですよ」用在告誡、提醒對方的時候！

解題關鍵と訣竅 答案：1

【關鍵句】注意したいです。

- 這一題關鍵在「注意したい」，表示告誡。
- 選項1「だめですよ」用在勸阻、提醒對方不可以做某行為的時候。
- 選項2「下手ですね」用在說對方做得不好或是不擅長時。
- 選項3「ただですよ」意思是「免費的喔」，語意不符。

說法百百種詳見 ››› P235-4

攻略的要點 受到他人照顧時要說什麼呢？

答案：3

【關鍵句】人の家に泊まって、…。

- 這一題是問借住別人家後、要離開時該說什麼。
- 選項1「いってきます」用在離開家裡的時候，有「我還會再回來」的意思，和它相對的是「いってらっしゃい」是對要外出的家人或公司同事說的問候語，有「路上小心、一路順風」的意思。不過這題的男士已經沒有要借住了，所以不正確。
- 選項2「お帰りなさい」是對「ただいま」（我回來了）的回應，用在別人回來的時候。
- 選項3「お世話になりました」用在要離開的時候，表達接受對方幫忙、照顧的感謝之意。除了本題的情境，也可以用在辭職的時候。另外在接到客戶打來的電話時則時常用「いつもお世話になっております」，表示「一直以來受您照顧了」的意思。

攻略的要點 要分清楚「心配する」和「心配をかける」的不同！

解題關鍵と訣竅 答案：2

【關鍵句】心配してくれました。

- 這一題問的是當別人為自己擔心時，該如何回應。
- 選項1「心配しました」表示自己替別人擔心，語意不符。
- 選項2「ご心配をおかけしました」是由「心配をかける」轉變而成。「ご心配」前面的「ご」增添敬意，「お（ご）＋動詞ます形＋する」是動詞的謙讓形式，同樣表達敬意。意思是讓對方擔心了。
- 選項3「心配させられました」是「心配する」的使役被動形，表示說話者受到外在環境、狀態等的影響，而產生了擔心的情緒。

もんだい 3　第 16 題 答案跟解說

3-17

お客さんがいすに座らないで立っています。お客さんに何と言いますか。

F：1　どうぞおかけください。

　　2　どうぞご覧ください。

　　3　どうぞ召し上がってください。

【譯】客人站著，沒坐在椅子上。該對客人說什麼呢？

F：1.請入座。

　　2.請過目。

　　3.請享用。

もんだい 3　第 17 題 答案跟解說

3-18

会社の人に手伝ってもらいたい仕事があります。何と言いますか。

M：1　これ、手伝いたいですか。

　　2　これ、手伝っていただけますか。

　　3　これ、手伝ってもいいですか。

【譯】有工作想請同事幫忙時，該說什麼呢？

M：1.你想幫忙這個嗎？

　　2.您可以幫忙我這個嗎？

　　3.我可以幫忙這個嗎？

もんだい 3　第 18 題 答案跟解說

3-19

今から、二人でごはんを食べに行きたいです。何と言いますか。

M：1　そろそろ、食事にしませんか。

　　2　そろそろ、食事にしてください。

　　3　そろそろ、食事にします。

【譯】現在想要兩個人一起出去吃飯。該說什麼呢？

M：1.時間也差不多了，要不要去吃飯呢？

　　2.時間也差不多了，請吃飯。

　　3.時間也差不多了，我要吃飯。

攻略的要點 要知道各種尊敬語的正確說法！

解題關鍵と訣竅 答案：1

【關鍵句】座（すわ）らないで立（た）っています。

▶ 這一題問的是「請坐」的敬語說法。

▶ 選項1「どうぞおかけください」用於請對方入座。「おかけ」是由「かける」、以及表示指示或請求的尊敬表現「お～ください」轉變而成。是比「座ってください」更尊敬的說法，「請坐」也可以說「どうぞおかけになってください」。

▶ 選項2的「ご覧ください」是比「見てください」更為尊敬的說法，用於請對方過目。

▶ 選項3的「召し上がってください」是比「食べてください」更尊敬的說法，用以請對方享用食物。

說法百百種詳見 ≫ P235-5

攻略的要點 用「ていただけますか」請對方幫忙！

解題關鍵と訣竅 答案：2

【關鍵句】手伝（てつだ）ってもらいたい。

▶ 這一題關鍵在「手伝ってもらいたい」，表示有事情想請對方幫忙。這時應該選2「これ、手伝っていただけますか」，「いただく」是謙讓語，「ていただけますか」用於禮貌地詢問對方幫自己做某件事的意願。

▶ 選項1「手伝いたいですか」單純詢問對方想不想幫忙，沒有請求、拜託對方的意思。

▶ 選項3「手伝ってもいいですか」用在自己想幫忙，希望獲得對方許可的時候。

攻略的要點 仔細聽問題敘述中的每個細節！

解題關鍵と訣竅 答案：1

【關鍵句】二人（ふたり）で…。

▶ 這一題的重點在「二人で」，表示想要兩個人一起吃飯。

▶ 選項1「そろそろ、食事にしませんか」，用「ませんか」邀請對方一起吃飯。

▶ 選項2「そろそろ、食事にしてください」用「てください」表命令、請求對方吃飯。

▶ 選項3「そろそろ、食事にします」是表示說話者自己要吃飯，是一種肯定、斷定的語氣。所以不合題意。

▶「そろそろ」有時間到了，差不多該…的意思，「そろそろ、失礼します」是道別時常用的寒暄語，表示差不多該離開了。

3-20 19 ばん

答え：① ② ③

3-21 20 ばん

答え：① ② ③

3-22 21 ばん

答え：① ② ③

3-23 22 ばん

答え：①②③

3-24 23 ばん

答え：①②③

3-25 24 ばん

答え：①②③

もんだい 3　第 ⑲ 題 答案跟解說　3-20

漢字の読み方を聞きたいです。何と言いますか。

F：1　これ、読んでもいいですか。

　　2　これ、読んでもらいましょうか。

　　3　これ、何と読みますか。

【譯】想請教別人漢字的唸法。該說什麼呢？

F：1. 請問這個可以唸嗎？

　　2. 請問這個請你來唸吧。

　　3. 請問這個該怎麼唸呢？

もんだい 3　第 ⑳ 題 答案跟解說　3-21

友達の辞書を借りたいです。何と言いますか。

M：1　この辞書、ちょっと借りてもらえる？

　　2　この辞書、ちょっと貸してくれる？

　　3　この辞書、ちょっと借りてくれる？

【譯】想向朋友借辭典。該說什麼呢？

M：1. 這本辭典，能請你幫我去借一下嗎？

　　2. 這本辭典，可以借我一下嗎？

　　3. 這本辭典，可以幫我借借看嗎？

もんだい 3　第 ㉑ 題 答案跟解說　3-22

お母さんが財布をさがしています。お母さんに何と言いますか。

M：1　財布、見つかった？

　　2　財布、見た？

　　3　財布、見たことある？

【譯】媽媽正在找錢包。要對媽媽說什麼呢？

M：1. 錢包找到了嗎？

　　2. 錢包看到了嗎？

　　3. 錢包，妳有看過嗎？

攻略的要點 「何と読みますか」用來詢問唸法！

解題關鍵と訣竅 答案：3

【關鍵句】読み方を聞きたい。

- 這一題的關鍵在「読み方を聞きたい」，表示想知道唸法。
- 選項1「これ、読んでもいいですか」，是徵詢對方能不能讓自己唸唸看。
- 選項2「これ、読んでもらいしょうか」用來請對方或是第三者唸唸看。
- 最適當的答案是選項3，「これ、何と読みますか」請教對方唸法。

攻略的要點 弄清楚授受表現！

答案：2

【關鍵句】辞書を借りたい。

- 這一題考的是向別人借東西時該怎麼說。
- 選項1的「借りてもらえる？」用「借りる」（借入）是錯的，這是要別人去幫自己借東西。
- 選項2「貸してくれる？」是正確的，疑問句「てくれる？」用來詢問對方能不能幫自己做某件事，在這邊是請對方把東西借給自己。
- 選項3「借りてくれる？」和選項1一樣，詢問對方能不能幫自己借某個東西。
- かす vs. かりる：「貸す」是借出金錢、物品。「借りる」是借入金錢、物品。

攻略的要點 「找到了」＝「見つかった」！

解題關鍵と訣竅 答案：1

【關鍵句】財布をさがしています。

- 想問對方有沒有找到錢包，可以用選項1「財布、見つかった？」。也可以說「財布、あった？」。「見つかる」是自動詞，意思是「發現」、「找到」。中文雖然翻譯成「找到錢包了嗎」，但是日語不會說「財布、見つけた？」，而是用表示結果的自動詞。
- 選項2「財布、見た？」是單純詢問對方有沒有看到錢包，不會用在找東西時。
- 選項3「財布、見たことある？」「動詞過去式＋ことがある」是表示經驗的句型，問的是對方有沒有看過錢包。

もんだい 3　第 22 題 答案跟解說

3-23

先輩の誕生日にプレゼントをあげます。何と言いますか。

F：1　これ、頂きます。

2　これ、どうぞ。

3　これ、あげましょうか。

【譯】學長生日，送禮物給他時，該說什麼呢？

F：1. 這我就收下了。

2. 這個請您收下。

3. 這個就送給您吧。

もんだい 3　第 23 題 答案跟解說

3-24

友達が悲しそうな顔をしています。友達に何と言いますか。

F：1　どうしたの？

2　どうするの？

3　どうなの？

【譯】朋友看起來很傷心。該對朋友說什麼呢？

F：1. 妳怎麼了？

2. 妳要怎麼做？

3. 怎樣啊？

もんだい 3　第 24 題 答案跟解說

3-25

日本に留学していた外国人の友達が国に帰ります。友達に何と言いますか。

F：1　お帰りなさい。

2　楽しんできてください。

3　元気でね。

【譯】來日本留學的外國友人要回國了。該對友人說什麼呢？

F：1. 妳回來了。

2. 去玩個盡興吧！

3. 妳要保重喔。

攻略的要點 要知道送禮時的客氣說法！

解題關鍵と訣竅

（答案：2）

【關鍵句】プレゼントをあげます。

- 這一題的情境是要送東西給長輩，要選出一個最正確、最不失禮的說法。
- 選項 1「これ、頂きます」用來表示收下長輩的東西，是謙讓語用法。
- 選項 2「これ、どうぞ」，用在拿東西給別人的時候，是客氣的說法。
- 選項 3「これ、あげましょうか」是問對方要不要，語氣不夠客氣，帶有「我為你做這件事吧」的語感。這題說話者已經決定要送禮了，所以不會這樣問。
- どうぞ vs. どうも：「どうぞ」恭敬地向對方表示勸誘，請求，委託，或在答應對方的要求時使用。「どうも」加在「ありがとう」（謝謝）等客套話前面，起加重語氣的作用。

說法百百種詳見 ››› P235-6

攻略的要點 可以用「どうしたの」詢問對方發生什麼事！

（答案：1）

【關鍵句】悲しそうな顔…。

- 這一題是選關心別人的說法。當朋友看起來不對勁，可以用選項 1「どうしたの？」或「どうしたの？なにかあった？」詢問對方發生了什麼事，表達關心慰問。
- 選項 2「どうするの？」是問對方的打算，接下來要怎麼處理。
- 選項 3「どうなの？」可以用於詢問對方情況如何、是怎麼一回事。

攻略的要點 熟記道別時的說法！

解題關鍵と訣竅

（答案：3）

【關鍵句】友達が国に帰ります。

- 外國朋友要歸國時該跟對方說什麼？這題要選的是道別時說的話。
- 選項 1「お帰りなさい」是對「ただいま」（我回來了）的回應，用於別人回來的時候。
- 選項 2「楽しんできてください」是希望對方出去玩得愉快，暗示了對方玩一玩還要再回來，不過這一題是來留學的外國友人要歸國，所以不適用。
- 選項 3「元気でね」用在稍長時間的離別時，表示希望對方保重。

3-26 25 ばん

答え：① ② ③

3-27 26 ばん

答え：① ② ③

3-28 27 ばん

答え：① ② ③

3-29 28ばん

答え：①②③

3-30 29ばん

答え：①②③

3-31 30ばん

答え：①②③

もんだい３ 第25題 答案跟解說

3-26

天気予報で、午後から雨が降ると言っていました。先輩に教えてあげたいです。何と言いますか。

M：1　午後から、雨が降るそうですよ。
　　2　午後から、雨が降りませんか。
　　3　午後から、雨が降ったそうですよ。

【譯】氣象預報說下午開始會下雨。想要告訴前輩這件事時，該說什麼呢？
　M：1. 聽說下午開始會下雨喔。
　　　2. 下午開始不會下雨嗎？
　　　3. 聽說從下午開始有下過雨喔。

もんだい３ 第26題 答案跟解說

3-27

先生に言葉の意味を聞きたいです。先生に何と言いますか。

F：1　先生、この言葉はどう読みますか。
　　2　先生、この言葉はどの意味ですか。
　　3　先生、この言葉はどういう意味ですか。

【譯】想請教老師單字的意思。該向老師說什麼呢？
　F：1. 老師，請問這個單字該怎麼唸呢？
　　　2. 老師，請問這個單字是哪個意思呢？
　　　3. 老師，請問這個單字是什麼意思呢？

もんだい３ 第27題 答案跟解說

3-28

子どもが一人で公園に遊びに行きたいです。母親に何と言いますか。

M：1　ねえ、公園に遊びに行ってよ。
　　2　ねえ、公園に遊びに行ってもいい？
　　3　ねえ、公園に遊びに行こうよ。

【譯】小朋友想要獨自去公園玩耍。該對媽媽說什麼呢？
　M：1. 媽媽，妳去公園玩啦！
　　　2. 媽媽，我可以去公園玩嗎？
　　　3. 媽媽，我們一起去公園玩啦！

攻略的要點 「動詞普通形＋そうだ」用來表示聽說！

解題關鍵と訣竅 答案：1

【關鍵句】先輩に教えてあげたい。

▶ 這一題考的是表示傳聞的用法，用在想將自己聽到的事情轉述給其他人聽的時候。

▶ 選項 1 是正確答案，「雨が降るそうですよ」用「動詞普通形＋そうだ」表示消息是從其他地方得來的。

▶ 選項 2「雨が降りませんか」詢問對方會不會下雨，不過這一題是要告訴別人下午會下雨，所以不合題意。

▶ 選項 3「雨が降ったそうですよ」用的同樣是表示傳聞的「そうだ」句型，不過前面接過去式，代表已經下雨。而題目是說下午才會開始下雨，所以不正確。

說法百百種詳見 ››› P236-7

攻略的要點 聽清楚題目問的是什麼！

解題關鍵と訣竅 答案：3

【關鍵句】言葉の意味を聞きたい。

▶ 這一題關鍵在「言葉の意味を聞きたい」，是希望對方能解釋單字的意思。

▶ 選項 1「この言葉はどう読みますか」相當於「この言葉は何と読みますか」，問的是這個單字的唸法。

▶ 選項 2「この言葉はどの意味ですか」是錯的，因為「どの」用在請對方在眾多事物中選出一個，而這個情境中沒有選項可以挑，所以不適用。

▶ 選項 3「この言葉はどういう意味ですか」是正確的，「どういう意味ですか」是詢問“是什麼意思”。

攻略的要點 要仔細聽問題敘述！

解題關鍵と訣竅 答案：2

【關鍵句】一人で

▶ 這一題關鍵在「一人で」，表示小孩想要獨自一人去玩。選項 1「公園に遊びに行ってよ」是錯的，「て形」在這邊是表示請求，意思是要對方去玩，而不是自己去玩。

▶ 選項 2「公園に遊びに行ってもいい？」的「てもいい？」是上升語調，表示徵求對方許可。

▶ 選項 3「公園に遊びに行こうよ」，「動詞意向形」表示說話者的意志行為，有邀請、提議別人一起來做某件事的意思，不過題目是說小孩想要一個人去，所以這個選項不正確。

もんだい 3 第 28 題 答案跟解說

3-29

友達が引っ越しを手伝いました。友達に何と言いますか。

F：1　手伝ってもらって、ありがとう。
　　2　手伝ってあげて、ありがとう。
　　3　手伝ってくれて、ありがとう。

【譯】朋友幫自己搬家。該對朋友說什麼呢？
　F：1. 我請你幫我的忙，謝謝。
　　　2. 我幫你的忙，謝謝。
　　　3. 謝謝你幫我的忙。

もんだい 3 第 29 題 答案跟解說

3-30

先輩が重い荷物を持っているので、手伝いたいです。先輩に何と言いますか。

M：1　持ちましょうか。
　　2　持ちませんか。
　　3　持ってください。

【譯】前輩正在搬運重物，想幫忙她。該對前輩說什麼呢？
　M：1. 我來幫您搬吧？
　　　2. 您要不要搬呢？
　　　3. 請搬運。

もんだい 3 第 30 題 答案跟解說

3-31

たばこを吸いたいです。となりの人に何と言いますか。

M：1　たばこを吸ってあげましょうか。
　　2　たばこを吸ってもらえますか。
　　3　たばこを吸ってもいいですか。

【譯】想抽菸時，要對旁邊的人說什麼呢？
　M：1. 我來為您抽根菸吧？
　　　2. 您可以為我抽根菸嗎？
　　　3. 請問我可以抽根菸嗎？

攻略的要點 要注意授受動詞的對象！

答案：3

【關鍵句】手伝いました。

- 這一題考的是道謝，同時要注意三個選項中哪一個是正確的授受表現。
- 選項 3「手伝ってくれて、ありがとう」是最適當的，「てくれる」表示對方替自己做某件事情，含有感謝之意。
- 選項 1「手伝ってもらって、ありがとう」用「てもらう」來請對方做某件事。在此主語（說話者）和動作者（對方）被省略掉，還原後變成「（私は）（あなたに）手伝ってもらって、ありがとう」（我請你幫我忙，謝謝），語意矛盾。
- 選項 2「手伝ってあげて、ありがとう」是錯的，「てあげる」表示自己替對方做某件事情，語意不符。

攻略的要點 「ましょうか」用於徵詢對方是否願意讓自己來為他做某件事！

答案：1

【關鍵句】手伝いたい。

- 這一題的情境是想要幫忙輩分比自己高的人。
- 選項 1「持ちましょうか」中的「ましょうか」表示提議為對方做某件事情，並徵詢對方是否願意讓自己做這件事。
- 選項 2「持ちませんか」是用「ませんか」來詢問對方要不要搬，不符題意。
- 選項 3「持ってください」是命令、請求對方搬東西，也不合題意。
- 動詞ましょうか：我來…吧；我們…吧。接續【動詞ます形】＋ましょうか。這個句型有兩種意思，一是表示提議，想為對方做某件事情並徵求對方同意。二是表示邀請，相當於「ましょう」，但是是為對方著想才進行邀約。

說法百百種詳見 ››› P236-8

攻略的要點 在做某件事前，可以用「てもいいですか」徵詢對方許可！

解題關鍵と訣竅

答案：3

【關鍵句】たばこを吸いたい。

- 這一題是要詢問對方自己能不能抽菸。
- 選項 1「たばこを吸ってあげましょうか」的「てあげる」表示站在對方的立場想、為對方做某件事情，再加上「ましょうか」徵詢對方是否願意讓自己做這件事。不過抽菸不是為對方做的，而是自己想做的事，所以不合題意。
- 選項 2「たばこを吸ってもらえますか」用「てもらえますか」詢問對方是否能為自己做某件事情，不過想抽菸的人是自己，所以不適用。
- 選項 3「たばこを吸ってもいいですか」是正確的，「てもいいですか」表示自己想做某件事情，並徵詢對方是否同意。

もんだい3 說法百百種！

❶ 道歉常用說法

▶ 失礼しました。

／失陪了、失禮了。（程度較輕）

▶ ごめんなさい。

／對不起。

▶ 申し訳ございません。

／對不起。（較為正式）

❷ 常見祝賀別人的場合

▶ ご結婚おめでとうございます。

／恭喜你結婚。

▶ お誕生日おめでとうございます。

／祝你生日快樂。

▶ 合格おめでとうございます。

／恭喜你通過考試。

❸ 關心生病友人的問候語

▶ 早く元気になるように。

／希望你早日康復。

▶ ごゆっくり休んでください。

／請好好休息。

▶ お大事に。

／請多保重。

❹ 各種命令的說法

▶ 太郎、ゲームはやめなさいよ。宿題がまだだろう。

／太郎，別打電動了。你還沒作功課不是嗎？

▶ 洗濯するから、汚れたシャツを脱いで。

／我要洗衣服了，把髒衣服脫下來。

▶ 何やってんの、早く行きなさい。

／你在做什麼呀？快出門啊！

❺ 常用敬語的說法

▶ いる、行く、来る → いらっしゃる。

／一點小心意。

▶ する → なさる。

／做。

▶ 言う → おっしゃる。

／說。

▶ 見る → ご覧になる。

／看。

▶ 寝る → おやすみになす。

／睡覺。

❻ 送禮時的常用語

▶ ほんの気持ちです。

／一點小心意。

▶ お口に合いますかどうか。

／不知道合不合您的口味。

▶ つまらないものですが、お受け取りください。

／只是一點小東西，還請收下。

❼ 傳達氣象報告的說法

▶天気予報では午前中は雨だそうですよ。

／氣象報告說上午會下雨喔！

▶天気予報じゃ1日中いい天気って言っていたわよ。

／氣象報告說一整天都是好天氣呢。

▶午後は雪だけど、夕方には止むと天気予報で言っていました。

／氣象報告說下午會下雪，但傍晚就會停。

❽ 表示提議的說法

▶傘、貸しましょうか。

／我借你一把傘吧？

▶迎えに行きましょうか。

／我去接你吧？

▶手伝いましょうか。

／需要我幫忙嗎？

問題四

即時応答

即時応答 問題(もんだい) 4

4-1

もんだい４では、えなどかありません。まずぶんを聞(き)いてください。それから、そのへんじを聞(き)いて、１から３の中(なか)から、いちばんいいものを一(ひと)つえらんでください。

4-2 1ばん

答え：①②③

- メモ -

4-3 2ばん

答え：①②③

- メモ -

4-4 3ばん

答え：①②③

- メモ -

4-5 4ばん

答え：① ② ③

- メモ -

4-6 5ばん

答え：① ② ③

- メモ -

4-7 6ばん

答え：① ② ③

- メモ -

第 4 部分沒有插圖，請先聽例句，再聽回答，接著從 1 至 3 的選項中，選出一個最適當的答案。

もんだい 4　第 1 題 答案跟解說

4-2

M：伊藤さんが入院するそうですね。

F：1　えっ、本当ですか。

2　ええ、よろこんで。

3　ええ、かまいません。

【譯】M：聽說伊藤先生要住院耶。

F：1. 咦？真的嗎？

2. 嗯，我很樂意。

3. 嗯，沒關係。

もんだい 4　第 2 題 答案跟解說

4-3

F：コンサートのチケットが２枚あるんですが、一緒に行きませんか。

M：1　いいんですか？ありがとうございます。

2　よかったですね。楽しんできてください。

3　じゃあ、私が予約しておきますね。

【譯】F：我有 2 張音樂會的門票，要不要一起去呢？

M：1. 可以嗎？謝謝。

2. 太好了呢！祝你玩得盡興。

3. 那麼我就先預約囉！

もんだい 4　第 3 題 答案跟解說

4-4

F：時間があったら、これからみんなで食事に行きませんか。

M：1　ええ、行くでしょう。

2　ええ、行きそうです。

3　ええ、行きましょう。

【譯】F：如果有時間的話，接下來要不要大家一起去吃個飯呢？

M：1. 嗯，會去吧？

2. 嗯，似乎會去。

3. 好啊，走吧！

攻略的要點 「本当ですか」可以表示驚訝！

答案：1

【關鍵句】入院するそうですね。

- 這一題的關鍵在「入院するそうですね」，「入院する」是「住院」的意思，「動詞普通形＋そうだ」表傳聞，也就是說聽說別人要住院。
- 選項 1 是最適合的答案，「えっ、本当ですか」可以用在對某件事感到意外的時候，詢問事情是真是假。
- 選項 2「ええ、よろこんで」表示欣然答應別人的邀約。
- 選項 3「ええ、かまいません」表示不在乎，或是覺得沒什麼大礙。

攻略的要點 要掌握問題的細節！

答案：1

【關鍵句】一緒に行きませんか。

- 這一題的情境是對方表示自己有音樂會門票，並邀請自己一同前往欣賞。
- 選項 1「いいんですか？ありがとうございます」是正確答案。這裡的「いいんですか」是在接受別人的好意前，再次進行確認，也就表示了自己答應對方的邀請。
- 選項 2「よかったですね。楽しんできてください」，「よかったですね」表示替對方感到高興。「楽しんできてください」言下之意是要對方自己一個人去。
- 選項 3「じゃあ、私が予約しておきますね」不合題意，因為對方已經有門票了，所以不需要再訂票。

說法百百種詳見 ››› P276-1

攻略的要點 面對他人的邀約，可以怎麼回答呢？

解題關鍵と訣竅

答案：3

【關鍵句】食事に行きませんか。

- 這一題「食事に行きませんか」用「ませんか」提出邀約，回答應該是「要去」或是「不去」。
- 選項 1「ええ、行くでしょう」用「でしょう」表示說話者的推測，無法成為這一題的回答。
- 選項 2「ええ、行きそうです」用的是樣態句型「動詞ます形＋そうだ」，意思是「好像…」，也不正確。
- 選項 3「ええ、行きましょう」是正確答案，「ましょう」（…吧）除了用來邀請對方和自己一起做某件事情，也可以在被邀請時這樣回答。這句是後者的用法。

もんだい 4　第 4 題 答案跟解說

4-5

F：どうぞ、ご覧（らん）になってください。

M：1　じゃ、拝見（はいけん）してもらいます。

2　じゃ、遠慮（えんりょ）なく。

3　はい、ご覧（らん）になります。

【譯】F：請您過目一下。

M：1. 那就請你看了。

2. 那我就不客氣了。

3. 好的，我過目。

もんだい 4　第 5 題 答案跟解說

4-6

M：すみません、高橋（たかはし）さんはどなたですか。

F：1　あちらの青（あお）いネクタイをしている方（かた）です。

2　話（はなし）が好（す）きな方（かた）ですよ。

3　優（やさ）しい方（かた）ですよ。

【譯】M：不好意思，請問高橋先生是哪位呢？

F：1. 是那位繫著藍色領帶的先生。

2. 是個喜歡說話的先生喔！

3. 是個溫柔的先生喔！

もんだい 4　第 6 題 答案跟解說

4-7

M：今朝（けさ）、会社（かいしゃ）に行（い）く途中（とちゅう）、電車（でんしゃ）ですりを見（み）たんだよ。

F：1　へえ、それと？

2　へえ、それに？

3　へえ、それで？

【譯】M：今天早上我去公司的路上，在電車中看到扒手了耶！

F：1. 欸？那個和什麼？

2. 欸？還有什麼呢？

3. 欸？然後呢？

攻略的要點 熟記尊敬語和謙讓語的用法！

解題關鍵と訣竅 （答案：2）

【關鍵句】ご覧になってください。

- 這一題關鍵在「ご覧になってください」，「ご覧になる」是「見る」的尊敬語，只能用在請別人看的時候。
- 選項 1「じゃ、拝見してもらいます」的「拝見する」是「見る」的謙讓語，表示自己要看；而「てもらう」用來請別人做某件事，但這一題要看東西的人是自己，所以回答不會是請別人看東西。
- 選項 2「じゃ、遠慮なく」用在對方請自己做某事時，表示答應。
- 選項 3「はい、ご覧になります」是錯誤的敬語用法，「ご覧になる」是尊敬語，所以不會用在自己做的動作上。

攻略的要點 「どなたですか」的回答通常是具體內容！

（答案：1）

【關鍵句】どなたですか。

- 這一題的關鍵是「どなたですか」，題目問高橋先生是哪一位，所以應該回答高橋先生的特徵、外貌等具體內容，以便對方辨識。
- 選項 1「あちらの青いネクタイをしている方です」是正確答案，指出高橋先生就是那邊那位繫著藍色領帶的人。「方」是「人」的客氣說法。
- 選項 2「話が好きな方ですよ」和選項 3「優しい方ですよ」都是在描述高橋先生的個性，無法讓對方一眼就辨識出哪位是高橋先生。

說法百百種詳見 ≫ P276-2

攻略的要點 「あいづち」是會話中必要的潤滑劑！

解題關鍵と訣竅 （答案：3）

【關鍵句】電車ですりを見たんだよ。

- 這是屬於「あいづち」（隨聲應和）的問題，在日語會話中或是講電話時，經常可以聽到聽話者適時回答一些沒有實質意義的詞語，例如「はい」（是），或是以點頭表示自己有在聽對方說話。
- 正確答案是選項 3「へえ、それで？」「へえ」是感嘆詞，表示驚訝、佩服。「それで」是在催促對方繼續說話，表示自己對對方的話題有興趣，希望能聽下去。
- 選項 1「へえ、それと？」，原意是「欸？那個和？」，後面省略了「どれ」或「なに」等疑問詞。
- 選項 2「へえ、それに？」，「それに」原意是「而且」，表示附加。

4-8 7ばん

答え：① ② ③

- メモ -

4-9 8ばん

答え：① ② ③

- メモ -

4-10 9ばん

答え：① ② ③

- メモ -

4-11 10 ばん

答え：① ② ③

- メモ -

4-12 11 ばん

答え：① ② ③

- メモ -

4-13 12 ばん

答え：① ② ③

- メモ -

もんだい 4 第 7 題 答案跟解說

4-8

M：これ、明日(あす)の昼(ひる)までにお願(ねが)いね。

F：1　承知(しょうち)しました。

2　よろしいですか。

3　ありがとうございます。

【譯】M：這個麻煩你明天中午之前完成囉！

F：1. 我明白了。

2. 可以嗎？

3. 謝謝。

もんだい 4 第 8 題 答案跟解說

4-9

F：それで、あの旅館(りょかん)はどうだった？

M：1　2泊(はく)しましたよ。

2　家内(かない)と二人(ふたり)で行(い)きました。

3　部屋(へや)がきれいでよかったですよ。

【譯】F：然後呢？那間旅館如何呢？

M：1. 我住了 2 天喔！

2. 我和內人兩人一起去。

3. 房間很乾淨，很不錯呢！

もんだい 4 第 9 題 答案跟解說

4-10

F：新(あたら)しいパソコンはどうですか。

M：1　これです。

2　とても使(つか)いやすいです。

3　昨日(きのう)買(か)ったばかりです。

【譯】F：新電腦如何呢？

M：1. 是這個。

2. 非常好用。

3. 昨天才買的。

解題關鍵と訣竅 答案：1

【關鍵句】お願（ねが）いね。

- 當主管或長輩在交辦事情時，要怎麼回答呢？
- 選項１「承知しました」是「分かりました」（我知道了）的丁寧語。當別人在交待事情時就可以用這句話來表示接受、明白。
- 選項２「よろしいですか」是比「いいですか」更客氣的說法，用來詢問對方贊不贊同、接不接受、允不允許。
- 選項３「ありがとうございます」用於道謝。

攻略的要點 用「どうだった」詢問對過去事物的感想、狀態等！

解題關鍵と訣竅 答案：3

【關鍵句】どうだった？

- 這一題關鍵在「どうだった」，針對旅館本身進行發問。答案是選項３「部屋がきれいでよかったですよ」，表示旅館的房間很乾淨很棒。
- 選項１「２泊しましたよ」是指自己住了兩天，問題應該是「何日間…？」。
- 選項２「家内と二人で行きました」是指自己是和太太兩人一起去的，問題應該是「だれと…？」，「家内」（內人）是對外稱呼自己妻子的方式。這兩個選項都不是針對旅館的描述，所以不正確。
- 日本飯店服務員一般可以用英語溝通，但能講中文的並不多。大型飯店幾乎都設有免費的巴士接送服務。

說法百百種詳見 ››› P276-3

攻略的要點 「どう」是針對該事物本身進行發問！

解題關鍵と訣竅 答案：2

【關鍵句】どう

- 這一題用「どうですか」詢問新電腦如何，回答應該是有關電腦的性能、特色、外觀等描述。
- 選項１「これです」是「新しいパソコンはどれですか」（新買的電腦是哪一台）的回答。當題目問到“哪一個”時，回答才會用指示代名詞明確地指出來。
- 選項２「とても使いやすいです」是正確答案。是說明該台電腦的性能、對於電腦本身進行描述。
- 選項３「昨日買ったばかりです」是「新しいパソコンはいつ買いましたか」（新電腦是何時買的）的回答，當題目問到“何時”，答案才會和日期時間相關。

もんだい４　第 10 題 答案跟解說

4-11

M：子(こ)どもを連(つ)れて遊(あそ)びに行(い)くなら、どこがいい？

F：1　10時過(じす)ぎに出(で)かけましょう。

2　動物園(どうぶつえん)はどう？

3　電車(でんしゃ)にしましょうか。

【譯】M：如果要帶小孩出去玩，去哪裡比較好呢？

F：1.10 點過後出門吧！

2.動物園怎麼樣呢？

3.搭電車吧？

もんだい４　第 11 題 答案跟解說

4-12

F：何(なに)かおっしゃいましたか。

M：1　はい、そうです。

2　いいえ、何(なに)も。

3　はい、私(わたし)です。

【譯】F：您有說了些什麼嗎？

M：1.是的，沒錯。

2.不，沒什麼。

3.是的，是我。

もんだい４　第 12 題 答案跟解說

4-13

F：ねえ、日曜日(にちようび)、どうする？

M：1　映画(えいが)を見(み)に行(い)こうか。

2　地震(じしん)があったそうだよ。

3　お見舞(みま)いに行(い)ってきたよ。

【譯】F：欸，星期天要做什麼？

M：1.去看電影吧？

2.聽說有地震。

3.我有去探病。

攻略的要點 「どこ」用以詢問地點、場所、位置！

解題關鍵と訣竅

（答案：**2**）

【關鍵句】どこがいい？

- 這一題關鍵在「どこがいい？」，「どこ」用來詢問地點，所以回答必須是場所名稱。正確答案是選項 2「動物園はどう？」，建議對方去動物園。
- 選項 1「10 時過ぎに出かけましょう」意思是「10 點過後出門吧」，這個回答的提問必須和時間有關。「時間名詞＋過ぎ」則可以翻成「…過後」。
- 選項 3「電車にしましょうか」意思是「搭電車吧」，這個回答的提問必須和交通工具有關。1 、3 的回答都沒提到地點，所以不正確。
- どこ：哪裡。どの：哪…，表示事物的疑問和不確定。どれ：哪個。どちら：哪邊、哪位。

攻略的要點 「おっしゃる」是「言う」的尊敬語！

（答案：**2**）

【關鍵句】何か

- 「おっしゃる」是「言う」的尊敬語，「何か」原本是疑問詞，但在此處的意思是「什麼」，表不確定的事物。這一題意思是「您有說了些什麼嗎」，問的是對方有沒有說話。
- 選項 1「はい、そうです」意思是「是的，沒錯」，雖然表示肯定，但是這是針對「A はBですか」的回答。
- 選項 2「いいえ、何も」是正確答案，這是針對該問題的否定說法。這裡的「何も」是省略說法，後面通常接否定，表示全部否定，也就是「什麼也沒有」的意思。
- 選項 3「はい、私です」是錯的，這是對詢問人物的回答，並不是對有無說話的回答。

攻略的要點 想詢問計畫安排就用「どうする？」

解題關鍵と訣竅

（答案：**1**）

【關鍵句】どうする？

- 這一題用「どうする」詢問對方對還沒發生的事情有什麼打算，所以「日曜日、どうする？」是問對方星期天要做什麼，回答必須是“行動”才正確。
- 選項 1 是正確的，「映画を見に行こうか」意思是想去看電影。
- 選項 2「地震があったそうだよ」是錯的，因為地震不是人為的行為。而且「地震があった」是過去式，而「どうする」是問未來的事情。
- 選項 3「お見舞いに行ってきたよ」的「行ってきた」表示已經發生的事情，所以也不對。

說法百百種詳見 ››› **P277-4**

4-14 13 ばん

答え：① ② ③

- メモ -

4-15 14 ばん

答え：① ② ③

- メモ -

4-16 15 ばん

答え：① ② ③

- メモ -

4-17 16 ばん

答え：① ② ③

- メモ -

4-18 17 ばん

答え：① ② ③

- メモ -

4-19 18 ばん

答え：① ② ③

- メモ -

もんだい 4　第 13 題 答案跟解說

4-14

F：こちらにお食事をご用意してあります。

M：1　よくいらっしゃいました。

2　召し上がってください。

3　ありがとうございます。

【譯】F：這裡已經有準備好餐點了。

M：1. 歡迎您的大駕光臨。

2. 請享用。

3. 謝謝。

もんだい 4　第 14 題 答案跟解說

4-15

M：スポーツが得意だそうですね。

F：1　じゃあ、プールに行きましょうか。

2　いいえ、テニスだけですよ。

3　ええ、いいですよ。

【譯】M：聽說你很擅長運動呢！

F：1. 那我們去游泳池吧。

2. 沒有啦，只有網球而已啦！

3. 嗯，可以喔！

もんだい 4　第 15 題 答案跟解說

4-16

F：週末は、天気が良くないみたいだから、出かけられないね。

M：1　それは、よかった。

2　困ったなあ。

3　もうすぐだね。

【譯】F：週末天氣好像不太好，所以不能出門呢！

M：1. 那真是太好了。

2. 真傷腦筋啊！

3. 快到了呢！

攻略的要點 不要被「召し上がる」給騙了！

答案：3

【關鍵句】ご用意してあります。

- 題目是說「這裡已經準備好餐點了」。
- 選項1「よくいらっしゃいました」，「いらっしゃる」是「行く」、「いる」、「来る」的尊敬語，在這裡是「歡迎您的大駕光臨」的意思，用過去式表示客人已經到來。1和題意不符。
- 選項2「召し上がってください」，「召し上がる」是「食べる」的尊敬語，加上命令、請求的句型「てください」，表示請對方享用餐點。不過本題要享用餐點的人是回答者，千萬不要被騙了。
- 選項3「ありがとうございます」是道謝的用法，可以適用於本題。

攻略的要點 當被別人稱讚時可以怎麼回應呢？

答案：2

【關鍵句】得意だそう。

- 這一題關鍵在「得意だそうです」，表示聽說很擅長。當別人說「聽說你很擅長運動呢」時，可以怎麼回答呢？
- 選項1「じゃあ、プールに行きましょうか」，「ましょうか」在此表邀約，表示要約對方去游泳池，所以不合題意。
- 選項2「いいえ、テニスだけですよ」是正確答案，謙虛地表示自己只擅長打網球。如果是更謙虛地表示「沒有啦，我只有打網球」或是「沒有這回事」，可以說「そんなことないですよ」或「とんでもありません」。
- 選項3「ええ、いいですよ」表示答應對方，不合題意。

攻略的要點 覺得困擾或是有麻煩時就用「困ったなあ」！

解題關鍵と訣竅

答案：2

【關鍵句】出かけられないね。

- 這一題關鍵在「出かけられないね」，表示無法出門。
- 選項1「それは、よかった」這句話表示慶幸。不過無法出門不是好事，所以不適用。
- 選項2「困ったなあ」當說話者覺得很困擾、有麻煩或壞事的時候可以使用。在此表示對於「出かけられない」這件事感到困擾。
- 選項3「もうすぐだね」意思是「快到了呢」。是指時間上某件事即將到來，在此不合題意。

もんだい 4　第 16 題 答案跟解說

4-17

F：明日（あした）の 10 時（じ）ごろはどうですか。

M：1　空（あ）いていますよ。

2　あと 30 分（ぷん）です。

3　時計（とけい）がありません。

【譯】F：明天 10 點左右如何呢？

M：1. 我有空唷！

2. 還有 30 分鐘。

3. 沒有時鐘。

もんだい 4　第 17 題 答案跟解說

4-18

M：週末（しゅうまつ）、一緒（いっしょ）にパーティーに行（い）きませんか。

F：1　はい、よろこんで。

2　はい、よろこんでください。

3　はい、よろこびそうですね。

【譯】M：週末，要不要一起去參加派對啊？

F：1. 好啊，我很樂意。

2. 好啊，請你開心吧！

3. 好啊，他好像很高興呢！

もんだい 4　第 18 題 答案跟解說

4-19

M：これ、お土産（みやげ）です。どうぞ召（め）し上（あ）がってください。

F：1　ありがとうございます。召（め）し上（あ）がります。

2　ありがとうございます。差（さ）し上（あ）げます。

3　ありがとうございます。いただきます。

【譯】M：這是伴手禮。請您好好享用。

F：1. 謝謝，我會享用的。

2. 謝謝，送給您。

3. 謝謝，那我就收下了。

攻略的要點 「時間＋はどうですか」就是在問有沒有空！

答案：1

【關鍵句】どうですか。

- 這一題用「どうですか」詢問對方明天 10 點如何，也就是有沒有空。
- 選項 1「空いていますよ」表示自己有時間，是正確答案。否定的時候可以說「ちょっと用事があるので。」表示有事沒辦法。
- 選項 2「あと 30 分です」意思是「還有 30 分鐘」，原問句應該是問某個時間點到了沒。
- 選項 3「時計がありません」意思是「沒有時鐘」，和題意不符。

說法百百種詳見 ››› P277-5

攻略的要點 接受別人的邀約時該怎麼說呢？

解題關鍵と訣竅

答案：1

【關鍵句】一緒に…行きませんか。

- 如果想答應別人的邀請該怎麼說呢？這時就可以用選項 1「はい、よろこんで」來回答。「よろこんで」意思是「我很樂意」，表示欣然接受對方的提議。後面原本要接動詞，但由於很多時候雙方都了解說話者樂意做什麼，所以經常被省略。在此省略的是「ご一緒します」（同行）或「参ります」（前往）。
- 選項 2「はい、よろこんでください」是用命令、請求句型「てください」來請對方要感到開心。
- 選項 3「はい、よろこびそうですね」，省略掉的主語是第三者，說話者預想這個第三者應該會很高興。「動詞ます形＋そうだ」是樣態用法，意思是「好像…」。在這邊和題意不符。

攻略的要點 請熟記各種敬語的說法！

解題關鍵と訣竅

答案：3

【關鍵句】召し上がってください。

- 這一題是敬語問題。當對方用「召し上がってください」請你吃東西的時候，該怎麼回答呢？
- 選項 1 的「召し上がります」是錯的。「召し上がる」是「食べる」的尊敬語，不能用在自己身上。
- 選項 2 的「差し上げます」也是錯的。「差し上げる」是「与える」、「やる」的謙讓語，意思是「敬贈」，不過這題回答者是收到東西的人，所以和題意不符。
- 選項 3 的「いただきます」是正確的，「いただく」是「もらう」的謙讓語，意思是「領受」，表示收下對方的東西。

19 ばん

答え：①②③

- メモ -

(4-21) 20 ばん

答え：①②③

- メモ -

(4-22) 21 ばん

答え：①②③

- メモ -

4-23 22 ばん

答え：① ② ③

- メモ -

4-24 23 ばん

答え：① ② ③

- メモ -

4-25 24 ばん

答え：① ② ③

- メモ -

もんだい 4　第 19 題 答案跟解說

4-20

F：5時には会社に戻れそうですか。

M：1　なるべくそうします。

2　分かりました。

3　それでいいでしょう。

【譯】F：你能在5點前回公司嗎？

M：1.我盡量這樣做。

2.我知道了。

3.這樣就行了吧？

もんだい 4　第 20 題 答案跟解說

4-21

F：コンビニに行きますけど、何か買ってくるものがありますか。

M：1　いってらっしゃい。

2　じゃ、ジュースを1本、お願いします。

3　ええ、いいですよ。

【譯】F：我要去超商，你有要買什麼東西嗎？

M：1.路上小心。

2.那請你幫我買1瓶果汁。

3.嗯，可以喔！

もんだい 4　第 21 題 答案跟解說

4-22

M：出かけるの？

F：1　うん。ちょっと、買い物に行ってくる。

2　じゃ、8時には帰ってきてね。

3　忘れ物、しないようにね。

【譯】M：你要出門喔？

F：1.嗯，我去買個東西。

2.那你要8點前回來喔！

3.別忘了帶東西喔。

攻略的要點 五段動詞「戻る」的可能形是「戻れる」！

解題關鍵と訣竅 答案：1

【關鍵句】戻（もど）れそうですか。

- 這一題用「戻る」（回…）的可能動詞「戻れる」（能夠回…），再加上樣態句型「そうだ」（似乎…），詢問對方是否可能在５點前回公司。
- 選項１「なるべくそうします」的「なるべく」意思是「盡量」，表示自己會盡力這麼做。雖然沒有正面回答問題，但是作為應答可以這麼說。
- 選項２「分かりました」意思是「我知道了」，題目是問有沒有可能，所以回答「分かりました」文不對題。
- 選項３「それでいいでしょう」表示輕微的讓步，意思是「這樣就行了吧」。不符題意。

攻略的要點 有事要麻煩對方時就用「お願いします」！

解題關鍵と訣竅 答案：2

【關鍵句】何（なに）か

- 「何か」原意是「什麼」，這一題的情境是要去超商買東西，問對方有沒有需要順便帶點什麼回來，所以回答應該是「要」或「不要」。
- 選項１「いってらっしゃい」是寒暄語，請出門的人路上小心。沒有回答到對方的問題。
- 選項２是正確答案，「じゃ、ジュースを１本、お願いします」，表示請對方幫忙買１瓶果汁回來。
- 選項３「ええ、いいですよ」是允諾或答應對方的請求，不符題意。

攻略的要點 要弄清楚出門的人是誰！

解題關鍵と訣竅 答案：1

【關鍵句】出（で）かけるの？

- 這一題發問者問「出かけるの？」，由此可知要出門的人是回答者。選項２「じゃ、８時には帰ってきてね」和選項３「忘れ物、しないようにね」都是答非所問。
- 選項２是要對方在８點前回來，不過出門的人是回答者，所以不正確。
- 選項３是要對方別忘了帶東西，這句話的對象通常都是要離開某處的人，不過現在要離開的人是回答者，所以這句話也不適用。
- 選項１「うん。ちょっと、買い物に行ってくる」表示自己要去買一下東西，是正確答案。

もんだい 4　第22題 答案跟解說

4-23

F：この映画を見たことがありますか。

M：1　見なかったよ。

2　明日、見に行こうか。

3　うん、ずっと前にね。

【譯】F：你有看過這部電影嗎？

M：1. 我沒看喔！

2. 明天去看吧？

3. 嗯，很久以前看的。

もんだい 4　第23題 答案跟解說

4-24

M：昨日、どうして休んだの？

F：1　ちょっと、気分が悪くて。

2　すみません。ちょっと休ませてください。

3　気分が悪そうですね。

【譯】M：昨天你為什麼請假？

F：1. 身體有點不舒服。

2. 不好意思，請讓我休息一下。

3. 你看起來身體不太舒服耶！

もんだい 4　第24題 答案跟解說

4-25

M：夏休みに、どこかへ行きますか。

F：1　沖縄に遊びに行きます。

2　ええ、いいですよ。

3　北海道に行ったことがあります。

【譯】M：暑假你有沒有要去哪裡呢？

F：1. 我要去沖繩玩。

2. 嗯，可以喔！

3. 我有去過北海道。

攻略的要點 「動詞た形＋ことがある」表示經驗！

解題關鍵と訣竅 答案：3

【關鍵句】見たことがありますか。

- 這一題用表示經驗的句型「動詞た形＋ことがある」詢問對方有沒有看過這部電影。
- 選項 1「見なかったよ」意思是沒有看。若想表達沒有看過，則應該說「（見たことが）ないよ」（我沒看過喔）。
- 選項 2「明日、見に行こうか」，是邀約對方明天去看，不符題意。
- 選項 3「うん、ずっと前にね」是正確答案，表示很早之前就看過了。副詞「ずっと」意思是「很…」，表示程度之高。

攻略的要點 「どうして」用來詢問原因理由！

答案：1

【關鍵句】どうして…？

- 這一題用「どうして」來詢問對方為什麼請假，所以回答必須是解釋請假的理由。
- 選項 1「ちょっと、気分が悪くて」表示身體有點不舒服。形容詞詞尾去掉「い」，改成「く」再加上「て」，除了表示短暫的停頓，還可以說明原因。
- 選項 2「すみません。ちょっと休ませてください」，「動詞否定形＋せてください」表示自己想做某件事情，請求對方的許可。
- 選項 3「気分が悪そうですね」，「そうだ」是様態用法，意思是「好像…」，也就是說話者推斷別人身體不適。

說法百百種詳見 ››› P277-6

攻略的要點 「どこかへ」表示不確定的場所！

解題關鍵と訣竅 答案：1

【關鍵句】どこかへ…。

- 「どこかへ」表示不確定的場所，問對方有沒有要去什麼地方。如果是問「どこへ行きますか」，就是確定對方要去某個地方，發問者是明確地針對那個目的地發問。
- 選項 1「沖縄に遊びに行きます」是正確答案，回答者表示自己要去沖繩玩。
- 選項 2「ええ、いいですよ」表示答應對方的請託、邀約，不合題意。
- 選項 3「北海道に行ったことがあります」用「動詞た形＋ことがある」表示經驗，意思是自己有去過北海道。
- たことがある vs ことがある：「たことがある」用在過去的經驗。「ことがある」表示有時候會做某事。

25 ばん

答え：①②③

- メモ -

4-27 26 ばん

答え：①②③

- メモ -

4-28 27 ばん

答え：①②③

- メモ -

4-29 28 ばん

答え：① ② ③

- メモ -

4-30 29 ばん

答え：① ② ③

- メモ -

4-31 30 ばん

答え：① ② ③

- メモ -

もんだい 4　第 25 題 答案跟解說

4-26

M：もし、都合(つごう)が悪(わる)くなったら連絡(れんらく)してください。

F：1　じゃ、電話(でんわ)しましょう。

2　それは、困(こま)りましたね。

3　はい、分(わ)かりました。

【譯】M：如果你突然有事的話請聯絡我。

F：1. 那我們打電話吧！

2. 那我很困擾耶！

3. 是，我知道了。

もんだい 4　第 26 題 答案跟解說

4-27

M：山川(やまかわ)さんは、中国語(ちゅうごくご)はできますか。

F：1　習(なら)ったことはあります。

2　勉強(べんきょう)したいです。

3　すぐできますよ。

【譯】M：山川小姐妳會中文嗎？

F：1. 我有學過。

2. 我想學。

3. 我很快就能辦到了喔！

もんだい 4　第 27 題 答案跟解說

4-28

M：すみません。これ、コピーしていただけますか。

F：1　はい、いただきます。

2　はい、何枚(なんまい)ですか。

3　え、もう、いただきましたよ。

【譯】M：不好意思，請問這個可以幫我影印嗎？

F：1. 好的，我收下了。

2. 可以的，您要幾份？

3. 咦？我已經收下了喔！

攻略的要點 接受別人的指示就用「分かりました」！

答案：3

【關鍵句】連絡してください。

▶ 這一題用命令、請求句型「てください」來請回答者如果突然有事的話要聯絡。

▶ 選項 3「はい、分かりました」是正確答案。「分かりました」可以表示有聽懂說明，或是接受別人的指示。

▶ 選項 1「じゃ、電話しましょう」表示說話者決定要打電話。可是原句針對聯絡有一個條件限制：「都合が悪くなったら」，所以不正確。

▶ 選項 2「それは、困りましたね」表示自己因此感到困擾，不合題意。

▶ 日本人接電話的時候，習慣上先報上自己的姓名、公司名，然後再開始談話。對方在說話時，要隨時附和回應，如果一直保持沈默，對方會以為您不感興趣喔。

攻略的要點 「できますか」詢問是否有能力！

答案：1

【關鍵句】中国語はできますか。

▶ 這一題關鍵在「中国語はできますか」，詢問對方會不會中文。

▶ 選項 1「習ったことはあります」是正確的，「動詞た形＋ことがある」表示經驗，意思是自己有學過。這邊的「ことはあります」表示自己雖然有學過，但沒有很厲害，可以表謙虛，或是說話者真的沒自信。

▶ 選項 2「勉強したいです」用「たい」表示個人的希望。不過這題問的是能力，不是心願。

▶ 選項 3「すぐできますよ」意思是「我很快就能辦到了喔」，通常用在描述動作或事情上，不過這裡是問語言能力，和行為沒關係。

說法百百種詳見 ››› P278-7

攻略的要點 「ていただけますか」用來客氣地拜託別人幫自己做事！

解題關鍵と訣竅

答案：2

【關鍵句】コピーしていただけますか。

▶ 這一題關鍵在「コピーしていただけますか」，用「ていただけますか」客氣地請對方幫忙，回答應該是「好」或「不行」。

▶ 選項 1「はい、いただきます」是錯的，「いただく」是「もらう」的謙讓語，用在收下別人的東西時，因此不合題意。

▶ 選項 2「はい、何枚ですか」是正確答案，「はい」表示答應對方，「何枚ですか」問的是需要影印幾張。

▶ 選項 3「え、もう、いただきましたよ」提醒對方自己已經有某物了，不合題意。

もんだい４　第 28 題 答案跟解說

4-29

M：鈴木さんから連絡がきたら知らせてください。

F：1　はい、おたずねします。

　　2　はい、お知らせします。

　　3　はい、知っています。

【譯】M：如果鈴木先生有連絡的話請跟我說一聲。

　　F：1. 好的，我會詢問。

　　　　2. 好的，我會通知您。

　　　　3. 好的，我知道。

もんだい４　第 29 題 答案跟解說

4-30

M：太郎君は、勉強もスポーツもとても一生懸命にする子なんですよ。

F：1　へえ、えらいですね。

　　2　へえ、うまいですね。

　　3　へえ、たいへんですね。

【譯】M：太郎是個讀書和運動都非常拚命的孩子喔！

　　F：1. 欸～很了不起呢！

　　　　2. 欸～很高明呢！

　　　　3. 欸～很辛苦呢！

もんだい４　第 30 題 答案跟解說

4-31

M：今日は忙しくて、昼ごはんを食べる時間もなかったんですよ。

F：1　それは、おいしかったでしょう？

　　2　それは、疲れたでしょう？

　　3　それは、急いだでしょう？

【譯】M：今天忙得連吃中餐的時間都沒有呢！

　　F：1. 那很好吃吧？

　　　　2. 那很累吧？

　　　　3. 那很趕吧？

攻略的要點 「お＋動詞ます形・ご＋サ變動詞詞幹＋する」是動作的謙讓語！

解題關鍵と訣竅　答案：2

【關鍵句】知らせてください。

▶ 這一題用「てください」表示命令、請求，要求對方要通知一聲。

▶ 選項 1「はい、おたずねします」，「たずねる」可以寫成「尋ねる」（詢問）或「訪ねる」（拜訪），不管是哪個意思都和通知無關，所以不正確。

▶ 選項 2「はい、お知らせします」是正確答案，這是從「お動詞ます形＋する」這個敬語形式變來的，「知らせる」意思是「通知」。另外，也可以回答「はい、分かりました」表示自己有聽懂對方的請求並且會照辦。

▶ 選項 3「はい、知っています」表示自己早就知道了，不合題意。

攻略的要點 請熟記這些常見的形容詞、形容動詞的意思！

解題關鍵と訣竅　答案：1

【關鍵句】一生懸命

▶ 當聽到別人很努力時，我們可以怎麼稱讚他呢？

▶ 選項 1「えらいですね」是對的，「えらい」可以用來形容人很優秀、偉大、厲害、地位崇高。

▶ 選項 2「うまいですね」錯誤，「うまい」意思除了「美味的」之外，也可以形容別人做事高明巧妙，或是指事情進展順利，但這點和「努力」沒有關係。

▶ 選項 3「たいへんですね」用在聽到不好的消息時，意思是「很辛苦呢」、「很不好受吧」，「たいへん」也有指「非常、相當」的意思，「たいへんおいしかったです」和題意不符。

攻略的要點 要聽懂題目的暗示！

解題關鍵と訣竅　答案：2

【關鍵句】今日は忙しくて…。

▶ 題目是說自己很忙碌，連吃中餐的時間都沒有，可以猜想這個人很累或是很餓。

▶ 選項 2「それは、疲れたでしょう」呼應了這個情況。「疲れた」意思是「疲憊」。在工作結束時，時常用「お疲れ様でした」事表示「辛苦了」的寒暄語。

▶ 選項 1「それは、おいしかったでしょう」是得知對方吃過某樣食物，說話者雖沒吃過，但從對方的話中推想食物應該很好吃。於本題不合題意。

▶ 選項 3「それは、急いだでしょう」，「急いだ」是「趕」的意思，表示做某件事情很匆促。不過對方只有表示自己很忙，所以和題意不符。

4-32 31 ばん

答え：①②③

- メモ -

4-33 32 ばん

答え：①②③

- メモ -

4-34 33 ばん

答え：①②③

- メモ -

4-35 34ばん

答え：① ② ③

- メモ -

4-36 35ばん

答え：① ② ③

- メモ -

4-37 36ばん

答え：① ② ③

- メモ -

4-38 37ばん

答え：① ② ③

- メモ -

もんだい 4　第 31 題 答案跟解說

4-32

M：じゃ、サッカーの試合(しあい)に行(い)ってくるよ。

F：1　がんばったね。

　　2　がんばろうか。

　　3　がんばってね。

【譯】M：那我去參加足球比賽囉！

F：1. 你努力過了呢！

2. 來加油吧？

3. 加油喔！

もんだい 4　第 32 題 答案跟解說

4-33

M：また、お弁当(べんとう)を持(も)っていくのを忘(わす)れちゃったよ。

F：1　しっかりしてよ。

　　2　しっかりするよ。

　　3　しっかりしようか。

【譯】M：我又忘了帶便當了！

F：1. 你清醒一點啊！

2. 我會清醒一點的！

3. 我來清醒一點吧？

もんだい 4　第 33 題 答案跟解說

4-34

F：あなた、もうすぐ恵理子(えりこ)の誕生日(たんじょうび)よ。

M：1　そうだ。何(なに)か買(か)ってくれる？

　　2　それで、何(なに)を買(か)ってもらうの？

　　3　そうだね。何(なに)を買(か)ってあげようか？

【譯】F：老公，惠理子的生日快到了呢！

M：1. 對了，妳能不能給我買些什麼？

2. 然後呢？妳要請別人買什麼給妳呢？

3. 對耶。要買什麼送她呢？

攻略的要點 要幫對方加油就說「がんばってね」！

解題關鍵と訣竅

答案：3

【關鍵句】試合に行ってくる。

- 當對方要去參加比賽，我們可以說什麼替他鼓勵、打氣呢？
- 選項 1「がんばったね」從「がんばった」的た形就可以知道這是已經發生過的事，這句話是比賽結束後的慰勞之語。
- 選項 2「がんばろうか」，表示說話者打算努力地做某件事情，或是邀請對方一起努力。不過這一題女性沒有要參加比賽，所以不適用。事實上女性也不太會這麼說。如果女性也要參賽，說「がんばろう」或「ばんばろうね」比較適合。
- 選項 3「がんばってね」用於請對方加油，是正確答案。

攻略的要點 弄清楚行為者並選出正確的形式！

解題關鍵と訣竅

答案：1

【關鍵句】お弁当を持っていくのを忘れちゃった。

- 這一題的情境是對方又忘了帶便當。選項 1 ～ 3 都有出現「しっかり」（振作）這個單字，要怎麼正確使用呢？
- 選項 1「しっかりしてよ」是正確答案，動詞て形表示輕微的請求，也就是要對方振作一點、清醒一點、別再忘東忘西了。
- 選項 2「しっかりするよ」是說話者個人的意志，表示自己要振作，不符題意。
- 選項 3「しっかりしようか」用表示勸誘、提議的「（よ）うか」句型，意思是「我們來清醒一點吧？」，意思有點奇怪，也不合題意。

攻略的要點 弄清楚授受動詞的對象！

解題關鍵と訣竅

答案：3

【關鍵句】もうすぐ恵理子の誕生日よ。

- 這一題的情境是太太對先生說某人的生日快到了，兩人要討論送禮事宜。
- 選項 1「そうだ。何か買ってくれる？」，這是「何か買って私にくれる？」（買些什麼送給我吧）的意思。「そうだ」表示說話者突然想起某件事情。
- 選項 2「それで、何を買ってもらうの？」，「それで」（然後）用於承上啟下，「てもらう」的主語是「あなた」（妳），「妳要請別人買什麼給妳呢？」也不合題意。
- 選項 3「そうだね。何を買ってあげようか？」，「（よ）うか」表示勸誘，也就是「要買什麼給她呢？」。「そうだね」用來表示同意對方。

もんだい 4　第 34 題 答案跟解說

4-35

F：明日のテストの準備はできたの？

M：1　うん、ちゃんとやったよ。

2　うん、90 点も取ったよ。

3　うん、良かったよ。

【譯】F：明天的考試你準備好了嗎？

M：1. 嗯，我準備好了！

2. 嗯，我考了 90 分呢！

3. 嗯，很好喔！

もんだい 4　第 35 題 答案跟解說

4-36

M：急な用事ができたから、もう一度会社に行ってくるよ。

F：1　え、今から？

2　え、どこから？

3　え、どんなの？

【譯】M：我突然有急事，所以還要再去公司一趟。

F：1. 咦？現在嗎？

2. 咦？從哪裡呢？

3. 咦？什麼樣的呢？

もんだい 4　第 36 題 答案跟解說

4-37

F：伊藤さんなら、どうなさいますか？

M：1　いいえ、私じゃありません。

2　黒いかばんを持っている方ですよ。

3　そうですね。どうしたらいいでしょう。

【譯】F：換作是伊藤先生，您會怎麼做呢？

M：1. 不，不是我。

2. 是提著黑色提包的那位。

3. 是啊，到底該怎麼做才好呢？

攻略的要點　注意事情的時態！

答案：1

【關鍵句】明日のテストの準備

▶ 這一題關鍵是「明日のテストの準備」。說明了考試在明天，現在還在準備階段。

▶ 選項 2「うん、90 点も取ったよ」和選項 3「うん、良かったよ」這兩個表示過去成果的句子都是錯的。「うん、90 点も取ったよ」指的是拿到 90 分，「うん、良かったよ」是指成績還不錯。不過考試還沒考，所以都不合題意。

▶ 如果要表示準備萬全，則要選選項 1「うん、ちゃんとやったよ」，副詞「ちゃんと」意思是「好好地」、「確實地」。

攻略的要點　請熟記各種疑問詞的正確用法！

答案：1

【關鍵句】急な用事ができたから

▶ 這一題的情境是對方說有急事要回公司一趟。

▶ 選項 1「え、今から？」是正確答案，意思是「咦？現在嗎？」，詢問對方是否要從現在開始做某件事情。不過說話者已經知道這件事了，所以這裡並不是詢問，而是表示驚訝。中文雖然無法把「から」翻譯出來，但要特別注意不能說成「え、今？」。

▶ 選項 2「え、どこから？」是錯誤的。「どこ」是場所疑問詞（哪裡），用於詢問地點，不合題意。

▶ 選項 3「え、どんなの？」也是錯誤的。「どんな」用以詢問人事物的性質、特徵、樣貌，並不合題意。

攻略的要點　可別漏聽了「なら」這個假定用法！

答案：3

【關鍵句】伊藤さんなら…。

▶ 這一題請伊藤先生站在別人的角度思考，也就是在請教如果是對方會怎麼做。

▶ 正確答案是選項 3「そうですね。どうしたらいいでしょう？」。「そうですね」表示認同對方的發言，或接著對方的話發表自己的意見。「どうしたらいいでしょう」有點像是自言自語，表示自己也不知道該怎麼辦。

▶ 選項 1「いいえ、私じゃありません」是回答別人詢問「伊藤さんですか」的否定句，回答的是人物而不是做法。

▶ 選項 2「黒いかばんを持っている方ですよ」是對「伊藤さんはどの方ですか」的回答，描述的是伊藤先生這個人的外觀。

F：もう一杯(いっぱい)いかがですか。

M：1　とてもおいしいです。

2　どうぞ、ご遠慮(えんりょ)なく。

3　いえ、もう結構(けっこう)です。

【譯】F：要不要再來一杯呢？

M：1. 很好喝。

2. 請喝，請別客氣。

3. 不用了，我喝夠了。

答案：3

【關鍵句】もう一杯（いっぱい）いかがですか。

- 這一題的情境是請對方喝飲料，詢問對方要不要再喝一杯。所以回答要是「好」或是「不用了」。
- 選項1「とてもおいしいです」是在形容飲料本身很好喝，不合題意。
- 選項2「どうぞ、ご遠慮なく」用來請對方別客氣，允許對方盡情做某件事情。如請對方吃東西、發問、聯絡、商談…等狀況都可以使用。不過這題請喝飲料的人不是回答者，所以不適用。
- 選項3「いえ、もう結構です」是正確答案。「結構です」有兩種用法，一種是表示肯定對方、給予讚賞，可以翻譯成「非常好」。另一種用法是否定、拒絕，常以「もう結構です」、「いいえ、結構です」這些形式出現，表示「夠了」、「不用了」。本題，從和「いえ（いいえ）」、「もう」合用的情形可以得知是第二種用法，相當於「いいです」。不過「いいです」較不客氣，所以婉拒時還是用「結構です」比較好。

說法百百種詳見 ››› P278-8

もんだい 4 說法百百種！

❶ 各種邀約的說法

▶ 今度の土曜日の晩、カラオケに行きましょう。

／這禮拜六晚上，一起去唱歌吧！

▶ 入場券が 1 枚余っているので、一緒に見に行きませんか。

／我多了 1 張入場券，要不要一起去看？

▶ 週末、うちに遊びに来ませんか。

／這個週末要不要來我家玩啊？

❷ 人物的穿戴

▶ メガネをかけてるの。

／有戴眼鏡嗎？

▶ 長いズボンとシャツの人。

／穿長褲和襯衫的人。

▶ 帽子をかぶった男の人。

／戴帽子的男人。

❸ 事物敘述常考說法

▶ 英語以外全部ひどかったよ。

／英語以外的都很糟糕呢。

▶ 歴史は 50 点よ。でも数学よりずっとよかったわ。

／歷史考 50 分啊。不過遠比數學好多了。

▶ 国語もすごく悪かったよ。でも数学ほどじゃなかったけど。

／國語也考得很差啦！雖然沒有數學那麼糟。

❹ 注意所問的問題

▸ 男は今からどうしますか。

／男人現在要做什麼？

▸ 学校が終わったらすぐ何をしますか。

／放學後馬上要做什麼事？

▸ 午前はどんな予定ですか。

／上午有什麼行程？

❺ 拒絕的說法

▸ あっ、その日は無理です。

／啊、那天不行。

▸ 金曜日は仕事があってだめなんだ…。

／禮拜五有工作不行耶。

▸ それはちょっと。すみません。

／那有點不大方便。抱歉！

❻ 原因的說法

▸ 雪で電車が遅れたからです。

／因為下雪，而延誤了電車。

▸ 寝坊したために、試験を受けられなかった。

／ 就因為睡過頭，以至於沒有參加考試。

▸ 寝坊したので、学校に遅れた。

／由於睡過頭了，所以上學遲到了。

❼ 能力表現的說法

▶ 山川（やまがわ）さんは英語（えいご）ができます。

／山川先生會英文。

▶ 私（わたし）は料理（りょうり）を作（つく）ることができます。

／我會做料理。

▶ 林（リン）さんは漢字（かんじ）が書（か）けます。

／林先生會寫漢字。

❽ 婉轉的說法

▶ ありがとうございます。実（じつ）は明日（あした）は仕事（しごと）がありまして…。

／謝謝！是這樣的，我明天有工作要做…。

▶ 近（ちか）くに駐車場（ちゅうしゃじょう）があるほうが助（たす）かるけど。でも…。

／附近有停車場是比較好啦！但…。

▶ やりたい気持（きも）ちはやまやまなんですけど。…。

／我是很想做啦…。

Memo

山田社日檢權威題庫小組

超高命中率 絕對合格 日檢單字、聽力

【捷進日檢 10】 （25K+附QR Code線上音檔＆實戰MP3）

■ 發行人／林德勝

■ 著者／吉松由美, 田中陽子, 西村惠子
千田晴夫, 大山和佳子, 山田社日檢題庫小組

■ 出版發行／山田社文化事業有限公司
地址 臺北市大安區安和路一段112巷17號7樓
電話 02-2755-7622 02-2755-7628
傳真 02-2700-1887

■ 郵政劃撥／19867160號 大原文化事業有限公司

■ 總經銷／聯合發行股份有限公司
地址 新北市新店區寶橋路235巷6弄6號2樓
電話 02-2917-8022
傳真 02-2915-6275

■ 印刷／上鎰數位科技印刷有限公司

■ 法律顧問／林長振法律事務所 林長振律師

■ 書+MP3+QR Code／定價 新台幣 519 元

■ 初版／2022年 6 月

© ISBN : 978-986-246-687-2

STS
山田社

STS
山田社